PANTANO DE SANGRE

SERIE
PENDERGAST

PRESTON & CHILD
PANTANO DE SANGRE

Traducción de
Jofre Homedes Beutnagel

PLAZA JANÉS

El papel utilizado para la impresión de este libro ha sido fabricado a partir de madera procedente de bosques y plantaciones gestionadas con los más altos estándares ambientales, lo que garantiza una explotación de los recursos sostenible con el medio ambiente y beneficiosa para las personas.

Por este motivo, Greenpeace acredita que este libro cumple los requisitos ambientales y sociales necesarios para ser considerado un libro «amigo de los bosques». El proyecto «libros amigos de los bosques» promueve la conservación y el uso sostenible de los bosques, en especial de los bosques primarios, los últimos bosques vírgenes del planeta.

Título original: *Fever Dream*

Primera edición en U.S.A.: enero, 2011

© 2010, Splendide Mendax, Inc. y Lincoln Child
  Todos los derechos reservados.
  Edición publicada por acuerdo con Grand Central
  Publishing, Nueva York, Estados Unidos.
© 2010, Random House Mondadori, S.A.
  Travessera de Gràcia, 47-49. 08021 Barcelona
© 2010, Jofre Homedes Beutnagel, por la traducción

Printed in Spain – Impreso en España

ISBN: 978-0-307-88228-8

Distributed by Random House, Inc.

BD 82288

Para Jaime Levine

HACE DOCE AÑOS

1

Musalangu, Zambia

El sol del crepúsculo, de un amarillo ardiente, abrasaba como un incendio forestal la sabana africana, en el sofocante atardecer que caía sobre el campamento. Las colinas, en el curso superior del río Makwele, se erguían al este como dientes verdes y gastados, recortándose en el cielo.

Un círculo de polvorientas tiendas de lona rodeaba una explanada de tierra batida, a la que daban sombra viejos árboles msasa cuyas ramas se extendían como parasoles esmeralda sobre el campamento de safari. La columna de humo de una hoguera atravesaba sinuosamente el follaje, llevando consigo un tentador aroma a fuego de madera de mopane y de kudú a la brasa.

A la sombra del árbol central, dos personas —un hombre y una mujer—, sentados frente a frente a una mesa, en sillas de acampada, bebían bourbon con hielo. Llevaban pantalones largos (unos chinos sucios de polvo) y manga larga, para protegerse de las moscas tse-tse que aparecían por las tardes. Rondaban la treintena. Él, alto y delgado, llamaba la atención por una palidez imperturbable y casi gélida, inmune al calor. Esa frialdad no se extendía a su interlocutora, que se abanicaba lánguidamente con una gran hoja de banano, haciendo ondular la frondosa y cobriza cabellera que se había recogido con un nudo flojo con la ayuda de una cuerda. El murmullo sordo de la conversación, salpicada de alguna que otra risa femenina, apenas se distinguía de los ruidos de la sabana africana; el reclamo de los cercopitecos verdes, los chillidos de los francolines y el parloteo de las amarantas del Senegal se mezclaban con el ruido de cacharros de la tienda cocina. Como rumor de fondo de la charla vespertina se oía el rugido lejano de un león, emboscado en la sabana.

Las dos personas sentadas eran Aloysius X. L. Pendergast y Helen, su mujer, con quien llevaba dos años casado. Estaban a punto de acabar un safari por la zona de caza controlada de Musalangu, donde habían cazado antílopes jeroglíficos y cefalofos siguiendo un programa de reducción de manadas gestionado por el gobierno de Zambia.

—¿Un poco más de cóctel? —preguntó Pendergast a su mujer, levantando la jarra.

—¿Otro? —contestó ella, y se rió—. Aloysius, no estarás planeando asaltar mi virtud, ¿verdad?

—Ni se me había ocurrido. Tenía la esperanza de que pasáramos la velada analizando el concepto de imperativo categórico en Kant.

—¡Vaya por Dios! Tal como me advirtió mi madre. Te casas con un hombre porque es buen tirador y acabas descubriendo que tiene un cerebro de ocelote.

Pendergast se rió entre dientes, bebió un sorbo y miró la copa.

—La menta africana resulta un poco agresiva para el paladar.

—¡Pobre Aloysius! Echas de menos tus julepes... Pero si aceptas el trabajo que te ha ofrecido Mike Decker en el FBI podrás beber julepes día y noche.

Tras tomar otro sorbo pensativamente, Pendergast miró a su esposa. Era increíble la velocidad a la que se había bronceado bajo el sol africano.

—He decidido no aceptarlo.

—¿Por qué?

—No estoy seguro de querer vivir en Nueva Orleans, con todo lo que ello comporta: complicaciones familiares, recuerdos desagradables... Además, ¿no te parece que ya he visto bastante violencia?

—No lo sé. Me has contado tan poco de tu vida... y sigues contándome tan poco...

—No estoy hecho para el FBI. No me gustan las normas. Además, con esos Médicos con Alas, viajas por todo el mundo. Podemos vivir en cualquier lugar, siempre que esté cerca de un aeropuerto internacional. «Así, nuestras dos almas no experimentan una ruptura, sino una expansión, como oro batido hasta la delgadez del aire.»

—No me lleves a África para citar a John Donne. A Kipling, quizá.

—«Toda mujer lo sabe todo sobre todo» —recitó Pendergast.

—Pensándolo mejor, ahórrame también a Kipling. ¿Acaso de adolescente te aprendiste de memoria el diccionario de citas?

—Entre otras cosas.

Pendergast levantó la vista. Por el camino llegaba alguien desde el oeste. Era un hombre alto de la tribu nyimba; llevaba pantalones cortos, una camiseta sucia, una escopeta antigua al hombro y un bastón de dos puntas. Al acercarse al campamento, se paró a saludar en bemba, la lengua franca del lugar; unas voces de bienvenida le respondieron desde el interior de la tienda cocina. Después entró en el campamento y se acercó a la mesa donde estaban sentados los Pendergast.

La pareja se levantó.

—*Umú-ntú ú-mó umú-sumá á-áfiká* —dijo Pendergast a guisa de saludo, mientras estrechaba al uso zambiano la mano polvorienta y caliente del recién llegado.

Este le ofreció su bastón, en cuya doble punta estaba sujeta una nota.

—¿Para mí? —preguntó Pendergast, pasando al inglés.

—Del jefe de policía del distrito.

Tras una rápida mirada a su mujer, Pendergast soltó la nota del bastón y la abrió.

Querido Pendergast:

Desearía comunicarme con usted inmediatamente por BLU. Ha ocurrido un hecho desagradable en el campamento Nsefu. Muy desagradable.

ALISTAIR WOKING, jefe de policía,
Luangwa del Sur

P.S. Como usted bien sabe, amigo mío, la normativa exige que todos los campamentos dispongan de comunicaciones BLU. Resulta francamente engorroso tener que enviarle a un mensajero.

—No me gusta nada como suena —dijo Helen Pendergast, asomada por encima del hombro de su marido—. ¿Cuál crees que será ese hecho tan «desagrable»?

—Quizá un turista haya sufrido los avances amorosos de un rinoceronte durante un safari fotográfico.

—No tiene gracia —le reprochó Helen, que aun así se rió.

—Es la temporada de celo. —Pendergast dobló el mensaje y lo metió en el bolsillo del pecho—. Siento decirlo, pero creo que nuestro safari ha terminado.

Se acercó a la tienda, abrió una caja y empezó a enroscar las piezas abolladas de una antena aérea; luego la llevó a un árbol msasa y la colgó en una de las ramas altas. Cuando bajó de la copa, enchufó el cable en la radio de banda lateral única que había dejado sobre la mesa, la encendió, ajustó el dial en la frecuencia correcta e hizo una llamada. Poco después se oyó graznar y chirriar la voz irritada del jefe de policía del distrito.

—¿Pendergast? Pero, por todos los santos, ¿se puede saber dónde está?

—En el campamento del Alto Makwele.

—Diantre, esperaba que estuviera más cerca de la carretera de Banta. ¿Por qué diablos no ha conectado el BLU? ¡Llevo horas buscándole!

—¿Podría explicarme qué ha pasado?

—En el campamento Nsefu. Un león ha matado a un turista alemán.

—¿Quién es el idiota que ha permitido que sucediera?

—Nadie. El león ha entrado en el campamento a plena luz del día, ha saltado sobre un hombre que volvía a su choza de la cabaña comedor y se lo ha llevado a rastras; el tipo no dejaba de gritar.

—¿Y luego?

—¡Supongo que puede imaginárselo! Su mujer se ha puesto histérica y ha cundido el pánico en todo el campamento; han tenido que llamar a un helicóptero para que se llevara a los turistas. El personal que se ha quedado está muerto de miedo. Por lo visto, era un fotógrafo muy famoso en Alemania. ¡Un desastre para el negocio!

—¿Han seguido el rastro del león?

—Tenemos rastreadores y escopetas, pero nadie que se atreva a echarse al monte a perseguir a este león; nadie con suficiente experiencia... ni cojones. Por eso le necesitamos, Pendergast. Tiene que ir a buscar a esa maldita bestia y... hum... recuperar los restos de ese pobre alemán antes de que no quede nada que enterrar.

—¿Ni siquiera han recuperado el cadáver?

—¿No me ha escuchado? ¡Nadie se atreve a salir a buscarlo! Ya sabe cómo es el campamento Nsefu, con todos esos matorrales frondosos que han crecido debido a la caza furtiva de elefantes. Lo que necesitamos es un cazador con experiencia; y no hace falta que le recuerde que, según los términos de su licencia de cazador profesional, en caso de necesidad está obligado a perseguir a los devoradores de hombres.

—Comprendo.

—¿Dónde ha dejado el Rover?

—En los Fala Pans.

—Póngase en marcha cuanto antes. No se moleste en levantar el campamento. Coja sus escopetas y venga hacia aquí.

—Al menos tardaré un día. ¿Está seguro de que no hay nadie que se encuentre más cerca y pueda ayudarle?

—Nadie, al menos de confianza.

Pendergast miró a su mujer, que sonreía y le guiñaba el ojo, moviendo una de sus manos bronceadas como si disparase una pistola.

—De acuerdo, salimos ahora mismo.

—Otra cosa.

La voz del jefe de policía titubeó. La radio quedó en un silencio únicamente roto por los chasquidos y los chisporroteos.

—¿Qué?

—Probablemente no tenga mucha importancia. La mujer del fotógrafo ha visto cómo le atacaban... y ha dicho...

Otra pausa.

—¿Qué?

—Ha dicho que era un león peculiar.

—¿En qué sentido?

—Tenía la melena roja.

—¿Quiere decir que era un poco más oscura de lo habitual? No es tan extraño.

—No, más oscura de lo habitual no; la melena de este león era muy roja, casi rojo sangre.

Tras un largo silencio, el jefe de policía volvió a hablar.

—Pero, evidentemente, no puede tratarse del mismo león; eso ocurrió hace cuarenta años, en el norte de Botswana. Nunca he oído que un león viva más de veinticinco años. ¿Y usted?

Pendergast apagó la radio sin decir nada; en sus ojos plateados se reflejaban las últimas luces de la sabana africana.

2

Campamento Nsefu, río Luangwa

El Land Rover daba saltos y bandazos por la carretera de Banta, particularmente complicada en un país legendario por sus malas carreteras. Pendergast giraba con brusquedad el volante hacia ambos lados para esquivar los socavones, que en algunos casos podían engullir casi la mitad del magullado Rover. Con las ventanillas bajadas al máximo —el aire acondicionado estaba estropeado—, el interior del coche se llenaba con el polvo que levantaban los pocos vehículos que pasaban en dirección contraria.

Habían salido de Makwele justo al amanecer, para emprender un viaje de veinte kilómetros a pie por la sabana, sin guías ni otras provisiones que sus armas, agua, un salchichón duro y un pan chapati. Habían llegado al coche alrededor de mediodía. Llevaban varias horas cruzando esporádicas y rudimentarias aldeas: construcciones circulares hechas con palos atados entre sí y techumbre de paja, y calles sin asfaltar por donde campaban a sus anchas las vacas y las ovejas. El cielo era de un azul casi acuoso, sin una sola nube.

Helen Pendergast intentó ajustarse el pañuelo en torno al pelo, pero era una batalla perdida de antemano a causa de la omnipresencia del polvo, que se pegaba hasta en el último centímetro desnudo de piel sudorosa; ella y su marido tenían un aspecto escrofuloso.

—Qué extraño —dijo al cruzar a paso de caracol la enésima

aldea, esquivando pollos y niños pequeños—. No hay ningún cazador tratando de resolver el problema del león. A fin de cuentas, tú tampoco eres un as de la escopeta...

Sonrió irónicamente. Era una de sus bromas habituales.

—Por eso cuento contigo.

—Ya sabes que no me gusta matar animales que no pueda comerme.

—¿Y matar animales que se nos puedan comer a nosotros?

—En ese caso, quizá haga una excepción. —Cambió de posición el parasol y se volvió hacia Pendergast, entornando los ojos azules con manchas violetas por la intensidad de la luz—. A propósito, ¿qué pasaba con la melena roja?

—Solo son tonterías; circula una antigua leyenda sobre esta parte de África y un león de melena roja que devora a los hombres.

—Cuéntamela.

Los ojos de Helen brillaron de interés. Le fascinaban las leyendas locales.

—Está bien. Hace unos cuarenta años, dicen, hubo una gran sequía en el sur del valle del Luangwa, y la caza empezó a escasear. Una manada de leones que vivía en el valle fue reduciéndose hasta que tan solo quedó un superviviente, una leona preñada, que sobrevivía desenterrando y devorando los cadáveres de un cementerio nyimba de la zona.

—¡Qué horror! —exclamó Helen, encantada.

—Cuentan que parió un cachorro con una melena intensamente roja.

—Sigue.

—Los habitantes de la aldea estaban tan furiosos de ver cómo continuamente se profanaba el lugar donde enterraban a sus muertos, que al final dieron caza a la leona, la mataron, la despellejaron y expusieron su piel en la plaza del pueblo, clavada a un bastidor. Después organizaron un baile para celebrar el acontecimiento. Al alba, mientras todos dormían bajo los efectos de la cerveza de maíz que habían consumido en grandes cantidades, se introdujo en la aldea un león de melena roja; mató a tres hombres dormidos y se llevó a un niño. Dos días después encontraron los huesos roídos del pequeño a unos kilómetros, entre las hierbas altas.

—Santo Dios.

—Con el paso de los años, el León Rojo, o Dabu Gor, su nombre en bemba, mató y devoró a muchos habitantes de la zona. Decían que era tan listo como un ser humano. Cambiaba a menudo de zona de caza, y a veces cruzaba fronteras para no ser capturado. Según los nyimba de la zona, el León Rojo no podía subsistir sin alimentarse de carne humana, pero con ella viviría eternamente.

Pendergast hizo una pausa para rodear un bache de una profundidad y amplitud casi lunares.

—¿Y qué más?

—Ya está.

—Pero ¿qué le pasó al león? ¿Llegaron a matarlo?

—Varios cazadores profesionales intentaron seguirle el rastro, pero fue inútil; siguió matando hasta morir de viejo, si es que murió.

Pendergast miró teatralmente a su mujer, con los ojos en blanco.

—¡Aloysius, por favor! Ya sabes que no puede ser el mismo león.

—Podría ser un descendiente, con la misma mutación genética.

—Y quizá los mismos gustos —dijo Helen con una sonrisa siniestra.

Cuando empezaba a caer la noche cruzaron dos aldeas vacías; el zumbido de los insectos reemplazaba los gritos infantiles y balidos de costumbre. Llegaron al campamento Nsefu tras la puesta de sol, con un crepúsculo azul sobre la sabana. El campamento, situado junto al Luangwa, estaba formado por un cúmulo de *rondevaals* distribuidos por las dos orillas, con un bar al aire libre y un comedor cubierto.

—Es un entorno precioso —dijo Helen al verlo.

—Nsefu es el campamento de safaris más antiguo del país —contestó Pendergast—. Lo fundó Norman Carr en los años cincuenta, cuando Zambia aún formaba parte de Rodesia del Norte. Carr fue uno de los primeros cazadores que se dieron cuenta de que, para la gente, fotografiar animales podía ser tan emocionante como cazarlos, y mucho más lucrativo.

—Gracias, profesor. ¿Después de clase habrá un examen?

Cuando aparcaron en el polvoriento estacionamiento, el bar y el comedor estaban vacíos. El personal del campamento se había refugiado en las chozas. Todas las luces estaban encendidas, y el generador funcionaba a la máxima potencia.

—Qué gente tan nerviosa —dijo Helen al abrir la puerta y salir al calor de la tarde; el aire vibraba con el estridente canto de las cigarras.

Al abrirse, la puerta del *rondevaal* más próximo dibujó una franja amarilla en la tierra batida. Salió un hombre con los chinos muy planchados —con una raya afiladísima—, botas bajas de piel y calcetines largos.

—El jefe de policía, Alistair Woking —susurró Pendergast a su mujer.

—Nunca lo habría adivinado.

—Y su acompañante, el que lleva ese sombrero australiano de vaquero, es Gordon Wisley. Tiene la concesión del campamento.

—Entren —dijo el jefe de policía al darles la mano—, en la choza hablaremos más cómodamente.

—¡No, por Dios! —exclamó Helen—. Llevamos todo el día encajonados en un coche. Tomemos algo en el bar.

—Es que... —dijo el jefe de policía, no muy convencido.

—Si el león entra en el campamento, mejor; así nos ahorraremos la molestia de seguirle el rastro por el monte. ¿Verdad, Aloysius?

—Una argumentación irrefutable.

Helen cogió de la parte trasera del Land Rover la bolsa de tela donde llevaba su escopeta. Pendergast hizo lo mismo, y luego se colgó del hombro una pesada caja metálica de munición.

—¿Y bien, señores? —dijo—. ¿Vamos al bar?

—Está bien. —El jefe de policía pareció algo más tranquilo al ver las escopetas de gran calibre para safari—. ¡Misumu!

Un africano con un fez de fieltro y una faja roja asomó la cabeza por una puerta del campamento de empleados.

—Si no te importa —dijo Woking—, nos gustaría tomar algo en el bar.

Entraron en la choza con tejado de paja, mientras el camarero ocupaba su puesto al otro lado de la barra de madera pulida. Sudaba, pero no de calor.

—Un Maker's Mark —pidió Helen—. Con hielo.

—Dos —dijo su marido—. Si tiene menta, échele un poco.

—Lo mismo para todos —añadió el jefe de policía—. ¿Te va bien, Wisley?

—Mientras sea fuerte... —dijo Wisley, con una risa nerviosa—. ¡Menudo día!

El camarero sirvió las copas. Pendergast se limpió el polvo de la garganta mediante un buen trago.

—Cuéntenos qué pasó, señor Wisley.

Wisley era alto, pelirrojo y con acento neozelandés.

—Fue después de comer —empezó a explicar—. Teníamos doce huéspedes: el campamento lleno.

Mientras tanto, Pendergast abrió la cremallera de la bolsa de lona y sacó su arma, una doble escopeta Holland & Holland 465 «Royal». Levantó el cerrojo y empezó a limpiarla, quitando el polvo del largo cañón.

—¿Qué había de comer?

—Bocadillos. Kudú a la brasa, jamón, pavo y pepinillos. Té helado. A esa hora del día, con tanto calor, siempre servimos un almuerzo ligero.

Pendergast asintió con la cabeza mientras limpiaba la culata de nogal.

—Un león se había pasado casi toda la noche rugiendo en el monte, pero de día se calmó. Oímos los rugidos de los leones a menudo. De hecho es una de las atracciones del campamento.

—Encantador.

—Pero hasta ahora nunca nos habían molestado. La verdad es que no lo entiendo.

Pendergast le miró y siguió revisando la escopeta.

—Tal vez el león no era de por aquí...

—En efecto. En esta zona hay varias manadas, y los conozco a todos de vista. Era un macho solitario.

—¿Grande?

—Enormemente grande.

—¿Lo suficiente como para salir en el libro de récords?

Wisley hizo una mueca.

—Mayor que todo lo que salga en ese libro.

—Ya.

—El alemán, que se llamaba Hassler, y su mujer fueron los primeros en levantarse de la mesa. Creo que serían las dos. Según ella, cuando volvían a su *rondevaal*, el león saltó de su escondrijo en la orilla del río, tiró al suelo a su marido y le clavó los dientes en el cuello. Entonces ella empezó a gritar como una loca; el pobre hombre también, claro. Llegamos todos corriendo, pero el león ya se lo había llevado. No puede imaginar qué horrible fue. Le oíamos gritar. Luego se quedó todo en silencio, menos el ruido de...

Se calló de golpe.

—Madre mía —dijo Helen—. ¿Nadie cogió una escopeta?

—Yo —afirmó Wisley—. No tengo muy buena puntería, pero, como sabe, es obligatorio llevar escopeta cuando salimos con los turistas. No me atreví a seguir al león por las hierbas altas, pues yo no cazo, señor Pendergast, pero disparé varias veces hacia el ruido, y tuve la impresión de que el león se adentraba más en la maleza. Es posible que le hiriese.

—Sería una pena —dijo irónicamente Pendergast—. Seguro que se llevó consigo el cadáver. ¿Han conservado el rastro en el lugar del ataque?

—Sí. Al principio, con el pánico, hubo un poco de alboroto, pero después precinté la zona.

—Bien hecho. ¿Y nadie se metió en la maleza para seguir al león?

—No. Estaban todos histéricos. Hacía décadas que un león no mataba a alguien. Evacuamos a todo el mundo, menos al personal imprescindible.

Pendergast asintió y miró a su mujer, que también había limpiado su escopeta —una Krieghoff 500/416 «Big Five»— y escuchaba con atención.

—¿Desde entonces han oído al león?

—No. Ha estado todo sepulcralmente silencioso, toda la noche y todo el día. Quizá se haya ido.

—Sin haberse acabado la presa, no es probable —dijo Pendergast—. Los leones no arrastran a sus presas más de un kilómetro y medio. Puede estar seguro de que sigue por aquí. ¿Lo vio alguien más?

—Solo la mujer.

—¿Y dijo que tenía la melena roja?

—Sí. Al principio, debido al pánico, dijo que estaba empapado de sangre, pero cuando se calmó un poco pudimos hacerle preguntas más concretas, y parece que el león tenía una melena de color rojo vivo.

—¿Y cómo sabe que no era sangre?

Helen intervino:

—Los leones son muy quisquillosos con sus melenas. Las limpian a menudo. Nunca he visto sangre en la melena de un león, solo en la cara.

—Entonces, señor Pendergast, ¿qué hacemos? —preguntó Wisley.

Pendergast bebió un buen trago de bourbon.

—Tendremos que esperar a que amanezca. Necesito a su mejor rastreador y a alguien que lleve las escopetas. El segundo tirador, naturalmente, será mi esposa.

Silencio. Wisley y el jefe de policía miraron a Helen, que les sonrió.

—Lo siento, pero sería un poco... hum... irregular —dijo Woking, carraspeando.

—¿Porque soy una mujer? —preguntó Helen, divertida—. No se preocupen; no se contagia.

La respuesta fue inmediata.

—No, no. Es porque estamos en un parque nacional, y no se puede disparar sin un permiso profesional emitido por el gobierno.

—La que mejor dispara de los dos es mi mujer —afirmó Pendergast—. Por otro lado, para perseguir a un león por la sabana es imprescindible que haya dos tiradores expertos. —Hizo una pausa—. A menos que quiera ser usted el segundo tirador...

El jefe de policía se quedó callado.

—No permitiré que mi marido vaya solo —intervino Helen—. Sería demasiado peligroso. Podrían destrozarle, o algo peor.

—Gracias por tu confianza, Helen —dijo Pendergast.

—Aloysius, no puedes negar que fallaste al disparar a un cefalofo a doscientos metros, cuando era tan fácil como darle a la puerta de un establo desde dentro...

—Ya, pero había un fuerte viento cruzado, y el animal se movió en el último momento.

—Pasaste demasiado tiempo preparando el disparo. Tu problema es que piensas demasiado.

Pendergast se volvió hacia Woking.

—Como ve, el pack se vende junto. O los dos, o ninguno.

—Está bien —aceptó el jefe de policía—. ¿Señor Wisley?

Wisley asintió a regañadientes.

—Nos vemos mañana por la mañana, a las cinco —añadió Pendergast—. Y he dicho muy en serio que necesitaremos un rastreador de primera.

—Tenemos a uno de los mejores de Zambia, Jason Mfuni. Aunque suele rastrear para fotógrafos y turistas; casi nunca lo ha hecho para cazar.

—Mientras tenga nervios de acero...

—Los tiene.

—Habrá que hacer correr la voz entre la gente de la zona, para asegurarnos de que no se acerquen. Lo que menos nos conviene son distracciones.

—No será necesario —dijo Wisley—. ¿Cuando venían se

han fijado en las aldeas vacías? No encontrarán a ningún ser humano en treinta kilómetros a la redonda, aparte de nosotros.

—¿Tan deprisa se han vaciado las aldeas? —preguntó Helen—. El ataque fue ayer...

—Es el León Rojo —respondió el jefe de policía, como si eso lo explicase todo.

Pendergast y Helen se miraron. Durante un momento el bar quedó en silencio.

Después, Pendergast se levantó, cogió a Helen de la mano y la ayudó a levantarse.

—Gracias por la copa. Si son tan amables de mostrarnos nuestra choza...

3

Los árboles de la fiebre

Fue una noche silenciosa. Ni siquiera las manadas de la zona que solían percutir la oscuridad con sus rugidos hicieron notar su presencia, y el parloteo habitual de los animales nocturnos se oía apagado. El sonido del río era un tenue borboteo, un rumor que desdecía de su gran caudal, el cual perfumaba el aire de olor a agua. Hasta el falso amanecer no aparecieron los primeros sonidos de lo que pasaba por ser la civilización: los del agua caliente que se vertía en barreños de ducha para preparar las abluciones matinales.

Pendergast y su mujer habían salido de su choza y estaban en el comedor, junto a las escopetas, sentados bajo la suave luz de una sola bombilla. No había estrellas; había sido una noche nublada, de una oscuridad absoluta. Llevaban tres cuartos de hora sentados sin moverse ni hablar, disfrutando de estar juntos, y, con la tácita simbiosis que caracterizaba su matrimonio, preparándose mental y emocionalmente para la caza. Helen Pendergast apoyaba la cabeza en el hombro de su marido. Pendergast le acariciaba la mano y de vez en cuando jugaba con el zafiro estrella de su alianza.

—Si quieres te lo devuelvo —dijo ella finalmente, con voz ronca tras el largo silencio.

Él se limitó a sonreír y siguió con sus caricias.

Apareció en la penumbra alguien de corta estatura, con una

26

larga lanza y pantalones y camisa largos, ambos de color oscuro.

La pareja se irguió.

—¿Jason Mfuni? —preguntó Pendergast en voz baja.

—Sí, señor.

—Preferiría que no me trataras de «señor», Jason. Me llamo Pendergast —dijo tendiéndole la mano—. Te presento a mi esposa, Helen. Ella prefiere que la llamen por su nombre de pila, y yo por mi apellido.

El hombre asintió con la cabeza y estrechó la mano de Helen con movimientos de una lentitud casi flemática.

—El jefe de policía quiere hablar con usted en comedor, señora Helen.

Helen se levantó. También Pendergast.

—Perdone, señor Pendergast, pero quiere a solas.

—¿De qué se trata?

—Preocupa por su experiencia de cazadora.

—Es absurdo —rezongó Pendergast—. Ya hemos zanjado esa cuestión.

Helen se rió e hizo un gesto con la mano.

—No te preocupes, parece que por aquí aún pervive el Imperio británico, con las mujeres sentadas en el porche, abanicándose y desmayándose al ver sangre. Voy a aclararle algunas cosas.

Pendergast volvió a sentarse. El rastreador esperó a su lado, incómodo, haciendo bascular su peso de un pie al otro.

—¿Te apetece sentarte, Jason?

—No, gracias.

—¿Desde cuándo rastreas? —preguntó Pendergast.

—Desde hace unos años —fue la lacónica respuesta.

—¿Lo haces bien?

Un encogimiento de hombros.

—¿Te dan miedo los leones?

—A veces.

—¿Has matado alguno con esa lanza?

—No.

—Ya.

—Es una lanza nueva, señor Pendergast. Cuando mato león con lanza, suele romper o torcer, y tengo que buscar otra.

El campamento se quedó en silencio mientras la luz invadía lentamente la sabana. Pasaron cinco minutos. Diez.

—¿Por qué tardan tanto? —preguntó Pendergast, molesto—. No deberíamos salir con retraso.

Mfuni se encogió de hombros y esperó, apoyado en su lanza.

De pronto apareció Helen, que se sentó rápidamente.

—¿Ya le has aclarado algunas cosas a ese tipo? —preguntó Pendergast, risueño.

Al principio Helen no contestó. Pendergast se volvió hacia ella, extrañado, y se sorprendió al verla tan pálida.

—¿Qué pasa? —preguntó.

—Nada... los nervios de antes de la caza.

—Si quieres puedes quedarte en el campamento.

—No, no —saltó ella con vehemencia—. No puedo perdérmelo.

—Entonces sería mejor que nos pongamos en marcha.

—Todavía no —dijo ella en voz baja. Pendergast sintió su mano fría en el brazo—. Aloysius... ¿sabes que anoche se nos olvidó mirar cómo salía la luna? Había luna llena.

—No me sorprende. Con todo el alboroto del león...

—Salgamos un momento, a ver cómo se pone.

Helen le cogió la mano y la estrechó entre sus dedos; un gesto poco habitual en ella, pero ya no estaba fría.

—Helen...

Se la apretó.

—No digas nada.

La luna llena se estaba hundiendo en la sabana, al otro lado del río; un disco de mantequilla descendiendo en un cielo de color malva y rielando en los remolinos del Luangwa como nata derramada. Se habían conocido una noche de luna llena, y la habían visto salir juntos. Desde entonces, durante su noviazgo y su matrimonio, se había convertido en una tradición. Al margen de lo que les ocurriera, al margen de los viajes o compromisos laborales a los que tuviesen que hacer frente, siempre se las ingeniaban para ver salir juntos la luna llena.

La luna tocó las copas lejanas de los árboles del otro lado del río y se deslizó por detrás. El cielo se aclaró y el resplandor lunar acabó disipándose en la tupida vegetación. Había pasado el misterio de la noche. Había llegado el día.

—Adiós, vieja luna —dijo alegremente Pendergast.

Helen le apretó la mano y se levantó, justo cuando aparecían el jefe de policía y Wisley por el camino que salía de la cabaña cocina. Iban acompañados por otro hombre, chato, muy alto y larguirucho. Tenía los ojos amarillos.

—Les presento a Wilson Nyala —dijo Wisley—, su porteador.

Apretones de manos. El camarero de la noche anterior salió de la cocina con una gran tetera de té lapsang souchong, y todos recibieron una taza de la potente infusión.

Bebieron deprisa, en silencio. Pendergast dejó su taza.

—Ya hay suficiente luz para echar un vistazo al lugar del ataque.

Nyala se colgó una escopeta en cada hombro. Siguieron un camino de tierra paralelo al río. Justo donde cruzaba un frondoso bosquecillo de árboles miombo, encontraron una zona delimitada con cuerdas y estacas de madera. Pendergast se arrodilló para examinar el rastro. Vio dos huellas enormes en el polvo, junto a un charco de sangre negra que ya se había secado y agrietado. Lo miró todo mientras reconstruía mentalmente el ataque. Estaba muy claro: el animal había asaltado al alemán desde los arbustos y lo había derribado y mordido. Los informes iniciales eran exactos. El polvo mostraba por dónde había arrastrado el león a su víctima, que aún se debatía, dejando un rastro de sangre al regresar a la maleza.

Pendergast se levantó.

—Lo haremos así: yo iré unos dos metros y medio detrás de Jason, ligeramente a su izquierda. Helen me seguirá a otros dos metros y medio, hacia la derecha. Wilson, tú te quedarás justo detrás de nosotros.

Miró a su mujer, que dio su aprobación con un leve movimiento de cabeza.

—Cuando llegue el momento —prosiguió Pendergast—, pediremos las escopetas por señas. Nos las darás con los seguros puestos. A la mía quítale la correa; no quiero que se enrede en los arbustos.

—La mía la prefiero con correa —dijo Helen, escueta.

Wilson Nyala asintió con su cabeza huesuda.

Pendergast tendió un brazo.

—Mi escopeta, por favor.

Wilson se la dio. Pendergast levantó el cerrojo, examinó el cañón, metió dos cartuchos de punta blanda 465 Nitro Express —grandes como puros Macanudo—, bajó el cerrojo, cerró la escopeta, comprobó que había puesto el seguro y se la devolvió. Helen hizo lo mismo con su arma, pero la cargó con cartuchos de punta blanda 500/416 con reborde.

—Esta escopeta parece un poco grande para una mujer tan delgada —dijo Woking.

—Las armas de gran calibre me parecen muy favorecedoras —repuso Helen.

—Lo cierto —añadió Woking—, es que me alegro de no tener que echarme al monte en busca de esa bestia, por grande que sea la escopeta.

—Intentad mantener la formación en triángulo alargado al avanzar —dijo Pendergast, mirando a Mfuni, luego a Nyala, y otra vez al primero—. Tenemos el viento a favor. Que no hable nadie. Solo señas. Dejad las linternas aquí.

Todos asintieron. El ambiente de falsa jovialidad tardó muy poco en disiparse, mientras aguardaban en silencio a que hubiera suficiente luz para inundar la maleza de una vaga penumbra azul. Entonces, Pendergast hizo señas a Mfuni de que se pusiera en marcha.

El rastreador se internó en los arbustos con la lanza en una mano, siguiendo el rastro de sangre. La senda se apartaba del río y se adentraba por las frondosas zarzas y mopanes regenerados junto a un pequeño afluente del Luangwa, cuyo nombre era

Chitele. Iban despacio, siguiendo el rastro, que impregnaba la hierba y las hojas. El rastreador se detuvo y apuntó con su lanza hacia una zona de hierba pisada. Vieron un gran claro lleno de manchas todavía húmedas, con salpicaduras de sangre. Era donde el león había dejado a su víctima en el suelo por primera vez y había empezado a devorarla, viva, antes de los disparos.

Jason Mfuni se agachó y recogió un objeto en silencio: media mandíbula inferior, con dientes, completamente roída y monda. Pendergast la miró sin decir nada. Mfuni volvió a dejarla en el suelo y señaló un agujero en el muro de vegetación.

En cuanto se metieron por él, quedaron rodeados de frondosas matas verdes. Mfuni se paraba cada veinte metros para escuchar y olfatear el aire, o examinar una mancha de sangre en una hoja. En ese tramo del camino, el cadáver ya se había desangrado y el rastro se debilitaba; solo se orientaban por pequeñas manchas y puntos.

El rastreador se paró dos veces para señalar unas manchas de hierba pisada, donde el león había dejado el cuerpo para sujetarlo mejor con los colmillos, y había vuelto a cogerlo. Se estaba haciendo rápidamente de día; el sol salía sobre las copas de los árboles. El día amanecía con una quietud y una tensión anómalas, excepto por el constante zumbido de los insectos.

Siguieron el rastro durante casi dos kilómetros. El sol encendía el horizonte con su fuego, derramando un calor como de horno sobre la maleza y levantando nubes sibilantes de moscas tse-tse. El aire olía intensamente a polvo y hierba. El rastro salía de la sabana y seguía por una cuenca seca, bajo el ancho ramaje de una acacia, junto a un termitero que se erguía solitario hacia el cielo incandescente, como un pináculo. En el centro de la cuenca había una mancha roja y blanca, envuelta en una ruidosa nube de moscas.

Mfuni se adelantó con precaución, seguido por Pendergast, Helen y el porteador. Se reunieron silenciosamente alrededor del cadáver medio devorado del fotógrafo alemán. El león le había abierto el cráneo y se había comido la cara, el cerebro y gran parte del torso superior; las dos piernas estaban intactas y de un blanco impoluto, limpiadas de sangre a lametazos; un brazo desmembrado aún conservaba un mechón de pelaje en el puño. Nadie dijo nada. Mfuni se agachó, arrancó el mechón del puño —haciendo que acabara de desprenderse el brazo— y lo inspeccionó atentamente. Después lo puso en la mano de Pendergast. Era de un rojo intenso. Pendergast se lo pasó a Helen, que lo examinó a su vez antes de devolvérselo a Mfuni.

Mientras los demás se quedaban cerca del cadáver, el rastreador rodeó lentamente la cuenca en busca de rastros en la costra alcalina. Se puso un dedo en los labios y señaló el otro lado de la cuenca, hacia un *vlei*, que en la estación húmeda era una depresión pantanosa, pero que ahora, en plena estación seca, estaba cubierto de hierba muy tupida, de entre tres y cuatro metros de altura. Varios cientos de metros hacia el interior del *vlei* se erguía un bosquecillo grande e intrincado de árboles de la fiebre, cuyas copas en forma de paraguas se abrían contra el horizonte. El rastreador señalaba una hendidura hecha por el león al retirarse, doblando las hierbas a los lados. Volvió, muy serio, y susurró al oído a Pendergast:

—Ahí dentro. —Señaló con su lanza—. Descansando.

Pendergast asintió y miró a Helen. Seguía pálida, pero no flaqueaba; sus ojos se veían serenos y resueltos.

Nyala, el porteador de escopetas, estaba nervioso.

—¿Qué pasa? —le preguntó en voz baja Pendergast, volviéndose.

Nyala señaló la hierba alta.

—León listo, demasiado listo. Muy mal sitio.

Pendergast titubeó; su mirada iba del porteador al rastreador y a la hierba. Después hizo señas al segundo de que siguiera adelante.

Penetraron en la hierba, despacio y con sigilo. La visibilidad se redujo a menos de cinco metros. Los tallos huecos susurraban con cada movimiento, y el olor empalagoso a hierba calentada volvía casi irrespirable el aire inmóvil. Al penetrar en lo más hondo de la hierba, les envolvió un crepúsculo verde. El zumbido de los insectos emergió con un lamento continuo.

El rastreador caminó más despacio al acercarse al bosquecillo de árboles de la fiebre. Al inhalar, Pendergast reconoció el vago olor almizclado de los leones, entre ráfagas dulzonas de carroña.

El rastreador se puso en cuclillas, haciendo señas de que le imitasen; allí, entre la hierba, la visibilidad mejoraba cerca del suelo, donde tenían más posibilidades de atisbar el borrón pardo del león antes de que se les echase encima. Penetraron lentamente en el bosquecillo de árboles de la fiebre, centímetro a centímetro, agachados. El barro seco y limoso había adquirido una dureza de piedra al cocerse; no conservaba ningún rastro, pero los tallos rotos y doblados delataban el paso del león.

El rastreador se paró otra vez, indicando por señas que debía hablarles. Pendergast y Helen se acercaron. Se acurrucaron los tres en la hierba tupida, susurrando lo justo para hacerse oír por encima de los insectos.

—El león delante, en algún sitio. Veinte o treinta metros. Mueve despacio. —La cara de Mfuni estaba arrugada de preocupación—. Quizá mejor esperar.

—No —susurró Pendergast—. Es nuestra oportunidad de cazarlo. Acaba de comer.

Siguieron adelante, hasta salir a un pequeño claro sin hierba, de no más de tres metros. El rastreador se paró, husmeó y señaló a la izquierda.

—León —susurró.

Pendergast miró fijamente hacia delante. Después sacudió la cabeza y señaló al frente.

El rastreador frunció el ceño y se acercó a su oído.

—León dado vuelta a la izquierda. Muy listo.

Aun así, Pendergast volvió a sacudir la cabeza y se acercó a Helen.

—Tú quédate aquí —susurró, rozándole la oreja con los labios.

—Pero si el rastreador...

—El rastreador se equivoca. Quédate. Solo me adelantaré unos metros. Nos estamos acercando al final del *vlei*. Querrá seguir escondido, y si me acerco, se sentirá presionado. Es posible que salga corriendo. Permanece atenta y mantén abierta una línea de fuego a mi derecha.

Pendergast gesticuló, pidiendo su escopeta. Cogió el cañón metálico, que había absorbido el calor, y se lo puso bajo el brazo, apuntando hacia delante. Después quitó el seguro con el pulgar y levantó la mira nocturna —una cuenta de marfil— para apuntar mejor en la media luz de la hierba. Nyala dio a Helen su escopeta.

Pendergast se adentró en línea recta por la hierba tupida, seguido, sin hacer el más mínimo ruido, por el rastreador, que llevaba el miedo grabado en la cara.

Apartando la hierba y extremando la precaución al apoyar los pies en el suelo duro, escuchó atentamente, por si oía la tos peculiar que indicaría el principio de un ataque. Solo tendría tiempo de disparar una vez. Cuando embestían, los leones podían recorrer cien metros en cuatro escasos segundos. Se sentía más seguro con Helen detrás: dos oportunidades de matar.

Tras recorrer diez metros, se paró a esperar. El rastreador llegó a su lado, con un semblante de profunda preocupación. Estuvieron dos minutos sin moverse. Pendergast escuchaba con toda atención, pero solo oía insectos. La escopeta resbalaba entre sus manos sudorosas. Percibía en la lengua el sabor del polvo alcalino. Una suave brisa, que veía pero no sentía, mecía la hierba, con suaves chasquidos a su alrededor. El zumbido de insectos se redujo a un murmullo, y luego se apagó. Se instaló un profundo silencio.

Lentamente, sin mover ninguna otra parte de su cuerpo, Mfuni extendió un solo dedo, otra vez noventa grados a su izquierda.

Pendergast siguió el gesto con la mirada, manteniéndose absolutamente inmóvil. Escrutó la brumosa penumbra de la hierba, intentando vislumbrar un pelaje marrón o el brillo de un ojo de color ámbar, pero nada.

Una tos grave... y de pronto un estallido sonoro aterrador, que hizo temblar el suelo; un terrible rugido que se les echó encima como un tren de mercancías. No por la izquierda, sino justo delante.

Pendergast giró en redondo, a la vez que surgía de la hierba un borrón de músculos ocres y un pelaje rojizo, con la boca rosada muy abierta, erizada de dientes; disparó por un solo cañón, con un ¡pam! estruendoso, pero no había tenido tiempo de preparar el disparo, así que de repente tuvo encima al león: trescientos kilos de felino enorme y apestoso que lo aplastaron contra el suelo. Después sintió cómo se clavaban en su hombro unos colmillos al rojo vivo, y gritó retorciéndose bajo la sofocante masa, agitando el brazo libre en un esfuerzo por recuperar la escopeta que había salido despedida a causa del descomunal impacto.

El león se había escondido tan hábilmente, y el ataque había sido tan rápido, a tan poca distancia, que Helen Pendergast no pudo disparar antes de que la fiera cayese sobre su marido. Después, ya fue tarde. Estaban demasiado juntos para arriesgarse a disparar. Abandonó de un salto el lugar donde estaba, nueve metros detrás de ellos, y se lanzó por la hierba, chillando para distraer al monstruoso león, a la vez que corría hacia el horrible ruido de gruñidos sordos y húmedos. Irrumpió en el claro justo cuando Mfuni hundía su lanza en la tripa del león. El animal —mayor de lo que debería ser cualquier león— se apartó de Pendergast y se lanzó hacia el rastreador, destrozándole parcialmente una pierna. Después se metió en la hierba, con la lanza a rastras, clavada en la barriga.

Helen apuntó con cuidado a la grupa del león, que se alejaba; al disparar recibió un fuerte culatazo del enorme cartucho 500/416 Nitro Express.

Falló el disparo. El león había desaparecido.

Corrió hacia su marido. Aún estaba consciente.

—No —dijo Pendergast, sin aliento—. Él.

Helen miró a Mfuni. Estaba tumbado de espaldas, regando el polvo con la sangre arterial que manaba del músculo de la pantorrilla derecha que colgaba de una tira de piel.

—Dios mío...

Helen le arrancó la parte inferior de la camisa, la retorció cuanto pudo y se la ató por debajo de la arteria seccionada. Después buscó a tientas un palo, lo deslizó por debajo de la tela y lo sujetó con fuerza para hacer un torniquete.

—Jason... —dijo con urgencia—. ¡No te vayas! ¡Jason!

Mfuni tenía la cara mojada de sudor y los ojos muy abiertos, temblorosos.

—Aguanta el palo. Si se te entumece la pierna, suéltalo un poco.

Los ojos del rastreador se abrieron mucho.

—Memsahib, el león está volviendo.

—Tú aguanta el...

—¡Está volviendo!

La voz de Mfuni se quebró de miedo.

Helen se volvió hacia su marido, sin hacerle caso. Pendergast estaba boca arriba, con la cara pálida. Tenía el hombro deformado, cubierto de una masa de sangre coagulada.

—Helen —dijo con voz ronca, intentando levantarse—, ve a buscar tu escopeta. Ahora mismo.

—Aloysius...

—¡Ve a buscar tu escopeta, por lo que más quieras!

Era demasiado tarde. El león salió de su escondrijo con otro rugido ensordecedor, levantando un remolino de polvo y briznas de hierba; al momento siguiente cayó sobre Helen, que gritó una sola vez, intentando resistirse mientras la cogía por el brazo. Después, al hundirse los dientes del león, se oyó un crujido seco de huesos; lo último que vio Pendergast antes de desmayarse fue a Helen debatiéndose y gritando mientras la arrastraba hacia la profunda hierba.

4

El mundo recuperó su nitidez. Pendergast estaba en uno de los *rondevaals*. Por el techo de paja se filtraba el rumor de un helicóptero, que aumentó rápidamente de volumen.

Se incorporó gritando y vio a Woking, el jefe de policía, que saltaba de la silla en la que estaba sentado, al fondo de la choza.

—No se esfuerce —dijo Woking—. Ya está aquí el equipo médico. Ellos se ocuparán de to...

Pendergast trató de erguirse.

—¡Mi mujer! ¿Dónde está?

—Pórtese bien y...

Bajó de la cama y se levantó, inestable, impulsado únicamente por la adrenalina.

—¡Mi mujer, hijo de puta!

—No hemos podido hacer nada. Se la había llevado a rastras, y con un hombre inconsciente, y otro desangrándose...

Pendergast dio tumbos hasta la puerta de la choza. Su escopeta estaba en el soporte. La cogió y, al abrirla, vio que quedaba una bala.

—Pero ¿qué hace, hombre de Dios?

Bajó el cerrojo y apuntó con el cañón al jefe de policía.

—Quítese de en medio.

Woking se apartó rápidamente. Pendergast salió de la choza, tropezando. El sol estaba poniéndose. Habían pasado doce horas. El jefe de policía corrió tras él, agitando los brazos.

—¡Socorro! ¡Que alguien me ayude! ¡Se ha vuelto loco!

Tras penetrar en la pared de arbustos, Pendergast se abrió paso por las hierbas altas hasta encontrar la pista. Ni siquiera oyó los gritos en el campamento, a su espalda. Se lanzó en pos del viejo rastro, apartando las matas sin contemplaciones, indiferente al dolor. Pasaron cinco minutos. Diez, quince... e irrumpió en la cuenca seca. Al otro lado estaba el *vlei*, las hierbas frondosas y el bosquecillo de árboles de la fiebre. Cojeó por la cuenca, resoplando, y se internó en la hierba, moviendo la escopeta para abrirse camino con el brazo sano, mientras los pájaros protestaban chillando sobre su cabeza. Le dolían los pulmones, y tenía el brazo empapado de sangre. Aun así siguió adelante, sangrando por el hombro desgarrado, mientras vocalizaba sin ton ni son. De repente se paró; su garganta dejó de emitir sonidos entrecortados e incoherentes. Delante, en la hierba, había algo pequeño y de color claro sobre el barro comprimido. Se quedó mirándolo. Era una mano cortada; una mano en cuyo dedo anular lucía una alianza con un zafiro estrella.

Se arrojó hacia delante a trompicones, con un grito animal de rabia y de dolor. Al salir de las hierbas altas irrumpió en un claro donde estaba el león agazapado, comiendo tranquilamente, con la viva mancha de color de su melena. Pendergast captó todo el horror de golpe: los huesos con tiras de carne, el sombrero de Helen, los jirones de su traje de algodón y, de pronto, el olor; el vago olor de su perfume mezclado con el hedor del felino.

Lo último que vio fue la cabeza. Estaba separada del cuerpo, pero, por lo demás —una cruel ironía—, estaba intacta comparada con el resto. Los ojos azules y violetas le miraban fijamente sin ver nada.

Se tambaleó hasta quedar a diez metros del león, que levantó su monstruosa cabeza, se relamió el morro ensangrentado y lo miró tranquilamente. Jadeando, con la respiración entrecortada, Pendergast levantó la Holland & Holland con su brazo sano, la apoyó en el otro y apuntó por encima de la bola de marfil. Después apretó el gatillo. La enorme bala, con sus siete mil julios de energía inicial, impactó en el león justo entre los ojos, un poco por encima; la cabeza se abrió como una sandía y su cráneo explotó en un borrón de niebla roja. El gran león de melena roja apenas se movió. Se limitó a derrumbarse sobre su festín, inmóvil.

Alrededor, en los árboles de la fiebre achicharrados por el sol, un millar de pájaros chillaron.

EN LA ACTUALIDAD

5

St. Charles Parish, Luisiana

El Rolls-Royce Grey Ghost recorría lentamente el acceso circular, con un crujido seco de la grava, salvo cuando los neumáticos pisaban los parterres de garranchuelo. Le seguía un Mercedes último modelo de color plateado. Ambos vehículos se detuvieron ante una gran mansión de estilo neogriego, flanqueada por centenarios robles negros cubiertos de barba de viejo. En la fachada, una placa fijada con tornillos anunciaba que la mansión recibía el nombre de «Penumbra»; había sido edificada en 1821 por la familia Pendergast y figuraba en el Registro Nacional de Casas Históricas.

A. X. L. Pendergast salió de la parte trasera del Rolls y miró a su alrededor. Era un atardecer de finales de febrero. La suave luz jugaba con las columnas griegas, proyectando lingotes de oro en el porche cubierto. Sobre el césped sin cortar, y sobre los jardines infestados de maleza, flotaba una ligera niebla. Al fondo, en los bosques de cipreses y las charcas de mangles, rechinaban somnolientas las cigarras. El cobre de los balcones del primer piso estaba cubierto por una densa pátina de verdín. En las columnas colgaban virutas de pintura blanca. En la casa y la finca reinaba un ambiente de humedad, desuso y abandono.

Un curioso individuo, bajo y rechoncho, con un chaqué negro y un clavel blanco en el ojal, se apeó del Mercedes. Tenía más aspecto de mayordomo de club masculino de principios de siglo que de abogado de Nueva Orleans. Pese a que el día estaba despejado, llevaba un paraguas perfectamente enrollado, que sujetaba con cuidado bajo el brazo. De una de sus manos, enfundada en un guante de color leonado, colgaba un maletín de piel de cocodrilo. Se puso un bombín en la cabeza, y le dio un golpe seco.

—¿Vamos, señor Pendergast?

Tendió una mano hacia el lado derecho de la casa, donde había un arboreto lleno de malas hierbas, delimitado por un seto.

—Por supuesto, señor Ogilby.

—Gracias.

Se puso rápidamente en cabeza, barriendo la hierba húmeda con los faldones del chaqué. Pendergast le siguió más despacio, con menos determinación. Al llegar al seto, Ogilby empujó una pequeña puerta y entraron en el arboreto. El letrado se volvió y, con una sonrisa maliciosa, dijo:

—¡Cuidado con el fantasma!

—Eso sería emocionante —contestó Pendergast en tono jocoso.

El abogado mantuvo su paso apresurado mientras seguían un camino que había sido de grava, pero que ahora estaba invadido por la maleza. Se dirigieron hacia un espécimen de tuya péndula tras la que se veía una verja de hierro oxidada, en torno a una pequeña parcela. Dentro, entre la hierba y la maleza, despuntaban sin orden ni concierto un gran número de lápidas de pizarra y de mármol, algunas verticales y otras inclinadas.

El caballero, cuyos pantalones negros con raya ya tenían empapado el dobladillo, se detuvo frente a una de las lápidas más grandes, se volvió y cogió el maletín con las dos manos, en espera de que lo alcanzara su cliente. Antes de colocarse junto al pulcro hombrecillo, Pendergast, acariciándose el pálido mentón, dedicó una mirada pensativa al cementerio privado.

—¡Bien, ya estamos aquí de nuevo! —dijo el letrado con una sonrisa profesional.

Pendergast asintió distraídamente. Después se arrodilló, apartó la hierba del frontal de la lápida y leyó en voz alta:

Hic Iacet Sepultus
Louis de Frontenac Diogenes Pendergast
2 abr. 1899 – 15 mar. 1975
Tempus Edax Rerum

Detrás de él, el señor Ogilby apoyó el maletín sobre la lápida, levantó los cierres y sacó un documento. Lo depositó sobre la tapa del maletín, en equilibrio encima de la lápida.

—Señor Pendergast...

Le tendió una pluma de plata maciza y Pendergast firmó el documento.

El abogado recuperó la pluma, firmó a su vez con rúbrica, imprimió el sello notarial y volvió a guardar el documento en el maletín, que cerró de golpe, con cierres y llave.

—¡Hecho! —dijo—. Ahora hay constancia oficial de que ha visitado la tumba de su abuelo. No tendré que desheredarle del fondo fiduciario de la familia Pendergast. ¡Al menos de momento!

Soltó una risita.

Pendergast se levantó. El hombrecillo le ofreció una mano regordeta.

—Siempre es un placer, señor Pendergast. ¿Puedo contar con el honor de su compañía dentro de otros cinco años?

—El placer ha sido mío, y también lo será entonces —contestó Pendergast con una sonrisa irónica.

—¡Magnífico! Entonces regreso a la ciudad. ¿Me acompaña usted?

—Creo que pasaré a ver a Maurice. Se llevaría un gran disgusto si me fuera sin hacerle una visita.

—¡Por supuesto! Pensar que ha cuidado de Penumbra sin ayuda de nadie desde hace... ¿Cuánto? ¿Doce años? Sabe, señor Pendergast... —El hombrecillo se acercó y bajó la voz, como si fuera a contarle un secreto—. Debería reformar todo esto, de verdad. Le ofrecerían una cantidad muy respetable. ¡Muy respetable! Hoy en día, estas plantaciones de antes de la guerra hacen furor. ¡Quedaría perfecto como Bed & Breakfast!

—Gracias, señor Ogilby, pero creo que la conservaré un poco más.

—¡Como guste, como guste! Pero no se quede cuando anochezca, con el fantasma de la familia...

El hombrecillo se alejó, riéndose entre dientes y balanceando el maletín. Enseguida desapareció, dejando a Pendergast en el cementerio familiar. Pendergast oyó el motor del Mercedes y un crujido de grava que dejó rápidamente paso al silencio.

Paseó durante unos minutos, leyendo las inscripciones de las lápidas. Cada nombre resucitaba un recuerdo más extraño y excéntrico que el anterior. Muchos de los restos correspondían a miembros de la familia exhumados de las ruinas de la cripta de la mansión Pendergast de la calle Dauphine, tras el incendio; otros antepasados habían expresado su deseo de ser sepultados en el campo.

La luz dorada fue apagándose mientras el sol se escondía detrás de los árboles. Empezaron a flotar unas pálidas brumas sobre el césped, llegadas del manglar. El aire olía a verde, a musgo y helecho. Pendergast se quedó un buen rato en el cementerio, silencioso e inmóvil, mientras anochecía en la finca. Por los árboles del arboreto empezaron a filtrarse luces amarillas procedentes de las ventanas de la mansión. El aire llevaba ráfagas de humo de roble, cargadas del recuerdo irresistible de los veranos de su infancia. Al mirar hacia arriba, vio que de una de las grandes chimeneas de ladrillo de la casa de la plantación se alzaba una columna perezosa de humo azul. Saliendo de su ensimismamiento, abandonó el cementerio, cruzó el arboreto y subió al porche cubierto, cuyos tablones combados protestaron bajo sus pies.

Llamó a la puerta y se apartó, esperando. Un crujido en el interior de la casa; ruido de pasos lentos; un sinfín de pestillos y cadenas; y, al bascular el portón, un anciano encorvado, de raza indefinida, con un uniforme antiguo de mayordomo y el semblante grave.

—Señor Aloysius —dijo con exquisita contención, sin tender inmediatamente la mano.

Cuando Pendergast alzó la suya, fue correspondido por el anciano, cuya nudosa mano recibió un amistoso apretón.

—¿Cómo estás, Maurice?

—Regular —contestó el anciano—. He visto cómo llegaban los coches. ¿Una copa de jerez en la biblioteca, señor?

—Perfecto, gracias.

Maurice se volvió y se alejó despacio por el recibidor, hacia la biblioteca. Pendergast fue tras él. La chimenea estaba encendida, no tanto para dar calor cuanto para ahuyentar la humedad.

Maurice rebuscó en el aparador, entre un ruido de botellas, y tras llenar hasta la mitad una minúscula copa de jerez, la colocó sobre una bandeja de plata y la sirvió ceremoniosamente. Pendergast la cogió, bebió un poco y miró a su alrededor. Nada había cambiado a mejor. Había manchas en el papel pintado y bolas de polvo en los rincones. Se oía un susurro de ratas dentro de los muros. La casa había decaído de forma considerable durante los cinco años transcurridos desde su última visita.

—Es una lástima que no hayas querido que contratara a un ama de llaves, Maurice. Ni a una cocinera. Habría aliviado tus deberes.

—¡Tonterías! Para cuidar de la casa me basto.

—No me parece seguro que vivas aquí solo.

—¿Seguro? Por supuesto que es seguro. De noche lo cierro todo con llave.

—Naturalmente.

Pendergast bebió un sorbo del oloroso y excelente jerez seco y se preguntó distraídamente cuántas botellas debían de quedar en la enorme bodega. Seguro que muchas más de las que pudiera consumir en lo que le quedaba de vida, sin contar el vino, el oporto y el coñac añejo. A medida que se habían ido extinguiendo los miembros de su familia, las diversas bodegas —y no solo estas, sino todo el patrimonio— habían pasado a ser de su propiedad, el último superviviente en su sano juicio.

Dio otro sorbo y dejó la copa.

—Maurice, creo que voy a dar una vuelta por la casa. Por los viejos tiempos.

—Sí, señor. Si necesita algo, aquí me tiene.

Pendergast se levantó y salió al recibidor, abriendo las puertas correderas empotradas. Pasó un cuarto de hora yendo y viniendo por las habitaciones de la planta baja: la cocina vacía y las salas de estar, el salón de visitas, la despensa y la sala de fiestas. La casa olía vagamente a su niñez —a cera de muebles, roble viejo y un toque casi imperceptible del perfume de su madre—, un olor que subyacía a otro mucho más reciente de humedad y moho. Todo estaba en su sitio, hasta el último objeto, adorno, cuadro, pisapapeles o cenicero de plata, y todo, hasta lo más pequeño, acumulaba mil recuerdos de personas que ya llevaban tiempo bajo tierra, de bodas, bautizos y velatorios, de cócteles, fiestas de disfraces y estampidas de niños a lo largo de los pasillos, entre las exclámaciones de advertencia de sus tías.

Todo desaparecido, todo.

Subió por la escalera al primer piso. En el distribuidor había dos pasillos, uno a cada lado, que llevaban a los dormitorios de las dos alas de la casa. Justo delante estaba el salón, al que se entraba cruzando un arco protegido por dos colmillos de elefante.

Entró. En el suelo se extendía una alfombra de cebra, y sobre la repisa de la enorme chimenea descansaba la cabeza de un búfalo del Cabo, que le miraba furibunda con sus ojos de cristal. De las paredes colgaban varias cabezas más: de kudu, de cefalofo, de ciervo, de venado, de cierva, de jabalí y de alce.

Juntó las manos en la espalda y dio un lento paseo por la habitación. Al ver aquella colección de cabezas, aquellos centinelas silenciosos de recuerdos y hechos de un pasado remoto, no pudo evitar pensar en Helen. De noche había tenido la misma pesadilla de siempre, con su viveza y su horror habituales, y sus malévolos efectos perduraban como una úlcera en la boca del estómago. Tal vez aquella sala pudiera exorcizar ese demonio, aunque solo fuera por unos instantes. Aunque no desaparecería nunca, por supuesto.

Al fondo, arrimada contra la pared, estaba la vitrina cerrada con llave donde se exponía su colección de escopetas de caza. Le enfermaba el mero hecho de pensarlo. Era un deporte salvaje y sangriento: disparar un proyectil metálico de quinientos granos para que penetrase a seiscientos metros por segundo en un animal salvaje. Le extrañó haber sentido su atracción de joven. Pero a Helen le encantaba cazar, singular afición en una mujer. Claro que Helen era una mujer singular. Muy poco corriente.

Miró por el cristal ondulado y sucio de polvo. Detrás estaba la escopeta Krieghoff de dos cañones de Helen, con unos grabados e incrustaciones exquisitos de plata y oro en las placas laterales, y la culata de nogal bruñida por el uso. Había sido su regalo de bodas, justo antes de partir al safari de luna de miel, a cazar búfalos del Cabo en Tanzania. Una escopeta muy bella, con maderas nobles y metales preciosos por valor de seis cifras... al servicio del objetivo más cruel.

Al mirarla, observó que había un rastro de herrumbre al borde del cañón.

Se asomó rápidamente a la puerta del salón y llamó mirando hacia la escalera:

—Maurice... ¿Me harías el favor de traerme la llave del armario de las escopetas?

Un buen rato después apareció Maurice en el vestíbulo.

—Sí, señor.

Dio media vuelta y desapareció de nuevo. Al cabo de un momento, hizo crujir la escalera mientras subía despacio con una llave de hierro fuertemente sujeta en su mano venosa. Pasó junto a Pendergast, se paró frente al armario de las armas, insertó la llave y la giró.

—Ya está, señor.

Su rostro se mantuvo impasible, pero Pendergast se alegró de percibir en él un sentimiento de orgullo: por tener a disposición la llave y por el simple hecho de resultar útil.

—Gracias, Maurice.

El sirviente asintió y se fue.

Pendergast metió la mano en el interior de la vitrina y cogió, muy lentamente, el metal frío del doble cañón. Sintió un hormigueo en los dedos, solo de tocarlo. Por algún motivo se le estaba acelerando el pulso; sin duda eran los efectos prolongados de la pesadilla. Sacó el arma y la dejó sobre la mesa del centro de la sala. Después, sacó todos los accesorios de limpieza de un cajón de debajo del armario y los dispuso junto a la escopeta. Tras limpiarse las manos, cogió el arma, la abrió y miró por los dos cañones.

Se llevó una sorpresa. Uno, el de la derecha, estaba lleno de porquería, pero el otro estaba limpio. Dejó el arma sobre la mesa, pensativo, y volvió a asomarse a la escalera.

—Maurice...

Nuevamente apareció el criado.

—¿Sí, señor?

—¿Sabes si alguien ha disparado con la Krieghoff desde... que murió mi mujer?

—Señor, usted dio órdenes expresas de que nadie la tocase. Yo personalmente he guardado la llave. Nunca se ha acercado nadie a la vitrina.

—Gracias, Maurice.

—No hay de qué, señor.

Pendergast volvió al salón, y esta vez cerró la puerta. Sacó de un escritorio un viejo papel de carta, le dio la vuelta y lo dejó sobre la mesa. Después metió un cepillo en el cañón derecho, hizo que se derramara parte de la mugre en el papel y la examinó: trocitos de una sustancia quemada, como de papel. Metió una mano en el bolsillo de su traje y sacó la lupa que llevaba siempre encima. Se la acercó al ojo y examinó con mayor atención los trocitos. No cabía duda: eran trozos de taco, chamuscados y carbonizados.

Sin embargo, los cartuchos 500/416 NE no llevaban taco; únicamente la bala, la cápsula y el propulsor de cordita. No era un cartucho que pudiera dejar aquel tipo de suciedad, ni siquiera los defectuosos.

Examinó el cañón izquierdo, y lo encontró limpio y bien engrasado. Pasó un trapo, empujándolo con el cepillo de limpiar. No había suciedad de ningún tipo.

Se incorporó, con una brusca actividad mental. La última vez que se había disparado aquella escopeta fue aquel día aciago.

Hizo el esfuerzo de rememorarlo. Hasta entonces había intentado evitarlo a toda costa —al menos cuando estaba despierto—, pero una vez que empezó a recordar, no le fue difícil evocar los detalles; hasta el último instante de la caza estaba grabado en su memoria, a fuego, para siempre.

Helen solo había disparado una vez con la escopeta. La Krieghoff tenía dos gatillos, uno detrás del otro. El de delante accionaba el cañón derecho, y era el que solía apretarse primero. También era el que había apretado Helen. El disparo había ensuciado el cañón derecho.

Su único disparo no había logrado alcanzar al león. Pendergast siempre lo había atribuido a los arbustos, o tal vez al nerviosismo del momento.

Sin embargo, Helen no era una persona que se pusiera nerviosa, ni siquiera en las situaciones más extremas. Casi nunca erraba el tiro. Tampoco lo había errado aquella última vez... o no lo habría errado si el cañón derecho hubiera estado bien cargado.

Pero no estaba bien cargado; tan solo llevaba una bala de fogueo.

Para producir un ruido y retroceso similares, tendría que llevar un taco grande y apretado, que ensuciase el cañón exactamente como acababa de observar Pendergast.

A un hombre menos dueño de sí mismo, la intensidad emocional de aquellos pensamientos podría haber hecho flaquear su cordura. Por la mañana, en el campamento, Helen había cargado la escopeta con cartuchos de punta blanda 500/416 NE, justo antes de seguir al león por la sabana. Pendergast estaba seguro, porque había visto cómo lo hacía. También estaba seguro de que no eran cartuchos de fogueo, ya que nadie habría confundido un cartucho de fogueo con taco con una bala de sesenta gramos, y Helen menos que nadie. Se acordaba claramente de las puntas redondas de cobre de las balas mientras Helen las introducía en los cañones.

Entre el momento en el que Helen había cargado la Krieghoff con cartuchos de punta blanda y el momento del disparo, alguien había sacado los cartuchos sin disparar y los había sustituido por otros de fogueo. Después de la caza, alguien había sacado los dos de fogueo (uno disparado y el otro sin disparar) para encubrir su acción. Pero había cometido un pequeño error: al no limpiar el cañón disparado había dejado la suciedad inculpatoria.

Pendergast se apoyó en el respaldo de la silla y se tapó la boca con una mano ligeramente temblorosa.

La muerte de Helen Pendergast no había sido un trágico accidente. Había sido un asesinato.

6

Nueva York

Sábado, cuatro de la madrugada. El teniente Vincent D'Agosta
se abrió camino entre la multitud, se agachó para cruzar la cinta
y se acercó al cadáver, tendido en la acera ante uno de los innumerables restaurantes indios de la calle Seis Este, todos idénticos. La sangre acumulada había formado un charco en el que los
rojos y violetas del letrero luminoso del mugriento escaparate
del local se reflejaban con un esplendor surrealista.

El delincuente había recibido como mínimo una docena de
disparos, y estaba muerto, muy muerto. Yacía de lado, hecho un
ovillo, con un brazo extendido y la pistola a seis metros. Un investigador de la policía científica estaba midiendo con una cinta
métrica la distancia entre la mano abierta y la pistola.

El cadáver era de un varón caucásico, flaco, de algo más de
treinta años, que se estaba quedando calvo. Parecía un palo roto,
con las piernas torcidas, una rodilla levantada hacia el pecho, la
otra extendida hacia atrás y los brazos en cruz. Los dos policías
que le habían disparado, un negro musculoso y un hispano nervudo, estaban cerca, hablando con un agente de Asuntos Internos.

D'Agosta se acercó, saludó con la cabeza al de Asuntos Internos y estrechó la mano de los dos policías. Se las notó suda-
das, nerviosas.

«Es muy duro haber matado a alguien —pensó D'Agosta—.
Nunca se supera del todo.»

—Teniente —dijo atropelladamente uno de los policías, ansioso de volver a contar lo sucedido a unos oídos nuevos—, acababa de atracar el restaurante a mano armada, y corría calle abajo. Nosotros nos hemos identificado y le hemos mostrado las placas; entonces ha empezado a pegar tiros. El muy cabrón iba corriendo a la vez que vaciaba el cargador. Había civiles en la calle, así que no hemos tenido más remedio. Debíamos dispararle. No había más remedio, se lo aseguro.

D'Agosta le puso la mano en el hombro y se lo apretó amistosamente, a la vez que echaba un vistazo a su identificación.

—Tranquilo, Ocampo, habéis hecho lo que teníais que hacer. La investigación lo demostrará.

—Ese tipo ha empezado a pegar tiros como si fuera el fin del mundo...

—Para él lo ha sido. —D'Agosta se llevó aparte al investigador de Asuntos Internos—. ¿Algún problema?

—Lo dudo, señor. Aunque hoy en día siempre hay una vista, pero el caso está muy claro.

El agente cerró la libreta. D'Agosta bajó la voz.

—Ocúpese de que estos dos hombres reciban ayuda psicológica. Y asegúrese de que no digan nada más hasta haber hablado con los abogados del sindicato.

—Entendido.

D'Agosta miró el cadáver, pensativo.

—¿Cuánto había sacado?

—Doscientos veinte, más o menos. Un drogadicto de mierda. Fíjese, se lo ha comido el caballo.

—Qué triste. ¿Alguna identificación?

—Warren Zabriskie, con domicilio en Far Rockaway.

D'Agosta miró a su alrededor, sacudiendo la cabeza. Difícilmente se podía dar un caso más claro: dos únicos policías; el delincuente muerto, de raza blanca; innumerables testigos, y todo grabado por las cámaras de seguridad. Caso abierto, caso cerrado. No se presentaría ningún activista para armar un escándalo, ni habría manifestaciones de protesta o acusaciones de brutalidad policial. El pistolero había recibido su merecido. En eso estarían todos de acuerdo, aunque fuera a regañadientes.

D'Agosta miró a su alrededor. A pesar del frío, se había formado una multitud bastante numerosa al otro lado de la cinta: rockeros, *yupsters* y metrosexuales de East Village, o como diablos se llamasen ahora. La unidad forense seguía ocupada con el cadáver, mientras los de urgencias esperaban a un lado y el dueño del restaurante atracado respondía a las preguntas de unos detectives. Todos hacían su trabajo. Todo estaba controlado. Una mierda de caso, absurdo, estúpido, que generaría un alud de documentos, entrevistas, informes, análisis, cajas de pruebas, vistas orales y ruedas de prensa. Todo por doscientos miserables dólares para un chute.

Justo cuando se preguntaba cuánto tiempo tardaría en poder escapar con elegancia, oyó un grito y vio movimiento al fondo de la zona acordonada. Alguien había cruzado la cinta y había entrado sin permiso en el lugar de la investigación. Se volvió, irritado, y topó con el agente especial A. X. L. Pendergast, al que perseguían dos policías de uniforme.

—¡Eh, usted...! —exclamó uno de ellos, cogiendo a Pendergast de malas maneras por el hombro.

El agente se zafó con habilidad, sacó su placa y se la puso ante las narices.

—Pero ¿qué...? —exclamó el policía, apartándose—. FBI. Es del FBI.

—¿Qué está haciendo aquí? —preguntó el otro.

—¡Pendergast! —llamó D'Agosta, yendo a toda prisa a su encuentro—. ¿Qué coño hace aquí? Este tiroteo no es exactamente de su...

Pendergast le hizo callar con un gesto brusco, cortando con la mano el aire entre los dos. En la penumbra de los fluorescentes, su cara se veía tan blanca que casi parecía un espectro, con su habitual traje negro hecho a medida, que le daba el aspecto de un próspero director de funeraria. Esta vez, sin embargo, por alguna razón no parecía el mismo. En absoluto.

—Tengo que hablar con usted. Ahora.

—Por supuesto. En cuanto haya resuelto esto...

—Quiero decir ahora mismo, Vincent.

D'Agosta le observó. No era el Pendergast sereno y compuesto a quien tan bien conocía; descubrió una nueva faceta en él: rabioso, brusco, con movimientos atropellados. Para colmo —observó al someterle a un examen más atento—, su traje, normalmente inmaculado, estaba lleno de arrugas.

Pendergast se volvió y le cogió por la solapa.

—Tengo que pedirle un favor. Más que un favor. Acompáñeme.

D'Agosta estaba demasiado sorprendido por su vehemencia para no obedecer. Abandonó el lugar de los hechos y, bajo la mirada atenta de sus colegas de la policía, siguió a Pendergast al otro lado de la multitud y por la calle hasta donde esperaba en punto muerto el Rolls del agente. Proctor, el chófer, estaba al volante, con una neutralidad muy estudiada en sus facciones.

D'Agosta prácticamente tuvo que correr para no quedarse rezagado.

—Ya sabe que puede contar con mi ayuda...

—No diga nada. No hable hasta haber oído lo que tengo que decirle.

—De acuerdo —se apresuró a añadir D'Agosta.

—Suba.

Pendergast se deslizó en la parte trasera, seguido por D'Agosta. El agente abrió un panel de la puerta y apareció un minúsculo bar. Cogió un decantador de cristal tallado, se echó tres dedos de brandy en una copa y se bebió de un solo trago la mitad. Después dejó el decantador en su sitio y se volvió hacia D'Agosta con un intenso brillo en sus ojos plateados.

—Sé que no es una petición normal. Si no puede, o no quiere, lo entenderé. Pero no me atosigue con preguntas, Vincent, no tengo tiempo. No tengo tiempo, y punto. Escúcheme y luego deme su respuesta.

D'Agosta asintió con la cabeza.

—Necesito que se tome un permiso. Quizá de un año.

—¿Un... año?

Pendergast se echó el resto de la copa entre pecho y espalda.

—Podrían ser meses, o tal vez semanas. Es imposible saber cuánto durará.

—¿Cuánto durará qué?

Al principio el agente no contestó.

—¿Nunca le había hablado de mi difunta esposa, Helen?

—No.

—Murió hace doce años, cuando estábamos de safari en África. La atacó un león.

—Dios mío... Lo siento.

—En su momento, lo atribuí a un terrible accidente. Pero ahora sé que no lo fue.

D'Agosta se mantuvo a la espera.

—Ahora sé que la asesinaron.

—Dios santo.

—Sin embargo, el rastro ya se ha enfriado. Vincent, le necesito. Necesito su habilidad, su dominio de la calle, su conocimiento de las clases trabajadoras y su forma de pensar. Necesito que me ayude a encontrar a la persona o personas que lo hicieron. Naturalmente, correré con todos los gastos, y me ocuparé de que le mantengan el sueldo y las prestaciones médicas.

El interior del coche se quedó en silencio. D'Agosta estaba anonadado. ¿Qué implicaría para su carrera, su relación con Laura Hayward y... su futuro? Era una irresponsabilidad. No, más que eso: una locura absoluta.

—¿Sería una investigación oficial?

—No. Solo estaríamos usted y yo. El asesino puede hallarse en cualquier lugar del mundo. Actuaremos completamente fuera del sistema, de cualquier sistema.

—¿Y cuando encontremos al asesino? Entonces ¿qué?

—Nos encargaremos de que se haga justicia.

—¿Es decir?

Pendergast se sirvió más brandy en la copa con un gesto brusco, lo engulló y volvió a fijar en D'Agosta sus ojos fríos de platino.

—Le mataremos.

7

El Rolls-Royce iba lanzado por Park Avenue, donde se cruzaba con las manchas amarillas de los taxis nocturnos. D'Agosta iba detrás, al lado de Pendergast, incómodo y reprimiendo una mirada de curiosidad al agente del FBI. Nunca le había visto así: impaciente, descuidado, pero lo más llamativo era que no escondía sus emociones.

—¿Desde cuándo lo sabe? —se atrevió a preguntar.

—Desde esta tarde.

—¿Y cómo lo ha averiguado?

Pendergast no contestó de inmediato. Miró por la ventana justo cuando el Rolls efectuaba un giro brusco por la calle Setenta y dos y la enfilaba rumbo al parque. Después volvió a dejar la copa de brandy vacía —que había sostenido en la mano durante todo el trayecto hacia la parte alta, sin prestarle atención— en su sitio del pequeño bar, y respiró profundamente.

—Hace doce años, en Zambia, nos pidieron a Helen y a mí que matásemos un león que devoraba a las personas, y que se distinguía por tener la melena roja. Cuarenta años atrás, otro león igual había sembrado el terror en la zona.

—¿Por qué se lo pidieron precisamente a ustedes?

—Es una de las condiciones para obtener un permiso de caza profesional. Si lo piden las autoridades, se tiene la obligación de matar a cualquier animal que ponga en peligro las aldeas o los campamentos. —Pendergast seguía mirando por la ventanilla—. El león había matado a un turista alemán en un campamento de safaris. Helen y yo hicimos el viaje desde nuestro campamento para abatirlo.

Cogió la botella de brandy, la miró y la dejó otra vez en su soporte. Para entonces, el gran coche ya cruzaba Central Park, bajo unas ramas esqueléticas que enmarcaban un cielo nocturno amenazador.

—El león, que estaba escondido, se nos echó encima y nos atacó a mí y al rastreador. Cuando el animal volvía a los arbustos, Helen le disparó, pero pareció que fallase. Después fue a ayudar al rastreador... —Le tembló la voz. Se calló y recuperó la compostura—. Fue a ayudar al rastreador y el león volvió a salir del matorral. Se la llevó a rastras. Fue la última vez que la vi, al menos viva.

—Dios mío...

D'Agosta sintió un escalofrío de horror.

—Esta misma tarde, en la antigua plantación de mi familia, he examinado por casualidad su escopeta y he descubierto que aquella mañana, hace doce años, alguien sacó las balas y las sustituyó por otras de fogueo. No falló el disparo... porque no hubo disparo.

—Joder... ¿Está seguro?

Pendergast apartó la mirada de la ventanilla para clavarla en D'Agosta.

—Vincent, ¿cree que le estaría contando todo esto, que estaría aquí si no estuviera completamente seguro?

—Perdone.

Hubo un breve silencio.

—¿Y lo ha descubierto esta tarde, en Nueva Orleans?

Pendergast asintió con un gesto seco.

—He venido en avión privado.

El Rolls frenó ante la entrada del edificio Dakota en la calle Setenta y dos. Pendergast se apeó antes de que el coche se parase. En cuatro zancadas dejó atrás la portería y la bóveda de piedra de la entrada de carruajes, haciendo caso omiso de los goterones de lluvia que habían empezado a estrellarse contra la acera. D'Agosta le siguió medio corriendo, mientras el agente cruzaba a paso rápido un espacioso patio interior, entre plantas cuidadas primorosamente y el murmullo de fuentes de bronce, y penetraba en un estrecho vestíbulo de la esquina sudoeste del bloque de apartamentos. Pulsó el botón del ascensor, que se abrió con un susurro. Subieron en silencio. Un minuto después, el ascensor les dejó en un pequeño espacio con una sola puerta al fondo. A simple vista no se apreciaba ningún mecanismo de cierre, pero cuando Pendergast pasó las yemas de los dedos por la superficie, haciendo un movimiento extraño, D'Agosta oyó el inconfundible clic de una cerradura al abrirse. Pendergast empujó la puerta y apareció el recibidor: luz tenue, tres paredes pintadas de rosa y otra de mármol negro, por cuya superficie caía una fina lámina de agua.

Pendergast señaló los sofás de cuero negro distribuidos por la habitación.

—Tome asiento. No tardaré.

Mientras D'Agosta se sentaba, el agente del FBI cruzó una puerta situada en una de las paredes. El teniente se apoyó en el respaldo y se relajó con el suave borboteo del agua, los bonsáis y el aroma de las flores de loto. Las paredes del edificio eran tan gruesas, que apenas oyó los truenos inaugurales en el exterior. La habitación parecía diseñada en todos sus detalles para aportar tranquilidad; y, sin embargo, no se sentía en absoluto tranquilo. Volvió a preguntarse cómo justificaría un permiso tan repentino: ante su jefe, pero sobre todo ante Laura Hayward.

Pendergast tardó unos diez minutos en regresar. Se había afeitado y se había puesto un traje limpio. También se le veía más compuesto, algo más parecido al Pendergast de siempre, aunque D'Agosta seguía percibiendo una gran tensión bajo la superficie.

—Gracias por esperar, Vincent —dijo, haciéndole una seña—. Sigamos.

D'Agosta lo acompañó por un largo pasillo, iluminado tan tenuemente como el recibidor. Miró a ambos lados con curiosidad: una biblioteca, una sala con todas las paredes cubiertas de cuadros al óleo y una bodega de vino. Pendergast se paró ante la única puerta cerrada del pasillo, que abrió haciendo el mismo gesto extraño con sus dedos sobre la madera. La habitación del otro lado era tan pequeña que a duras penas cabían una mesa y dos sillas. Una de las paredes laterales estaba casi totalmente ocupada por una gran caja fuerte de acero, parecida a las de los bancos, de más de un metro de anchura.

Pendergast volvió a indicar por señas a D'Agosta que tomara asiento, antes de desaparecer por el pasillo. Volvió al cabo de un rato, llevando en una mano un maletín de piel, como los que usan los médicos. Lo dejó encima de la mesa, lo abrió y sacó una gradilla de tubos de ensayo y varios frascos con tapones de cristal, que distribuyó con cuidado sobre la madera bruñida. Su mano tembló —una sola vez—, y los tubos de ensayo tintinearon suavemente en respuesta. Una vez desembalado todo el instrumental, se volvió hacia la caja fuerte y la abrió mediante cinco o seis giros del disco. Cuando hizo bascular la pesada puerta, D'Agosta vio en el interior una cuadrícula de cajones con la parte delantera de metal, que recordaban las cajas de depósito de las cámaras acorazadas. Pendergast eligió uno, lo sacó y lo dejó sobre la mesa. Después cerró la caja fuerte y se sentó frente a D'Agosta, en la otra silla.

Permaneció inmóvil unos instantes. Después, el redoble sordo y lejano de otro trueno pareció despertarle. Sacó un pañuelo de seda blanca del maletín y lo desdobló sobre la mesa. A continuación se acercó la caja de acero, levantó la tapa y sacó dos objetos de su interior: un recio mechón de pelo rojo y un anillo de oro con un hermoso zafiro estrella engastado. Para coger el mechón usó un fórceps, mientras que levantó el anillo con la mano desnuda, en un gesto tan lleno de inconsciente ternura que a D'Agosta se le partió el corazón.

—Estos son los objetos que cogí del cadáver de Helen. —La luz indirecta exageraba los huecos de su rostro demacrado—. No los había mirado en casi doce años. Su alianza... y el mechón que arrancó de la melena del león mientras la devoraba. Lo encontré aferrado en su mano izquierda, cortada.

D'Agosta hizo una mueca.

—¿Qué piensa hacer? —preguntó.

—Seguir una corazonada.

Pendergast abrió los frascos con tapones de cristal y echó distintos polvos en los tubos de ensayo. Luego, usó el fórceps para arrancar algunos fragmentos de melena del mechón rojizo y dejó caer con cuidado unos cuantos pelos en cada probeta. Por último, sacó de la bolsa un frasquito marrón, cuyo tapón era un cuentagotas de caucho. Desenroscó el cuentagotas y dejó caer varias gotas de un líquido claro en cada tubo de ensayo. En los primeros cuatro tubos no se apreció ninguna reacción. En cambio, el líquido del quinto adquirió de inmediato un color verde pálido, como de té verde. Durante un momento, Pendergast miró atentamente ese tubo. Después utilizó una pipeta para extraer una pequeña muestra y depositarla sobre una pequeña tira de papel que había sacado de la bolsa.

—Un pH de 3,7 —dijo tras examinar la tira—. Precisamente el tipo de ácido suave necesario para desprender las moléculas de lawsone de la hoja.

—¿La hoja de qué? —preguntó D'Agosta—. ¿De qué habla?

Pendergast levantó la vista de la tira de papel para mirarle, y volvió a bajarla.

—Podría hacer más pruebas, pero no le veo mucho sentido. La melena del león que mató a mi esposa había sido tratada con moléculas procedentes de la planta *Lawsonia inermis*, vulgarmente conocida como henna.

—¿Henna? —repitió D'Agosta—. ¿Quiere decir que tiñeron la melena de rojo?

—Exactamente. —Pendergast volvió a levantar la vista—. Proctor le llevará a su casa. Puedo concederle tres horas para los preparativos necesarios. Ni un minuto más.

—¿Cómo dice?

—Vincent, nos vamos a África.

8

D'Agosta, algo dubitativo, estaba en el recibidor del pulcro piso de dos dormitorios que compartía con Laura Hayward. Técnicamente, el piso era de ella, pero desde hacía poco pagaban el alquiler a medias. Lograr esa concesión le había llevado meses. Ahora, D'Agosta esperaba fervientemente que el brusco giro de los acontecimientos no invalidase todos los esfuerzos que había hecho para arreglar su relación.

Miró fijamente por la puerta del dormitorio principal. Hayward estaba sentada en la cama, preciosa, pese a que la hubieran sacado de un profundo sueño hacía apenas un cuarto de hora. Según el reloj de la cómoda, eran las seis menos diez. Parecía mentira que la vida de D'Agosta hubiera dado un vuelco tan drástico en solo una hora y media.

Hayward sostuvo su mirada, con una expresión inescrutable.

—¿Eso es todo? —dijo—. ¿Llega Pendergast caído del cielo, con no sé qué historia, y ¡zas! te dejas secuestrar?

—Laura, acaba de descubrir que a su mujer la asesinaron. Cree que soy el único que puede ayudarle.

—¿Ayudarle? ¿Y si te ayudaras a ti mismo? ¿Te das cuenta de que aún estás saliendo del agujero en el que te metiste por culpa del caso Diógenes? Agujero que, dicho sea de paso, cavó Pendergast.

—Es mi amigo —contestó D'Agosta; una pobre excusa, incluso para él.

—Es increíble. —Hayward sacudió su larga melena negra—. Me acuesto y te llaman por un homicidio de rutina, y ahora, al despertar, te encuentro haciendo el equipaje para irte de viaje. ¿Ni siquiera puedes decirme cuándo volverás?

—No estaré fuera mucho tiempo, cariño. Para mí este trabajo también es importante.

—¿Y yo? ¿Qué pasa conmigo? No es el trabajo lo único que dejas plantado.

D'Agosta entró en la habitación y se sentó en el borde de la cama.

—Juré que no te mentiría nunca más. Por eso te lo cuento todo. Tú eres lo más importante de mi vida. —Respiró hondo—. Si me pides que me quede, me quedaré.

Durante un minuto, ella se limitó a mirarle. Después, su expresión se suavizó y sacudió la cabeza.

—Ya sabes que no puedo. No podría interponerme entre tú y este... esta misión.

Él le cogió la mano.

—Volveré en cuanto pueda. Y te llamaré a diario.

Ella se metió un mechón de pelo detrás de la oreja, con la punta de un dedo.

—¿Ya se lo has dicho a Glen?

—No. He venido directamente del piso de Pendergast.

—Será mejor que le llames y le des la noticia de que te vas de permiso sin fecha prevista de regreso. ¿Te das cuenta de que podría denegártelo? ¿Qué harías entonces?

—Tengo que hacerlo.

Hayward apartó la manta y puso los pies en el suelo. Al ver sus piernas, D'Agosta sintió una súbita punzada de deseo. ¿Cómo podía separarse de aquella preciosa mujer, no ya un día, sino una semana, un mes... un año?

—Te ayudaré a hacer las maletas —dijo ella.

Él carraspeó.

—Laura...

Ella le puso un dedo en los labios.

—Será mejor que no digas nada más.

Él asintió.

Ella se inclinó y le dio un beso suave.

—Solo tienes que prometerme una cosa.

—Lo que quieras.

—Prométeme que te cuidarás. La verdad es que no me importa gran cosa que Pendergast se mate buscando una aguja en un pajar, pero si te pasa algo a ti, me enfadaré mucho. Y ya sabes cómo me pongo.

9

El Rolls, de nuevo con Proctor al volante, rodaba suavemente por la Brooklyn-Queens Expressway, al sur del puente de Brooklyn. D'Agosta vio un par de remolcadores que dejaban una estela de espuma en el East River mientras empujaban una barcaza gigante, cargada de coches prensados. Todo había ocurrido tan deprisa que aún no le entraba en la cabeza. Iban rumbo al aeropuerto JFK, pero antes —le había explicado Pendergast— tendrían que dar un rodeo, corto pero necesario.

—Vincent —dijo Pendergast, sentado al otro lado—, tenemos que prepararnos para enfrentarnos con un deterioro. Me han dicho que últimamente la tía abuela Cornelia ha empeorado.

D'Agosta cambió de postura en el asiento.

—No sé si entiendo por qué es tan importante ir a verla.

—Cabe la posibilidad de que nos aclare algo. Tenía debilidad por Helen. Además, quiero consultarle un par de aspectos de una historia familiar que temo que pueda estar relacionada con el asesinato.

D'Agosta gruñó. A él no le gustaba mucho la tía abuela Cornelia —en realidad, no soportaba a aquella bruja criminal—, y sus contadas visitas al hospital Mount Mercy para delincuentes psicóticos no habían sido exactamente placenteras. Sin embargo, con Pendergast siempre era mejor dejarse llevar.

Al salir de la autovía, hilvanaron diversas callejuelas hasta cruzar un puente estrecho, que llevaba a Little Governor's Island. La carretera discurría sinuosamente por marismas y prados, cubiertos de una niebla matinal que flotaba sobre las aneas. A ambos lados de la calzada aparecieron columnatas de robles viejos, que habían formado parte del acceso a una opulenta finca, aunque el tiempo los había reducido a garras muertas que se elevaban hacia el cielo.

Proctor frenó junto a una garita. Salió un vigilante uniformado.

—¡Caramba, señor Pendergast, qué rapidez!

Les hizo pasar sin la formalidad habitual de firmar.

—¿Qué ha querido decir? —preguntó D'Agosta, mirando al vigilante por encima del hombro.

—No tengo ni idea.

Proctor aparcó en la pequeña zona de estacionamiento. Cuando cruzaron la puerta principal, D'Agosta se quedó sorprendido de que no hubiera nadie en el suntuoso mostrador de recepción. Se advertía cierta prisa y confusión. Mientras buscaban a alguien, se oyó el traqueteo de una camilla que se aproximaba por el pasillo transversal de mármol; transportaba un cadáver debajo de una sábana negra. La empujaban dos robustos auxiliares. D'Agosta vio que entraba una ambulancia por la puerta cochera, sin sirena ni luces que indicasen urgencia.

—¡Buenos días, señor Pendergast! —Apareció en la recepción el doctor Ostrom, el médico de la tía abuela Cornelia, que se acercó rápidamente con la mano tendida y una expresión de sorpresa y consternación—. Menuda... Estaba a punto de llamarle. Venga, por favor.

Siguieron al médico por el pasillo; su antigua elegancia se había visto reducida con el paso del tiempo a una austeridad institucional.

—Tengo malas noticias —dijo Ostrom, al tiempo que seguía caminando—. Su tía abuela ha fallecido hace menos de media hora.

Pendergast se paró, espiró despacio y se le encorvaron visiblemente los hombros. D'Agosta sintió un estremecimiento al darse cuenta de que era muy probable que el cadáver que habían visto fuese el de Cornelia.

—¿Causas naturales? —preguntó Pendergast, inexpresivamente.

—Más o menos. La verdad es que estos últimos días estaba cada vez más nerviosa y tenía más alucinaciones.

Pendergast se quedó pensativo.

—¿Alguna alucinación en particular?

—Nada que valga la pena reseñar. Los temas familiares habituales.

—Aun así, me gustaría oírlo.

Ostrom parecía reacio a entrar en materia.

—Ella creía... creía que iba a venir a Mount Mercy un tal... hum... Ambergris, para vengarse de una atrocidad que ella decía haber cometido hace años.

Volvieron a caminar por el pasillo.

—¿Y daba algún detalle sobre esa atrocidad? —preguntó Pendergast.

—Era todo bastante descabellado. Algo acerca de castigar a un niño por decir palabrotas... —Otra vacilación—. Cortándole la lengua con una cuchilla de afeitar.

Un movimiento ambiguo de la cabeza de Pendergast. D'Agosta sintió que contraía su lengua al pensarlo.

—El caso —prosiguió Ostrom— es que se puso violenta, es decir, más de lo habitual, y que fue necesario sujetarla con correas. Y medicarla. Cuando llegó la hora de la supuesta cita con Ambergris, sufrió una serie de ataques y falleció repentinamente. Ah, ya hemos llegado.

Entró en una habitación pequeña, desprovista de ventanas y decorada de forma austera con cuadros antiguos sin enmarcar y varios adornos blandos; nada, observó D'Agosta, que pudiera ser utilizado como arma o para hacer daño. Habían quitado hasta los bastidores de los cuadros, que estaban colgados con hilo de cometa. Mientras miraba la cama, la mesa, una cesta con flores de seda, una mancha curiosa en la pared, con forma de mariposa, D'Agosta sintió una gran tristeza; de repente, le dio mucha lástima la anciana homicida.

—Queda pendiente qué hacer con los efectos personales

—dijo el médico—. Tengo entendido que estos cuadros tienen bastante valor.

—En efecto —dijo Pendergast—. Envíenlos al departamento de pintura del siglo xix de Christie's, para que salgan a subasta pública, y consideren los beneficios un donativo por sus buenas obras.

—Es usted muy generoso, señor Pendergast. ¿Desea solicitar una autopsia? Cuando muere un paciente recluido en el centro se tiene el derecho legal de...

Pendergast le interrumpió con un gesto brusco de la mano.

—No será necesario.

—¿Y los preparativos del funeral...?

—No habrá funeral. El abogado de la familia, el señor Ogilby, se pondrá en contacto con ustedes y les indicará qué hacer con los restos.

—De acuerdo.

Después de mirar la habitación un momento, como si memorizase todos los detalles, Pendergast se volvió hacia D'Agosta. Su expresión era neutra, pero en sus ojos se leía pena, e incluso desolación.

—Vincent —dijo—, tenemos que coger un avión.

10

Zambia

Según el hombre de la pista de tierra donde habían aterrizado, un tipo con una sonrisa desdentada, aquel vehículo era un Land Rover; una descripción como mínimo benévola, pensó D'Agosta al sujetarse como si le fuera la vida en ello. Al margen de lo que hubiera sido en otros tiempos, a duras penas merecía el apelativo de coche. No tenía ni ventanillas, ni techo, ni radio ni cinturones de seguridad. El capó estaba fijado a la parrilla con un amasijo de alambre de embalar. El chasis estaba tan oxidado que a través de sus enormes agujeros se veía la tierra de la carretera.

Pendergast, que conducía vestido con una camisa de algodón, unos chinos y un sombrero Tilley de safari, esquivó un gigantesco socavón, aunque no pudo evitar pasar por encima de otro más pequeño. El impacto levantó a D'Agosta un buen palmo del asiento. Apretando los dientes, se agarró con más fuerza a la barra antivuelco. «Joder, esto no hay quien lo aguante», se dijo. Se moría de calor, y se le había metido polvo en las orejas, los ojos, la nariz, el pelo y en resquicios que ni siquiera sabía que tuviera. Se planteó pedirle a Pendergast que fuera más despacio, pero al final desistió. Cuanto más se acercaban al lugar donde había muerto Helen Pendergast, más serio estaba el agente.

Pendergast frenó lo justo al llegar a una aldea, la enésima y miserable agrupación de chozas hechas con palos y barro seco que se cocían al sol de mediodía. No tenían electricidad, y había un solo pozo para todos, en el único cruce. Por todas partes deambulaban cerdos, pollos y niños.

—Y yo que creía que el sur del Bronx era cutre... —dijo D'Agosta en voz baja, más para sí mismo que para Pendergast.

—El campamento Nsefu está a quince kilómetros —fue la respuesta del agente mientras pisaba el acelerador.

Pasaron por otro socavón, y D'Agosta volvió a salir despedido por los aires y a aterrizar sobre el coxis. Le dolían los dos brazos por las vacunas, y la cabeza por el sol y la vibración. Prácticamente lo único indoloro que había experimentado en las últimas treinta y seis horas había sido la llamada telefónica a su jefe, Glen Singleton. El capitán le había concedido el permiso sin apenas hacerle preguntas. Casi parecía aliviado de que se fuera.

En media hora llegaron al campemento Nsefu. Mientras Pendergast maniobraba para meterse en un aparcamiento improvisado, bajo un grupo de árboles de las salchichas, D'Agosta echó un vistazo a las pulcras líneas del campamento de safari fotográfico: las inmaculadas chozas de cañas y paja, las grandes estructuras de lona donde ponía «tienda comedor» y «bar», las pasarelas de madera que unían cada construcción a la contigua, y los pabellones de tela bajo los que dormitaban en cómodas tumbonas una docena de turistas gordos y felices, con las cámaras colgando del cuello. Entre los techos había unas cuerdas con lucecitas. Dentro de los arbustos zumbaba un generador. Todo era de colores vivos, casi chillones.

—Esto parece Disneylandia —dijo al salir del vehículo.

—Ha cambiado mucho en doce años —repuso Pendergast, inexpresivo.

Se quedaron un momento a la sombra de los árboles de las salchichas, sin moverse ni hablar. D'Agosta respiró el aroma a humo de leña, el olor punzante de la hierba aplastada y algo más leve que no supo identificar, un toque almizclado, terroso, animal. El sonido de gaita de los insectos se mezclaba con otros ruidos: el zumbido agudo de los generadores, el arrullo de las palomas y el murmullo incesante del río Luangwa, que pasaba cerca. Miró de reojo a Pendergast. El agente estaba encorvado, como si cargase con un insoportable peso. Sus ojos brillaban con un fuego obsesivo, y mientras lo contemplaba todo con lo que parecía una mezcla extraña de avidez y temor, le temblaba erráticamente un músculo en la mejilla. El agente del FBI debió de darse cuenta de que lo estaban escrutando, ya que recuperó la compostura, se irguió y se alisó el chaleco de safari. Sin embargo, sus ojos no perdieron su extraño fulgor.

—Sígame —dijo.

Se puso en cabeza y, dejando atrás los pabellones y la tienda comedor, fue hacia una construcción más pequeña, apartada del resto del campamento, en una arboleda próxima a la orilla del Luangwa. Había un solo elefante, con el barro hasta las rodillas. Justo cuando D'Agosta lo miraba, se llenó la trompa de agua y se la echó por la espalda. Después levantó su cabeza arrugada y emitió un estridente trompeteo, que por unos instantes silenció el zumbido de los insectos.

Era evidente que la construcción pequeña albergaba la administración del campamento. Consistía en un despacho exterior, donde en ese momento no había nadie, y otro interior, cuyo único ocupante escribía diligentemente en un cuaderno, al otro lado de una mesa. Era un hombre de unos cincuenta años, enjuto, con el pelo rubio descolorido por el sol y unos brazos muy morenos.

Levantó la cabeza al oír que se acercaban.

—Dígame. ¿Qué puedo...?

Se quedó sin voz al ver a Pendergast. Evidentemente, esperaba encontrarse con alguno de los huéspedes.

—¿Quiénes son ustedes? —preguntó, levantándose.

—Me llamo Underhill —dijo Pendergast—, y este es mi amigo Vincent D'Agosta.

El hombre de la mesa les miró.

—¿Qué desean?

D'Agosta tuvo la impresión de que no solía recibir visitas inesperadas.

—¿Puedo preguntarle su nombre? —dijo Pendergast.

—Rathe.

—Mi amigo y yo estuvimos aquí de safari hace unos doce años, y como casualmente nos encontrábamos en Zambia, de camino al campamento de caza de Mgandi, se nos ha ocurrido pasar por este lugar.

Sonrió con frialdad. Rathe miró por la ventana, más o menos hacia el aparcamiento improvisado.

—¿Mgandi, dice?

Pendergast asintió con la cabeza.

Rathe gruñó y tendió la mano.

—Perdonen. Pero tal como están las cosas, entre las incursiones rebeldes y todo lo demás, te vuelves un poco asustadizo.

—Lo entiendo.

Señaló dos sillas de madera muy gastadas, delante de la mesa.

—Siéntense, por favor. ¿Les apetece tomar algo?

—A mí no me iría mal una cerveza —dijo inmediatamente D'Agosta.

—Faltaría más. Un momentito.

Rathe se fue, pero regresó enseguida con dos botellas de cerveza Mosi. D'Agosta cogió la suya con un murmullo de agradecimiento; el primer trago le supo a gloria.

—¿Es usted el director del campamento? —preguntó Pendergast, mientras Rathe se sentaba al otro lado de la mesa.

Rathe sacudió la cabeza.

—No, soy el administrador. Ustedes buscan a Fortnum. Todavía no ha vuelto con el grupo de la mañana.

—Fortnum. Ajá. —Pendergast echó un vistazo por encima al despacho—. Supongo que desde la última vez habrá habido varios cambios de personal. Se ve todo bastante distinto.

Rathe sonrió forzadamente.

—Tenemos que seguir el ritmo de la competencia. Hoy en

día, los clientes no se conforman con el paisaje. También exigen comodidad.

—Por supuesto. De todos modos es una lástima, ¿verdad, Vincent? Teníamos la esperanza de ver a algunos conocidos.

D'Agosta asintió. Le habían hecho falta cinco tragos para quitarse el polvo de la garganta.

Pendergast fingió pensar un momento.

—¿Y Alistair Woking? ¿Todavía es jefe de policía del distrito?

Rathe volvió a sacudir la cabeza.

—Murió hace bastante tiempo. Déjeme pensar... Hará casi diez años.

—¿Ah, sí? ¿Qué le pasó?

—Un accidente de caza —contestó el administrador—. Estaban realizando una caza selectiva de elefantes, y Woking fue a observar. Le dispararon en la espalda por error. Un maldito accidente.

—Qué desgracia —dijo Pendergast—. ¿Y dice que la concesión del campamento la tiene ahora un tal Fortnum? Cuando estuvimos aquí de safari, era Wisley, Gordon Wisley.

—Ese todavía anda por ahí —dijo Rathe—. Se jubiló hace dos años. Dicen que vive como un rey; por lo visto cobra de la concesión de caza que tiene cerca de las cataratas Victoria. Está todo el día rodeado de chicos.

Pendergast se volvió hacia D'Agosta.

—Vincent, ¿te acuerdas de cómo se llamaba el que nos llevaba las escopetas?

D'Agosta, sin faltar a la verdad, respondió que no.

—Espere, creo que ya me acuerdo. Wilson Nyala. ¿Hay alguna posibilidad de saludarle, señor Rathe?

—Wilson murió en primavera. De fiebre del dengue. —Rathe frunció el ceño—. Un momento. ¿Ha dicho que les llevaba las escopetas?

—Lástima. —Pendergast cambió de postura en la silla—. ¿Y nuestro rastreador? Jason Mfuni.

—No me suena. Claro que es gente que va y viene constantemente... Pero ¿ha dicho algo de llevar las escopetas? Aquí en Nsefu solo organizamos safaris fotográficos.

—Ya le digo que fue un safari memorable.

Al oír cómo Pendergast decía «memorable», D'Agosta no pudo evitar un escalofrío.

Rathe no contestó. Seguía ceñudo.

—Gracias por su hospitalidad. —Pendergast se levantó, al igual que D'Agosta—. ¿Dice que la concesión de Wisley está cerca de las cataratas Victoria? ¿Tiene algún nombre?

—Ulani Stream.

Rathe también se levantó. Parecía receloso, como al principio.

—¿Le importa que echemos un vistazo?

—Si lo desean —contestó—. Pero no molesten a los huéspedes.

Pendergast se paró a la entrada del pabellón administrativo para mirar hacia ambos lados, como si se orientase. Después, sin decir nada, se metió por un camino muy trillado que se alejaba del campamento. D'Agosta se apresuró a alcanzarle.

Caía un sol de justicia, y el zumbido de los insectos no dejaba de aumentar. A un lado del sendero había una tupida formación de arbustos y árboles; al otro estaba el río Luangwa. D'Agosta notó que la camisa de algodón se le pegaba a la espalda y a los hombros; no estaba acostumbrado.

—¿Adónde vamos? —preguntó, sin aliento.

—Por las hierbas altas. Donde...

Pendergast no terminó la frase.

D'Agosta tragó saliva.

—De acuerdo. Usted primero.

De pronto, Pendergast se paró y se volvió. En sus facciones había aparecido una expresión que D'Agosta no había visto nunca: una mirada de pesar, tristeza y un cansancio casi insondable. Carraspeó y dijo en voz baja:

—Lo siento mucho, Vincent, pero esto tengo que hacerlo solo.

D'Agosta respiró hondo, aliviado.

—Lo entiendo.

Pendergast dio media vuelta y fijó un momento en él sus ojos claros. Después se giró y se alejó con paso rígido y resuelto; se internó en la maleza y desapareció casi de inmediato en la trama de sombras bajo los árboles.

11

Todos parecían al corriente de dónde se encontraba la «granja» de Wisley. Estaba al final de una pista de tierra bien cuidada, en una suave colina en los bosques del noroeste de las cataratas Victoria. De hecho, cuando Pendergast detuvo el decrépito vehículo justo antes de la última curva del camino, D'Agosta creyó oír la catarata: un fragor grave, lejano, más una sensación que un sonido.

Echó un vistazo a Pendergast. Llevaban varias horas de viaje desde el campamento Nsefu, y en todo ese tiempo el agente debía de haber pronunciado tan solo media docena de palabras. D'Agosta tenía ganas de preguntarle si había averiguado algo, y qué, durante su investigación por las hierbas altas, pero saltaba a la vista que no era el momento. Cuando estuviera dispuesto a decir algo al respecto, lo haría.

Pendergast llevó el vehículo al otro lado de la curva. De repente, apareció la casa: una vieja mansión colonial, preciosa, pintada de blanco, con cuatro gruesas columnas y un porche que la rodeaba por los cuatro costados. Sus estrictas líneas quedaban suavizadas por arriates cuidados con primor: azaleas, bojes y buganvillas. Daba la impresión de que la parcela —de unas dos hectáreas, o algo más— había sido recortada limpiamente de su entorno selvático. Un césped de color esmeralda bajaba en suave cuesta hacia Pendergast y D'Agosta, puntuado por al menos media docena de macizos de flores, llenos de rosas de todos los tonos imaginables. Excepto por el brillo casi fosforescente de las flores, aquella finca tan pulcra no habría desentonado en Greenwich o Scarsdale. A D'Agosta le pareció ver gente en el porche, aunque no la divisaba bien desde tan lejos.

—Parece que el viejo Wisley ha sabido cuidarse —murmuró.

Pendergast asintió con la cabeza, enfocando sus ojos claros hacia la casa.

—Ese tipo, Rathe, ha dicho algo acerca de unos chicos —añadió D'Agosta—. ¿Y su mujer? ¿Cree que está divorciado?

Pendergast mostró una sonrisa gélida.

—Sospecho que comprobaremos que Rathe se refería a algo muy distinto.

Condujo lentamente por la pista y al llegar frente a la casa se paró en una explanada y apagó el motor. D'Agosta miró hacia el porche. Había un hombre grueso, de unos sesenta años, sentado en un enorme sillón de mimbre, con los pies apoyados en un taburete de madera. El traje blanco de lino que llevaba hacía que su rostro carnoso pareciera aún más sonrosado. Un fino círculo pelirrojo coronaba su cabeza, como la tonsura de un monje. Bebió algo de un vaso alto con cubitos y lo dejó sobre una mesa, junto a una jarra medio vacía del mismo líquido. Sus movimientos tenían la misma fofa amplitud que la de los borrachos. Le flanqueaban dos africanos de mediana edad y aspecto demacrado, con faldas de madrás descoloridas. Uno de ellos llevaba un trapo de camarero sobre el antebrazo, y el otro, un abanico con mango largo que mecía muy despacio por encima del sillón de mimbre.

—¿Es Wisley? —preguntó D'Agosta.

Pendergast asintió despacio.

—No ha envejecido bien.

—Y los otros dos... ¿son sus «chicos»?

Pendergast volvió a asentir con la cabeza.

—Parece que aquí aún no ha llegado el siglo XXI. Ni siquiera el XX.

Acto seguido, con lentitud y mucha parsimonia, bajó del coche, se volvió hacia la casa y se irguió en toda su estatura.

Arriba, en el porche, Wisley parpadeó una, dos veces. Mientras les miraba, abrió la boca para decir algo, pero su cara se crispó cuando observó atentamente al agente del FBI; pasó de la inexpresividad al reconocimiento horrorizado. De pronto, con una palabrota, hizo un esfuerzo y se levantó del sillón. Al ponerse de pie tiró la jarra y el vaso. Después cogió una escopeta de matar elefantes que estaba apoyada en la baranda de madera, abrió una puerta mosquitera y entró tambaleándose en la casa.

—Es imposible parecer más culpable —dijo D'Agosta—. No me... ¡Mierda!

Los dos criados se habían escondido debajo de la baranda. Sonó un disparo en el porche. Después saltó tierra justo delante de Pendergast y D'Agosta.

Se arrojaron tras del coche.

—Pero ¿qué coño hace? —exclamó D'Agosta, pugnando por sacar su Glock.

—Quédese agachado y no se mueva.

Pendergast se levantó de un salto y echó a correr.

—¡Eh!

Otra detonación. Una bala hizo ¡clang! al incrustarse en el lado del jeep y levantó una nube de tapicería reventada. D'Agosta se asomó para mirar la casa por un lado del neumático, pistola en mano. ¿Dónde demonios había ido Pendergast?

Volvió a esconderse, y se estremeció al oír que una tercera bala rebotaba en la carrocería de acero del jeep. ¡Pero bueno! ¡No podía quedarse allí sentado como la diana de una barraca de tiro! Esperó a que le pasara por encima la cuarta bala para levantar la cabeza sobre el guardabarros y apuntar al tirador que estaba agachado detrás de la baranda. Justo cuando iba a apretar el gatillo, vio salir a Pendergast de entre las matas, al pie del porche. El agente saltó la baranda a una velocidad extraordinaria, tumbó al tirador africano mediante un salvaje golpe cruzado en el cuello y apuntó al otro criado con su pistola del 45. El hombre levantó lentamente las manos.

—Ya puede subir, Vincent —dijo Pendergast mientras recogía la escopeta, junto al cuerpo que gemía.

Encontraron a Wisley en el sótano, donde se guardaban la fruta y las conservas. Cuando se acercaron recibieron un disparo de su escopeta de cazar elefantes, pero Wisley no apuntó bien —por el alcohol y el miedo—, y el culatazo le dejó despatarrado en el suelo. Antes de que pudiera volver a disparar, Pendergast se le echó encima, pisó la escopeta y lo redujo con dos puñetazos raudos y brutales en la cara. El segundo puñetazo le partió la nariz, de la que salió un chorro de sangre muy roja que manchó su camisa blanca almidonada. Pendergast se metió una mano en el bolsillo del pecho, sacó un pañuelo y se lo tendió. Después cogió a Wisley por la parte superior del brazo, le empujó por la escalera de la despensa hasta la puerta del porche, y allí le dejó caer otra vez en el sillón de mimbre.

Los dos criados seguían en el mismo sitio, medio atontados. D'Agosta les hizo señas con la pistola.

—Vayan por ese camino y quédense a cien metros —dijo—, a la vista y con las manos en alto.

Pendergast metió su Les Baer en el cinturón y se plantó ante Wisley.

—Gracias por esta cálida bienvenida —dijo.

Wisley se apretó el pañuelo contra la nariz.

—Debo de haberle confundido con otro.

Habló con un acento que a D'Agosta le pareció australiano.

—Al contrario. Le felicito por su memoria prodigiosa. Creo que tiene algo que decirme.

—Yo no tengo nada que decirle —contestó Wisley.

Pendergast se cruzó de brazos.

—Solo se lo preguntaré una vez: ¿quién organizó el asesinato de mi mujer?

—No sé de qué me habla —masculló.

El labio de Pendergast tembló mientras observaba a Wisley.

—Déjeme explicarle una cosa, señor Wisley —dijo al cabo de un momento—. Le aseguro, sin el más ínfimo margen de error, que me contará lo que quiero saber. El grado de humillación y de molestias que soporte antes de contármelo depende únicamente de usted.

—Váyase a la mierda.

Pendergast contempló el cuerpo cubierto de sudor y sangre despatarrado en el sillón de mimbre. Después se inclinó y le obligó a levantarse.

—Vincent —dijo por encima del hombro—, acompañe al señor Wisley a nuestro vehículo.

Clavando la pistola en la mullida espalda de Wisley, D'Agosta le empujó hasta el jeep y le hizo subir al asiento del copiloto. Después, él subió a la parte trasera, tras limpiar de trocitos el asiento. Pendergast arrancó y condujo por el camino, dejando atrás el césped esmeralda, las flores en tecnicolor y a los dos criados, que estaban quietos como estatuas, hasta adentrarse en la selva.

—¿Adónde me lleva? —quiso saber Wisley cuando la casa se perdió de vista al otro lado de la curva.

—No lo sé —contestó Pendergast.

—¿Cómo que no lo sabe?

El tono de Wisley ya no era tan firme.

—Nos vamos de safari.

Condujo sin prisa durante un cuarto de hora. Las hierbas altas dejaron paso a la sabana, y luego a un río ancho de color chocolate que parecía demasiado perezoso hasta para fluir. D'Agosta vio cómo en la orilla jugaban dos hipopótamos; como una nube blanca, una enorme bandada de pájaros que parecían cigüeñas, con las patas finas y amarillas, y una enorme envergadura, levantaron el vuelo desde el agua. El sol había empezado a bajar hacia el horizonte, y ya no hacía el calor asfixiante de mediodía.

Pendergast levantó el pie del acelerador y dejó que el jeep se parase entre las hierbas del borde de la pista.

—Parece un buen sitio —dijo.

D'Agosta miró a su alrededor, desconcertado. El paisaje no parecía muy distinto del de los últimos siete u ocho kilómetros.

De repente se quedó de piedra. Más allá del río, a unos cuatrocientos metros, acababa de ver a una manada de leones que roía un esqueleto. Al principio no los había distinguido porque su pelaje marrón claro se confundía con el terreno.

Wisley estaba tieso en el asiento de delante, mirando fijamente. Él los había visto enseguida.

—Baje del coche, señor Wisley, por favor —dijo suavemente Pendergast.

Wisley no se movió.

D'Agosta le puso la pistola en la base del cráneo.

—Muévase.

Wisley, rígido, salió despacio del coche.

D'Agosta se apeó del asiento trasero. Se resistía, no ya a salir, sino a parar el coche tan cerca de media docena de leones. A esas fieras había que mirarlas en la seguridad del zoo del Bronx, al menos con dos capas de malla de acero alta y resistente de por medio.

—Parece una presa de hace bastante tiempo, ¿no cree? —dijo Pendergast, señalando la manada con la pistola—. Supongo que tendrán hambre.

—Los leones no comen seres humanos —dijo Wisley, apretándose el pañuelo contra la nariz—. Es muy poco frecuente.

Sin embargo, ya no tenía el tono fanfarrón de antes.

—No es necesario que se lo coman —dijo Pendergast—. Eso solo sería la guinda del pastel, por decirlo de alguna manera. Pero si creen que quiere quitarles la presa, atacarán. En fin, usted lo sabe todo acerca de los leones, ¿verdad?

Wisley no dijo nada. Miraba a los animales.

Pendergast tendió la mano y le quitó el pañuelo. Inmediatamente manó sangre nueva, que cayó por la cara de Wisley.

—En todo caso, esto debería despertarles cierto interés.

Wisley le lanzó una mirada angustiada.

—Camine hacia ellos, por favor —dijo Pendergast.

—Está loco —replicó Wisley, levantando la voz.

—No. Yo soy quien tiene la pistola. —Pendergast apuntó a Wisley con ella—. Camine.

Al principio, Wisley no se movió. Después, muy despacio,

puso un pie delante del otro y empezó a aproximarse a los leones. Pendergast le seguía de cerca, con la pistola a punto. D'Agosta iba unos pasos por detrás; coincidía bastante con Wisley: aquello era demencial. La manada observaba atentamente cómo se acercaban.

Después de cuarenta metros a paso de caracol, Wisley volvió a pararse.

—Siga, señor Wisley —ordenó Pendergast.

—No puedo.

—Si no lo hace, dispararé.

La boca de Wisley se movía sin parar.

—Con esa pistola, difícilmente detendrá a un león, y menos a toda una manada.

—Soy consciente de ello.

—Si me matan, también le matarán a usted.

—De eso también soy consciente. —Pendergast se volvió—. Vincent, quédese atrás, si es tan amable. —Hurgó en su bolsillo, sacó las llaves del jeep y se las lanzó a D'Agosta—. Si las cosas se tuercen, manténgase a una distancia prudencial.

—Pero ¿acaso es usted imbécil? —dijo Wisley con voz estridente—. ¿No me ha oído? ¡También morirá!

—Señor Wisley, pórtese bien y siga caminando. La verdad es que aborrezco repetirme.

A pesar de todo, Wisley no se movió.

—Le advierto que no volveré a pedírselo. Dentro de cinco segundos le dispararé en el codo izquierdo. Aún podrá caminar, y seguro que el disparo hará que los leones se muevan.

Wisley dio otro paso y volvió a pararse. Después dio un paso más. Uno de los leones, un macho corpulento con una gran melena rojiza, se levantó perezosamente y miró hacia ellos, pasándose la lengua por el morro ensangrentado. D'Agosta, que se había quedado atrás, sintió un vuelco en el estómago.

—¡Está bien! —dijo Wisley—. ¡Está bien, se lo diré!

—Soy todo oídos —dijo Pendergast.

Wisley temblaba espasmódicamente.

—¡Volvamos al coche!

—Yo estoy muy bien aquí. Será mejor que hable deprisa.

—Fue una... fue una trampa.

—Los detalles, por favor.

—Los detalles no los sé. El contacto era Woking.

Ahora también se habían levantado las dos leonas.

—Por favor, por favor... —suplicó Wisley, con voz quebrada—. Por todos los santos, ¿no podríamos hablar dentro del jeep?

Pareció que Pendergast se lo pensara. Finalmente asintió con la cabeza.

Regresaron al vehículo, a un paso bastante más veloz que al alejarse. Cuando subieron, D'Agosta dio las llaves a Pendergast, y se fijó en que el león macho caminaba hacia ellos. Pendergast arrancó. Los pasos del león se alargaron. Por fin el motor respondió. Pendergast metió la marcha y dio media vuelta justo cuando el león llegaba a su altura, rugiendo y arañando un lado del coche. D'Agosta miró por encima del hombro, con el corazón en la garganta. El tamaño del león fue reduciéndose hasta desaparecer.

Condujeron diez minutos en silencio. Después, Pendergast volvió a frenar, bajó e indicó a Wisley que hiciera lo mismo. Seguidos por D'Agosta, se alejaron un poco del coche.

Pendergast hizo señas a Wisley con su Les Baer.

—De rodillas.

Wisley obedeció.

Pendergast le tendió el pañuelo manchado de sangre.

—Y ahora, cuénteme el resto.

Wisley aún temblaba.

—Es que... no sé mucho más. Eran dos hombres, uno americano y el otro europeo. Quizá alemán. Me... me suministraron el león devorador de hombres. Supuestamente amaestrado. Dinero no les faltaba.

—¿Cómo supo su nacionalidad?

—Les oí. Detrás de la tienda comedor, estaban hablando con Woking. La noche antes de que muriera el turista.

—¿Qué aspecto tenían?

—Era de noche. No les vi.

Pendergast hizo una pausa.

—¿Qué hizo exactamente Woking?

—Se encargó de la muerte del turista. Sabía dónde estaba esperando el león, y lo llevó hacia allí. Le dijo que había un jabalí verrugoso, que podría tomar una buena foto. —Wisley tragó saliva—. Or... organizó que Nyala cargara la escopeta de su mujer con cartuchos de fogueo.

—Entonces, ¿Nyala también era cómplice?

Wisley asintió con la cabeza.

—¿Y Mfuni, el rastreador?

—Todos eran cómplices.

—Los hombres a los que se ha referido... Dice que dinero no les faltaba. ¿Cómo lo sabe?

—Pagaban muy bien. Woking se llevó cincuenta mil por ejecutar el plan. Yo... yo me llevé veinte mil por ceder el campamento y hacer la vista gorda.

—¿El león estaba adiestrado?

—Alguien dijo que sí.

—¿Cómo?

—No sé cómo. Solo sé que estaba adiestrado para matar cuando se lo ordenaban, aunque si alguien creía que era fiable es que está loco.

—¿Está seguro de que solo eran dos hombres?

—Yo solo oí dos voces.

El rostro de Pendergast se crispó. D'Agosta presenció una vez más cómo el agente del FBI se dominaba recurriendo a su fuerza de voluntad.

—¿Algo más?

—No. Nada. Ya está, se lo juro. No volvimos a hablar sobre ello.

—Muy bien.

De pronto, con una velocidad aterradora, Pendergast cogió a Wisley por los pelos y le puso la pistola en la sien.

—¡No! —gritó D'Agosta, frenándole con una mano en el brazo.

Pendergast se volvió y le miró. La intensidad en los ojos del agente estuvo a punto de echar a D'Agosta hacia atrás, con la fuerza de un puñetazo.

—No es buena idea matar a los informadores —dijo D'Agosta, modulando su tono con cuidado para que pareciera lo más natural posible—. Puede que aún no haya acabado de hablar. Puede que en vez de nosotros le maten los gin-tonics, y así nos ahorren la molestia. No se preocupe, este gordo de mierda no se irá a ninguna parte.

Pendergast titubeó, sin apartar la pistola de la sien de Wisley. Después fue soltando lentamente la fina tonsura pelirroja. El ex director del campamento cayó al suelo; D'Agosta observó con repugnancia que se había meado encima.

Sin decir nada, Pendergast volvió a subir al jeep. D'Agosta se sentó a su lado. Regresaron a la carretera, rumbo a Lusaka, sin mirar atrás.

D'Agosta tardó media hora en hablar.

—Bien —dijo—, ¿y ahora qué?

—El pasado —contestó Pendergast, sin apartar la vista de la carretera—. Ahora el pasado.

12

Savannah, Georgia

Whitfield Square dormitaba plácidamente bajo la última luz de una tarde de lunes. Se encendieron las farolas, dando un relieve velado a las palmeras y a la barba de viejo que colgaba de las ramas nudosas de los robles. Después del calor del África Central, más propio de una caldera, para D'Agosta casi era un alivio el aire húmedo de Georgia.

Siguió a Pendergast por un césped muy cuidado. En el centro de la plaza había una gran cúpula rodeada de flores. Bajo la bóveda de pechinas, unos novios y sus invitados seguían obedientemente las instrucciones de un fotógrafo. En el resto de la plaza, la gente paseaba, conversaba o leía en bancos pintados de negro. Todo aquello parecía un poco irreal. D'Agosta sacudió la cabeza. Ir a toda prisa de Nueva York a Zambia, y de Zambia a aquel centro de las buenas maneras sureñas, le había dejado aturdido.

Pendergast dejó de caminar y apuntó al otro lado de la calle Habersham, señalando una casa victoriana grande, recargada, blanca, inmaculada y muy similar a las que la rodeaban. Mientras se acercaban dijo:

—No lo olvide, Vincent. Él aún no lo sabe.

—De acuerdo.

Cruzaron la calle y subieron la escalera de madera. Pendergast llamó al timbre. Al cabo de unos diez segundos, se encendió la luz del techo y un hombre que rondaba la cincuentena abrió la puerta. D'Agosta le miró con curiosidad. Era alto, excepcionalmente bien parecido, con pómulos marcados, ojos oscuros y un pelo castaño muy poblado. Era tan moreno como pálido Pendergast. Llevaba doblada una revista en una mano. D'Agosta echó un vistazo a la página por la que estaba abierta: en el pie ponía *Journal of American Neurosurgery*.

El sol, que se estaba poniendo detrás de las casas del otro lado de la plaza, daba justo en los ojos penetrantes del hombre y le cegaba.

—¿Sí? —preguntó—. ¿En qué puedo servirles?

—Judson Esterhazy —dijo Pendergast, con la mano tendida.

Esterhazy dio un respingo y sus facciones reflejaron sorpresa y alegría.

—¿Aloysius? —dijo—. ¡Dios mío! Adelante.

Les llevó por un recibidor y un pasillo estrecho y lleno de libros, hasta un estudio muy acogedor. Aunque no usaba a menudo la palabra «acogedor», D'Agosta no encontró otra manera de describir aquel espacio. Una luz cálida y amarilla creaba un suave brillo en los antiguos muebles de caoba: un *chiffonnier*, un escritorio de tapa deslizante, una vitrina de armas y más estanterías con libros. El suelo estaba cubierto de alfombras persas de la mejor calidad. En una pared había dos diplomas grandes: uno de medicina y otro de un doctorado. Los sofás y sillones, muy mullidos, parecían sumamente cómodos. Todas las superficies horizontales estaban decoradas con antigüedades de diversos países: esculturas africanas, jades de Asia... Había dos ventanas que daban a la plaza, tapadas con visillos delicados. Era una habitación llena de objetos, pero que conseguía no parecer saturada; el estudio de un hombre de buen gusto, culto y viajado.

Pendergast entonces hizo las presentaciones entre D'Agosta y Esterhazy, que no logró ocultar su sorpresa al enterarse de que era policía; aun así, sonrió y le dio un caluroso apretón de manos.

—Es un placer inesperado —dijo—. ¿Os apetece algo? ¿Té, cerveza, bourbon...?

—Para mí un bourbon, Judson, por favor —dijo Pendergast.

—¿Cómo lo quieres?

—Solo.

Esterhazy se volvió hacia D'Agosta.

—¿Y usted, teniente?

—Me encantaría una cerveza, gracias.

—Por supuesto.

Esterhazy se acercó al mueble bar del rincón y, sin dejar de sonreír, sirvió un bourbon con destreza. Después se disculpó y fue a buscar la cerveza a la cocina.

—¡Dios mío, Aloysius! —exclamó al volver—. ¿Cuánto tiempo hacía? ¿Nueve años?

—Diez.

Mientras los dos amigos charlaban, D'Agosta bebió a sorbos su cerveza y miró a su alrededor detenidamente. Pendergast ya le había puesto en antecedentes: Esterhazy era un neurocirujano e investigador en medicina que, tras llegar a lo más alto en su profesión, dedicaba gran parte de su tiempo a obras de beneficencia, tanto en hospitales de la zona cuanto para Médicos con Alas, la organización benéfica que llevaba a médicos en avión a las zonas del Tercer Mundo castigadas por alguna catástrofe, y en las que su hermana había trabajado. Era un deportista consumado y, a decir de Pendergast, todavía mejor tirador que su hermana. Mirando los múltiples trofeos de caza expuestos en las paredes, D'Agosta llegó a la conclusión de que no exageraba. Un médico que a su vez era un cazador empedernido: interesante combinación.

—Bien —dijo Esterhazy con su voz grave y sonora—, ¿qué te trae a la costa de Carolina? ¿Estás trabajando en algún caso? Por favor, no escatimes ningún detalle sórdido.

Se rió.

Pendergast bebió un sorbo de bourbon y tuvo un breve momento de vacilación.

—Lo siento, Judson, pero creo que no hay una manera fácil de decirlo. He venido por Helen.

La risa de Esterhazy se apagó en su garganta. Sus facciones patricias expresaron confusión.

—¿Helen? ¿Qué pasa con Helen?

Pendergast bebió un trago más largo.

—Me he enterado de que su muerte no fue accidental.

Durante un minuto, Esterhazy le miró sin moverse ni pestañear.

—¿Qué pretendes decir?

—Te estoy diciendo que a tu hermana la asesinaron.

Esterhazy se levantó despacio, con cara de estupefacción, y dándoles la espalda —con la lentitud de un sueño— se acercó a una estantería de la pared del fondo. Tras coger un objeto, aparentemente al azar, lo giró en las manos y lo dejó otra vez en su sitio. Después de un buen rato, fue al mueble bar, cogió un vaso y se sirvió con gestos torpes un trago de alta graduación. A continuación se sentó enfrente de ellos.

—Conociéndote, Aloysius, supongo que no es necesario que te pregunte si estás seguro —dijo en voz muy baja.

—No, no hace falta.

La actitud de Esterhazy cambió radicalmente. Palideció; abría y cerraba las manos.

—¿Qué vas... qué vamos a hacer?

—Lo que haré, con ayuda de Vincent, será encontrar al responsable o responsables últimos. Y nos encargaremos de que se haga justicia.

Esterhazy miró a Pendergast a los ojos.

—Quiero estar allí. Quiero estar allí cuando quienquiera que sea quien mató a mi hermana pequeña pague por ello.

Pendergast no contestó.

La rabia de Esterhazy, la fuerza de sus emociones, casi asustaron a D'Agosta.

—¿Cómo lo has averiguado? —preguntó recostándose en el sillón, con los ojos inquietos y brillantes.

Pendergast hizo una sucinta exposición de lo ocurrido en

los últimos días. Esterhazy le escuchó atentamente, a pesar de la conmoción. Al final se levantó y se sirvió otra copa.

—Yo creía... —Pendergast hizo una pausa—. Yo creía que conocía a fondo a Helen, pero está claro que para que alguien la asesinase, y se tomase tantas molestias y corriera con tantos gastos para hacer pasar su muerte por un accidente, debe de haber alguna parte de su vida de la que yo no tenía conocimiento. Habida cuenta de que sus últimos dos años de vida los pasamos prácticamente siempre juntos, llego a la conclusión de que, sea lo que fuere, tiene que pertenecer a un pasado más lejano. Y ahí es donde necesito que me ayudes.

Esterhazy se pasó una mano por su ancha frente y asintió.

—¿Tienes alguna idea, por pequeña que sea, de quién podía tener motivos para asesinarla? ¿Enemigos? ¿Rivales profesionales? ¿Ex amantes?

Se quedó callado, moviendo la mandíbula.

—Helen era... maravillosa. Amable, encantadora. No tenía enemigos, en absoluto. En el MIT caía bien a todo el mundo, y cuando preparaba el doctorado fue siempre muy escrupulosa en no otorgarse méritos ajenos.

Pendergast asintió con la cabeza.

—¿Y después de doctorarse? ¿Algún rival en Médicos con Alas? ¿Alguien a quien relegasen para ascenderla?

—MCA no funcionaba así. Trabajaban todos juntos; dejan su ego a un lado. Valoraban mucho a Helen. —Esterhazy tragó saliva con dificultad—. Mejor dicho, la querían.

Pendergast se apoyó en el respaldo.

—Durante los meses anteriores a su muerte, hizo varios viajes cortos. Me dijo que eran viajes de investigación, pero no entró en detalles. Ahora que lo pienso, parece un poco raro. Médicos con Alas se dedica más a educar y curar que a la investigación. Me arrepiento de no haberle sonsacado más información. Tú, que eres médico, ¿sabes qué podía estar haciendo, si es que estaba haciendo algo?

Esterhazy se quedó pensativo. Después sacudió la cabeza.

—Lo siento, Aloysius, pero no me contó nada. Ya sabes que

le encantaba ir a sitios lejanos. Y le fascinaba la investigación médica. De hecho eran las dos pasiones que la llevaron a ingresar en MCA.

—¿Y en el pasado de la familia? —preguntó D'Agosta—. ¿Algún conflicto, trauma infantil o algo así?

—Todo el mundo quería a Helen —afirmó Esterhazy—. Yo estaba un poco celoso de su popularidad. En cuanto a problemas familiares, no recuerdo ninguno. Hace más de quince años que murieron nuestros padres. El único Esterhazy que queda soy yo.

Vaciló.

—¿Qué ocurre?

Pendergast se inclinó hacia delante.

—Pues... seguro que no es nada, pero mucho antes de conocerte tuvo... una mala experiencia amorosa. Con un verdadero canalla.

—Sigue.

—Me parece que fue el primer año de doctorado. Iban juntos al MIT. Lo trajo a casa un fin de semana. Rubio, pulcro, ojos azules, alto, deportista, siempre con pantalones blancos y jersey de cuello redondo, de una adinerada familia WASP de toda la vida, crecido en Manhattan con casa de verano en Fisher's Island, decía que pensaba dedicarse a la banca de inversiones... Ya puedes imaginar cómo era.

—¿Por qué fue una mala experiencia?

—Resultó que tenía algún tipo de problema sexual. Helen no fue muy explícita. Su comportamiento era extraño, perverso.

—¿Y?

—Le dejó. Al principio la persiguió, por teléfono, por carta... Aunque no creo que llegase al acoso. —Hizo un gesto con la mano—. Fue seis años antes de que os conocierais, y nueve antes de la muerte de Helen. No creo que tenga importancia.

—¿Recuerdas el nombre?

Esterhazy se apretó la frente con las manos.

—Adam... Se llamaba Adam. Pero el apellido no me viene a la memoria. Ni siquiera recuerdo si lo sabía...

Un largo silencio.

—¿Algo más?

Esterhazy sacudió la cabeza.

—Me parece inconcebible que alguien quisiera hacerle daño a Helen.

Tras un breve silencio, Pendergast señaló con la cabeza un grabado enmarcado en una de las paredes. Era una imagen descolorida de un búho nival sobre una rama, de noche.

—Es una obra de Audubon, ¿verdad?

—Sí; aunque solo es una reproducción. —Esterhazy le echó un vistazo—. Es curioso que lo comentes.

—¿Por qué?

—De niña, Helen lo tenía en su habitación. Me contó que cuando estaba enferma se pasaba horas mirándolo. Le fascinaba Audubon. Pero, evidentemente, tú ya lo sabes —concluyó con brusquedad—. Lo he guardado porque me recuerda a ella.

D'Agosta observó algo muy semejante a la sorpresa en el rostro del agente del FBI, que se apresuró a disimularlo.

Pendergast tardó un poco en volver a hablar.

—¿Puedes añadir algo más sobre la vida de Helen durante los años anteriores a que nos conociéramos?

—Estaba muy enfrascada en su trabajo. Durante una época también le dio por la escalada. Se iba a los Gunks casi todos los fines de semana.

—¿Los Gunks?

—Las montañas Shawangunk. En aquel entonces vivía en Nueva York. Viajaba mucho. En parte para Médicos con Alas, lógicamente: Burundi, India, Etiopía... Pero también por aventura. Aún recuerdo que me la encontré una tarde, hará... quince o dieciséis años. Estaba haciendo el equipaje a toda prisa para ir nada menos que a New Madrid.

—¿New Madrid? —repitió Pendergast.

—New Madrid, Missouri. No quiso contarme para qué. Dijo que me reiría. A su manera, podía llegar a ser muy reservada. Tú lo sabrás mejor que nadie, Aloysius.

D'Agosta volvió a mirar de soslayo a Pendergast. «Tal para

cual», se dijo. No conocía a nadie más reservado ni más reacio a airear sus pensamientos que Pendergast.

—Ojalá pudiera ayudarte más. Si me acuerdo del apellido del antiguo novio, te lo diré.

Pendergast se levantó.

—Gracias, Judson. Has sido muy amable en recibirnos. Siento mucho que hayas tenido que enterarte de la verdad de este modo. Me temo que... que no había tiempo para comunicártelo más suavemente.

—Lo comprendo.

El médico les acompañó por el pasillo, hasta la entrada.

—Espera —dijo vacilante, con la puerta medio abierta. Durante un momento se le cayó la máscara de rabia estoica, y D'Agosta vio cómo su rostro bien parecido se desfiguraba por una mezcla de emociones. ¿Cuáles? ¿Furia incontrolable? ¿Angustia? ¿Desolación?—. Como ya te he dicho... Quiero... Tengo que...

—Judson —le interrumpió Pendergast, cogiéndole la mano—, debes dejar que yo lo solucione. Comprendo el dolor y la rabia que sientes, pero debes dejar que sea yo quien lo solucione.

Judson frunció el ceño y sacudió la cabeza con un movimiento corto y brusco.

—Te conozco —añadió Pendergast, con dulzura pero con firmeza—. Debo hacerte una advertencia: no te tomes la justicia por tu mano. Por favor.

Esterhazy respiró profundamente, una, dos veces, sin contestar. Pendergast hizo un leve movimiento de cabeza y salió.

Después de cerrar la puerta, Esterhazy se quedó en la oscuridad del vestíbulo unos cinco minutos, respirando con dificultad. Cuando logró dominar la rabia y la conmoción, dio media vuelta, volvió rápidamente al estudio y fue directo a la vitrina de armas. Estaba tan agitado que al abrirla se le cayó dos veces la llave. Pasó las manos por encima del perfecto bruñido de las escopetas, hasta que eligió una: una Holland & Holland Royal Deluxe 470 NE, con visor personalizado Leupold VX-III. La sacó de la vitrina, la giró con un ligero temblor en las manos, la devolvió a su sitio y cerró con cuidado la vitrina.

Pendergast podía sermonearle tanto como quisiera sobre el imperio de la ley, pero había llegado el momento de tomar la iniciativa. Judson Esterhazy había aprendido que la única manera de hacer bien las cosas era hacerlas uno mismo.

13

Nueva Orleans

Pendergast entró con el Rolls-Royce en el aparcamiento privado de la calle Dauphine, fríamente iluminado por lámparas de
sodio. El encargado, de grandes orejas y bolsas pronunciadas en
los ojos, bajó la barrera a su paso y les dio un tíquet, que el agente guardó en el parasol.

—¡Al fondo a la izquierda, en la plaza 39! —voceó el encargado, con fuerte acento del delta. Después miró el Rolls son sus
ojos saltones—. No, mejor en la 32; es más grande. Y no nos
responsabilizamos de los daños. Yo le aconsejaría que aparcase
en el LaSalle de la calle Toulouse; es cubierto.

—Prefiero este, gracias.

—Usted mismo.

Pendergast maniobró por el estrecho aparcamiento con su
enorme coche, hasta encajarlo en el hueco designado. Salieron.
Era un aparcamiento grande pero claustrofóbico, totalmente
rodeado de edificios antiguos y abigarrados. La noche de invierno era suave, e incluso a esas horas se veía a grupos de jóvenes de ambos sexos, algunos con vasos de plástico coronados de
espuma de cerveza, que daban tumbos por la acera. Se llamaban
a gritos, reían y hacían ruido. El rumor sordo de la calle se filtraba hasta el aparcamiento: una mezcla de voces, gritos, bocinas y
melodías de Dixieland.

—La típica noche del Barrio Francés —dijo Pendergast,

apoyado en el coche—. La siguiente calle es Bourbon Street, el epítome de la exhibición pública de vileza moral de este país. —Respiró el aire de la noche y una extraña sonrisa iluminó su pálido rostro.

D'Agosta esperó, pero Pendergast no se movía.

—¿Vamos? —preguntó finalmente.

—Un momento, Vincent.

Pendergast cerró los ojos y volvió a aspirar despacio, como si se impregnase del ambiente. D'Agosta esperó, recordándose que había que ser paciente, muy paciente, con los extraños cambios de humor de Pendergast, y sus no menos extrañas costumbres. Sin embargo, el viaje desde Savannah había sido largo y agotador —por lo visto Pendergast tenía otro Rolls idéntico al de Nueva York en el sur—, y D'Agosta se moría de hambre. Además, ya hacía rato que le apetecía una cerveza, y ver pasar a los juerguistas con sus vasos helados no le ponía de mejor humor.

Transcurrido un minuto, carraspeó. Los ojos de Pendergast se abrieron.

—¿No íbamos a ver su choza, o lo que queda de ella?

—En efecto. —Pendergast se volvió—. Estamos en una de las partes más antiguas de la calle Dauphine, el centro mismo del Barrio Francés, del auténtico Barrio Francés.

D'Agosta gruñó. Vio que en la otra punta del aparcamiento el encargado les miraba con cierto recelo.

Pendergast señaló algo.

—Aquella casa neogriega tan bonita, por ejemplo, la construyó uno de los arquitectos más famosos de la primera época, James Gallier padre.

—Parece que la han reconvertido en un Holiday Inn —dijo D'Agosta al ver el letrero de la fachada.

—Y aquella otra casa de allá, espléndida, es la Casa Gardette-Le Prêtre. Se construyó para un dentista que vino de Filadelfia cuando esto era una ciudad española. En 1839 la compró Le Prêtre, un hacendado, por más de veinte mil dólares, que entonces era una fortuna. Perteneció a los Le Prêtre hasta los años setenta. Después la familia cayó en una triste decadencia... Creo que ahora son apartamentos de lujo.

—Ya —dijo D'Agosta.

El encargado se acercó frunciendo el entrecejo.

—Y al otro lado de la calle —siguió Pendergast— está la antigua casa criolla donde vivieron una temporada John James Audubon y su mujer, Lucy Bakewell. Actualmente es un pequeño museo, pero muy curioso.

—Disculpen —dijo el encargado, con los ojos reducidos a ranuras, como los de una rana—. Está prohibido entretenerse aquí.

—¡Mil disculpas! —Pendergast metió una mano en el bolsillo interior de su traje y sacó un billete de cincuenta dólares—. Ha sido un descuido imperdonable no darle una propina. Le felicito por su vigilancia.

El encargado sonrió.

—Bueno, yo no... pero se lo agradezco mucho. —Cogió el billete—. No tengan prisa.

Volvió a su taquilla sonriendo y saludando con la cabeza.

Pendergast, al parecer, seguía sin tener prisa por ponerse en marcha. Con las manos en la espalda, se entretenía admirándolo todo, como en un museo. Su expresión era una curiosa mezcla de melancolía, añoranza y algo más difícil de identificar. D'Agosta trató de reprimir su irritación, que iba en aumento.

—¿Qué, vamos a buscar su antigua casa? —preguntó finalmente.

Pendergast se volvió hacia él y murmuró:

—Pero querido Vincent, si ya hemos llegado.

—¿Dónde?

—Aquí mismo. Esto era Rochenoire.

D'Agosta tragó saliva y miró con nuevos ojos el aparcamiento asfaltado. Una ráfaga de brisa se ensañó con un trozo aceitoso de basura, que hizo girar y girar. En algún sitio maulló un gato.

—Después del incendio de la casa —dijo Pendergast—, trasladaron las criptas subterráneas, rellenaron el sótano y arrasaron los restos con excavadoras. La parcela estuvo muchos años vacía, hasta que la arrendé a la empresa que gestiona este aparcamiento.

—¿El solar aún es suyo?

—Los Pendergast nunca venden tierras.

—Ah.

Pendergast se volvió.

—Rochenoire estaba muy apartada de la calle; tenía un jardín delantero. Originalmente había sido un monasterio, un gran edificio de piedra con galerías, almenas y mirador; de estilo neogótico, lo cual no es habitual en esta calle. Mi habitación estaba en el primer piso, allá arriba, en una esquina. —Señaló el espacio—. Daba al río, por encima de la casa Audubon. La otra ventana daba a la casa Le Prêtre. Ah, los Le Prêtre... Me pasaba horas mirándoles. Veía pasar gente por las ventanas iluminadas, observaba su histrionismo...

—¿Y conoció a Helen al otro lado de la calle, en el museo Audubon?

D'Agosta tenía la esperanza de reconducir la conversación al asunto que les ocupaba.

Pendergast asintió con la cabeza.

—Unos años atrás les presté nuestro Gran Folio para una exposición, y me invitaron a asistir a la inauguración. Siempre habían codiciado el ejemplar de nuestra familia, que compró mi tatarabuelo por suscripción directa a Audubon. —Pendergast, a quien la luz cruda del aparcamiento daba un semblante espectral, hizo una breve pausa—. Nada más entrar en el pequeño museo, vi a una joven que me miraba fijamente desde el fondo de la sala.

—¿Amor a primera vista? —preguntó D'Agosta.

De nuevo la fantasmagórica media sonrisa.

—Fue como si el mundo entero se esfumase de golpe y no existiera nadie más. Era bellísima. Iba de blanco. Tenía unos ojos de un azul casi añil, moteados de violeta. Algo muy poco común; de hecho, nunca he visto otros igual. Vino directamente a mí y se presentó, cogiendo mi mano antes de que pudiera recuperarme... —Vaciló—. Helen nunca fue tímida. Era la única persona de quien podía fiarme sin reservas.

La voz de Pendergast se hizo más gutural, hasta apagarse. Estuvo un momento callado.

—Excepto usted, tal vez, querido Vincent.

A D'Agosta le sobresaltó el súbito halago.

—Gracias.

—¡Qué absurda verborrea! Me he dejado llevar —dijo bruscamente Pendergast—. El pasado tiene las respuestas, pero eso no quiere decir que podamos refocilarnos en él. Aun así, creo que ha sido importante, para los dos, empezar por aquí.

—Empezar —repitió D'Agosta. Se volvió—. Pendergast...

—¿Sí?

—Hablando del pasado, me estaba haciendo una pregunta. ¿Por qué se tomaron tantas molestias, los que lo hicieron?

—No estoy seguro de entenderle.

—Conseguir el león adiestrado. Organizar la muerte del fotógrafo alemán como señuelo para que usted y Helen fueran al campamento. Sobornar a tanta gente. Invirtieron mucho tiempo y dinero. Es un plan muy complicado. ¿Por qué no organizaron un secuestro, o un accidente de coche aquí en Nueva Orleans? Habría sido una manera mucho más fácil de...

Dejó la frase a medias.

Al principio, Pendergast no contestó. Después asintió despacio.

—En efecto. Es muy curioso. Sin embargo, no olvide que nuestro amigo Wisley dijo que uno de los conspiradores a quienes oyó hablar era alemán. Y que el turista a quien mató el león en primer lugar también era alemán. Quizá ese primer asesinato fuera algo más que un señuelo.

—Se me había olvidado este detalle —reconoció D'Agosta.

—En tal caso, estarían más justificados las molestias y los gastos. Pero dejemos esta idea en reserva, Vincent. Estoy convencido de que nuestro siguiente paso debe ser averiguar más cosas sobre Helen, si podemos.

Metió una mano en el bolsillo, sacó un papel doblado y se lo entregó a D'Agosta, que lo abrió. Había una dirección, escrita en la elegante letra de Pendergast:

214 Mechanic Street
Rockland, Maine

—¿Qué es? —preguntó D'Agosta.
—El pasado, Vincent. La dirección donde vivió de niña. Será su siguiente tarea. La mía... está aquí.

14

Plantación Penumbra

—¿El señor desea otra taza de té?

—No, gracias, Maurice.

Pendergast contempló los restos de una cena temprana —*succotash*, guisantes y jamón con salsa de café— con extremo agrado. Al otro lado de las ventanas altas del comedor, la noche caía sobre las tuyas y los cipreses. De algún lugar de la oscuridad llegaba el largo y complicado canto de un sinsonte.

Se limpió con una servilleta blanca de tela las comisuras de los labios y se levantó de la mesa.

—Ahora que ya he comido, ¿podrías mostrarme la carta que ha llegado esta tarde a mi nombre?

—Por supuesto, señor.

Maurice salió del comedor y volvió al poco rato con una carta. Estaba muy arrugada, ya que la habían devuelto en más de una ocasión. A juzgar por el matasellos, había tardado casi tres semanas en llegar a sus manos. Aunque no hubiera reconocido la letra, elegante y anticuada, los sellos chinos habrían identificado al remitente: Constance Greene, su pupila, que en aquel momento residía en un remoto monasterio tibetano con su hijo pequeño. Rasgó el sobre con el cuchillo, sacó la única hoja de papel que contenía y leyó el mensaje.

Querido Aloysius:

Desconozco la índole exacta del trance por el que estás pasando, pero he visto en sueños que estás sufriendo mucho, o lo harás pronto, y lo siento en el alma. Para los dioses, somos como moscas en manos de niños caprichosos: nos matan por diversión.

Pronto volveré. Intenta descansar; todo está controlado. Y lo que no lo está, lo estará pronto.

Quiero que sepas que pienso en ti. Estás en mis oraciones, o lo estarías si rezase.

CONSTANCE

Pendergast releyó la carta, ceñudo.

—¿Ocurre algo, señor? —preguntó Maurice.

—No estoy seguro.

Tras unos momentos en los que pareció reflexionar sobre la carta, la dejó y se volvió hacia su factótum.

—En fin, Maurice, desearía que te reunieras conmigo en la biblioteca.

El anciano, que estaba quitando la mesa, se quedó inmóvil.

—¿Señor?

—Se me ha ocurrido que podríamos tomarnos una copa de jerez y recordar los viejos tiempos. Me encuentro de un humor nostálgico.

El carácter sumamente insólito de la invitación se reflejó en el rostro de Maurice.

—Gracias, señor. Si me permite acabar de despejar la mesa...

—Perfecto. Yo bajaré a la bodega y buscaré una buena botella llena de moho.

La botella resultó ser más que buena: un Hidalgo Oloroso Viejo VORS. Pendergast bebió un sorbo de su copa, admirando la complejidad del jerez: madera, fruta, con un final que parecía eternizarse en el paladar. Maurice estaba sentado al otro lado de la antigua alfombra de seda de Kashan, en una otomana, muy tieso y erguido en su uniforme de mayordomo, cómicamente incómodo.

—¿El jerez es de tu agrado? —preguntó Pendergast.

—Excelente, señor —contestó el mayordomo, antes de beber un nuevo sorbo.

—Entonces bebe, Maurice, seguro que va bien para combatir la humedad.

Maurice obedeció.

—¿Quiere que ponga otro tronco en el fuego?

Pendergast sacudió la cabeza y volvió a mirar la sala.

—Parace mentira que volver aquí despierte tal cantidad de recuerdos.

—Estoy seguro de ello, señor.

Pendergast señaló un gran globo terráqueo con armazón de madera.

—Recuerdo, por ejemplo, una agria discusión con la institutriz acerca de si Australia era o no un continente. Ella insistía en que solo era una isla.

Maurice asintió con la cabeza.

—Y la exquisita vajilla de Wedgwood que había en la última repisa de aquella estantería. —Pendergast señaló con la cabeza—. Recuerdo el día en el que mi hermano y yo reprodujimos el asalto romano a Silvium. El arma de asedio construida por Diógenes resultó quizá demasiado eficaz. La primera andanada aterrizó justo en aquella repisa. —Pendergast sacudió la cabeza—. Todo un mes castigados sin cacao.

—Lo recuerdo perfectamente, señor —asintió Maurice, acabándose la copa.

Parecía que el jerez empezaba a hacerle efecto. Pendergast volvió a llenar las copas.

—No, no, insisto —dijo ante las protestas de Maurice.

El mayordomo asintió con la cabeza y se lo agradeció con un murmullo.

—Esta sala siempre fue el punto central de la casa —dijo Pendergast—. Fue donde celebramos mi fiesta por haber obtenido las mejores notas en Lusher. Y donde mi abuelo solía practicar sus discursos... ¿Te acuerdas de que nos sentábamos todos a su alrededor y hacíamos de público, aplaudiendo y silbando?

—Como si fuera ayer.

Pendergast bebió un poco más.

—Y fue donde ofrecimos la recepción después de la ceremonia nupcial en los jardines.

—Sí, señor.

La anterior reserva de Maurice se había relajado un poco. Parecía sentado con más naturalidad en la otomana.

—A Helen también le encantaba esta sala —prosiguió Pendergast.

—En efecto.

—Aún me acuerdo de todas las noches que pasaba aquí, investigando o poniéndose al día con las revistas técnicas.

Por el rostro de Maurice pasó una sonrisa melancólica y pensativa.

Pendergast examinó su copa, y el líquido de color otoñal que contenía.

—Podíamos pasarnos horas sin hablar, disfrutando de estar aquí juntos. —Hizo una pausa y, despreocupadamente, preguntó—: Maurice, ¿mi esposa te habló alguna vez de su vida antes de conocerme?

Maurice se acabó la copa y la dejó con un gesto delicado.

—No. No era muy habladora.

—¿Qué es lo que más recuerdas de ella?

Pensó un poco.

—El té de escaramujo que le servía.

Esta vez fue Pendergast quien sonrió.

—Sí, era su preferido. Parecía que no se cansara nunca. La biblioteca siempre olía a escaramujo. —Olfateó. Ahora la sala solo huele a polvo, humedad y jerez—. Me temo que me ausenté con más frecuencia de la deseable. A menudo me pregunto cómo se divertía Helen en esta casa tan vieja y fría cuando yo estaba de viaje.

—A veces ella también se iba de viaje por trabajo, señor. Aunque pasaba mucho tiempo aquí —dijo Maurice—. Le echaba tanto de menos...

—¿De verdad? Como siempre se hacía la valiente...

—En ausencia del señor, siempre me la encontraba aquí —dijo—, mirando los pájaros.

Pendergast hizo una pausa.

—¿Los pájaros?

—Sí, ya me entiende. El favorito de su hermano, antes de... de que llegara la mala época. El libro grande de aquel cajón, el de los grabados de pájaros.

Señaló con la cabeza un cajón en la base de un viejo aparador de nogal.

Pendergast frunció el ceño.

—¿El Gran Folio de Audubon?

—Ese mismo. Yo le servía el té, pero ella casi no se fijaba en mi presencia. Pasaba las páginas durante horas.

Pendergast dejó la copa con cierta brusquedad.

—¿Te habló alguna vez de su interés por Audubon? ¿Te hizo alguna pregunta?

—De vez en cuándo, señor. Le fascinaba la amistad del tatarabuelo con Audubon. Era bonito ver que se interesaba tanto por la familia.

—¿El tatarabuelo Boethius?

—Exacto.

—¿Cuándo fue eso, Maurice? —preguntó Pendergast al cabo de un momento.

—Veamos... poco después de que se casaran, señor. Quiso ver los documentos.

Pendergast dejó transcurrir un instante y dio un sorbo, pensativo.

—¿Documentos? ¿Cuáles?

—Los que están allí dentro, en el cajón, debajo de los grabados. Siempre estaba consultando aquellos documentos y cuadernos antiguos. Y el libro.

—¿Te dijo alguna vez por qué?

—Supongo que admiraba los dibujos. Son unos pájaros preciosos, señor Pendergast. —Maurice bebió un poco más de jerez—. A propósito... ¿no fue allí donde se conocieron? ¿En la casa Audubon de la calle Dauphine?

—Sí, en la exposición de grabados de Audubon. Pero entonces no parecía que le interesaran mucho. Me dijo que solo había ido porque daban vino y queso gratis.

—Ya conoce a las mujeres; les gusta tener sus secretos.

—Eso parece —admitió Pendergast en voz muy baja.

15

Rockland, Maine

En condiciones normales, la taberna Salty Dog habría sido justo el tipo de bar que le gustaba a Vincent D'Agosta: sencillo, sin pretensiones, para trabajadores, y barato. Pero las condiciones no eran normales. En cuatro días había viajado en avión o en coche entre otras tantas ciudades. Echaba de menos a Laura Hayward, y estaba enormemente cansado, extenuado. Además, Maine, en febrero, no era lo que se dice un lugar encantador. Lo último que le apetecía en esos momentos era tomarse unas cervezas con unos pescadores.

Sin embargo, empezaba a estar desesperado. Rockland había resultado ser un callejón sin salida. En doce años, desde que los Esterhazy se habían ido a vivir a otro sitio, su antigua casa había pasado por muchas manos. La única persona en todo el vecindario que parecía acordarse de la familia era una vieja solterona, pero que le había cerrado la puerta en las narices. En los periódicos de la biblioteca pública no aparecían ni una vez los Esterhazy, y en el registro no había nada pertinente salvo información tributaria. Y luego decían que en los pueblos todo eran chismorreos...

De ahí que hubiera tenido que recurrir a la taberna Salty Dog, un antro situado en la playa donde, según le habían informado, mataban el tiempo los más viejos lobos de mar. Resultó ser un edificio de madera en pésimo estado, entre dos almacenes en el interior del muelle de pescadores. Una tormenta se acercaba rápidamente; del mar, llegaban en remolinos los primeros copos de nieve, y el viento levantaba espuma, a la vez que hacía rodar periódicos abandonados por las rocas de la playa. «¿Qué coño hago yo aquí?», se preguntó. Pero sabía la respuesta. Se lo había explicado el mismo Pendergast: «Lo siento, pero tendrá que ir usted —había dicho—. Es un asunto que me toca demasiado de cerca. Carezco de la distancia y la objetividad necesarias para investigar».

El interior del bar estaba oscuro, con un ambiente recargado que olía a pescado frito y a cerveza agria. Cuando sus ojos se acostumbraron, D'Agosta vio que los presentes —el encargado y cuatro clientes con chaquetas y gorras de marinero— habían dejado de hablar y lo miraban con atención. Se notaba que era un local de clientes habituales. Aunque, al menos se estaba caliente, gracias a la estufa de leña del centro de la sala.

Una vez sentado al fondo, hizo una señal con la cabeza al encargado y pidió una Bud. Intentó pasar inadvertido. Poco a poco se reanudó la conversación; gracias a ella averiguó que los cuatro clientes eran pescadores y que en ese momento la pesca era mala, aunque en realidad siempre lo era.

Entre sorbos de cerveza, observó el bar. Previsiblemente, la decoración era marinera y de época: paredes cubiertas de mandíbulas de tiburón, enormes pinzas de bogavante y fotos de barcos de pesca, y en el techo, redes con bolas de cristal de colores. Todas las superficies tenían una gruesa pátina de vejez, humo y roña.

Después de echarse dos cervezas entre pecho y espalda, decidió que era el momento de mover ficha.

—Mike —dijo, llamando al encargado por el nombre de pila que había oído en la conversación—, permítame invitar a una ronda; y ya que estamos, tómese usted una cerveza.

Mike se lo quedó mirando un momento; luego, con una palabra hosca de agradecimiento, cumplió su petición. El reparto de cervezas fue acompañado de gestos y gruñidos.

D'Agosta se bebió un buen trago de la suya, consciente de

que era importante parecer un tipo normal, lo cual, en el Salty Dog, significaba no ser cicatero con la bebida. Carraspeó.

—Estaba pensando si tal vez por aquí habría alguien que pudiera ayudarme —dijo en voz alta.

Más miradas fijas; algunas de curiosidad y otras de recelo.

—¿Ayudarle a qué? —preguntó un hombre canoso a quien se habían referido los demás como Hector.

—Hace tiempo vivía una familia por aquí. Se llamaban Esterhazy. Estoy intentando localizarlos.

—¿Y usted cómo se llama? —preguntó un pescador que respondía al nombre de Ned.

Medía poco más de metro y medio. Tenía la cara curtida por el viento y el sol, y unos antebrazos del grosor de un poste telefónico.

—Martinelli.

—¿Es poli? —inquirió Ned, ceñudo.

D'Agosta sacudió la cabeza.

—Investigador privado. Es sobre un legado.

—¿Un legado?

—Bastante dinero. Los albaceas me han contratado para que localice a los Esterhazy que aún estén vivos. Porque si no los encuentro no podré darles su herencia, ¿verdad?

El bar quedó en silencio, mientras los parroquianos digerían la noticia. Más de un par de ojos se iluminó al oír hablar de dinero.

—Mike, por favor, otra ronda. —D'Agosta bebió un generoso trago de su jarra cubierta de espuma—. Los albaceas también han dado permiso para que se les pague una pequeña recompensa a quienes ayuden a localizar a miembros vivos de la familia.

D'Agosta vio que los pescadores se miraban entre sí, y después a él.

—Entonces —prosiguió—, ¿alguien puede decirme algo?

—Ya no queda ningún Esterhazy en el pueblo —dijo Ned.

—Ya no hay ningún Esterhazy en toda esta parte del mundo —dijo Hector—. Lógico. Después de lo que pasó...

—¿Qué pasó? —preguntó D'Agosta, procurando no mostrarse muy interesado.

Nuevas miradas entre los pescadores.

—Yo no sé mucho —dijo Hector—, pero está claro que se fueron con bastante prisa.

—Tenían encerrada a una tía loca en el desván —dijo el tercer pescador—. No les quedaba más remedio, porque empezó a matar a todos los perros del pueblo y a comérselos. Los vecinos decían que de noche la oían llorar y dar porrazos en la puerta, exigiendo carne de perro.

—Vamos, Gary —dijo el encargado, riéndose—. La que gritaba era la mujer, que era una bruja de órdago. Has visto demasiadas películas de terror.

—Lo que pasó de verdad —dijo Ned— es que la mujer intentó envenenar a su marido. Le echó estricnina en la sémola.

El encargado sacudió la cabeza.

—Tómate otra cerveza, Ned. Yo oí que el padre perdió mucho dinero en la bolsa, y que por eso se fueron tan rápido del pueblo, por las deudas.

—Mal asunto —dijo Hector, acabándose la cerveza—. Muy mal asunto.

—¿Qué tipo de familia era? —preguntó D'Agosta.

Un par de pescadores dirigieron miradas de anhelo a los vasos vacíos que se habían acabado con una rapidez espeluznante.

—Mike, sirve otra, por favor —pidió D'Agosta al encargado.

—A mí —dijo Ned mientras cogía su vaso— me contaron que el padre era un hijo de puta, que zurraba a su mujer con un cable eléctrico. Por eso ella le envenenó.

Las versiones cada vez parecían más descabelladas e improbables; el único dato que le había podido proporcionar Pendergast era que el padre de Helen era médico.

—Pues a mí no me han contado eso —dijo el encargado—. La loca era la mujer. Toda la familia le tenía miedo. Iban con pies de plomo para no ponerla nerviosa. El marido pasaba mucho tiempo fuera. Creo que siempre viajaba a Suramérica.

—¿Algún arresto? ¿Alguna investigación policial? —D'Agosta ya sabía la respuesta: los Esterhazy no tenían ni un solo antecedente penal. En ninguna parte constaban roces con la ley, ni visitas policiales por problemas domésticos—. Han hablado de familia. ¿Verdad que había un hijo y una hija?

Un breve silencio.

—El hijo era un poco raro —dijo Ned.

—Ned, el hijo era el primero de la clase —dijo Hector.

«El primero de la clase —pensó D'Agosta—. Al menos eso podría comprobarlo.»

—¿Y la hija? ¿Cómo era?

Todo fueron encogimientos de hombros. Se preguntó si el expediente aún estaría en el instituto.

—¿Alguien sabe dónde pueden estar?

Intercambio de miradas.

—Yo he oído que el hijo está en el Sur —dijo Mike, el encargado—. Con la hija ni idea de qué habrá pasado.

—Esterhazy no es un apellido común —aportó Hector—. ¿Se le ha ocurrido buscarlo en internet?

D'Agosta se enfrentó a un mar de rostros inexpresivos. No se le ocurría ninguna otra pregunta que no desembocase en otro coro de rumores contradictorios y consejos inútiles. Por otra parte, se dio cuenta, consternado, de que estaba algo borracho.

Se levantó, aguantándose en la barra para no caer.

—¿Qué le debo? —preguntó a Mike.

—Treinta y dos con cincuenta —fue la respuesta.

D'Agosta sacó dos de veinte de la cartera y los dejó encima de la barra.

—Gracias a todos por su ayuda —dijo—. Y buenas noches.

—Oiga, ¿y la recompensa? —dijo Ned.

D'Agosta hizo una pausa y se volvió.

—Ah, sí, la recompensa... Voy a darles mi número de móvil. Si a alguno de ustedes se le ocurre algo, pero algo concreto, no un simple rumor, que me llame. Si lleva a alguna pista, es posible que haya suerte.

Cogió una servilleta y anotó su número.

Los pescadores se despidieron con la cabeza, salvo Hector, que lo hizo con la mano.

D'Agosta se cerró el cuello con la mano, cruzó la puerta y salió tambaleándose a la fría tormenta.

16

Nueva Orleans

A Desmond Tipton le gustaba aquella hora más que ninguna otra: cuando las puertas estaban cerradas a cal y canto, cuando ya se habían ido los visitantes, y estaba todo en su sitio, hasta el menor detalle. Era el momento de tranquilidad, de cinco a ocho, antes de que el turismo de borrachera se abatiera sobre el Barrio Francés, como las hordas mongoles de Gengis Jan, infestando los bares y locales de jazz y perdiendo la conciencia a golpe de cócteles de whisky. Los oía en la calle cada noche: voces, gritos y maullidos infantiles de borracho que los antiguos muros de la casa Audubon solo amortiguaban a medias.

Aquella tarde, Tipton había decidido limpiar la figura de cera de John James Audubon, protagonista y razón de ser del museo. En el diorama de tamaño natural, el gran naturalista aparecía en su estudio, sentado al lado de la chimenea, con la tabla de dibujo y el lápiz en la mano, dibujando un pájaro muerto —un frutero de pico rojo— encima de una mesa. Tipton cogió la aspiradora manual y el plumero y se subió a la barrera de plexiglás. Empezó limpiando la ropa de Audubon, con repetidas pasadas de la pequeña aspiradora, que aplicó seguidamente a la barba y el pelo de la figura, a la vez que usaba el plumero para quitar las motas de suciedad del apuesto rostro de cera.

De repente oyó algo. Interrumpió su trabajo y apagó la aspiradora. Otra vez: alguien llamaba a la puerta de la calle.

Irritado, volvió a hundir el dedo en el botón, pero siguió oyendo golpes, aún más insistentes. Casi cada noche pasaba lo mismo: idiotas borrachos que leían la placa histórica al lado de la puerta y por alguna razón decidían llamar. La situación ya duraba años; cada vez había menos visitantes de día y más golpes y juerga de noche. Únicamente disfrutó de un respiro los primeros meses después del huracán.

Otra serie de golpes insistentes, rítmicos y fuertes.

Dejó la aspiradora, salió y fue hacia la puerta, haciendo crujir sus piernas patizambas.

—¡Está cerrado! —gritó a la puerta de roble—. ¡Váyase o llamaré a la policía!

—¿Es usted el señor Tipton? —preguntó una voz en sordina.

Las cejas blancas de Tipton se arquearon de consternación. ¿Quién podía ser? Los visitantes diurnos nunca se fijaban en él, ya que se pasaba el día sentado en su despacho, muy serio, investigando y evitando cualquier contacto con ellos.

—¿Quién es? —inquirió al recuperarse de la sorpresa.

—¿Sería posible seguir hablando dentro, señor Tipton? Aquí fuera hace un poco de frío.

Tras un momento de vacilación, Tipton quitó el cerrojo y se encontró con un hombre delgado, vestido con un traje negro, una palidez fantasmagórica y unos ojos plateados en los que se reflejaba la penumbra del atardecer en la calle. Tenía algo que le hacía reconocible al instante, algo inconfundible que sobresaltó a Tipton.

—¿Señor... Pendergast? —se atrevió a decir, poco más que en un susurro.

—El mismo.

El hombre entró, cogió la mano de Tipton y le dio un breve y tibio apretón. Tipton se limitó a mirarle fijamente.

Pendergast señaló la silla del otro lado de la mesa, la de las visitas.

—¿Puedo?

Tipton asintió con la cabeza. Pendergast tomó asiento y cruzó una pierna encima de la otra. Tipton ocupó en silencio su silla.

—Parece que haya visto a un fantasma —bromeó Pendergast.

—Es que, señor Pendergast... —empezó a decir Tipton, confuso—. Creía... creía que la familia se había ido... No tenía ni idea... —Su voz se apagó.

—Los rumores de mi fallecimiento exageran mucho.

Tipton hurgó en el bolsillo delantero de su deslucido terno de lana, sacó un pañuelo y se dio unos toques en la frente.

—Encantado de verle. Realmente encantado.

Otro toque.

—El gusto es mío.

—¿Qué le trae por aquí, si no es indiscreción?

Tipton hizo el esfuerzo de recuperarse. Después de casi cincuenta años al frente de la Casa Audubon, sabía mucho de la familia Pendergast, y lo último que esperaba era volver a ver en carne y hueso a alguno de sus miembros. Recordaba la terrible noche del incendio como si fuera ayer: la multitud, los gritos en los pisos altos, las llamas subiendo hacia el cielo nocturno... En honor a la verdad, le había causado cierto alivio que los supervivientes de la familia se fueran de la zona. Los Pendergast siempre le habían puesto los pelos de punta, sobre todo el hermano raro, Diógenes. Había oído rumores de que Diógenes había muerto en Italia; también de que Aloysius estaba desaparecido, y no había inconveniente en darles crédito; parecía una familia destinada a extinguirse.

—Nada en particular, una simple visita a nuestra pequeña parcela de enfrente. Y ya que estaba en el barrio, se me ha ocurrido pasar a saludar a un viejo amigo. ¿Cómo sigue el museo?

—¿Parcela? Se refiere...

—Exacto. Al aparcamiento donde estaba Rochenoire. Nunca he sido capaz de desprenderme de ella, por... razones sentimentales.

Las últimas palabras fueron seguidas por un esbozo de sonrisa.

Tipton asintió con la cabeza.

—Claro, claro. En cuanto al museo... Ya ve cómo ha cambiado el barrio, señor Pendergast; a peor. Últimamente no viene casi nadie.

—Muy cambiado, en efecto... Da gusto comprobar que la casa museo Audubon sigue exactamente igual.

—Intentamos conservarla así.

Pendergast se levantó y juntó las manos en la espalda.

—¿Le importa? Soy consciente de que está cerrado, pero me encantaría dar una vuelta. Por los viejos tiempos.

Tipton se apresuró a levantarse.

—Por supuesto. Disculpe por el diorama de Audubon. Estaba limpiándolo.

Le incomodó ver que se había dejado la aspiradora sobre las rodillas de Audubon y el plumero apoyado en el brazo, como si algún bromista hubiera querido convertir al gran hombre en una asistenta.

—¿Recuerda —dijo Pendergast— la exposición especial que usted organizó hará quince años, con motivo de la cual le prestamos nuestro Gran Folio?

—Naturalmente.

—La inauguración fue de lo más animada.

—Sí, es verdad.

Demasiado se acordaba Tipton: la tensión y el horror de ver a tanta gente entre las piezas, paseándose con copas de vino a rebosar... Era verano, una noche preciosa de luna llena, aunque no había podido fijarse en ella a causa de la angustia. Era la primera y última exposición especial que había montado.

Pendergast empezó a pasear por las salas del fondo, mirando las vitrinas de grabados, dibujos y aves, y los objetos, cartas y bocetos de Audubon. Tipton fue tras él.

—¿Sabe que mi mujer y yo nos conocimos aquí? Precisamente en la inauguración de la que hablamos.

—No, señor Pendergast, no lo sabía.

Tipton se sentía incómodo; Pendergast parecía dominado por un extraño entusiasmo.

—Tengo entendido que a Helen, mi mujer... le interesaba Audubon.

—Mucho, en efecto.

—¿Después... visitó alguna vez el museo?

—¡Desde luego! Antes y después.

—¿Antes?

A Tipton le sorprendió la brusquedad de la pregunta.

—Sí, claro. Venía de vez en cuando a investigar.

—A investigar —repitió Pendergast—. ¿Cuánto tiempo antes de que nos conociéramos?

—Al menos seis meses antes de la inauguración, o tal vez más. Era una mujer encantadora. Me quedé tan impresionado al enterarme de...

—Claro, claro —le interrumpió Pendergast; después se moderó, o como mínimo se controló.

«Este Pendergast es un tipo raro —pensó Tipton—; como los otros.» Estaba bien ser excéntrico en Nueva Orleans, ciudad famosa por ello, pero aquello era pasarse de la raya.

—Yo nunca he sabido mucho de Audubon —añadió Pendergast—. La verdad es que no acabé de entender qué investigaba Helen. ¿Usted se acuerda?

—Un poco —dijo Tipton—. Le interesaba la época que pasó aquí con Lucy, en 1821.

Pendergast se detuvo ante una vitrina oscura.

—¿Tenía curiosidad por algo en concreto? ¿Preparaba algún artículo o algún libro?

—Supongo que usted lo sabrá mejor que yo. Aunque recuerdo que me preguntó más de una vez por el *Marco Negro*.

—¿El *Marco Negro*?

—El famoso cuadro perdido. El que pintó Audubon en el sanatorio.

—Perdóneme, pero mis conocimientos sobre Audubon son tan limitados... ¿De qué cuadro perdido se trata?

—De joven, Audubon contrajo una grave enfermedad, y durante su convalecencia pintó un cuadro; al parecer era excepcional, su primera auténtica gran obra. Más tarde desapareció.

Lo curioso es que nadie de quienes lo vieron hizo referencia a lo que representaba; solo decían que era de un realismo excepcional, y que tenía un marco insólito, pintado de negro. Parece que el tema del cuadro ya no podrá conocerse.

Ahora que pisaba terreno conocido, Tipton sintió que disminuía un poco su nerviosismo.

—¿Y a Helen le interesaba?

—Como a cualquier experto en Audubon. Fue el principio de la etapa de su vida que culminó con *The Birds of America*, la obra de ciencias naturales más importante que se ha publicado, con diferencia. El *Marco Negro*, según quienes lo vieron, fue su primera obra genial.

—Comprendo. —Pendergast se sumió en un silencio pensativo. De pronto salió de su mutismo y consultó su reloj de pulsera—. ¡En fin! Ha sido un gran placer volver a verle, señor Tipton.

Rodeó con su mano la de Tipton, que se quedó desconcertado al notarla aún más fría que al entrar, como si Pendergast fuera un cadáver que empezaba a enfriarse.

Le siguió hasta la puerta, y en el momento en el que Pendergast la abría, reunió el valor necesario para hacerle a su vez una pregunta.

—Señor Pendergast, ¿por casualidad aún tiene el Gran Folio de la familia?

Pendergast se volvió.

—Sí.

—¡Ah! Pues permítame una propuesta, y disúlpeme por ser tan directo: si alguna vez, por el motivo que sea, busca usted un lugar adecuado para el libro, donde esté bien cuidado y el público pueda disfrutarlo, nos sentiríamos muy honrados, como comprenderá...

Dejó la frase en el aire, esperanzado.

—Lo tendré presente. Que pase usted una buena noche, señor Tipton.

Para Tipton fue un alivio que no le tendiese por segunda vez la mano.

Cuando se cerró la puerta, giró la llave, echó el cerrojo y se quedó un buen rato inmóvil, pensativo. La mujer, devorada por un león; los padres, muertos tras un incendio en la casa provocado por unos incontrolados... Qué familia tan extraña. Estaba claro que a aquel hombre el paso de los años no le había vuelto más normal.

17

El Centro de Ciencias de la Salud de la Universidad de Tulane ocupaba un rascacielos gris y anodino de la calle Tulane que no habría desentonado en el distrito financiero de Nueva York. Pendergast salió del ascensor en la planta 31, se dirigió a la división de Salud Femenina y, tras una serie de preguntas, se halló frente a la puerta de Miriam Kendall.

Llamó discretamente.

—Adelante —dijo una voz clara y vigorosa.

Abrió la puerta. El despacho, pequeño, solo podía ser de un profesor. Había dos estanterías de metal, a rebosar de manuales y revistas. Sobre el escritorio se apilaban los cuadernos de exámenes. Detrás había una mujer de unos sesenta años, que se levantó al ver entrar a Pendergast.

—Doctor Pendergast —dijo, aceptando con ciertas reservas la mano que le tendía.

—Llámeme Aloysius —contestó él—. Gracias por recibirme.

—No hay de qué. Siéntese, por favor.

Ella lo hizo en su lado de la mesa, y le observó con un distanciamiento casi clínico.

—Para usted no pasa el tiempo.

No podía decirse lo mismo de Miriam Kendall. Pese a la brillante luz matinal que entraba por las ventanas, altas y estrechas, se la veía mucho mayor que cuando compartía despacho con Helen Esterhazy Pendergast. Su actitud, en cambio, era tal como la recordaba Pendergast: incisiva, serena y profesional.

—Las apariencias engañan —repuso Pendergast—. De todos modos, se lo agradezco. ¿Cuánto tiempo lleva en Tulane?

—Nueve años. —Kendall puso las manos sobre la mesa, formando un triángulo con los dedos—. Reconozco, Aloysius, que me sorprende que no haya acudido directamente al antiguo jefe de Helen, Morris Blackletter.

Pendergast asintió con la cabeza.

—En realidad lo he hecho. Está jubilado, aunque, como sabrá, tras dejar Médicos con Alas fue asesor de varias compañías farmacéuticas. Ahora está de vacaciones en Inglaterra, y aún tardará unos cuantos días en volver.

Ella asintió.

—¿Y Médicos con Alas?

—He ido esta mañana. Había una actividad frenética debida a la movilización para Azerbaiyán.

Kendall asintió.

—Ah, sí, el terremoto. Tengo entendido que se teme que haya muchos muertos.

—No he visto ni una sola persona de más de treinta años. Ninguno de los que se han parado a hablar conmigo se acordaba en absoluto de mi mujer.

Volvió a asentir.

—Es un trabajo para gente joven. Fue una de las razones de que me fuera de Médicos con Alas para dar clases sobre salud femenina. —Sonó el teléfono del escritorio. Kendall no le hizo caso—. De todos modos —dijo, enérgica—, estaré encantada de contarle mis recuerdos de Helen, Aloysius, aunque tengo curiosidad por conocer el motivo de que venga a verme después de tantos años.

—Es comprensible. El caso es que tengo pensado escribir una biografía sobre mi esposa; una especie de celebración de su vida, aunque fuese tan corta. Médicos con Alas fue el primer y único trabajo de Helen después de doctorarse en biología farmacéutica.

—Creía que era epidemióloga.

—Esa era su segunda especialidad. —Pendergast hizo una

pausa—. Me he dado cuenta de lo poco que sé de su trabajo en Médicos con Alas. La culpa es únicamente mía, y estoy intentando remediarlo.

Al oír esas palabras, las facciones de Kendall se ablandaron un poco.

—Me alegro. Helen era una mujer muy especial.

—Entonces, ¿tendría la amabilidad de desgranar algunos recuerdos de su época en Médicos con Alas? Sin idealizar nada, por favor. Mi mujer no carecía de imperfecciones. Prefiero la verdad sin adornos.

Kendall le miró un minuto. Después, sus ojos se enfocaron tras él, en un punto indeterminado, y su mirada se volvió lejana, como si regresara al pasado.

—Ya sabe en qué consiste Médicos con Alas: teníamos programas de higiene, agua potable y nutrición en el Tercer Mundo. Se trataba de proporcionar a la gente los medios para mejorar su salud y sus condiciones de vida, pero si había algún desastre, como el terremoto de Azerbaiyán, movilizábamos equipos de médicos y personal sanitario y los enviábamos en avión a las zonas afectadas.

—Sí, eso ya lo sabía.

—Helen...

Kendall vaciló.

—Siga —murmuró Pendergast.

—Helen siempre fue muy eficiente, desde el primer momento, pero a menudo me daba la impresión de que le gustaba más la aventura que el hecho de curar propiamente. Como si aguantase meses de despacho a cambio de que la enviaran al epicentro de algún desastre.

Pendergast asintió con la cabeza.

—Me acuerdo... —Kendall volvió a interrumpirse—. ¿No apunta nada?

—Tengo una memoria excelente, señora Kendall. Siga, se lo ruego.

—Me acuerdo de una vez, en Ruanda, en la que íbamos en grupo y nos rodeó una multitud con machetes. Serían cincuenta, como mínimo, medio borrachos. De repente, Helen sacó una Derringer de doble cañón y los desarmó a todos. Les dijo que tirasen sus armas al suelo y se largasen. ¡Y se fueron! —Sacudió la cabeza—. ¿Se lo había contado?

—No.

—Además, sabía cómo usar una Derringer. Aprendió a disparar en África, ¿verdad?

—Sí.

—Siempre me pareció un poco raro.

—¿El qué?

—Que disparara. Era una afición un poco extraña para una bióloga. Claro que cada cual tiene su remedio contra el estrés... Además, en las misiones la presión puede llegar a ser insoportable: muertes, crueldad, salvajismo...

Un recuerdo íntimo le hizo sacudir la cabeza.

—He ido a MCA con la esperanza de ver su ficha personal, pero ha sido imposible.

—Ya les conoce. Como puede imaginar, el papeleo no es su fuerte, y menos si es de hace más de una década. Además, el expediente de Helen sería más delgado que la mayoría.

—¿Por qué?

—Porque trabajaba media jornada, claro.

—¿No era un trabajo... a tiempo completo?

—Bueno, tampoco se puede decir exactamente que fuera de media jornada; casi siempre hacía las cuarenta horas, o muchas más, si estaba de misión, pero a menudo se iba del despacho y a veces tardaba varios días en volver. Yo siempre había dado por supuesto que tenía otro trabajo, o que estaba ocupada en algún proyecto personal, pero usted acaba de decir que era su único trabajo.

Kendall se encogió de hombros.

—No tenía ningún otro trabajo. —Pendergast se quedó un momento callado—. ¿Algún otro recuerdo de carácter personal?

Kendall vaciló.

—Siempre me pareció una persona muy reservada. Ni siquiera sabía que tuviera un hermano hasta el día en el que este se presentó en el despacho. Un hombre muy guapo, dicho sea de paso. Si mal no recuerdo, también se dedicaba a la medicina.

Pendergast asintió con la cabeza.

—Judson.

—Sí, ese era su nombre. Me imagino que dedicarse a la medicina les venía de familia.

—En efecto. El padre de Helen era médico —dijo Pendergast.

—No me sorprende.

—¿Le habló alguna vez de Audubon?

—¿El pintor? No, nunca. Pero es curioso que le mencione.

—¿Por qué razón, exactamente?

—Porque me recuerda la única vez que vi que Helen se quedaba sin palabras.

Pendergast se inclinó en la silla.

—Cuéntemelo, por favor.

—Estábamos en Sumatra. Había pasado un tsunami, y los destrozos eran enormes.

Pendergast asintió.

—Sí, ya me acuerdo de ese viaje. Llevábamos casados pocos meses.

—Fue un caos absoluto. Nos exprimían al máximo. Una noche volví a la tienda que compartía con Helen y con otra cooperante. Helen estaba sola, en una silla plegable. Se había quedado dormida con un libro en las rodillas; estaba abierto por la imagen de un pájaro. Como no quería despertarla, le quité el libro con cuidado. Ella se sobresaltó, me lo arrancó de las manos y lo cerró. Estaba muy nerviosa. Después se recuperó y se rió para quitarle importancia; dijo que la había asustado.

—¿Qué tipo de pájaro era?

—Uno pequeño y de muchos colores. Tenía un nombre curioso... —Se quedó callada, intentando recordarlo—. Una parte era el nombre de un estado.

Pendergast pensó un momento.

—¿Rascón de Virginia?

—No, de ese me acordaría.

—¿Rascador de California?

—No. Era verde y amarillo.

Se hizo un largo silencio.

—¿Cotorra de las Carolinas? —preguntó finalmente Pendergast.

—¡Ese! Sabía yo que era raro. Recuerdo que entonces dije que no sabía que en Estados Unidos hubiera especies de cotorra, pero ella se hizo la sorda, y eso fue todo.

—Entiendo. Gracias, señora Kendall. —Pendergast se quedó muy quieto. Después se levantó y tendió la mano—. Gracias por ayudarme.

—Me gustaría leer ese libro. Le tenía mucho cariño a Helen.

Pendergast se inclinó un poco.

—Lo tendrá en cuanto se publique.

Se volvió y se fue hacia el ascensor, con el que bajó en silencio hasta la calle; sus pensamientos estaban muy, muy lejos.

18

Pendergast deseó buenas noches a Maurice y, llevándose la botella medio vacía de Romannée-Conti de 1964 que había descorchado para la cena, fue a la biblioteca por el largo pasillo central de la plantación Penumbra. Había llegado una tormenta del sur, del golfo de México. El viento gemía por toda la casa, haciendo temblar los postigos y zarandeando las ramas desnudas de los árboles. La lluvia azotaba las ventanas. Grandes nubes negras tapaban la luna llena.

Se acercó a la estantería con puertas de cristal donde se guardaban los libros más valiosos de la familia: una segunda impresión del *First Folio* de Shakespeare, la edición de 1755 en dos volúmenes del diccionario de Johnson, un ejemplar del siglo XVI de *Les très riches heures du Duc de Berry*, con las miniaturas originales de los hermanos Limbourg... Los cuatro tomos de la edición Gran Folio de *The Birds of America*, de Audubon, merecían un cajón para ellos solos al pie de la vitrina.

Después de enfundarse unos guantes blancos de algodón, sacó los cuatro enormes libros y los depositó uno al lado del otro encima de la mesa del centro de la sala. Cada uno de ellos medía más de un metro por un metro veinte. Se acercó al primero y lo abrió con gran cuidado por el primer grabado: *Pavo Silvestre, Macho*. La imagen, deslumbrante y tan fresca como el día de su impresión, poseía tal grado de realismo que parecía a punto de salir de la página. Aquella serie, de la que solo existían doscientas en el mundo, la había obtenido su tatarabuelo por suscripción directa a Audubon, cuyo recargado ex libris seguía adornando las guardas, junto a su firma. Era el libro más valioso impreso en el Nuevo Mundo, y su valor se aproximaba a los diez millones de dólares.

Pasó lentamente las páginas: *Cuclillo Piquigualdo*, *Chipe Dorado*, *Carpodaco Morado*... Los fue mirando uno tras otro, atentamente, lámina a lámina, hasta llegar a la 26: *Cotorra de las Carolinas*.

Metió una mano en el bolsillo de la americana y sacó una hoja en la que había hecho algunas anotaciones.

Cotorra de las Carolinas (Conuropsis carolinensis)

Única especie de loro autóctona de la zona oriental de Estados Unidos. Declarada extinguida en 1939.

Último espécimen en libertad matado en Florida en 1904; último pájaro cautivo, Incas, muerto en el zoo de Cincinnati en 1918.

Tala forestal; abatido para usar sus plumas en la fabricación de sombreros de mujer; abatido por los granjeros, por considerarlo una plaga; abundante captura como pájaro doméstico.

Principal motivo de su extinción: Comportamiento gregario. Cuando un pájaro recibía un disparo y caía al suelo, la bandada, en vez de huir, se posaba reunida alrededor del muerto o herido para ayudarlo, con el exterminio consiguiente de toda la bandada.

Tras doblar el papel, y volver a guardarlo, se sirvió una copa de Borgoña, de una cosecha excepcional, que sin embargo apenas pareció apreciar al apurar la copa.

Había averiguado algo muy humillante: su primer encuentro con Helen no había sido casual. Sin embargo, casi no podía creerlo. Estaba seguro de que no se había casado con él a causa de su parentesco con John James Audubon... Estaba seguro de que Helen había estado enamorada de él. Aun así, cada vez quedaba más claro que su mujer había llevado una doble vida. ¡Qué cruel ironía! Helen había sido la única persona del mundo en quien había sido capaz de confiar, y a quien había podido abrirse. Y en todo ese tiempo, ella le había ocultado un secreto. Mientras se servía otra copa de vino, pensó que era esa misma confianza la culpable de que no hubiera sospechado que guardaba un secreto; en cualquier otro amigo le habría resultado evidente.

Ahora sabía eso; sin embargo, no era nada comparado con las preguntas sin respuesta, que prácticamente le gritaban:

¿Qué había tras la aparente fascinación de Helen por Audubon, y por qué se había esmerado tanto en esconderle su interés por ese artista?

¿Cuál era la relación entre el interés de Helen por los célebres grabados de Audubon y una especie prácticamente desconocida de loros que ya llevaba casi un siglo extinguida?

¿Dónde estaba la primera obra de madurez de Audubon, el misterioso *Marco Negro*, y por qué Helen lo buscaba?

Y lo más desconcertante e importante: ¿por qué el interés de Helen había acabado provocando su muerte? Ya que, de lo poco que estaba convencido Pendergast, sin asomo de duda, era de que detrás de todas aquellas preguntas y suposiciones no acechaba solo el motivo de la muerte de Helen, sino los propios asesinos.

Se levantó del sillón, dejando la copa, y se acercó sin prisas a una mesa sobre la que había un teléfono. Lo cogió y marcó un número.

Contestaron al segundo timbre.

—D'Agosta.

—Hola, Vincent.

—Pendergast. ¿Qué tal?

—¿Dónde está?

—En el hotel Copley Plaza, descansando un poco. ¿Se hace usted una idea de la cantidad de Franks que estudiaron en el MIT al mismo tiempo que su mujer?

—No.

—Treinta y uno. He conseguido localizar a dieciséis. Todos

dicen que no la conocían. Otros cinco están fuera del país. Dos están muertos. De los otros ocho no se sabe nada. Alumnos perdidos, dice la universidad.

—Pongamos un momento en la reserva a nuestro amigo Frank.

—Por mí, perfecto. Bien, ¿y ahora qué? ¿Nueva Orleans? ¿O Nueva York? La verdad es que me encantaría pasar algún tiempo con...

—Al norte de Baton Rouge. La plantación Oakley.

—¿Dónde?

—Tiene que ir a la casa de la plantación Oakley, en las afueras de St. Francisville.

Una larga pausa.

—¿Y qué tengo que hacer allí? —preguntó D'Agosta, no muy convencido.

—Examinar dos loros disecados.

Otra pausa todavía más larga.

—¿Y usted?

—Yo estaré en el Bayou Grand Hotel, siguiendo la pista a un cuadro desaparecido.

19

Bayou Goula, Luisiana

Pendergast estaba frente al elegante hotel, sentado en el patio de palmeras, con una pierna sobre la otra —enfundadas en tela negra— y los brazos cruzados; su inmovilidad rivalizaba con la de las estatuas de alabastro que enmarcaban el hermoso espacio. Ya había pasado la tormenta de la noche anterior, preludio de un día de calor y sol, que llevaba consigo la falsa promesa de la primavera. Delante de Pendergast había un acceso ancho, de gravilla blanca. Todo un batallón de mozos y cadis se afanaba transportando de un lado a otro coches caros y carritos de golf relucientes. Al fondo del camino brillaba muy azul al sol de mediodía una piscina en la que no nadaba nadie, pero que estaba rodeada de gente que tomaba el sol bebiendo bloody marys. Más lejos aún se extendía un gran campo de golf, con calles inmaculadas y búnkers rastrillados, por los que paseaban hombres con blazers de color pastel, y mujeres con ropa blanca de golf. Cerraba el panorama la ancha franja marrón del Mississippi.

Algo se movió a su lado.

—¿El señor Pendergast?

Al levantar la mirada, vio a un hombre bajo y rechoncho con traje oscuro, americana abrochada y corbata de color rojo vivo, con un dibujo casi imperceptible. Su calva reflejaba tanto el sol, que parecía dorada. Sobre cada oreja había un mechón en forma de coma de pelo blanco, peinado hacia atrás. Dos ojos azules y pequeños miraban desde las profundidades de un rostro sonrosado. Debajo, una boca remilgada componía una sonrisa formal.

Pendergast se levantó.

—Buenos días.

—Soy Portby Chausson, director del Bayou Grand Hotel.

Estrechó su mano tendida.

—Encantado de conocerle.

Chausson señaló el hotel con una mano rosada.

—Mucho gusto. Vayamos a mi despacho.

Llevó a Pendergast hasta el fondo del patio y le hizo entrar en un vestíbulo muy amplio, revestido de mármol de color crema. Cruzándose con hombres de negocios bien alimentados y elegantes mujeres prendidas de sus brazos, Pendergast siguió al director hasta una puerta sin ningún distintivo, justo detrás del mostrador de recepción. Cuando Chausson la abrió, apareció un opulento despacho, de estilo barroco francés. Invitó a Pendergast a sentarse en una silla, delante de una mesa recargada.

—Por su acento veo que es de esta parte del país —dijo al tomar asiento al otro lado.

—Nueva Orleans —puntualizó Pendergast.

—Ah. —Chausson se frotó las manos—. Pero creo que es un nuevo cliente, ¿verdad? —Consultó un ordenador—. En efecto. Bien, señor Pendergast, gracias por tenernos en cuenta para sus vacaciones. Y permítame felicitarle por su gusto exquisito: el Bayou Grand Hotel es el resort más lujoso de todo el delta.

Pendergast inclinó la cabeza.

—Veamos. Por teléfono me indicó que le interesan nuestras ofertas de Golf y Ocio. Tenemos dos: la opción Platinum, de una semana, y la Diamante, de dos semanas. Los paquetes de una semana empiezan a partir de doce mil quinientos, pero yo le aconsejo el de dos, porque...

—Disculpe, señor Chausson —le interrumpió amablemente Pendergast—, pero si me permite una pequeña aclaración, creo que ahorraríamos tiempo, tanto usted como yo.

El director se calló y le miró con una sonrisa expectante.

—Es cierto que manifesté interés por sus ofertas de golf. Le ruego que disculpe mi inocente engaño.

Chausson parecía no entender.

—¿Engaño?

—Correcto. Solo quería obtener su atención.

—No entiendo.

—No sé cómo podría explicarme con mayor claridad, señor Chausson.

—¿Quiere usted decir...? —La incomprensión se tiñó de severidad—. ¿Que no tiene intención de alojarse en el Bayou Grand Hotel?

—No, por desgracia. No practico el golf.

—¿Y dice que me ha engañado para... acceder a mí?

—Veo que finalmente me ha entendido.

—En ese caso, señor Pendergast, no tenemos nada más de que hablar. Buenos días.

Pendergast examinó un momento sus uñas perfectamente cuidadas.

—Lo cierto es que sí tenemos de que hablar.

—Entonces debería haberse puesto en contacto conmigo de manera directa, sin subterfugios.

—De haberlo hecho así, estoy casi seguro de que no habría logrado entrar en su despacho.

Chausson se sonrojó.

—Ya he escuchado bastante. Estoy muy ocupado. Con su permiso, tengo huéspedes de verdad a quienes atender.

Pendergast no hizo el menor ademán de levantarse, sino que, con un suspiro de pesar, metió una mano en el interior de la americana, sacó una pequeña cartera de piel y, abriéndola, mostró una placa dorada.

Chausson se la quedó mirando un buen rato.

—¿FBI?

Pendergast asintió con la cabeza.

—¿Se ha cometido algún delito?

—Sí.

En la frente de Chausson aparecieron gotas de sudor.

—No pensará... detener a nadie en mi hotel, ¿verdad?

—Tenía otras intenciones.

Chausson manifestó un enorme alivio.

—¿Se trata de algún asunto criminal?

—Ninguno relacionado con el hotel.

—¿Tiene una orden judicial?

—No.

Pareció que Chausson recuperase gran parte de su aplomo.

—Lo siento, señor Pendergast, pero tendremos que consultar a nuestros abogados antes de responder a cualquier solicitud. Es la política de la empresa. Lo lamento.

Pendergast se guardó la placa.

—Es una lástima.

Las facciones del director manifestaron complacencia.

—Mi ayudante le acompañará a la salida. —Pulsó un botón—. ¿Jonathan?

—¿Es verdad, señor Chausson, que el edificio de este hotel fue originariamente la mansión de un magnate algodonero?

—Sí, sí. —Entró un joven delgado—. ¿Tendrías la amabilidad de acompañar al señor Pendergast a la salida?

—Sí, señor —dijo el joven.

Pendergast no hizo nada por levantarse.

—Me pregunto, señor Chausson... ¿qué cree que dirían sus huéspedes si se enterasen de que en realidad el hotel era un sanatorio?

La cara de Chausson se crispó de golpe.

—No tengo ni idea de qué está hablando.

—Un sanatorio para todo tipo de enfermedades desagradables y muy contagiosas: cólera, tuberculosis, malaria, fiebre amarilla...

—Jonathan —dijo Chausson—. El señor Pendergast todavía no se marcha. Cierra la puerta al salir, por favor.

El joven se retiró. Chausson se volvió hacia Pendergast y se inclinó en su silla, con un temblor de indignación en sus mofletes rosados.

—¿Cómo se atreve a amenazarme?

—¿Amenazarle? ¡Qué palabra tan fea! «La verdad os hará libres», señor Chausson. Lo que propongo es liberar a sus huéspedes con la verdad, no amenazarles.

Al principio, Chausson no se movió. Después se apoyó lentamente en el respaldo; pasaron un par de minutos.

—¿Qué quiere? —preguntó en voz baja.

—La razón de mi visita es el sanatorio. Desearía ver los registros antiguos que puedan quedar, en concreto los referentes a un paciente.

—¿De qué paciente se trata?

—De John James Audubon.

La frente del director general se arrugó. Después estampó sobre la mesa su mano perfectamente limpia, sin disimular su irritación.

—¿Otra vez?

Pendergast le miró, sorprendido.

—¿Cómo dice?

—Cada vez que creo que por fin se han olvidado de ese condenado hombre, aparece alguien más. Supongo que también me preguntará por el cuadro.

Pendergast permaneció sentado sin contestar nada.

—Voy a decirle lo mismo que a los otros: John James Audubon estuvo ingresado aquí hace ciento ochenta años. La... institución médica cerró hace más de un siglo. Los registros que pudiera haber desaparecieron hace mucho tiempo, al igual que los cuadros.

—¿Eso es todo? —preguntó Pendergast.

Chausson asintió de forma rotunda.

—Eso es todo.

El rostro del agente se llenó de tristeza.

—Lástima. En fin, le deseo buen día, señor Chausson.

Se levantó de la silla.

—Un momento. —El director general también se levantó, súbitamente inquieto—. ¿No irá a decirles a los huéspedes...?

Dejó la frase a medias. La expresión apenada de Pendergast se acentuó.

—Ya le he dicho que es una lástima.

Chausson levantó una mano para retenerle.

—Espere, espere un poco. —Sacó un pañuelo del bolsillo y se lo pasó por la frente—. Es posible que queden algunos archivos. Acompáñeme.

Con un suspiro profundo y entrecortado, salió del despacho.

Pendergast le siguió por un restaurante de altos vuelos, una zona para preparar la comida y una cocina gigantesca. El mármol y los dorados dejaron paso rápidamente a baldosas blancas y esteras de caucho. Chausson abrió una puerta metálica al fondo de la cocina. Por una vieja escalera de metal bajaron a un pasillo subterráneo, frío, húmedo y mal iluminado, que parecía internarse en las profundidades de Luisiana. El yeso de las paredes y el techo se caía a trozos, y los ladrillos del suelo estaban llenos de agujeros.

Finalmente, Chausson se paró ante una puerta con refuerzos de metal, la abrió, haciendo rechinar el hierro, y penetró en una oscuridad negra y húmeda, que olía a hongos y a putrefacción. Cuando giró en el sentido de las agujas del reloj un interruptor anticuado, apareció un gran espacio vacío, entre correteos y chillidos de las alimañas que se batían en retirada. El suelo estaba lleno de viejas tuberías con revestimiento de amianto, y de cachivaches de todo tipo; la vejez y el moho se acumulaban por doquier.

—Esta era la sala de calderas —dijo mientras se abría camino entre excrementos de rata y residuos.

En el rincón del fondo había varios fardos de papel, reventados, húmedos, roídos por las ratas, llenos de manchas amarillas y descompuestos por el paso del tiempo. Las ratas se habían hecho una madriguera en un rincón.

—Es todo lo que queda de los papeles del sanatorio —dijo Chausson, recuperando parcialmente su tono victorioso—. Ya le he dicho que solo había restos. Lo que no sé es por qué no tiraron todo esto hace años; tal vez sea porque aquí ya no baja nadie.

Pendergast se arrodilló ante los papeles y empezó a examinarlos con muchísimo cuidado, pasándolos uno por uno. Transcurrieron diez minutos, que se convirtieron en veinte. Chausson miró varias veces el reloj, pero Pendergast era del todo insensible a su irritación. Finalmente se levantó, con un delgado fajo de papeles en la mano.

—¿Puedo llevármelos prestados?

—Quédeselos. Quédeselo todo.

Los metió en un sobre de papel.

—Antes se ha referido a otras personas que manifestaron interés por Audubon y cierto cuadro.

Chausson asintió con la cabeza.

—¿Se trata acaso de un cuadro conocido como el *Marco Negro*?

Volvió a asentir.

—Y esas otras personas... ¿quiénes eran y cuándo vinieron?

—El primero vino... déjeme pensar... hará unos quince años. Poco después de que me nombrasen director. Y el otro, aproximadamente un año después.

—Es decir, que soy el tercero que ha preguntado —dijo Pendergast—. Por su tono, había creído que eran más. Hábleme del primero.

Chausson volvió a suspirar.

—Era un marchante de arte. De lo más desagradable. En esta profesión aprendes a conocer a las personas por su actitud, por lo que dicen, y ese hombre casi me dio miedo. —Hizo una pausa—. Le interesaba el cuadro que supuestamente pintó Audubon cuando estuvo aquí. Dio a entender que recompensaría de sobra mis esfuerzos, así que se enfadó mucho porque no pudiera decirle nada.

—¿Vio los documentos? —preguntó Pendergast.

—No. Entonces yo ni siquiera sabía que existían.

—¿Se acuerda de su nombre?

—Sí, se llamaba Blast. Un apellido así no se olvida.*

* Los diversos significados de la palabra *blast* se caracterizan por expresar fuerza y rotundidad: explosión, ráfaga, chorro... Se usa también como exclamación, que podría traducirse como «¡maldita sea!». *(N. del T.)*

—Entiendo. ¿Y la segunda persona?

—Era una mujer. Joven, con el pelo negro y delgada. Muy guapa. Fue mucho más agradable... y convincente. De todos modos, no pude decirle mucho más que a Blast. Ella consultó los documentos.

—¿Se llevó alguno?

—No se lo permití. Me pareció que podían ser valiosos. En cambio, ahora, solo tengo ganas de quitármelos de encima.

Pendergast asintió lentamente.

—La joven... ¿Recuerda su nombre?

—No. Es curioso, pero no me lo dijo. Recuerdo que lo estuve pensando después de que se fuera.

—¿Tenía un acento como el mío?

—No, un acento del norte. Como los Kennedy.

El director se estremeció.

—Comprendo. Gracias por su tiempo. —Pendergast se giró—. Ya encontraré yo solo la salida.

—No, no —se apresuró a decir Chausson—, le acompaño hasta su coche. Insisto.

—No se preocupe, señor Chausson, no diré nada a sus huéspedes.

Y con una pequeña reverencia y una sonrisa aún más pequeña, teñida de tristeza, Pendergast dio unas zancadas hacia el largo túnel, hacia el mundo exterior.

20

St. Francisville, Luisiana

D'Agosta frenó ante la mansión encalada, que se erguía con altiva formalidad entre macizos muertos y árboles sin hojas. El cielo invernal escupía lluvia, formando charcos en el asfalto. Se quedó un momento en el coche de alquiler, escuchando por la radio los pésimos versos finales de «Just You and I», a la vez que intentaba superar la irritación por haber recibido poco más que un simple encargo. ¿Qué carajo sabía él de pájaros muertos?

Al final de la canción se levantó, cogió un paraguas y salió del coche. Subió los escalones de la casa de la plantación Oakley y entró en la galería: un porche con celosías cerradas por la constante lluvia. Dejó el paraguas mojado en un paragüero, se quitó el impermeable, lo colgó en un perchero y entró en el edificio.

—Usted debe de ser el señor D'Agosta —dijo una mujer vivaracha, con aspecto de pájaro, levantándose de su escritorio y yendo afanosamente a su encuentro sobre unas piernas regordetas, calzadas con zapatones que resonaban sobre las planchas de madera—. En esta época del año no viene mucha gente. Yo soy Lola Marchant.

Tendió la mano. Al cogerla, D'Agosta recibió un apretón sorprendentemente enérgico. La mujer, con colorete, polvos y pintalabios, no debía de tener menos de sesenta años, aunque se la veía recia y vigorosa.

—¡Debería darle vergüenza traer tan mal tiempo! —Soltó una risa cantarina—. De todos modos, los expertos en Audubon siempre son bienvenidos. Aunque aquí suelen venir solo turistas.

D'Agosta la siguió a una sala de visitas, con madera pintada de blanco y vigas muy macizas. Empezó a arrepentirse de la tapadera que le había dado por teléfono. Sabía tan poco de Audubon, y de los pájaros en general, que tuvo la certeza de que cualquier intercambio de información, hasta el más nimio, acabaría con su expulsión. Lo mejor sería no abrir la boca.

—¡Vayamos por partes! —Marchant rodeó otro escritorio y empujó hacia él un libro enorme de registro—. Firme aquí, por favor, y ponga la razón de su visita.

D'Agosta escribió su nombre y la supuesta razón.

—¡Gracias! —dijo ella—. Bien, empecemos. ¿Qué quiere ver exactamente?

D'Agosta carraspeó.

—Soy ornitólogo. —Lo pronunció bien—. Me gustaría ver algunos de los especímenes de Audubon.

—¡Maravilloso! Ya debe de saber que Audubon solo vivió cuatro meses aquí; daba clases de dibujo a Eliza Pirrie, la hija del matrimonio Pirrie, los propietarios de la plantación Oakley. Después de un altercado con la señora Pirrie, se fue a Nueva Orleans repentinamente, llevándose todos sus especímenes y sus dibujos. Pero hace cuarenta años, cuando el gobierno del estado nos designó Lugar Histórico, recibimos un legado de dibujos, cartas y algunos especímenes de aves de Audubon, que hemos ido aumentando con los años. ¡Ahora tenemos una de las mejores colecciones de Audubon de toda Luisiana!

Coronó su informe con una amplia sonrisa, mientras su pecho subía y bajaba rápidamente a causa del esfuerzo.

—Entiendo —masculló D'Agosta, mientras sacaba una libreta de taquigrafía de su americana negra con la esperanza de que añadiera un toque de verosimilitud.

—Por aquí, doctor D'Agosta, por favor.

«Doctor D'Agosta.» El teniente sintió que su temor aumentaba.

Pisando fuerte los suelos de pino pintado, Marchant le condujo hasta una escalera. Subieron a la primera planta, y después de cruzar numerosas salas espaciosas, llegaron a una puerta cerrada con llave, que al abrirse reveló una escalera que subía a un desván, empinada y estrecha. D'Agosta siguió a Marchant hasta el final. De desván solo tenía el nombre. Estaba impoluto y cuidado, y olía a pintura fresca. En tres de las cuatro paredes se sucedían vitrinas antiguas de roble y cristal ondulado, mientras que al fondo había armarios cerrados, más modernos. La luz procedía de una serie de claraboyas con cristales esmerilados, que dejaban pasar una luz blanca y fría.

—Tenemos unos cien pájaros de la colección original de Audubon —dijo Marchant, caminando deprisa por el pasillo central—. Por desgracia, Audubon no era un gran taxidermista, así que observará que la mayoría de los especímenes está en mal estado. Los hemos estabilizado, claro, pero los bichos ya los habían estropeado mucho. Ya hemos llegado.

Se detuvieron frente a un gran armario de metal gris, que casi parecía una caja fuerte. Marchant giró el disco central y accionó la palanca. La gran puerta se abrió con un suspiro de aire y dejó a la vista unos armarios interiores de madera, con etiquetas en unas placas de latón fijadas con tornillos a todos los cajones. D'Agosta recibió una vaharada de naftalina. Marchant cogió un cajón y lo sacó para mostrar tres hileras de pájaros disecados, con unas etiquetas amarillentas alrededor de cada garra y algodón blanco sobresaliendo por los ojos.

—Las etiquetas son las originales de Audubon —dijo—. Únicamente yo manipulo los pájaros, así que, por favor, no los toque sin mi permiso. ¡Y bien! —Sonrió—. ¿Cuáles quiere ver?

D'Agosta consultó su libreta. Había copiado algunos nombres de pájaros de una página web donde se enumeraban todos los especímenes originales de Audubon, y su localización. Recurrió a ellos.

—Me gustaría empezar por la reinita de Luisiana.

—¡Estupendo! —El cajón volvió a su sitio, y salió otro—. ¿Quiere examinarla en la mesa o en el cajón?

—En el cajón estará bien.

D'Agosta se encajó una lupa en el ojo y examinó de cerca el pájaro, emitiendo gruñidos y murmullos. El ejemplar se hallaba en un estado bastante deplorable: apolillado, descolorido, con las plumas torcidas —o desaparecidas— y gran parte del relleno por fuera. Esperó que resultase convincente su concentración, y sus pausas para hacer anotaciones ininteligibles.

Se irguió.

—Gracias. El siguiente de mi lista es el jilguero americano.

—Ahora mismo se lo enseño.

Volvió a fingir ostentosamente que examinaba el pájaro, escudriñándolo a través de la lupa, tomando notas y hablando solo.

—Espero que encuentre lo que busca —dijo Marchant, invitándole a hablar.

—Oh, sí, gracias.

Aquello empezaba a ser aburrido; además, el olor de las bolas de naftalina le estaba mareando.

—Ahora... —Fingió consultar su libreta—. Ahora miraré la cotorra de las Carolinas.

Un súbito silencio. A D'Agosta le sorprendió ver que Marchant se sonrojaba un poco.

—Lo siento, pero ese espécimen no lo tenemos.

Sintió que su irritación aumentaba. Ni siquiera tenían el espécimen por el que había ido allí.

—Pues, consta en toda la bibliografía —dijo, más molesto de lo que pretendía—. De hecho, dicen que hay dos.

—Ya no los tenemos.

—¿Dónde están? —preguntó, abiertamente exasperado.

Se hizo un largo silencio.

—Lo siento, pero han desaparecido.

—¿Desaparecido? ¿Perdidos?

—No, perdidos no, robados. Fue hace muchos años, cuando yo aún era ayudante. Lo único que queda son unas cuantas plumas.

El interés de D'Agosta se avivó de golpe. Se le había disparado el radar de policía. Supo inmediatamente que aquella visita no sería en vano.

—¿Hubo una investigación?

—Sí, pero de simple rutina. No es fácil que la policía se entusiasme por dos pájaros robados, aunque estén extinguidos.

—¿Tiene una copia del informe?

—Aquí cuidamos mucho los archivos.

—Me gustaría verla.

Vio que Marchant le miraba con curiosidad.

—Perdone, doctor D'Agosta, pero... ¿por qué? Hace más de doce años que los pájaros ya no están aquí.

D'Agosta pensó deprisa. La situación había cambiado. Decidiéndose rápidamente, metió la mano en el bolsillo y sacó su placa.

—¡Dios santo! —Ella le miró con los ojos muy abiertos—. Es policía. No ornitólogo.

D'Agosta la guardó.

—Exacto. Soy teniente, detective de homicidios en la policía de Nueva York. Ahora, sea buena chica y tráigame el informe.

Marchant asintió con la cabeza y vaciló.

—¿De qué se trata?

Al mirarla, D'Agosta vio que le brillaban los ojos con una especie de entusiasmo contenido.

—De un asesinato, por supuesto —dijo, sonriendo.

Ella volvió a asentir y se levantó. Volvió al cabo de unos minutos con una carpeta de cartulina. Al abrirla, D'Agosta se encontró con un informe policial de lo más somero, un solo párrafo escrito a toda prisa; la única información que consiguió fue que la ausencia de los pájaros había salido a relucir durante una revisión rutinaria de la colección. No había indicios de que hubiera entrado nadie a la fuerza. Tampoco se echaba nada más en falta, ni se encontraron pruebas o huellas dactilares. No había sospechosos. Lo único de provecho era la posible fecha del delito: tenía que haberse producido entre el 1 de septiembre y el 1 de octubre, ya que la colección se sometía a un inventario mensualmente.

—¿Hay un registro de los investigadores que usan la colección?

—Sí, pero después de que se vayan siempre la repasamos para estar seguros de que no se hayan llevado nada.

—Entonces podemos acotar aún más la fecha. Tráigame el registro, por favor.

—Ahora mismo.

Marchant se fue rápidamente; en el desván resonó su taconeo entusiasta mientras bajaba por la escalera.

Volvió al cabo de pocos minutos, con un gran libro encuadernado en tela buckram que dejó caer ruidosamente sobre la mesa del centro. D'Agosta vio que lo hojeaba hasta llegar al mes en cuestión. Entonces él echó un vistazo a la página. Aquel mes habían consultado la colección tres investigadores, el último el 22 de septiembre. El nombre estaba escrito con una letra amplia y curvilínea.

*Matilda V. Jones
18 Agassiz Drive
Cooperstown, NY 27490*

«Evidentemente, tanto el nombre como la dirección son falsos —pensó—. ¿Agassiz Drive? Y yo me lo creo.» Además, todos los códigos postales del estado de Nueva York empezaban por 1.

—Dígame —preguntó—, ¿los investigadores tienen que demostrar que son miembros de alguna organización, o identificarse de alguna manera, con algún carnet?

—No, nos fiamos. Quizá no deberíamos. De todos modos, no les quitamos el ojo de encima. ¡No veo cómo un investigador podría robarnos los pájaros en las narices!

«A mí se me ocurren un millón de maneras», pensó D'Agosta, aunque no lo dijo en voz alta. La puerta del desván se cerraba con una llave muy anticuada, y el armario de los pájaros era un modelo barato, con unas clavijas ruidosas que podía forzar cualquier experto en cajas fuertes. Se dijo que de todos modos no hacía falta, porque recordaba haber visto que Marchant, antes de subir, cogía un manojo de llaves colgado en la pared de la recepción. La puerta de la mansión estaba abierta. Él había entrado sin ningún problema. Nada más fácil que esperar a que el conservador de guardia se levantara del mostrador para ir al lavabo, entrar descolgar las llaves y subir directamente a por los pájaros. Pero lo peor era que Marchant le había dejado solo, con el armario de pájaros abierto, cuando había ido a buscar el libro de registro. «Si los pájaros tuvieran algún valor, a estas alturas no quedaría ni uno», se lamentó.

Señaló un nombre.

—¿Vio usted a esta investigadora?

—Como le he dicho, entonces yo solo era ayudante. El conservador era el señor Hotchkiss, que fue quien debió de vigilarla.

—¿Dónde está ahora?

—Falleció hace unos años.

D'Agosta volvió a fijarse en la página. Si realmente Matilda V. Jones se los había llevado —de lo cual estaba bastante seguro—, no era una ladrona muy lista. Más allá del alias, la letra de la entrada no parecía fingida. Supuso que el robo se habría producido hacia el 23 de septiembre, el día después de que le hubieran enseñado la situación exacta de los pájaros, cuando se hizo pasar por investigadora. Probablemente, por comodidad, es que se hubiera alojado en alguna pensión de la zona, aspecto que podía confirmar consultando el registro de hoteles.

—¿Dónde suelen alojarse los ornitólogos que vienen a investigar?

—Nosotros recomendamos el Houma House de St. Francisville; es el único sitio decente.

D'Agosta asintió con la cabeza.

—¿Qué —dijo Marchant—, alguna pista?

—¿Podría hacerme una fotocopia de esta página?

—Oh, sí, claro.

Levantó el pesado tomo y se lo llevó, dejando una vez más solo a D'Agosta, que abrió enseguida su móvil y marcó un número.

—Pendergast —contestaron.

—Hola, soy Vinnie. Una pregunta rápida: ¿le suena de algo Matilda V. Jones?

Tras un brusco silencio, volvió a oírse la voz de Pendergast, fría como una ráfaga de viento polar.

—¿De dónde ha sacado ese nombre, Vincent?

—No tengo tiempo de explicárselo. Es demasiado complicado. ¿Lo conoce?

—Sí. Era el nombre del gato de mi mujer, un azul ruso.

D'Agosta se quedó de piedra.

—La letra de su mujer... ¿era amplia y curvilínea?

—Sí. Pero ¿le importaría decirme qué pasa?

—¿Sabe las dos cotorras de las Carolinas disecadas de Audubon que se guardaban en Oakley? Pues solo quedan unas plumas. Y a ver si lo adivina: las robó su mujer.

Después de un momento se oyó la respuesta, gélida.

—Entiendo.

D'Agosta interrumpió a Pendergast al oír pisadas en la escalera del desván.

—Tengo que colgar.

Cerró el teléfono justo cuando aparecía Marchant por la esquina, con las fotocopias.

—Bien, teniente —dijo ella al dejarlas sobre la mesa—, ¿nos va a resolver el crimen?

Le obsequió con una sonrisa llena de vivacidad. D'Agosta reparó en que había aprovechado para volver a ponerse colorete y retocarse los labios. Pensó que probablemente aquello era mucho más emocionante que ver varios episodios seguidos de *Se ha escrito un crimen*.

Guardó los papeles en el maletín y se levantó para irse.

—No, me temo que la pista se ha enfriado. Demasiado. De todos modos, gracias por su ayuda.

21

Plantación Penumbra

—¿Está seguro, Vincent? ¿Totalmente seguro?

D'Agosta asintió con la cabeza.

—Lo he consultado en el hotel de la zona, el Houma House. Después de examinar los pájaros de la plantación Oakley, dando el nombre de su gato, su mujer pasó la noche en el hotel. Esta vez usó su verdadero nombre. Probablemente le pidieron que se identificara, sobre todo si pagaba al contado. No tenía sentido pasar la noche allí si no tenía planeado volver al día siguiente, entrar sin ser vista y apoderarse de los pájaros. —Le pasó una hoja a Pendergast—. Este es el registro de la plantación Oakley.

Pendergast la reconoció enseguida.

—Es la letra de mi esposa. —Cuando la dejó, su rostro era como una máscara—. ¿Está seguro de la fecha del robo?

—El 23 de septiembre, día más, día menos.

—Aproximadamente seis meses después de que Helen y yo nos casáramos.

En el salón de la primera planta se hizo un silencio incómodo. D'Agosta apartó la vista de Pendergast para deslizarla con profundo malestar por la alfombra de cebra y los trofeos de caza, hasta posarla en la gran vitrina de madera, con su panoplia de escopetas potentes y cubiertas de bonitos adornos. Se preguntó cuál sería la de Helen.

Maurice se asomó.

—¿Más té, señores?

D'Agosta sacudió la cabeza. Maurice le desconcertaba. El anciano sirviente siempre andaba cerca, como una madre.

—Gracias, Maurice, de momento estamos servidos —dijo Pendergast.

—Muy bien, señor.

—¿Y usted? ¿Qué ha averiguado? —preguntó D'Agosta.

Al principio, Pendergast no respondió. Después entrelazó muy lentamente los dedos y se puso las manos en el regazo.

—He visitado el Bayou Grand Hotel, en el antiguo emplazamiento del sanatorio Meuse St. Claire, donde Audubon pintó el *Marco Negro*. Mi mujer había pasado por allí preguntando por el cuadro. Debió de hacerlo pocos meses antes de conocerme. Un año antes que ella, también había hecho preguntas sobre el cuadro otra persona, un coleccionista o marchante, de dudosa reputación, al parecer.

—Así, que había otros que sentían curiosidad por el *Marco Negro*.

—Y mucha, por lo que parece. Por otra parte, he logrado encontrar algunos papeles interesantes en el sótano del sanatorio. Tratan de la evolución y el tratamiento de la enfermedad de Audubon, y cosas así. —Pendergast cogió una cartera de piel, la abrió y sacó una hoja de papel antigua, manchada y amarillenta, dentro de un envoltorio de plástico. La parte inferior estaba medio podrida—. Esto es un informe sobre Audubon escrito por el doctor Arne Torgensson, el médico a cuyo cargo estaba en el sanatorio. Voy a leerle la parte relevante.

El paciente ha mejorado mucho, tanto en la fuerza de sus brazos y sus piernas cuanto en su estado mental. Ya se encuentra en régimen ambulatorio, y divierte a los demás pacientes con relatos de sus aventuras en la Frontera. La semana pasada pidió pinturas, un bastidor y un lienzo, y empezó a pintar. ¡Y qué pintura! Son notables el vigor de las pinceladas y lo inusual de la paleta. Representa un originalísimo...

Pendergast volvió a guardar la hoja en la cartera.

—Como ve, falta la parte más importante: la descripción del cuadro. Nadie sabe cuál era el tema.

D'Agosta bebió té, deseando que fuera una Bud.

—A mí me parece obvio. El cuadro era de la cotorra de las Carolinas.

—¿Cuál es su razonamiento, Vincent?

—Por eso su mujer robó los pájaros de la plantación Oakley: para localizar, o más probablemente identificar, el cuadro.

—Su lógica es defectuosa. ¿Qué sentido tenía robar los pájaros? Habría bastado con examinar un espécimen.

—Si había competencia, no —dijo D'Agosta—. Había más gente que buscaba el cuadro. Cuando hay mucho en juego, no se desaprovecha ninguna ventaja que se pueda obtener, o quitar a los demás. De hecho, podría ser una indicación sobre quién asesi...

Se calló bruscamente, para no verbalizar aquella nueva conjetura.

La mirada penetrante de Pendergast decía a las claras que había adivinado el resto.

—Existe la posibilidad de que este cuadro nos dé algo que hasta ahora se nos había escapado. —Redujo su voz casi a un susurro—. El motivo.

La habitación quedó en silencio.

Finalmente, Pendergast salió de su inmovilidad.

—No nos precipitemos. —Volvió a abrir la cartera y sacó otro trozo de papel—. También he recuperado esto, que al parecer formaba parte del informe de alta de Audubon. De nuevo, se trata de un simple fragmento.

... ha recibido el alta el día 14 de noviembre de 1821. En el momento de partir ha hecho entrega al doctor Torgensson, el director de Meuse St. Claire, de un cuadro recién terminado, en señal de agradecimiento por haberle devuelto la salud con sus cuidados. Su marcha ha sido presenciada por un pequeño grupo de médicos y pacientes, y ha habido muchas despedidas...

Pendergast dejó el fragmento en la cartera, que cerró con un gesto concluyente.

—¿Alguna idea de dónde puede estar el cuadro? —preguntó D'Agosta.

—Tras jubilarse, el médico se fue a vivir a una casa de la calle Royal, que será mi próxima parada. —Pendergast hizo una pausa—. No hay ningún otro artículo interesante, ni siquiera de modo tangencial. ¿Recuerda usted que el hermano de Helen, Judson, comentó que mi mujer había viajado a New Madrid, Missouri?

—Sí.

—En 1812, New Madrid sufrió un terremoto de gran intensidad, de más de 8 en la escala de Richter; fue tan intenso que creó una serie de lagos nuevos y alteró el curso del Mississippi. Destruyó prácticamente la mitad de la población. Hay otro hecho destacado.

—¿Cuál?

—John James Audubon estaba en New Madrid en el momento del terremoto.

D'Agosta se apoyó en el respaldo.

—¿Y qué significa?

Pendergast abrió las manos.

—¿Coincidencia? Puede ser.

—He intentado informarme mejor sobre Audubon —dijo D'Agosta—, pero la verdad es que nunca he sido buen alumno. ¿Usted qué sabe?

—Actualmente, mucho. Se lo resumiré. —Pendergast hizo una pausa para ordenar sus ideas—. Audubon era hijo ilegítimo de un capitán francés y de su amante. Nació en Haití, lo crió su madrastra en Francia, y a los dieciocho años le envió a América para que no lo reclutara el ejército de Napoleón. Vivía cerca de Filadelfia, donde se aficionó al estudio y el dibujo de los pájaros; se casó con una chica de la ciudad, Lucy Bakewell. Después se fueron a vivir a la frontera de Kentucky, donde Audubon abrió una tienda, aunque dedicaba casi todo el tiempo a coleccionar, disecar y montar pájaros. Los dibujaba y pintaba por afición, pero sus primeras obras eran flojas, vacilantes, y sus bocetos (gran parte de los cuales se conservan) tenían tan poca vida como los pájaros muertos que dibujaba.

»Audubon no demostró mucho talento para los negocios. En 1820, cuando su tienda quebró, se fue a vivir con su familia a una casita criolla destartalada de la calle Dauphine, en Nueva Orleans, donde pasaron estrecheces.

—La calle Dauphine —murmuró D'Agosta—. ¿Y así conoció a su familia?

—Sí. Era un hombre con un gran encanto y gallardía, guapo, excelente tirador y experto en el manejo de la espada. Se hizo amigo de mi tatarabuelo Boethius, con quien salía a menudo de caza. A principios de 1821 contrajo una grave enfermedad, hasta el punto de que tuvieron que llevarle en carro a Meuse St. Claire, en estado de coma. Su convalecencia fue larga. Como ya sabe, mientras se restablecía pintó la obra, de asunto desconocido, que se conoce como *Marco Negro*.

»Ya curado, pero sin un céntimo, se le ocurrió la idea de representar toda la fauna avícola de Estados Unidos a tamaño natural: todas las especies de pájaros del país recopiladas en una magna obra de ciencias naturales. Mientras Lucy mantenía a la familia trabajando de maestra, Audubon salía con su escopeta, una caja de pinturas y papel. Contrató a un ayudante, y se fue río abajo por el Mississippi. Pintó cientos de pájaros; los plasmó con nervio y talento en sus entornos naturales, como no se había hecho hasta entonces.

Pendergast bebió un poco más de té y prosiguió.

—En 1826 viajó a Inglaterra, donde encontró a un impresor que grabó en cobre sus acuarelas. Después pasó una temporada a caballo entre América y Europa, buscando suscriptores para lo que acabaría siendo *The Birds of America*. Cuando se hizo el último grabado, en 1838, Audubon ya había conseguido adquirir una gran fama. Pocos años después empezó a trabajar en otro proyecto muy ambicioso, *The Viviparous Quadrupeds of North America*, pero empezó a perder facultades mentales, y sus hijos tuvieron que acabar el libro. El pobre Audubon sufrió un declive mental espantoso, y al cabo de un tiempo se volvió totalmente loco; murió en Nueva York a los sesenta y cinco años.

D'Agosta silbó entre dientes.

—Qué historia tan interesante.

—En efecto.

—¿Y nadie tiene la menor idea de qué fue del *Marco Negro*?

Pendergast sacudió la cabeza.

—Parece que es el Santo Grial de los expertos en Audubon. Mañana iré a ver la casa de Arne Torgensson. Queda cerca, a pocos kilómetros al oeste de Port Allen. Espero encontrar el rastro del cuadro.

—Pero basándose en las fechas que me ha dicho, ¿usted cree...? —D'Agosta se quedó callado, buscando la manera de formular la pregunta con tacto—. ¿Usted cree que el interés de su mujer por Audubon y el *Marco Negro*... empezó antes de conocerle?

Pendergast no respondió.

—Si en realidad quiere que le ayude —prosiguió D'Agosta—, no puede cerrarse en banda cada vez que abordo una cuestión delicada.

Pendergast suspiró.

—Tiene usted razón. Parece, en efecto, que la fascinación, por no decir obsesión, de Helen por Audubon arrancó muy temprano en su vida. Fue este deseo de saber más sobre él, y de estar más cerca de su obra, el causante, en parte, de que nos conociéramos. Parece que le interesaba particularmente encontrar el *Marco Negro*.

—¿Por qué no le contó a usted nada sobre ello si tanto interés tenía?

—Yo creo... —Hizo una pausa, y añadió con voz ronca—: Que no quería que supiera que nuestra relación no partía de una feliz coincidencia, sino de un encuentro organizado de forma intencionada, quizá hasta cínicamente, por ella.

El rostro de Pendergast se ensombreció, y D'Agosta casi se arrepintió de la pregunta.

—Si competía con otra persona en la búsqueda del *Marco Negro* —dijo—, puede que se sintiera en peligro. ¿Cambió en algo su comportamiento las últimas semanas antes de morir? ¿Estaba nerviosa o agitada?

Pendergast contestó despacio.

—Sí. Algo percibí, pero por alguna razón yo lo atribuí a algún tipo de complicación relacionada con el trabajo o con los preparativos del safari.

Sacudió la cabeza.

—¿Hizo algo fuera de lo habitual?

—Durante esas semanas pasé mucho tiempo fuera de Penumbra.

D'Agosta oyó un carraspeo por encima del hombro. Otra vez Maurice.

—Solo quería informarle de que voy a retirarme por esta noche —dijo el criado—. ¿Desea alguna cosa más?

—Solo una, Maurice —dijo Pendergast—. Durante las semanas previas a mi último viaje con Helen, pasé mucho tiempo fuera.

—Si no recuerdo mal estuvo usted en Nueva York —puntualizó Maurice, asintiendo con la cabeza—. Ocupado en los preparativos del safari.

—¿Mi mujer dijo o hizo algo fuera de lo habitual durante mi ausencia? ¿Recibió alguna carta o llamada telefónica que la disgustase, por ejemplo?

El anciano sirviente reflexionó.

—Que yo recuerde no, señor. Pero es cierto que parecía un poco agitada, sobre todo después del viaje.

—¿Viaje? —preguntó Pendergast—. ¿Qué viaje?

—Una mañana, me despertó el ruido de su coche, que se alejaba por el camino. Seguro que recuerda usted lo ruidoso que era. No dejó ninguna nota, ni aviso, ni nada. Era domingo, hacia las siete. Volvió dos noches después, sin hacer ningún comentario acerca de dónde había estado, pero me acuerdo de que no era la misma. Estaba disgustada por algo. Sin embargo, no dijo nada al respecto.

—Comprendo —dijo Pendergast, intercambiando miradas con D'Agosta—. Gracias, Maurice.

—No hay de qué, señor. Buenas noches.

El viejo mayordomo dio media vuelta y desapareció en el pasillo, con pasos silenciosos.

22

D'Agosta salió de la I-10 y se metió a toda velocidad en la Belle Chasse Highway, casi vacía. Era otro día caluroso de febrero. Tenía bajadas las ventanillas, y puesta una emisora de rock'n'roll clásico. Hacía días que no se encontraba tan bien. Mientras el coche zumbaba carretera arriba, se bebió de un solo trago un café Krispy Kreme y volvió a encajar el vaso en el soporte. Los dos donuts de calabaza con especias habían sido todo un acierto. Al diablo con las calorías. Estaba de un buen humor a prueba de bombas.

La noche anterior había hablado una hora con Laura Hayward. La mejoría arrancaba desde entonces. Después había dormido mucho, sin soñar. Cuando despertó, Pendergast ya no estaba; pero Maurice le esperaba con beicon, huevos y sémola de maíz para desayunar. Lo siguiente que había hecho era ir en coche a la ciudad y marcarse un tanto en la comisaría del distrito sexto de Nueva Orleans. Al principio, cuando se enteraron de su relación con la familia Pendergast, le miraron con recelo, pero al ver que era un tío normal cambiaron de actitud. Le dejaron usar sus instalaciones informáticas con total libertad, donde D'Agosta tardó menos de una hora y media en localizar al marchante interesado desde hacía tiempo por el *Marco Negro*: John W. Blast, con domicilio actual en Sarasota, Florida. Era un personaje desagradable, ciertamente. Detenido cinco veces en diez años: sospechoso de chantaje, sospechoso de falsificación, posesión de artículos robados, posesión de productos de animales prohibidos, y amenazas y agresión. O tenía dinero o buenos abogados, o ambas cosas, porque ni una sola de las veces le habían condenado. D'Agosta imprimió los datos, se los metió en el bolsillo de la americana y, otra vez con hambre a pesar del desayuno, pasó por el Krispy Kreme del barrio antes de emprender el viaje de regreso a Penumbra.

Sabía que Pendergast se moriría de ganas de conocer su descubrimiento.

Al subir por el acceso de la antigua plantación, vio que Pendergast se le había adelantado; el Rolls-Royce estaba a la sombra de los cipreses. Después de aparcar al lado, hizo crujir la grava y subió al porche cubierto. Cerró la puerta tras entrar en el recibidor.

—¿Pendergast? —llamó en voz alta.

No hubo respuesta.

Caminó por el pasillo, asomándose a las salas comunes. Estaban todas oscuras y vacías.

—¿Pendergast? —volvió a llamar.

«Puede que haya salido a pasear —pensó—. El día invita a ello.»

Subió a paso rápido por la escalera, giró en el rellano y se quedó de piedra. Con el rabillo del ojo había visto una silueta familiar, sentada en silencio en la sala de estar. Era Pendergast, en la misma silla que la noche anterior. Las luces de la sala estaban apagadas; el agente del FBI, a oscuras.

—¿Pendergast? Creía que había salido, y...

Se detuvo al ver la cara del agente. Su expresión ausente le dejó en suspenso. Ocupó el asiento de al lado, perdiendo de golpe el buen humor.

—¿Qué pasa? —preguntó.

Pendergast respiró despacio.

—He ido a la casa de Torgensson, Vincent. No hay ningún cuadro.

—¿No hay cuadro?

—Ahora la casa es una funeraria. La vaciaron completamente para adaptarla al nuevo negocio; lo quitaron todo, hasta la estructura de pilares y vigas. No hay nada, nada. —El labio de Pendergast se tensó—. Ahí termina el rastro. Ya está.

—Pero ¿y el médico? Debió de mudarse a otro sitio, donde podamos retomar el rastro.

Otra pausa, más larga que la anterior.

—El doctor Arne Torgensson murió en 1852, pobre de solemnidad y loco debido a la sífilis, pero antes tuvo tiempo de ir vendiendo poco a poco todo lo que contenía su casa a innumerables compradores desconocidos.

—Si vendió el cuadro, debería constar en algún sitio.

Pendergast se lo quedó mirando, torvamente.

—No hay constancia de nada. Es posible que intercambiara el cuadro por carbón. También pudo hacerlo jirones en un ataque de locura. Es posible que le sobreviviera, y se perdiera con las obras de la casa. Me he topado con un muro.

E iba a rendirse, pensó D'Agosta; volvería a su casa y se quedaría sentado a oscuras en la sala de estar. Nunca había visto al agente tan por los suelos, en todos los años desde que se conocían. Sin embargo, los hechos no justificaban tal desesperación.

—Helen también buscaba el cuadro —dijo, con una dureza involuntaria—. Usted lleva buscándolo... ¿Cuánto? ¿Un par de días? Ella estuvo años sin rendirse.

Pendergast no contestó.

—Está bien, cambiaremos de táctica. En vez de seguir el rastro del cuadro, seguiremos el de su mujer. ¿Se acuerda del último viaje que hizo, cuando estuvo tres días fuera? Pues quizá tuviera algo que ver con el *Marco Negro*.

—Aunque tuviera razón —dijo Pendergast—, han pasado doce años.

—Por intentarlo no se pierde nada —dijo D'Agosta—. Luego podemos ir a Sarasota, a ver a John W. Blast, el marchante jubilado.

En los ojos de Pendergast se encendió una chispa muy tenue de interés.

D'Agosta se dio unas palmaditas en el bolsillo de la americana.

—En efecto. Es la otra persona que buscaba el *Marco Negro*. Se equivoca al decir que tenemos delante una pared.

—En esos tres días pudo ir a cualquier sitio —dijo Pendergast.

—Pero ¿qué diablos le pasa? ¿Ya se da por vencido? —D'Agosta se quedó mirando a Pendergast. Acto seguido se giró y asomó la cabeza al pasillo—. ¿Maurice? ¡Eh, Maurice!

¿Dónde estaba? Por una vez que le necesitaba...

Un momento de silencio. Después, unos golpes sordos en la otra punta de la mansión. Al cabo de un minuto se oyeron pasos en la escalera trasera y apareció Maurice doblando por el pasillo.

—¿Qué desea? —jadeó al acercarse, con los ojos muy abiertos.

—¿Recuerda el último viaje de Helen al que se refirió ayer por la noche? ¿Cuando se fue sin avisar y estuvo dos noches fuera?

Maurice asintió con la cabeza.

—Sí.

—¿No puede contarnos nada más? ¿Algún tíquet de gasolinera? ¿Alguna factura de hotel?

Al cabo de una silenciosa reflexión, Maurice confesó:

—No, señor, nada.

—¿Al volver no dijo nada en absoluto? ¿Ni una palabra?

Maurice sacudió la cabeza.

—Lo siento, señor.

Pendergast seguía en la silla, sin mover ni un músculo. Cayó un manto de silencio en la sala de estar.

—Ahora que lo pienso, sí hay una cosa —dijo Maurice—. Aunque dudo que le sea de utilidad.

D'Agosta se lanzó al ataque.

—¿De qué se trata?

—Pues... —titubeó el viejo criado.

D'Agosta tuvo ganas de cogerle por las solapas y zarandearle.

—Es que... ahora me acuerdo de que me llamó. La primera mañana, desde la carretera.

Pendergast se levantó despacio.

—Sigue, Maurice —dijo en voz baja.

—Ya eran casi las nueve. Yo estaba tomándome un café en el

salón de día. Sonó el teléfono y era la señora Pendergast. Había olvidado la tarjeta de la American Automobile Association en el despacho. Se le había pinchado una rueda y necesitaba el número de socio. —Maurice echó un vistazo a Pendergast—. Recordará que nunca tuvo mano con los coches, señor.

—¿Ya está?

Maurice asintió.

—Fui a buscar la tarjeta y le leí el número. Ella me dio las gracias.

—¿Nada más? —insistió D'Agosta—. ¿Ningún ruido de fondo? ¿Ninguna conversación?

—Hace tanto tiempo, señor... —Maurice se concentró—. Creo que había ruido de tráfico. Tal vez una bocina. Debía de llamar desde una cabina.

Al principio nadie dijo nada. D'Agosta se desanimó.

—¿Y la voz? —preguntó Pendergast, interviniendo por primera vez—. ¿Parecía tensa, o tal vez nerviosa?

—No, señor. De hecho, ahora que me acuerdo, dijo que era una suerte que hubiera pinchado en aquel sitio.

—¿Una suerte? —repitió Pendergast—. ¿Por qué?

—Porque así podía esperar tomándose un *egg cream.**

Al principio todo quedó en suspenso. Después, Pendergast entró en acción. Esquivando a D'Agosta y a Maurice, corrió sin decir nada hasta el rellano y se lanzó escaleras abajo.

D'Agosta fue tras él. El pasillo central estaba vacío. Sin embargo, oyó ruido en la biblioteca. Al entrar vio que el agente revolvía febrilmente los estantes, tirando los libros al suelo sin contemplaciones. Se apoderó de un tomo, dio unas zancadas hasta una mesa, despejó la superficie bruscamente con el brazo y hojeó las páginas. D'Agosta vio que era un atlas de carreteras de Luisiana. Aparecieron una regla y un lápiz en la mano de Pendergast, que se encorvó hacia el atlas para tomar medidas y hacer marcas con el lápiz.

* Bebida típica de Nueva York que consiste en una mezcla de leche, jarabe de chocolate y soda. *(N. del T.)*

—Aquí —susurró entre dientes, clavando un dedo en la página.

Salió corriendo de la biblioteca, sin decir nada más.

D'Agosta siguió al agente por el comedor, la cocina, la despensa, la habitación del mayordomo y la cocina trasera, hasta llegar a la puerta posterior de la mansión. Pendergast bajó los escalones de dos en dos, cruzó corriendo el gran jardín hasta llegar a un establo pintado de blanco, reconvertido en garage para media docena de coches. Abrió la puerta de golpe y desapareció en la oscuridad.

D'Agosta le siguió. El interior, grande y poco iluminado, olía ligeramente a heno y aceite de motor. Cuando sus ojos se acostumbraron, discernió tres bultos cubiertos con lonas, que solo podían ser automóviles. Pendergast fue raudo hacia uno de ellos y tiró de la lona. Debajo apareció un descapotable rojo de dos asientos, bajo, como de malo de película, que la luz indirecta del establo reconvertido hacía brillar.

—Uau. —D'Agosta silbó—. Un Porsche de época. Qué maravilla.

—Un Porsche 550 Spyder de 1954. Era de Helen.

Pendergast subió ágilmente y buscó la llave a tientas bajo la alfombrilla. La encontró justo en el momento en el que D'Agosta abría la puerta y subía al asiento del copiloto. Entonces la metió en el contacto y la giró. El motor se puso en marcha con un rugido ensordecedor.

—Bendito Maurice —dijo Pendergast, por encima del ruido—. Lo tienes como nuevo.

Después de dejar pasar unos segundos, para que se calentase el motor, lo sacó del establo y, una vez al otro lado de la puerta, pisó a fondo el acelerador. El descapotable salió disparado, levantando una nube de gravilla que acribilló el cobertizo como si fueran perdigones. D'Agosta se vio empujado contra el respaldo, como un astronauta al despegar. Justo cuando salían del camino de entrada, vio la silueta vestida de negro de Maurice, que asistía a su marcha desde los escalones.

—¿Adónde vamos? —preguntó.

Pendergast le miró. La desesperación había desaparecido completamente, dejando paso a una luz dura en los ojos, tenue pero perceptible: el brillo de la caza.

—Gracias a usted, Vincent, hemos encontrado el pajar —contestó—. Ahora, a ver si encontramos la aguja.

23

El coche deportivo iba lanzado por las adormiladas carreteras secundarias del campo de Luisiana. Los manglares, los brazos de río, las plantaciones majestuosas y las ciénagas pasaban borrosos. De vez en cuando aminoraban un poco para atravesar un pueblo, donde el vehículo era objeto de miradas de curiosidad por su estrepitoso ruido. Pendergast no se había molestado en poner la capota, y D'Agosta sufría cada vez más con el viento, que irritaba su calva. Ir en un coche tan bajo le provocaba una sensación de vulnerabilidad. Se extrañó de que Pendergast hubiera cogido ese coche en vez del Rolls, muchísimo más cómodo.

—¿Le importa decirme adónde vamos? —bramó para hacerse oír sobre el viento.

—A Picayune, Mississippi.

—¿Por qué?

—Porque es desde donde Helen llamó por teléfono a Maurice.

—¿Lo sabe con certeza?

—Con el noventa y cinco por ciento de seguridad.

—¿Cómo?

Pendergast redujo la marcha para salvar una curva muy cerrada.

—Helen se tomó un *egg cream* mientras esperaba a los del automóvil club.

—Ya. ¿Y qué?

—Los *egg cream* eran su debilidad yanqui, de la que jamás logré curarla. Apenas se encuentran fuera de Nueva York y de algunas partes de Nueva Inglaterra.

—Siga.

—Desde Nueva Orleans solo se puede, o se podía, ir en coche a tres sitios donde sirvieran *egg cream*. Helen los tenía localizados, y siempre iba en coche a alguno de los tres. Alguna vez yo la acompañaba. En fin, el caso es que al consultar el mapa, he deducido (por el día de la semana, la hora del día y la propensión de Helen a conducir demasiado deprisa) que la elección más obvia, entre los tres, es Picayune.

D'Agosta asintió con la cabeza. Explicado así, parecía muy lógico.

—¿Y lo del noventa y cinco por ciento?

—Cabe la remota posibilidad de que esa mañana se parase antes por alguna razón; o la parasen, porque la multaban a menudo por exceso de velocidad.

Picayune, Mississippi, era una localidad pulcra y con casas bajas de madera, justo al otro lado de la frontera con Luisiana. A la entrada del término municipal había un rótulo que la proclamaba «Moneda preciosa en el monedero del sur», y otro con fotos de los galardonados en el desfile de carnaval del año anterior. Mientras recorrían las calles, tranquilas y arboladas, D'Agosta lo miraba todo con curiosidad. Pendergast condujo más despacio cuando irrumpió ruidosamente en el centro comercial.

—Está todo un poco cambiado —dijo, mirando a ambos lados—. Aquel cibercafé es nuevo, por supuesto. Aquel restaurante criollo también. En cambio, aquel local pequeño donde anuncian bocadillos de cangrejos de río me suena.

—¿Solía venir con Helen?

—No, con Helen no. He cruzado varias veces el pueblo, pero años más tarde. A unos cuantos kilómetros de aquí hay un campo de entrenamiento del FBI. Ah, debe de ser esto.

Pendergast se metió por una calle tranquila, y frenó arrimándose al bordillo. El único edificio que no era residencial era el más cercano, de hormigón y una sola planta, bastante apartado de la calle y rodeado por un aparcamiento de asfalto agrietado y levantado. En la fachada había un letrero torcido, que lo anunciaba como Jake's Yankee Chowhouse, aunque estaba descolorido y desconchado, y se veía a la legua que el establecimiento llevaba años cerrado. Sin embargo, de las ventanas de la parte trasera colgaban unas cortinas de muselina, y de la pared de cemento, una antena parabólica. Estaba claro que también se utilizaba como residencia.

—Veamos si podemos hacerlo por la vía fácil —murmuró Pendergast.

Examinó unos instantes la calle, con los labios apretados. Después empezó a hundir el pie derecho en el acelerador del Porsche, sin levantarlo durante un buen rato. El gran motor despertó con un rugido que aumentó con cada presión del pedal, haciendo que salieran volando las hojas de debajo del coche. Al final, la carrocería del coche vibraba con la fuerza de un avión de pasajeros.

—¡Por Dios! —exclamó D'Agosta a gritos—. ¿Quiere resucitar a los muertos?

El agente del FBI siguió otros quince segundos, hasta que a lo largo y ancho de la calle se asomaron como mínimo una docena de cabezas a ventanas y puertas.

—No —contestó, soltando el pedal y dejando que el motor descansara—. Creo que bastará con los vivos. —Sometió a un rápido examen las caras que les observaban—. Demasiado joven —dijo acerca de una, meneando la cabeza—. Y aquel de allí está claro que es demasiado tonto, el pobre... Ah, pero ese sí que tiene alguna posibilidad. Vamos, Vincent.

Bajó del coche y se acercó tranquilamente a la tercera casa de la izquierda, en cuyos escalones de entrada había un hombre de unos sesenta años, con una camiseta amarillenta, que les miraba con el ceño fruncido. Una de sus gruesas manos asía un mando de televisor, y la otra una cerveza.

De repente, D'Agosta entendió la razón de que Pendergast hubiera cogido el Porsche de su mujer para aquel viaje.

—Perdone —dijo Pendergast al acercarse a la casa—. Quería saber si por casualidad reconoce el automóvil en el que hemos...

—Vete a tomar viento —dijo el hombre, girándose, entrando en la casa y dando un portazo.

D'Agosta se subió los pantalones y se pasó la lengua por los labios.

—¿Quiere que saque a rastras a ese gordo cabrón?

Pendergast sacudió la cabeza.

—No hace falta, Vincent. —Se volvió y miró el restaurante. Una mujer corpulenta y de edad avanzada, con una bata muy fina, había salido de la cocina; estaba en el porche, entre dos flamencos de plástico, con una revista en una mano y un purito en la otra, y les escrutaba a través de unas gafas estilo años cincuenta—. Es posible que hayamos levantado la perdiz que buscábamos.

Volvieron al viejo aparcamiento, y a la puerta de la cocina de Jake's. La mujer observó con una mirada taciturna, inexpresiva, cómo se acercaban.

—Buenas tardes, señora —dijo Pendergast, inclinándose ligeramente.

—Buenas —contestó ella.

—¿Por casualidad es la dueña de este magnífico establecimiento?

—Puede ser —dijo, y dio una profunda calada al purito.

D'Agosta se fijó en que llevaba una boquilla de plástico blanco.

Pendergast señaló el Spyder con un gesto de la mano.

—¿Y habría alguna posibilidad de que reconociera este automóvil?

Ella apartó la vista y observó el coche a través de sus gafas sucias.

—Puede ser —repitió.

Hubo un momento de silencio. D'Agosta oyó que se cerraban de golpe una ventana y una puerta.

—¡Qué negligencia la mía! —exclamó de pronto Pendergast—. ¡Consumir un tiempo tan valioso como el suyo sin compensarla!

Como por arte de magia apareció en su mano un billete de veinte dólares. Se lo tendió a la mujer que, ante la sorpresa de D'Agosta, se lo quitó de los dedos y se lo embutió en el escote, arrugado pero aún generoso.

—He visto este coche tres veces —dijo ella—. A mi hijo le pirraban los deportivos extranjeros. Trabajaba en el puesto de bebidas. Murió hace unos años, en un accidente de coche en las afueras del pueblo. En fin, la cuestión es que la primera vez que apareció casi se volvió loco. Hizo que todo el mundo dejara lo que estaba haciendo y fuera a verlo.

—¿Recuerda quién lo conducía?

—Una chica joven. Tampoco estaba mal.

—No se acordará de lo que pidió, ¿verdad? —preguntó Pendergast.

—No es fácil olvidarlo. Un *egg cream*. Dijo que venía de Nueva Orleans solo por eso. Imagínese, ir tan lejos para un *egg cream*.

Otro silencio, más corto.

—Ha dicho que había visto el coche tres veces —dijo Pendergast—. ¿Cuál fue la última?

La mujer dio otra calada al purito y estuvo un momento hurgando en su memoria.

—La última se presentó a pie. Había tenido un pinchazo.

—La felicito por su magnífica memoria, señora.

—Ya le digo que coches así, o mujeres así, no se le olvidan a nadie. Mi Henry la invitó al *egg cream*. Luego, ella volvió a pasar por aquí y le dejó ponerse al volante, aunque no le dejó conducir. Dijo que tenía prisa.

—Ah. ¿Así que iba a alguna parte?

—Dijo que había estado dando vueltas porque no encontraba la salida de Caledonia.

—¿Caledonia? Desconozco esa localidad.

—No es ninguna localidad. Me refiero al Bosque Nacional de Caledonia. Esa maldita carretera no estaba indicada antes y sigue sin estarlo.

Pendergast no dejó ver su entusiasmo. D'Agosta pensó que

los gestos del agente del FBI —al encenderle a la anciana otro purito— parecían lánguidos.

—¿Allí era adonde iba? —preguntó, guardándose el mechero en el bolsillo—. ¿Al bosque nacional?

La mujer se sacó de la boca el nuevo purito, lo miró, movió un poco las mandíbulas y volvió a introducir la boquilla entre sus labios, como si enroscase un tornillo.

—No.

—¿Podría decirme adónde iba?

La mujer fingió que intentaba acordarse.

—A ver, a ver... Es que hace tanto tiempo...

Por lo visto, la magnífica memoria se había debilitado.

Apareció otro billete de veinte, que fue a parar una vez más con rapidez al mismo canalillo.

—Sunflower —dijo inmediatamente.

—¿Sunflower? —repitió Pendergast.

Ella asintió con la cabeza.

—Sunflower, Luisiana. Apenas tres kilómetros después de la frontera. Cojan el desvío de Bogalusa, justo antes del pantano.

Señaló en esa dirección.

—Le estoy profundamente agradecido. —Pendergast se volvió hacia D'Agosta—. No perdamos tiempo, Vincent.

Mientras volvían al coche, la mujer berreó:

—¡Giren a la derecha al pasar a la altura de la vieja mina!

24

Sunflower, Luisiana

—¿Ya sabes lo que quieres, encanto? —preguntó la camarera.

D'Agosta dejó caer la carta encima de la mesa.

—El pez gato.

—¿Frito, rebozado, al horno o a la parrilla?

—Creo que a la parrilla.

—Buena elección. —La camarera tomó nota en su libreta y se giró—. ¿Y usted, señor?

—*Pine Bark Stew*, por favor —dijo Pendergast—. Sin los *hush puppies.**

—Perfecto.

La camarera volvió a tomar nota, dio media vuelta con una reverencia y se fue, balanceándose sobre sus zapatos blancos de trabajo.

D'Agosta la miró mientras iba contoneándose hacia la cocina. Después suspiró y bebió un sorbo de cerveza. La tarde había sido larga, agotadora. Sunflower, Luisiana, era un pueblo de unos tres mil habitantes, rodeado por un lado de bosques de roble perenne y por el otro del gran marjal de cipreses que recibía el nombre de Black Brake. Había resultado ser un lugar anodino: casitas humildes con vallas de madera, aceras de plan-

---

* Pendergast opta por la típica cocina sureña. El *pine bark stew* sería una especie de bullabesa, y los *hush puppies*, unos buñuelos de pan. *(N. del T.)*

chas desgastadas, necesitadas de una buena reparación, y redbone hounds adormilados en los porches. Era un pueblucho de gente trabajadora y curtida, olvidado del mundo.

Tras pedir habitación en el único hotel, se habían separado para intentar averiguar cada uno por su cuenta la razón de que Helen Pendergast hubiera ido tres días de peregrinación a aquel lugar perdido.

El golpe de suerte, al parecer, moría en los umbrales de Sunflower. D'Agosta se había pasado cinco infructuosas horas mirando ojos vacíos y llegando a callejones sin salida. No había marchantes, museos, colecciones privadas ni sociedades históricas. Nadie recordaba haber visto a Helen Pendergast, y la única reacción al enseñar su foto había sido la absoluta falta de ella. Ni tan siquiera el coche había logrado despertar alguna chispa de reconocimiento. Las investigaciones de D'Agosta y Pendergast estaban demostrando que John James Audubon jamás se había acercado a aquella zona del estado de Luisiana.

Cuando D'Agosta, finalmente, se reunió a comer con Pendergast en el pequeño restaurante del hotel, casi estaba tan desmoralizado como el agente del FBI por la mañana. También el cielo parecía sumarse a su estado de ánimo: el sol de la mañana estaba cubierto por un oscuro frente que amenazaba tormenta.

—Nada de nada —dijo en respuesta a la pregunta de Pendergast. Pasó a describir su desalentadora mañana—. Puede que la vieja no se acordara bien. O dijo lo primero que se le ocurrió, para conseguir veinte más. ¿Usted qué tal?

Les sirvieron la comida. La camarera les puso los platos delante con un simpático «¡aquí está!». Pendergast miró el suyo en silencio y levantó algunas cucharadas de estofado para examinarlo con mayor atención.

—¿Te traigo otra cerveza? —preguntó ella a D'Agosta, con una amplia sonrisa.

—¿Por qué no?

—¿Otra agua con gas? —le dijo a Pendergast.

—No, gracias, ya tengo bastante.

La camarera se alejó otra vez, pizpireta.

D'Agosta volvió a girarse.

—¿Qué, ha habido suerte?

—Un momento. —Pendergast sacó el móvil y marcó un número—. ¿Maurice? Nos quedaremos a dormir aquí en Sunflower. Exacto. Buenas noches. —Lo guardó de nuevo—. Lamento reconocer que mi experiencia ha sido tan descorazonadora como la suya.

Pero un brillo en los ojos desmentía su decepción, y una sonrisa irónica tensaba las comisuras de sus labios.

—¿Por qué será que no me lo creo? —acabó preguntando D'Agosta.

—Le ruego que observe mi pequeño experimento con la camarera.

Esta volvió, con una Bud y una servilleta limpia. En el momento en el que depositaba ambas cosas frente a D'Agosta, Pendergast le dijo con su voz más melosa, exagerando su acento.

—Oye, preciosa, me preguntaba si podría hacerte una pregunta...

Ella se giró con una sonrisa vivaracha.

—Claro que sí, cariño.

Pendergast sacó aparatosamente una libreta del bolsillo de la americana.

—Soy periodista, de Nueva Orleans, y estoy investigando sobre una familia que vivía aquí.

Abrió la libreta y miró expectante a la camarera.

—Claro, hombre. ¿Qué familia?

—Doane.

La reacción no habría sido tan espectacular si Pendergast le hubiese dicho que aquello era un atraco. La camarera se cerró inmediatamente en banda, su rostro se volvió inexpresivo y endureció la mirada. Su vivacidad se apagó de golpe.

—Yo no sé nada de eso —masculló—. No puedo ayudarle.

Se giró y se fue; al llegar a la puerta de la cocina la empujó con fuerza.

Pendergast metió la libreta dentro de la americana y se volvió hacia D'Agosta.

—¿Qué le ha parecido mi experimento?

—¿Cómo coño sabía que reaccionaría así? Está claro que esconde algo.

—Ahí está la cuestión, querido Vincent. —Pendergast bebió un sorbo de agua con gas—. No la he elegido a ella en particular. Todo el pueblo reacciona igual. ¿Durante sus pesquisas de esta tarde no ha advertido cierto recelo y titubeo?

D'Agosta se paró a pensar. Era cierto que nadie se había mostrado demasiado servicial, aunque él lo había atribuido a la agresividad de los pueblerinos, que no se fiaban de que se presentara un yanqui y les hiciera tantas preguntas.

—Por mi parte, en el transcurso de mis pesquisas —añadió Pendergast— he topado con un grado cada vez más sospechoso de opacidad y negativas. Cuando pedí insistentemente información a un señor mayor, me informó con vehemencia de que a pesar de lo que me hubieran contado, las historias sobre los Doane eran pura bazofia. Por supuesto, he empezado a preguntar por la familia Doane, y ha sido entonces cuando he observado reacciones como la que acaba de ver usted.

—¿Y luego?

—Luego he acudido a la sede del periódico del pueblo y he pedido ver los números que correspondían aproximadamente a las fechas de la visita de Helen. Primero no querían ayudarme. Ha hecho falta esto... —Pendergast sacó su placa—. Para hacerles cambiar de actitud. He averiguado que en algunos ejemplares que correspondían a los años en que pudo venir Helen había ciertas páginas cuidadosamente recortadas. Después de tomar nota de los números, he vuelto atrás por la carretera hasta la biblioteca de Kemp, el último pueblo antes de Sunflower. Sus ejemplares del periódico tenían todas las páginas. Así es como he obtenido la historia.

—¿Qué historia? —preguntó D'Agosta.

—La extraña historia de la familia Doane. El señor Doane era un novelista que vivía de rentas, y que se trasladó a Sunflower con toda su familia para estar tranquilo y escribir la gran novela americana, lejos de las distracciones de la civilización.

Compraron una de las mayores y mejores casas del pueblo, construida por un pequeño magnate maderero antes de que cerrase la serrería del pueblo. Doane tenía dos hijos. Uno de ellos, el varón, sacó las mejores notas de la historia en el instituto de Sunflower. Según todos, era muy inteligente. La hija era una poetisa con talento, y publicó algunas cosas en revistas de la zona. He leído algunos de sus poemas, y lo cierto es que son excelentes. La señora Doane adquirió cierta fama como pintora de paisajes. El pueblo se enorgullecía mucho de su brillante familia adoptiva, que aparecía a menudo en la prensa, recogiendo premios, recaudando fondos para tal o cual organización benéfica de la zona, cortando cintas... Cosas así.

—Pintora de paisajes —repitió D'Agosta—. ¿Y de pájaros?

—Que yo sepa, no. Tampoco parece que tuvieran particular interés por Audubon o por las ilustraciones de ciencias naturales. Unos seis meses después de la visita de Helen, el constante flujo de artículos elogiosos empezó a secarse.

—Tal vez la familia se cansó de tanta atención.

—No creo. La familia Doane mereció un artículo más, el último —siguió explicando Pendergast—. Aproximadamente un año después. Informaba de que William, el hijo de los Doane, había sido capturado por la policía tras una larga persecución por el bosque nacional, y de que en ese momento estaba incomunicado en la cárcel del condado, acusado de asesinar a dos personas con un hacha.

—¿El alumno perfecto? —preguntó D'Agosta, incrédulo.

Pendergast asintió con la cabeza.

—Después de leerlo, he empezado a preguntar por la familia Doane en Kemp; sus habitantes carecían por completo de las inhibiciones que he observado aquí. He recibido un verdadero alud de rumores e insinuaciones. Psicópatas homicidas que solo salían de noche. Locura y violencia. Persecuciones y amenazas. Al final resultaba difícil distinguir la realidad de la ficción, y los chismorreos de pueblo de la realidad. De lo único de lo que estoy razonablemente seguro es de que ya han muerto todos, cada uno de una manera distinta, a cual más desagradable.

—¿Todos?

—La madre se suicidó. El hijo murió en el corredor de la muerte, mientras esperaba su ejecución por los asesinatos con hacha que le he comentado. La hija falleció en un hospital psiquiátrico, después de negarse a dormir durante dos semanas. El último en fallecer fue el padre, muerto a tiros por el sheriff de Sunflower.

—¿Qué pasó?

—Parece que empezó a pasearse por el pueblo insinuándose a las chicas jóvenes y amenazando a la gente. Hubo denuncias de vandalismo, destrucción y desaparición de bebés. Las personas con quienes he hablado han insinuado que, más que morir, fue ejecutado, con la tácita aprobación de los prohombres de Sunflower. El sheriff y sus ayudantes mataron al señor Doane en su casa, a tiros de escopeta, supuestamente porque se resistió a ser detenido. No hubo ninguna investigación.

—Dios santo —se estremeció D'Agosta—. Eso explicaría la reacción de la camarera. Y que aquí sean todos tan hostiles.

—Exactamente.

—¿Usted qué cree que les pasó? ¿Algo en el agua?

—No tengo la menor idea, pero le diré una cosa: estoy convencido de que ellos eran los destinatarios de la visita de Helen.

—Eso es mucho suponer.

Pendergast asintió.

—Tenga en cuenta lo siguiente: son el único elemento excepcional en un pueblo que, por lo demás, no destaca en nada. Aquí no hay nada interesante. No sé cómo, pero son el eslabón que buscamos.

La camarera se acercó deprisa, recogió los platos y se fue justo cuando D'Agosta empezaba a pedir un café.

—Me gustaría saber cómo puedo conseguir una taza de java por aquí —dijo D'Agosta, intentando llamar su atención.

—Me temo, Vincent, que en este local no conseguirá ni su «java» ni cualquier otra cosa.

El detective suspiró.

—Bien, ¿y ahora quién vive en la casa?

—Nadie. Quedó abandonada, y sigue tapiada desde que mataron a tiros al señor Doane.

—Iremos a verla —dijo D'Agosta, afirmando, más que preguntando.

—Exacto.

—¿Cuándo?

Pendergast levantó un dedo para llamar a la camarera.

—En cuanto nuestra camarera, elocuente pese a su reticencia, nos traiga la cuenta.

25

No fue la camarera quien les llevó la cuenta, sino el director del hotel, que la dejó encima de la mesa y les informó sin la menor disculpa de que finalmente no podrían pasar allí la noche.

—¿Por qué? —preguntó D'Agosta—. Ya hemos reservado la habitación. Y ha apuntado nuestros números de tarjeta de crédito.

—Es que viene un grupo muy grande —contestó el director—. Ya tenían hecha la reserva, pero hemos tenido un despiste en recepción. Ya ven que es un hotel pequeño.

—Peor para ellos —dijo D'Agosta—. Nosotros ya estamos aquí.

—Aún no han deshecho las maletas —contestó el director—. De hecho, me han informado de que ni siquiera se las habían subido a las habitaciones. Ya he roto el recibo de la tarjeta. Lo siento.

Pero no lo dijo como si lo sintiera. D'Agosta estaba a punto de darle un buen rapapolvo, cuando Pendergast le puso una mano en el brazo.

—De acuerdo —dijo Pendergast, mientras abría la cartera y pagaba en efectivo la cuenta de la cena—. Buenas noches.

El director se alejó. D'Agosta se volvió hacia Pendergast.

—¿Piensa dejar que ese desgraciado se ría de nosotros? Está claro que nos echa por las preguntas que usted ha estado haciendo, y por la vieja historia que hemos desenterrado.

La respuesta de Pendergast fue señalar la ventana. Al mirar

por ella, D'Agosta vio cómo el director del hotel cruzaba la calle. Le vio pasar al lado de varias tiendas cerradas hasta el día siguiente y meterse en la oficina del sheriff.

—Pero ¿qué jodido pueblo es este? —renegó—. Solo falta que salgan todos con horcas.

—A nosotros no nos interesa el pueblo —dijo Pendergast—. No tiene sentido complicar las cosas. Propongo que nos vayamos enseguida, antes de que el sheriff encuentre alguna excusa para echarnos.

Salieron del restaurante y fueron al aparcamiento de detrás del hotel. La tormenta que se había estado fraguando se acercaba deprisa. El viento sacudía las copas de los árboles, y se oía un rumor lejano de truenos. Pendergast levantó la capota del Porsche, mientras D'Agosta subía. Después también subió, puso el motor en marcha, se metió por un callejón y cruzó el pueblo por calles secundarias, evitando las vías principales.

La casa de los Doane quedaba a unos tres kilómetros del pueblo. Se llegaba por una carretera sin asfaltar, que en otros tiempos había estado bien cuidada, pero que ahora se reducía a una pista llena de baches. Pendergast condujo con cuidado, para no rascar el Spyder con la tierra compactada. A ambos lados, frondosas arboledas elevaban sus ramas desnudas hacia el cielo nocturno, como un encaje de huesos. D'Agosta, zarandeándose en su asiento hasta que le castañetearon los dientes, llegó a la conclusión de que en aquellas condiciones incluso habría sido preferible el Land Rover de Zambia.

A la vuelta de la última curva apareció la casa a la luz de los faros, bajo un cielo de nubes arremolinadas. D'Agosta se la quedó mirando, sorprendido. Esperaba encontrarse con un edificio grande y elegante, tan vistoso como sencillo era el resto del pueblo. Sin embargo, lo que veía era grande, en efecto, pero sin ninguna elegancia. De hecho, tenía el aspecto de un fuerte de la época de la compra de Luisiana. Construido con vigas enormes y bastas, presentaba una torre alta en cada lado, y una fachada central larga y baja, con un sinfín de pequeñas ventanas. Sobre la fachada había un anacrónico y extraño mirador rodeado por una reja de púas de hierro. La casa se erguía solitaria en un pequeño promontorio. Al este había bosques muy tupidos y oscuros, que llevaban al pantano de Black Brake. Mientras D'Agosta contemplaba el edificio, un relámpago que cayó en los bosques de detrás lo recortó por un momento en una luz amarilla y espectral.

—Es como si hubieran querido hacer un cruce entre un castillo y una cabaña de madera —dijo.

—Por algo el primer propietario era un magnate de la madera. —Pendergast señaló con la cabeza el mirador—. No me cabe duda de que vigilaba sus dominios desde allá arriba. He leído que era dueño de veinticinco mil hectáreas de terreno, incluida gran parte de los bosques de cipreses de Black Brake, hasta que el gobierno se las apropió para que formaran parte del bosque nacional y de una reserva de fauna.

El agente frenó al llegar a la casa y echó un vistazo rápido por el retrovisor antes de llevar el coche al otro lado y apagar el motor.

—¿Espera a alguien? —preguntó D'Agosta.

—Es mejor no llamar la atención.

Empezó a llover; gruesas gotas se estrellaban contra el parabrisas y la capota de tela. Pendergast bajó. D'Agosta tardó muy poco en seguirle. Apretaron el paso para refugiarse en un porche trasero. D'Agosta miró con cierta inquietud la laberíntica edificación. Respondía exactamente al tipo de residencia excéntrica que debía de atraer a un novelista. Todas las ventanas tenían los postigos cerrados. Y la puerta tenía una cadena y un candado. El entorno de la casa estaba invadido por la maleza, que suavizaba las líneas de los cimientos. Algunas vigas estaban recubiertas de musgo y líquenes.

Tras echar un último vistazo a su alrededor, Pendergast centró su atención en el candado. Lo levantó por el pasador, lo giró unas cuantas veces y pasó la otra mano, en la que sostenía una pequeña herramienta, por encima de la carcasa del cilindro. Tras una rápida maniobra, el candado se abrió ruidosamente. Pendergast quitó la cadena y la dejó caer al suelo. La puerta también estaba cerrada con llave. Se inclinó y utilizó la misma herramienta para forzar el mecanismo en un santiamén. Por último se irguió y, girando el pomo, abrió la puerta, arrancando un chirrido de protesta a las bisagras. Sacó una linterna del bolsillo y entró. D'Agosta ya hacía tiempo que sabía que cuando colaboraba con Pendergast siempre había que llevar dos cosas encima: una pistola y una linterna. Sacó el segundo objeto del bolsillo y siguió a Pendergast al interior de la casa.

Estaban en una cocina grande y anticuada. En el centro había una mesa de madera para desayunar, y en la pared del fondo, un horno, una nevera y una lavadora alineadas contra las baldosas. Cualquier parecido con la cocina de una familia normal acababa ahí. Los armarios, abiertos de par en par, dejaban ver la vajilla y la cristalería, casi toda rota y desperdigada por los mármoles y el suelo. Este último estaba sembrado de restos de comida —grano, arroz, legumbres—, resecos, esparcidos por las ratas y bordeados de moho viejo. Las sillas estaban volcadas y astilladas, y las paredes, salpicadas de agujeros hechos con una maza, o tal vez con el puño. Grandes trozos de escayola habían caído del techo, provocando pequeñas explosiones de polvo blanco en varios puntos del suelo, en las que se veían claramente huellas y excrementos de alimañas. D'Agosta movió la linterna por la estancia, observando aquella demencial destrucción. Detuvo la luz en un rincón, donde había un cúmulo grande y reseco de algo que parecía sangre en el suelo. Más arriba, en la pared, a la altura del pecho, había una serie de orificios irregulares, ocasionados por las ráfagas de un arma de fuego, con salpicaduras de sangre y vísceras como las del suelo.

—Sospecho que ahí es donde acabó su vida el señor Doane —dijo D'Agosta—, por cortesía del sheriff del pueblo. Parece que el forcejeo fue de órdago.

—En efecto, se diría que fue el lugar del tiroteo —murmuró en respuesta Pendergast—. Sin embargo, no hubo forcejeo. Estos destrozos se produjeron antes del momento de la muerte.

—Pero ¿qué coño pasó?

Pendergast observó un poco más el desorden antes de responder.

—Un descenso a la locura. —Enfocó su linterna en una puerta de la pared del fondo—. Vamos, Vincent. Sigamos.

Recorrieron despacio la planta baja; registraron el comedor, la sala de estar, la despensa, el salón, los cuartos de baño y otras estancias de función indeterminada. En todas partes encontraron el mismo caos: muebles caídos, cristalería rota, libros desgarrados en docenas de pedazos y desperdigados por el suelo... Dentro de la chimenea del estudio había cientos de huesos diminutos. Tras examinarlos a fondo, Pendergast afirmó que eran restos de ardillas; a juzgar por su posición los habían embutido en el tubo de la chimenea, donde se habían quedado hasta que la putrefacción los había hecho caer de nuevo en los morillos. En otra sala encontraron un colchón ennegrecido y manchado de grasa, rodeado de restos de comida: latas vacías de carne de cerdo y sardinas, envoltorios de chocolatinas, latas de cerveza aplastadas... Parecía que habían usado un rincón de la sala como letrina, sin ni siquiera limpiarla o disimularla. En ninguna pared de la casa había cuadros, con o sin marco negro; de hecho, los únicos adornos que se veían en los muros eran garabatos interminables y demenciales hechos con un rotulador violeta: una explosión de desquiciadas líneas temblorosas y zigzagueantes cuya sola visión ponía nervioso.

—Madre mía —dijo D'Agosta—. ¿Se puede saber qué buscaba Helen aquí?

—Muy curioso —contestó Pendergast—, sobre todo teniendo en cuenta que en el momento de su visita la familia Doane era el orgullo de Sunflower. Este acceso de locura criminal se produjo mucho más tarde.

Fuera tronó ominosamente, a la vez que se filtraban chispazos blancos de relámpagos por los postigos cerrados. Bajaron al sótano, donde había algo menos de desorden, aunque también se apreciaban señales del mismo vendaval de destrucción enajenada que tan palmario era en la planta baja. Tras una búsqueda exhaustiva e infructuosa, subieron a la primera planta. El torbellino de devastación era algo más benigno en la parte de arriba, si bien no faltaban indicios inquietantes. Una de las paredes de lo que solo podía ser el dormitorio del hijo varón estaba cubierta casi íntegramente de premios al buen rendimiento escolar y galardones por servicios prestados a la comunidad, que a juzgar por las fechas le habían concedido durante uno o dos años, en torno a la visita de Helen Pendergast. En cambio, la pared de enfrente estaba abarrotada de cabezas disecadas de animales —cerdos, perros y ratas—, clavadas del modo más tosco posible, sin ningún esfuerzo por limpiarlas, ni por desangrarlas; y así, de cada trofeo momificado bajaban gruesos chorros de sangre seca hacia los que estaban clavados más abajo.

El dormitorio de la hija era aún más espeluznante por su falta absoluta de personalidad: lo único reseñable era una hilera de libros con encuadernación roja, en una estantería que, por lo demás, solo contenía una antología de poesía.

Fueron atravesando paulatinamente las habitaciones vacías, mientras D'Agosta intentaba encontrar alguna lógica a todo aquel sinsentido.

Al fondo del pasillo encontraron una puerta cerrada con llave.

Pendergast sacó sus ganzúas, forzó la cerradura e intentó abrir la puerta. No se movía.

—Lo nunca visto —se sorprendió D'Agosta.

—Si observa usted la parte superior de las jambas, querido amigo, verá que la puerta, además de estar cerrada con llave, está clavada con tornillos. —Soltó el pomo—. Volveremos más tarde. Antes, echemos una ojeada al desván.

Los desvanes de la vieja casa eran un laberinto de habitaciones diminutas, encajadas bajo los aleros y llenas de muebles mohosos y maletas viejas. Sometieron las cajas y baúles a una inspección exhaustiva, que levantó unas nubes enormes de polvo, irrespirables; pero lo más interesante que encontraron fue ropa vieja y enmohecida, y fajos de periódicos ordenados, apilados y atados con cuerda. Pendergast hurgó en una vieja caja de herramientas, y al encontrar un destornillador se lo deslizó en el bolsillo.

—Vamos a ver qué hay en las dos torres —dijo, limpiándose el polvo del traje negro con patente desagrado—. Después nos dedicaremos a la habitación cerrada.

En el interior de las torres había unas columnas de escaleras de caracol, por las que corría el aire, y huecos de almacenamiento llenos de arañas, excrementos de rata y montones de libros viejos y amarillentos. Cada hueco de escalera acababa en un pequeño mirador cerrado, con ventanas que eran como barbacanas de castillo, con vistas al bosque expuesto a los relámpagos. D'Agosta sintió que se le estaba acabando la paciencia. No parecía que la casa tuviera gran cosa que ofrecerles, salvo locura y enigmas. ¿Para qué habría ido allí Helen Pendergast, si es que había ido?

Como no encontraban nada de interés en las torres, volvieron al cuerpo principal de la casa, y a la puerta cerrada. D'Agosta sujetó la linterna mientras Pendergast extraía dos largos tornillos. El agente giró el pomo, empujó la puerta y entró. D'Agosta le siguió y estuvo a punto de caerse hacia atrás de la sorpresa.

Era como entrar en un huevo Fabergé. Aunque no era muy grande, la habitación se le antojó casi una joya, llena de tesoros que brillaban con luz propia. Las ventanas estaban cubiertas con tablones y tela claveteada, que conservaban casi herméticamente el interior, cada una de las superficies había sido pulida con tanto esmero que ni toda una década de abandono había logrado deslucir su lustre. Hasta el último centímetro de pared estaba cubierto de cuadros. Todo estaba repleto de espléndidos muebles y esculturas de artesanía, con alfombras deslumbrantes en el suelo y relucientes joyas sobre terciopelo negro.

En el centro había un diván tapizado de cuero curtido, y repujado con una asombrosa catarata de diseños florales abstractos. Las líneas, hechas a mano, fluían con tanta destreza, y eran de una belleza tan hipnótica, que a D'Agosta le costó un gran esfuerzo quitarles la vista de encima, cuando a decir verdad había otros objetos en la sala que reclamaban a gritos su atención.

En un extremo había varias esculturas fantásticas de cabezas alargadas, talladas en madera exótica, junto a un despliegue de joyas exquisitas, de oro, piedras preciosas y lustrosas perlas negras.

D'Agosta cruzó la habitación en un silencio estupefacto, incapaz de concentrarse en algo sin que le distrajese de inmediato algún nuevo prodigio. Sobre una mesa había una colección de libros pequeños hechos a mano, con una elegante encuadernación de cuero repujado en oro. Al coger uno y hojearlo, vio que estaba lleno de poemas escritos con una letra pulcra y firmados y fechados por Karen Doane. Las alfombras, tejidas, formaban varias capas en el suelo, y presentaban diseños geométricos tan llenos de color y de belleza que deslumbraban. Deslizó por las paredes la luz de la linterna, admirando los cuadros al óleo, estampas lustrosas de vida de las ciénagas y bosques de los alrededores de la casa, viejos cementerios, bodegones de gran realismo y paisajes, reales o soñados, que rivalizaban en fantasía. Se aproximó al que tenía más cerca, y al escrutarlo a la luz de la linterna observó que estaba firmado en el borde inferior por «M. Doane».

Pendergast se colocó a su lado, como una presencia silenciosa.

—Melissa Doane —murmuró—. La mujer del novelista. Al parecer estos cuadros son suyos.

—¿Todos?

D'Agosta pasó la luz de la linterna por las otras paredes de la pequeña sala. No había ningún cuadro más con marco de color negro; de hecho, no había ninguno que no llevara la firma de «M. Doane».

—Lo siento, pero no está aquí.

Muy despacio, bajó la linterna hacia la pierna. Se dio cuenta de que respiraba deprisa y de que se le había acelerado el pulso. Todo aquello era muy raro, por decirlo suavemente.

—¿Qué coño es este sitio? ¿Y cómo es posible que se haya quedado así, que no haya entrado nadie a robar?

—El pueblo protege bien sus secretos.

Los ojos plateados de Pendergast rastrearon la habitación, fijándose en todos los detalles con una expresión muy concentrada en el rostro. Dio otro lento paseo, hasta pararse ante la mesa de libros hechos a mano. Los miró uno por uno, hojeándolos rápidamente antes de dejarlos de nuevo en su sitio. Después, salió al pasillo, seguido por D'Agosta, y entró en el dormitorio de la hija. Cuando el teniente le alcanzó, estaba examinando la estantería de tomos idénticos de tapas rojas. Su mano fina y alargada se acercó al último y lo sacó de su sitio. Lo hojeó: todas las páginas estaban en blanco. Lo devolvió a su lugar y sacó el penúltimo volumen. Solo contenía líneas horizontales, que parecían hechas con regla, tan prietas que casi ennegrecían las páginas.

Eligió el siguiente libro en sentido inverso y, al hojearlo, volvió a encontrar líneas apretadas, así como algunos dibujos infantiles y toscos al principio, hechos con palitos. El siguiente volumen contenía entradas inconexas, en una letra irregular que subía y bajaba por las páginas.

Empezó a leer en voz alta, al azar; la prosa estaba escrita en estrofas poéticas.

> *No puedo*
> *Dormir no tengo que*
> *Dormir. Vienen, susurran*
> *Cosas. Me enseñan*
> *Cosas. No puedo quitármelo*
> *De la cabeza, no puedo quitármelo*
> *De la cabeza. Si vuelvo a dormir, me*
> *Moriré... Dormir = Muerte*
> *Sueño = Muerte*
> *Muerte = No puedo quitármelo*
> *De la cabeza*

Pendergast hojeó diversas páginas. Los desvaríos se prolongaban hasta disolverse en palabras deshilvanadas y garabatos ilegibles. Dejó el libro en su sitio todavía más pensativo. El siguiente que sacó estaba bastante más cerca del principio de la hilera. Lo abrió por el medio. D'Agosta vio renglones de letra firme y regular. Se notaba que era de chica. En los márgenes había dibujos de flores y caritas graciosas, y los puntos de algunas íes eran círculos sonrientes.

Pendergast leyó la fecha en voz alta.

D'Agosta hizo un cálculo mental rápido.

—Aproximadamente seis meses antes de la visita de Helen —dijo.

—Sí, cuando los Doane aún llevaban poco tiempo en Sunflower.

Pendergast hojeó las entradas, leyéndolas por encima. En un momento dado se paró y recitó:

Mattie Lee ha vuelto a tomarme el pelo sobre Jimmy. Es mono, pero no soporto la ropa gótica, ni el thrash metal que le gusta tanto. Se peina hacia atrás y fuma, apurando el cigarrillo sin tirar la ceniza. Cree que queda guay. Yo creo que queda como un empollón haciéndose el guay. Peor aún: queda como un sabiondo que parece un empollón haciéndose el guay.

—La típica niña de instituto —dijo D'Agosta, frunciendo el ceño.

—Quizá algo más mordaz que la mayoría.

El agente siguió hojeando el libro, hasta pararse de repente en una entrada de unos tres meses más adelante.

—¡Ah! —exclamó, con súbito interés, y empezó a leer.

Al volver del colegio he visto a mamá y papá en la cocina, inclinados sobre el mármol, como si hubiera algo encima. ¿A que no adivinas qué era? ¡Un loro! Era gris y gordo, con una cola roja corta y ridícula y una anilla muy gorda de metal en una pata, con número, pero sin nombre. Era dócil, y se te subía tranquilamente al brazo. Tenía todo el rato la cabeza ladeada, mirándome a los ojos como si me estudiara. Papá lo ha buscado en la enciclopedia, y ponía que era un loro gris africano. Ha dicho que debía de ser de alguien, porque era demasiado dócil para ser salvaje. Se había presentado a mediodía, en el melocotonero de al lado de la puerta trasera, haciendo ruido para anunciar su llegada. Yo le he suplicado a papá que nos deje conservarlo. Él ha dicho que de acuerdo, hasta que encontremos al verdadero dueño. Dice que tenemos que poner un anuncio. Yo le he dicho que lo ponga en el *Times* de Tombuctú, y a él le ha parecido muy gracioso. Espero que no encuentre nunca al verdadero dueño. Le hemos hecho un nidito en una caja vieja. Mañana, papá irá a la tienda de animales de Slidell para comprarle una jaula de verdad. Cuando saltaba por el mármol ha encontrado una de las magdalenas de mamá, ha graznado y se la ha empezado a zampar. Yo le he puesto Magdalena de nombre.

—Un loro —murmuró D'Agosta—. Qué casualidad.

Pendergast empezó a pasar las páginas, más despacio que antes, hasta llegar al final del libro. Bajó el siguiente y empezó a examinar metódicamente todas las fechas, hasta pararse en una. D'Agosta oyó que se le cortaba un poco su respiración.

—Vincent, aquí está la entrada que escribió el 9 de febrero, el día en que fue Helen a verles.

¡El peor día de toda mi vida!

Después de comer, una señora ha llamado a la puerta. Llevaba un coche deportivo rojo e iba toda ella muy elegante, con guantes de cuero de última moda. Ha dicho que se había enterado de que teníamos un loro, y ha preguntado si podía verlo. Papá le ha enseñado a Magdalena —sin sacarla de la jaula—, y ella le ha preguntado que de dónde había salido. Ha hecho muchas preguntas sobre el pájaro: desde cuándo lo teníamos, de dónde venía, si era manso, si nos dejaba tocarlo, quién jugaba más con él... Cosas así. Se ha pasado todo el rato mirándolo y haciendo preguntas. Quería ver la anilla de cerca, pero antes mi padre le ha preguntado si era la dueña del loro. Ella ha dicho que sí, y que quería que se lo devolviéramos. Papá no se fiaba. Le ha pedido que le dijera el número del brazalete del loro, pero ella no lo sabía. Tampoco ha podido enseñarnos ninguna prueba de que fuera la dueña. Nos ha contado que era científica y que el loro se había escapado de su laboratorio. Por la cara que ha puesto papá, no se la creía para nada. Ha dicho con firmeza que estaría encantado de devolverle el loro cuando le mostrase alguna prueba, pero que mientras tanto Magdalena se quedaba con nosotros. Ella no parecía muy sorprendida. Luego me ha mirado a mí con cara de tristeza. «¿Magdalena es tuya?» Yo le he dicho que sí. Me ha dado la impresión de que se ponía a pensar. Luego le ha preguntado a papá si podía aconsejarle un buen hotel en el pueblo. Él le ha dicho que solo hay uno, y que le daría el número. Se ha metido en la cocina para ir a buscar el listín. ¡Nada más quedarnos solas, la señora ha cogido la jaula de Magdalena, la ha metido en una bolsa negra de basura que ha sacado del bolso, ha salido corriendo por la puerta, ha tirado la bolsa dentro del coche y se ha ido por el camino de entrada! Magdalena no dejaba de graznar. Yo he salido corriendo, y dando gritos. Entonces ha salido papá y hemos cogido el coche para perseguirla, pero ya no estaba. Papá ha llamado al sheriff, pero no parecía que le interesara mucho encontrar un pájaro robado, sobre todo cuando podría ser la dueña. Nos hemos quedado sin Magdalena, de repente.

He subido a mi cuarto y no podía parar de llorar.

Pendergast cerró el diario y se lo metió en el bolsillo de la americana. En ese momento, un súbito relámpago iluminó los árboles del otro lado de la ventana y un trueno hizo temblar la casa.

—Increíble —dijo D'Agosta—. Helen robó el loro. De la misma manera que robó los loros disecados de Audubon. ¿Qué le estaría pasando por la cabeza?

Pendergast no dijo nada.

—¿Usted vio el loro alguna vez? ¿Lo llevó a Penumbra? Aloysius sacudió la cabeza en silencio.

—¿Y el laboratorio científico del que habló a los Doane?

—No tenía ningún laboratorio, Vincent. Trabajaba para Médicos con Alas.

—¿Tiene alguna idea de qué coño pretendía?

—Por primera vez en mi vida, estoy total y absolutamente perdido.

El siguiente relámpago iluminó una expresión de puro azoramiento e incomprensión en el rostro de Pendergast.

26

Nueva York

A la capitana Laura Hayward, de homicidios, le gustaba tener abierta la puerta de su despacho, para demostrar que no se le habían olvidado sus comienzos como humilde policía de tráfico que patrullaba por el metro. En poco tiempo había llegado muy alto en el departamento. Aun sabiendo que valía y que merecía los ascensos, también tenía la incómoda sensación de que no le había perjudicado en absoluto ser mujer, sobre todo después de los escándalos de discriminación sexual de la década anterior.

Sin embargo, esa mañana, cuando llegó a las seis, cerró de mala gana la puerta, aunque no hubiera nadie dentro. Ya hacía días que se arrastraba por el departamento una investigación sobre diversos asesinatos en Coney Island relacionados con la mafia rusa de la droga, lo que había generado cantidades industriales de papeleo y reuniones.

Finalmente, había llegado ese momento en el que alguien —ella— tenía que sentarse con el expediente y leérselo entero para que al menos una persona pudiera ponerse al frente y dar un empujón al caso.

Hacia las doce de mediodía, su cerebro casi echaba humo por tanta brutalidad sin sentido. Se levantó de la mesa y decidió salir a respirar aire fresco, dando un paseo por el pequeño parque situado al lado de la comisaría central. Abrió su puerta y, al salir del antedespacho, se encontró con un grupo de agentes en el pasillo.

La saludaron con más efusión que de costumbre y con miradas de reojo, incómodas.

Hayward les devolvió el saludo y se paró.

—Bueno, ¿qué pasa?

Un silencio elocuente.

—Nunca había visto fingir tan mal —dijo en broma—. Francamente, si jugarais a póquer perderíais todos.

El chiste no les hizo gracia. Después de un momento de vacilación, intervino un sargento.

—Capitana, tiene que ver con aquel... agente del FBI, Pendergast.

Hayward se quedó de piedra. Tan conocido en el departamento era su desprecio hacia Pendergast como su relación con su antiguo colaborador, D'Agosta. Pendergast siempre conseguía meter a Vincent en los peores líos. Tenía la premonición de que la excursión a Luisiana tendría un final tan desastroso como las anteriores. De hecho, quizá ya lo hubiera tenido... Mientras esas ideas pasaban por su cabeza, procuró controlar sus músculos faciales, conservando la neutralidad.

—¿Qué pasa con el agente especial Pendergast? —preguntó con frialdad.

—No es exactamente Pendergast —dijo el sargento—. Es una pariente, una tal Constance Greene. Está en la central, y ha dado el nombre de Pendergast como familiar más próximo. Parece que es sobrina suya, o algo así.

Otro silencio incómodo.

—¿Y qué? —les urgió Hayward.

—Ha estado en el extranjero. Reservó un pasaje en el *Queen Mary 2*, de Southampton a Nueva York, con su bebé.

—¿Bebé?

—Sí. De un par de meses, más o menos. Nació en el extranjero. El caso es que la han retenido en el control de pasaportes después de que atracase el barco, porque ha desaparecido el bebé. Los de inmigración han avisado por radio a la policía de

Nueva York, y se encuentra en prisión preventiva. Se la acusa de homicidio.

—¿Homicidio?

—Exacto. Parece que tiró al bebé por la borda en medio del Atlántico.

27

Golfo de México

Casi parecía que el Delta 767 flotase a treinta y cuatro mil pies, en un cielo sereno y despejado, muy por encima de la lámina azul e ininterrumpida del mar, salpicada de reflejos de la luz de la tarde.

—¿Le traigo otra cerveza, señor? —preguntó la azafata, inclinándose solícita.

—De acuerdo —contestó D'Agosta.

La azafata se dirigió a su vecino de asiento.

—¿Y usted, señor? ¿Va todo bien?

—No —dijo Pendergast. Señaló despectivamente el plato de salmón ahumado de la bandeja del respaldo—. Me parece que está a temperatura ambiente. ¿Le importaría traerme otro plato, pero frío, por favor?

—Con mucho gusto.

La azafata se llevó el plato con un gesto de gran profesionalidad.

D'Agosta esperó a que volviera para apoyarse en el respaldo del asiento, amplio y cómodo, y estirar las piernas. Las únicas veces que había volado en primera iba con Pendergast, pero se veía muy capaz de acostumbrarse.

Sonó una campanilla por megafonía. El capitán anunció que en veinte minutos aterrizarían en el aeropuerto internacional de Sarasota Bradenton.

D'Agosta bebió un sorbo de cerveza. Sunflower, Luisiana,

ya quedaba a dieciocho horas y cientos de kilómetros de distancia, pero la extraña casa de los Doane, con su salita de las maravillas, como un joyero envuelto en un torbellino de deterioro y furibunda destrucción, apenas se había apartado de sus pensamientos. Pendergast, sin embargo, parecía reacio a hablar de ella; y había permanecido pensativo y silencioso.

D'Agosta lo intentó otra vez.

—Tengo una teoría.

El agente le miró.

—Creo que la familia Doane es una pista falsa.

—¿De verdad?

Pendergast probó un poco de salmón, cauteloso.

—Piénselo un poco. Se volvieron locos meses o años después de la visita de Helen. ¿Qué relación puede tener su visita con lo que pasó después? ¿O un loro?

—Quizá esté en lo cierto —dijo Pendergast vagamente—. Lo que me desconcierta es esa súbita explosión de talento creativo justo antes... del final. En toda la familia.

—Es bien sabido que hay familias en las que la locura... —D'Agosta renunció a llevar la observación hasta el final—. Bueno, en todo caso los que se vuelven locos siempre son los que más talento tienen.

—«La venturosa juventud de los poetas / Acaba en la locura y la tristeza.»* —Pendergast se volvió hacia D'Agosta—. ¿Así que usted cree que su creatividad les llevó a la locura?

—Está claro que es lo que sucedió con la hija de los Doane.

—Ajá. Y que Helen robase el loro no tuvo nada que ver con lo que le ocurrió más tarde a la familia. ¿Es su hipótesis?

—Más o menos. ¿Usted qué piensa?

D'Agosta tenía la esperanza de que Pendergast le diera su opinión.

—Lo que pienso es que no me gustan las coincidencias, Vincent.

---

* Pendergast cita un poema de Wordsworth, «Resolution and Independence». (N. del T.)

D'Agosta vaciló.

—Estaba pensando en otra cosa... ¿Helen a veces era...? Quiero decir... ¿Hacía cosas curiosas o... raras?

Pareció que la expresión de Pendergast se tensara.

—No estoy seguro de entenderle.

—Lo digo por... —D'Agosta volvió a titubear—. Por lo de irse tan de repente, y a sitios tan raros. Por los secretos. Por lo de robar pájaros: primero dos muertos de un museo, y después uno vivo de una familia. ¿Es posible que Helen estuviera tensa por algo, o... bueno... que sufriera algún trastorno nervioso? La verdad es que en Rockland oí rumores de que su familia no era exactamente normal...

Se calló al tener la sensación de que la temperatura ambiente en la zona de sus asientos bajaba unos diez grados.

La expresión de Pendergast no se alteró, pero al hablar lo hizo en un tono distante y formal.

—Es posible que Helen Esterhazy se saliera de lo común, pero también era una de las personas más racionales, más cuerdas, que he conocido.

—No lo dudo. No he querido insinuar...

—Y también la que menos riesgo corría de ceder a la presión.

—Claro —se apresuró a decir D'Agosta.

Había sido mala idea sacar aquel tema.

—Creo que aprovecharíamos mejor el tiempo si habláramos de lo que nos ocupa. —Pendergast pretendía dar un nuevo rumbo a la conversación—. Hay unas cuantas cosas que debería usted saber acerca de él. —Sacó un sobre fino del bolsillo de la americana y extrajo una hoja de papel—. John Woodhouse Blast. Cincuenta y ocho años. Nacido en Florence, Carolina del Sur. Domicilio actual: 4112 de Beach Road, Siesta Key. Ha tenido diversas ocupaciones: marchante, galerista, importador-exportador... También ha sido grabador e impresor. —Guardó el papel—. Sus grabados eran bastante especializados.

—¿De qué tipo?

—Del que lleva retratos de presidentes muertos.

—¿Era falsificador?

—El servicio secreto le investigó. Pero nunca se demostró nada. También le investigaron por contrabando de marfil de elefante y cuerno de rinoceronte, dos artículos ilegales desde la Convención sobre Especies en Peligro de 1989. Tampoco en este caso se demostró nada.

—Ese tío es más escurridizo que una anguila.

—Está claro que tiene recursos, sabe lo que quiere... y es peligroso. —Pendergast se quedó un momento callado—. Hay otro aspecto relevante: su nombre, John Woodhouse Blast.

—¿Ah, sí?

—Es descendiente directo de John James Audubon, a través del hijo de este, John Woodhouse Audubon.

—¡No me diga!

—John Woodhouse es un artista de pleno derecho. Completó la última obra de Audubon, *Viviparous Quadrupeds of North America*; pintó prácticamente la mitad de las láminas después de la repentina decadencia de su padre.

D'Agosta silbó.

—Así que es probable que Blast considere que el *Marco Negro* le corresponde por derecho.

—Es lo que he supuesto. Al parecer ha dedicado gran parte de su vida adulta a buscarlo, aunque todo apunta a que en estos últimos años ha renunciado.

—¿Y ahora qué hace?

—No he podido averiguarlo. Mantiene una estricta reserva sobre sus actuales negocios. —Pendergast miró por la ventanilla—. Tendremos que ir con cuidado, Vincent. Con mucho cuidado.

28

Sarasota, Florida

Para D'Agosta, Siesta Key fue una revelación: calles estrechas bordeadas de palmeras, un césped de color esmeralda que bajaba hacia calas de un azul como de piedra preciosa, canales sinuosos en los que cabeceaban perezosamente embarcaciones de recreo... La playa propiamente dicha era ancha, de arena blanca, fina como el azúcar, y tan larga que se perdía entre la bruma y la niebla, tanto al norte como al sur. A un lado rompían las olas espumosas del mar, y al otro se veía una procesión de bloques de pisos y hoteles de lujo, salpicada de piscinas, fincas y restaurantes. El sol se estaba poniendo. Mientras observaba, tuvo la impresión de que todos —bañistas, constructores de castillos de arena, buscadores de objetos de valor por la playa— hacían una pausa para mirar hacia el oeste, como en respuesta a una señal invisible. Se reorientaron las tumbonas y aparecieron cámaras de vídeo. D'Agosta siguió la mirada de la gente. El sol se ponía en el golfo de México, en un semicírculo de fuego naranja. Él nunca había visto un crepúsculo sin el obstáculo del perfil urbano, o de Nueva Jersey, y le sorprendió: primero el sol caía poco a poco tras la horizontal infinita del horizonte... y al momento siguiente había desaparecido, dejando franjas de un resplandor rosado. Se humedeció los labios, saboreando el aire levemente salado. No había que hacer un gran esfuerzo para imaginarse viviendo con Laura en un lugar como aquel, después de retirarse.

El piso de propiedad de Blast estaba en la última planta de un rascacielos de lujo, con vistas a la playa. Subieron en ascensor. Pendergast llamó al timbre. Tras una larga espera se oyó el leve roce de la tapa de la mirilla. Otra espera, más corta, seguida de la apertura de la cerradura, y luego de la puerta. Al otro lado había un hombre bajo y de constitución delgada, con una frondosa mata de pelo negro peinado hacia atrás con brillantina.

—¿Sí?

Pendergast mostró su placa. Lo mismo hizo D'Agosta.

—¿El señor Blast? —inquirió Pendergast.

El hombre miró las dos placas, y después a Pendergast. D'Agosta reparó en que sus ojos no expresaban miedo o nerviosismo, sino solo cierta curiosidad.

—¿Podemos pasar?

El hombre se lo pensó un momento y abrió más la puerta.

Cruzaron un recibidor, que les llevó a una sala de estar decorada con opulencia, pero una opulencia vulgar. Había un ventanal con vistas al mar, enmarcado por gruesas cortinas doradas. El suelo estaba recubierto de moqueta blanca de lana larga. Se percibía un aroma a incienso. Cerca, en una otomana, dos pomeranias les miraban agresivamente.

D'Agosta volvió a fijarse en Blast. No se parecía en nada a su antepasado, Audubon. Era bajo y relamido, con un bigote fino y, teniendo en cuenta el clima, llamaba la atención que no estuviera moreno. Sus movimientos, sin embargo, eran veloces y ágiles, ajenos por completo a la decadencia lánguida que le rodeaba.

—¿Les apetece sentarse? —dijo, indicando dos grandes sillones con tapicería de terciopelo rojo.

Arrastraba ligeramente las palabras, con acento sureño.

Pendergast tomó asiento, seguido de D'Agosta. Blast se hundió en un sofá de cuero blanco, enfrente de ellos.

—Supongo que no están aquí por la casa que alquilo en Shell Road...

—Está usted en lo cierto —contestó Pendergast.

—Entonces, ¿en qué puedo ayudarles?

Pendergast dejó la pregunta en el aire durante un momento, antes de contestar.

—Venimos a propósito del *Marco Negro*.

La sorpresa de Blast solo se manifestó en un leve ensanchamiento de los párpados. Al cabo de un instante reaccionó y sonrió, mostrando unos pequeños dientes blancos y brillantes. No era una sonrisa particularmente amistosa. A D'Agosta, aquel individuo le recordaba a un visón, escurridizo y dispuesto a morder.

—¿Quieren vendérmelo?

Pendergast sacudió la cabeza.

—No. Deseamos examinarlo.

—Siempre es preferible conocer a la competencia —dijo Blast.

Pendergast cruzó una pierna encima de la otra.

—Es curioso que hable de competencia, porque es otra de las razones por las que estamos aquí.

Blast ladeó la cabeza, extrañado.

—Helen Esterhazy Pendergast.

El agente del FBI pronunció muy lentamente cada palabra.

Esta vez Blast guardó la más absoluta inmovilidad. Miró a Pendergast, luego a D'Agosta, y otra vez al agente.

—Perdonen, pero ya que estamos hablando de nombres, ¿les importaría decirme los suyos?

—Agente especial Pendergast. Y este es mi colega, el teniente D'Agosta.

—Helen Esterhazy Pendergast —repitió Blast—. ¿Pariente suya?

—Era mi mujer —dijo Pendergast con frialdad.

El hombrecillo enseñó las palmas de las manos.

—Nunca había oído ese nombre. *Désolé.* En fin, si no se les ofrece nada más...

Se levantó.

Pendergast también se levantó de golpe. D'Agosta se puso tenso, pero en vez de enfrentarse físicamente a Blast, como temía, el agente juntó las manos en la espalda, se acercó al ventanal y miró hacia fuera. Después se volvió y paseó por la sala, examinando uno tras otro los cuadros, como en un museo. Blast se quedó donde estaba, sin moverse; solo lo hacían sus ojos, que seguían al agente. Pendergast salió al recibidor y se paró un momento ante la puerta de un armario. De pronto, su mano se metió en el traje negro, sacó algo y tocó la puerta del armario, que se abrió bruscamente.

Blast se acercó a toda prisa.

—¿Qué demonios...? —exclamó, enojado.

Pendergast introdujo una mano en el armario y, apartando varias cosas, sacó del fondo un abrigo largo de pieles. Tenía las rayas amarillas y negras típicas de los tigres.

—¿Cómo se atreve a invadir mi intimidad? —preguntó Blast, acercándose.

Pendergast sacudió el abrigo, mirándolo de arriba abajo.

—Digno de una princesa —dijo mientras se volvía hacia Blast con una sonrisa—. Auténtico. —Volvió a meter la mano en el armario y a apartar más abrigos, mientras Blast enrojecía de rabia—. Ocelote, maracayá... Toda una galería de especies en peligro de extinción. Y nuevos, además; al menos posteriores a la prohibición de 1989 de la CITES, por no hablar de la ESA del año 1972.

Dejó las pieles en su sitio, dentro del armario, y cerró la puerta.

—No cabe duda de que al departamento de recursos naturales le interesaría su colección. ¿Les llamamos?

La reacción de Blast sorprendió a D'Agosta. En vez de seguir protestando, se relajó visiblemente. Mostrando los dientes con otra sonrisa, miró a Pendergast de los pies a la cabeza con algo que parecía admiración.

—Por favor —dijo con un gesto—. Veo que tenemos más cosas de que hablar. Siéntese.

Pendergast volvió a su asiento, mientras Blast regresaba al suyo.

—Si puedo ayudarles... ¿qué suerte correrá mi pequeña colección?

Blast señaló el armario con la cabeza.

—Depende de lo bien que vaya la conversación.

Blast espiró, con un sonido lento, sibilante.

—Permítame que le repita el nombre —dijo Pendergast—. Helen Esterhazy Pendergast.

—Sí, sí, me acuerdo muy bien de su esposa. —Blast entrelazó sus manos, muy cuidadas—. Disculpe mi anterior falta de sinceridad. He aprendido a ser reservado después de muchos años de experiencia.

—Prosiga —contestó fríamente Pendergast.

Blast se encogió de hombros.

—Su mujer y yo éramos competidores. Yo perdí casi veinte años buscando el *Marco Negro*. Me enteré de que ella también andaba husmeando y preguntando por él, y no me gustó, por decirlo con suavidad. Sin duda ya sabrá que soy tataratataranieto de Audubon. El cuadro era mío por derecho. No le correspondía a nadie sacarle provecho, excepto a mí.

»Audubon pintó el *Marco Negro* en el sanatorio, pero no se lo llevó. Tomé como premisa más probable que se lo regalase a uno de los tres médicos que le atendieron. Uno de ellos desapareció sin dejar rastro. Otro regresó a Berlín; si hubiera tenido el cuadro, lo habría destruido la guerra, o se habría perdido irremediablemente. Centré mi búsqueda en el tercer médico, Torgensson, más por esperanza que por otra cosa. —Abrió las manos—. Fue en ese momento cuando me topé con su mujer. Solo la vi una vez.

—¿Dónde y cuándo?

—Hará unos quince años. No, no llega a quince. En la antigua finca de Torgensson, en las afueras de Port Allen.

—¿Y qué ocurrió exactamente durante ese encuentro?

La voz de Pendergast sonaba tirante.

—Le dije lo mismo que acabo de decirle a usted: que el cuadro era mío por derecho, y le manifesté mi deseo de que desistiese de buscarlo.

—¿Y qué dijo Helen?

La voz de Pendergast se había vuelto aún más gélida. Blast respiró hondo.

—Eso es lo curioso.

Pendergast esperó. El aire pareció congelarse.

—¿Recuerda lo que ha dicho antes sobre el *Marco Negro*? «Queremos examinarlo.» Eso fue exactamente lo que dijo ella. Me aseguró que no quería quedarse el cuadro. Que no quería sacarle partido. Solo quería «examinarlo». Dijo que en lo que a ella respectaba, podía quedarme con el cuadro. Quedé encantado, y nos dimos la mano. Podría decirse que nos despedimos como amigos.

Otra tenue sonrisa.

—¿Cómo lo formuló?

—Me acuerdo muy bien. Me dijo: «Tengo entendido que lleva mucho tiempo buscándolo. Compréndame, por favor. Yo no quiero quedármelo; solo quiero examinarlo. Quiero confirmar algo. Si lo encuentro, se lo entregaré a usted, pero a cambio tiene que prometerme que si lo encuentra antes que yo, me permitirá estudiarlo con absoluta libertad». Yo estaba encantado con ese pacto.

—¡Miente! —exclamó D'Agosta, levantándose de la silla. Ya no podía aguantar más—. Helen se pasó años buscando el cuadro... ¿solo para mirarlo? No me lo creo. Está mintiendo.

—Le juro que es la verdad —dijo Blast.

Mostró su sonrisa de visón.

—¿Qué ocurrió después? —preguntó Pendergast.

—Nada. Cada uno se fue por su lado. Fue mi único encuentro con ella. No volví a verla. Se lo juro por Dios.

—¿Nunca? —preguntó Pendergast.

—Nunca. Es todo lo que sé.

—Sabe mucho más —dijo Pendergast, que de repente sonreía—. Pero antes de que siga hablando, señor Blast, permítame que sea yo quien le dé a conocer algo que al parecer ignora, como muestra de buena fe.

«Primero el palo y ahora la zanahoria», pensó D'Agosta. Se preguntó adónde quería llegar Pendergast.

—Tengo pruebas de que Audubon entregó el cuadro a Torgensson —dijo Pendergast.

De pronto, Blast se inclinó hacia delante, con una súbita muestra de interés en el rostro.

—¿Ha dicho pruebas?

—Sí.

Se hizo un largo silencio. Blast se apoyó en el respaldo.

—Bien, entonces estoy más convencido que nunca de que el cuadro ha desaparecido. Debió de quedar destruido durante el incendio de su último domicilio.

—¿Se refiere a su finca de las afueras de Port Allen? —preguntó Pendergast—. No tenía conocimiento de que se hubiera incendiado.

Blast le miró un buen rato.

—Hay muchas cosas que usted no sabe, señor Pendergast. Port Allen no fue el último domicilio del doctor Torgensson.

Pendergast no pudo ocultar su sorpresa.

—¿De veras?

—Durante sus últimos años de vida, Torgensson se vio expuesto a graves problemas económicos. Le acosaban los acreedores: bancos, comerciantes de la zona... Hasta el ayuntamiento, por impago de impuestos. Acabaron echándole de su casa de Port Allen, y se instaló en una casucha al lado del río.

—¿Y usted cómo lo sabe? —quiso saber D'Agosta.

En respuesta, Blast se levantó y salió de la sala. D'Agosta oyó que abría una puerta y removía unos cajones. Un minuto después, Blast regresó con una carpeta en la mano. Se la dio a Pendergast.

—El historial de deudas de Torgensson. Eche un vistazo a la carta de encima.

Pendergast sacó de la carpeta una hoja amarillenta de un libro de contabilidad, arrancada sin contemplaciones. Era una carta garabateada y con el membrete de la agencia Pinkerton. Empezó a leer: «Tenerlo lo tiene, pero no hemos conseguido localizarlo. Hemos registrado toda la choza, del sótano al desván, y está tan vacía como la casa de Port Allen. No queda nada de valor, y menos un cuadro de Audubon».

Aloysius volvió a guardar la hoja, echó un vistazo a algunos otros documentos y cerró la carpeta.

—Y supongo que usted... hum... hurtó este informe con la finalidad de poner obstáculos a la competencia.

—No tiene sentido ayudar al enemigo. —Blast recuperó la carpeta y la dejó a su lado, en el sofá—. Aunque al final fue todo inútil.

—¿Por qué? —preguntó Pendergast.

—Porque a los pocos meses de irse a vivir a la casucha, un relámpago la quemó hasta los cimientos, con Torgensson dentro. Si escondió en alguna parte el *Marco Negro*, ya hace tiempo que nadie lo recuerda; y si lo guardaba en algún sitio de la casa, se quemó con todo lo demás. —Blast se encogió de hombros—. Entonces fue cuando desistí de buscarlo. No, señor Pendergast; lo siento, pero el *Marco Negro* ya no existe. Se lo asegura alguien que ha desperdiciado veinte años de su vida en demostrarlo.

—No me creo ni una palabra —dijo D'Agosta en el ascensor de bajada al vestíbulo—. Solo intenta convencernos de que Helen no quería el cuadro, para demostrar que no tenía motivos para perjudicarla. Se está cubriendo las espaldas. No quiere que sospechemos que él pudo asesinarla. Así de sencillo.

Pendergast no contestó.

—Está claro que es listo. Me sorprende que no se le haya ocurrido algo un poco más convincente —añadió D'Agosta—. Ambos querían el cuadro, y Helen se estaba acercando demasiado. Blast no quería que le quitasen su legítima herencia. No hay más que decir. Además, tenemos su relación con la caza mayor, el marfil y el contrabando de pieles. Blast tiene contactos en África. Pudo utilizarlos para organizar el asesinato.

La puerta del ascensor se abrió. Cruzaron el vestíbulo y salieron a una noche húmeda. Las olas suspiraban en la arena. El parpadeo de las innumerables ventanas daba a la playa oscura el color de un fuego reflejado. Llegaban ecos de rancheras, de un restaurante de la zona.

—¿Cómo sabía que guardaba todas esas cosas? —preguntó D'Agosta mientras iban por la calle.

Pendergast pareció salir de sus cavilaciones.

—¿Cómo dice?

—Lo del armario. Las pieles.

—Por el olor.

—¿El olor?

—Cualquier persona que haya poseído alguna piel de gran felino le confirmará que desprenden un olor suave pero inconfundible, una especie de almizcle perfumado que no es desagradable. Yo lo sé porque de niños mi hermano y yo nos escondíamos en el armario de las pieles de mi madre. Sabía que Blast hacía contrabando de marfil y cuerno de rinoceronte. No se necesita mucha imaginación para suponer que también se dedica al comercio ilegal de pieles.

—Ya.

—Vamos, Vincent. Caramino's solo queda a dos manzanas. Los mejores cangrejos de roca de toda la costa del golfo. Exquisitos con un trago de vodka helado. Y la verdad es que a un servidor le hace bastante falta una copa.

29

Nueva York

Cuando la capitana Hayward entró en la sala de espera gris del sector de interrogatorios, en el sótano de la comisaría central, los dos testigos que había convocado se levantaron rápidamente.

También se levantó el sargento de homicidios. Hayward frunció el ceño.

—Por favor, siéntese y tranquilícese. —Entendía que sus galones de oro pudieran intimidar un poco, sobre todo a alguien que trabajaba en un barco, pero aquello era exagerado. Siempre la incomodaba—. Perdonen que les haya llamado así, en domingo. Sargento, hablaré con ellos de uno en uno; el orden es indiferente.

Entró en la sala de interrogatorios, una de las que eran agradables, diseñada para entrevistar a testigos bien dispuestos, no para acribillar a preguntas a sospechosos que no colaboraban. Había una mesa pequeña para el café, otra grande y un par de sillas. El técnico de grabación, que la saludó con la cabeza levantando el pulgar, ya estaba dentro.

—Gracias —dijo ella—. Se lo agradezco mucho, sobre todo habiéndole avisado con tan poca antelación.

Su buen propósito de Año Nuevo había sido controlar su mal genio con los que estaban por debajo de ella en el escalafón. A los de encima seguiría tratándoles sin contemplaciones: patadas para arriba y besos para abajo, era su nueva divisa.

Asomó la cabeza por la puerta.

—Que pase el primero, por favor.

El sargento acompañó al primer testigo, que aún llevaba el uniforme. Hayward le indicó una silla.

—Sé que ya le han interrogado, pero espero que no le moleste repetir. Intentaré ser breve. ¿Café, té?

—No, gracias, capitana —dijo el oficial de barco.

—Es el jefe de seguridad del barco, ¿verdad?

—Exacto.

El jefe de seguridad era un hombre mayor e inofensivo, con un abundante pelo blanco, un agradable acento inglés y aspecto de inspector de policía jubilado de algún pueblo de Inglaterra. Hayward pensó que probablemente lo fuese.

—Y bien, ¿qué ha pasado? —preguntó.

Siempre le gustaba empezar con preguntas generales.

—Pues verá, capitana, me avisaron poco después de zarpar. Recibí un informe de que uno de los pasajeros, Constance Greene, actuaba de forma extraña.

—¿En qué sentido?

—Había embarcado con su hijo, un bebé de tres meses, cosa que en sí ya es poco habitual; no recuerdo ni un solo pasajero que haya subido al barco con un bebé tan pequeño, y menos una madre soltera. Recibí un informe según el cual, justo después de embarcar, una pasajera simpática quiso ver el bebé; quizá se acercase demasiado, pero parece que la señorita Greene la amenazó.

—¿Usted qué hizo?

—Hablar con la señorita Greene en su camarote. Llegué a la conclusión de que solo era una madre sobreprotectora (ya sabe cómo son algunas) y que no lo había hecho con mala intención. Me pareció que la pasajera que se había quejado era un poco metomentodo.

—¿Qué impresión le dio? La señorita Greene, quiero decir.

—Tranquila, serena y un poco formal.

—¿Y el bebé?

—Con ella, en la habitación, en una cuna que le había puesto el personal de intendencia. Durante mi corta visita dormía.

—¿Y luego?

—La señorita Greene estuvo tres o cuatro días encerrada en su camarote. Durante el resto del viaje la vieron por el barco. Que yo sepa no hubo más incidentes; hasta que no pudo enseñar a su bebé en la aduana. El bebé estaba incluido en su pasaporte, como es costumbre cuando alguien da a luz en el extranjero.

—¿A usted le pareció cuerda?

—Sí, muy cuerda, al menos la única vez que tuve contacto con ella. Y con mucho aplomo para una joven de su edad.

El siguiente testigo era un sobrecargo, que confirmó lo dicho por el jefe de seguridad: que la pasajera había embarcado con su bebé, que lo protegía con mucho celo y que no había salido en varios días de su camarote. Más tarde, hacia la mitad del viaje, la habían visto comer en los restaurantes y pasear por el barco sin el bebé. La gente había supuesto que tenía una niñera, o que usaba el servicio de guardería del barco. Iba sola, sin hablar con nadie, y rechazaba cualquier gesto amistoso.

—A mí —dijo el sobrecargo— me pareció una de esas excéntricas muy ricas; sabe a qué me refiero, ¿verdad? Esas que tienen tanto dinero que pueden hacer lo que les da la gana, sin que las contradiga nadie. Y...

Vaciló.

—Siga.

—Hacia el final del viaje empecé a pensar que tal vez estaba un poco... loca.

Hayward se paró en la puerta de la pequeña celda. No conocía personalmente a Constance Greene, pero Vinnie le había hablado mucho de ella; siempre como si se tratara de una persona mayor, por lo que, al abrir la puerta, se llevó una gran sorpresa al ver a una chica de no más de veintidós o veintitrés años, con una media melena oscura, con un corte elegante pero anticuado.

Estaba sentada en la cama plegable, muy tiesa. Aún no se había quitado el vestido largo que llevaba en el barco.

—¿Puedo pasar?

Constance Greene la miró. Hayward se jactaba de saber leer en los ojos de la gente, pero aquellos eran inescrutables.

—Sí, por favor.

Se sentó en la única silla de la celda. ¿Era posible que aquella mujer hubiera tirado a su hijo al Atlántico?

—Soy la capitana Hayward.

—Es todo un placer conocerla, capitana.

Dadas las circunstancias, le puso los pelos de punta la cortesía anticuada de aquel saludo.

—Soy amiga del teniente D'Agosta, a quien conoce usted. En alguna ocasión también he colaborado con su... esto... tío, el agente especial Pendergast.

—No es mi tío. Aloysius es mi tutor legal. No estamos emparentados.

La corrección fue remilgada y puntillosa.

—Ya. ¿Tiene usted familia?

—No. —Fue la respuesta, rápida y cortante—. Hace tiempo que están todos difuntos.

—Lo siento. En primer lugar, me gustaría que me ayudase con algunos detalles. Nos está costando un poco encontrar sus datos. ¿No sabrá de memoria su número de la seguridad social, por casualidad?

—No tengo número de la seguridad social.

—¿Dónde nació?

—Aquí, en Nueva York. En la calle Water.

—¿Cómo se llamaba el hospital?

—Nací en casa.

—Ah.

Hayward decidió no insistir en ese aspecto. Tarde o temprano lo aclararía el departamento jurídico. En realidad, solo estaba demorando las preguntas difíciles.

—Constance, pertenezco a la división de homicidios, pero no dirijo la investigación. Solo he venido a averiguar algunas cosas. No tiene ninguna obligación de contestar a mis preguntas. No es nada oficial, ¿me entiende?

—La entiendo perfectamente, gracias.

Hayward volvió a quedarse impresionada por la cadencia antigua de su forma de hablar. En su porte, en esos ojos viejos y sabios, había algo que no acababa de cuadrar con un cuerpo tan joven.

Respiró hondo.

—¿Es verdad que ha tirado a su bebé por la borda?

—Sí.

—¿Por qué?

—Porque era malo. Como su padre.

—¿Y el padre...?

—Muerto.

—¿Cómo se llamaba?

Se hizo el silencio en la celda. Los ojos serenos y verdes no se apartaron ni un momento de los de Hayward, que entendió, mejor que con cualquier cosa que pudiera decir Greene, que a esa pregunta no respondería jamás.

—¿Por qué ha vuelto? Estaba fuera del país. ¿Por qué ha vuelto justo ahora?

—Porque Aloysius necesitará mi ayuda.

—¿Ayuda? ¿Qué tipo de ayuda?

Constance no se movió.

—No está preparado para la traición que le espera.

30

Savannah, Georgia

En medio de las antigüedades y los muebles mullidos de su estudio, Judson Esterhazy miraba por una de las altas ventanas que daban a la plaza Whitfield, por la que en ese momento no pasaba nadie. Las palmeras y la cúpula central chorreaban una lluvia fría, la misma que formaba charcos en el pavimento de ladrillo de la calle Habersham. A D'Agosta, que estaba justo a su lado, el hermano de Helen le estaba dando una impresión distinta a la de la primera visita. Ya no tenía la misma actitud campechana y atenta. Su bien formado rostro reflejaba inquietud y tensión. Se le veía desmejorado.

—¿Y nunca comentó que le interesaran los loros, particularmente la cotorra de las Carolinas?

Esterhazy sacudió la cabeza.

—Nunca.

—¿Y el *Marco Negro*? ¿Nunca se lo oyó nombrar, ni siquiera de pasada?

Otro gesto de negación.

—Acabo de enterarme. Soy tan incapaz de explicarlo como usted.

—Me doy cuenta de que es algo doloroso.

Esterhazy dio la espalda a la ventana. Su mandíbula se movía a causa de lo que D'Agosta interpretó como una rabia apenas controlada.

—Ni la mitad de doloroso que enterarme de la existencia de ese tal Blast. ¿Dice que tiene antecedentes?

—De arrestos, no de condenas.

—Lo cual no significa que sea inocente —insistió Esterhazy.

—Al contrario —reconoció D'Agosta.

Esterhazy le miró.

—Y no solo de chantaje, falsificación y ese tipo de cosas. Me ha hablado usted de amenazas y agresión.

D'Agosta asintió con la cabeza.

—¿Y él también andaba detrás del... *Marco Negro*?

—Alguien con más ganas de encontrarlo que él, imposible —dijo D'Agosta.

Esterhazy entrelazó con fuerza las dos manos y volvió a mirar por la ventana.

—Judson —dijo Pendergast—, acuérdate de lo que te dije...

—Tú has perdido a tu mujer —dijo Esterhazy por encima del hombro—, yo a mi hermana pequeña. Es algo que nunca se supera, pero al menos puedes llegar a aceptarlo. Pero enterarme ahora de todo esto... —Exhaló un largo suspiro—. Y encima, pensar que pudo tener algo que ver ese criminal...

—De eso no estamos seguros —dijo Pendergast.

—Pero puede estar tranquilo, porque lo averiguaremos —dijo D'Agosta.

Esterhazy no respondió. Se limitó a seguir mirando por la ventana, mientras movía lentamente la mandíbula y su mirada se perdía a lo lejos.

31

Sarasota, Florida

A quinientos treinta kilómetros al sur, otro hombre miraba por otra ventana.

John Woodhouse Blast contemplaba a los rastreadores y bañistas, diez pisos más abajo; las largas líneas de espuma blanca que se rizaban al llegar a la costa; la playa que se extendía casi hasta el infinito... Se giró y cruzó la sala de estar; se paró un momento ante un espejo con un marco dorado. La cara demacrada que le contempló reflejaba el nerviosismo de una noche de insomnio.

Con el cuidado que había tenido... ¿Cómo era posible que ahora le pasara aquello? Aquel ángel vengador apareciendo en la puerta de su casa, tan inesperadamente, con su blanca calavera... Él siempre había actuado con prudencia, sin jugársela. Y de momento le había salido bien...

Sonó el teléfono, rompiendo el silencio de la sala. Fue tan brusco, que Blast dio un respingo. Se acercó rápidamente y levantó el auricular de su soporte. Los dos pomeranias observaban todos sus movimientos desde la otomana.

—Soy Victor. ¿Qué tal?

—¡Hombre, Victor, ya era hora de que me devolvieras la llamada! ¿Dónde coño estabas?

—De viaje —contestó una voz ronca, de cazalla—. ¿Tienes algún problema?

—¡A ti qué te parece! Un problema enorme, de cojones. Anoche vino a meter las narices un agente del FBI.

—¿Alguien que conozcamos?

—Se llama Pendergast. Le acompañaba un poli de Nueva York.

—¿Qué querían?

—¿Tú qué crees que querían? Sabe demasiado, Victor. Demasiado. Tendremos que zanjar el asunto lo antes posible.

—¿Quieres decir...?

La voz ronca vaciló.

—Exacto. Ha llegado el momento de desmontarlo todo.

—¿Todo?

—Todo. Ya sabes lo que hay que hacer, Victor. Ponlo en marcha. Y zánjalo lo antes posible.

Blast estampó el teléfono en el soporte, y se quedó mirando el interminable horizonte azul por la ventana.

32

La pista de tierra atravesaba sinuosamente el bosque de pinos, hasta salir a un gran prado, al borde de un manglar. El tirador aparcó el Range Rover y sacó del maletero una funda de escopeta, una cartera y una mochila. Lo llevó todo a una loma en el centro del prado y lo dejó sobre la hierba aplastada. Después sacó de la cartera una diana de papel y caminó hacia la ciénaga, contando los pasos. El sol de mediodía se filtraba por el bosque de cipreses, proyectando manchas de luz de un verde amarronado en el agua.

Tras elegir un tronco liso y ancho, clavó la diana en la madera, fijándola con un martillo de tapicero. Hacía calor para ser invierno: más de quince grados; ráfagas que olían a agua y a madera podrida llegaban de la ciénaga, y los graznidos y silbidos de una bandada de cuervos armaba ruido entre las ramas. La casa más próxima estaba a quince kilómetros. No soplaba nada de viento.

Volvió donde había dejado el equipo; al contar sus pasos por segunda vez comprobó que la diana estuviera a unos cien metros.

Abrió el estuche duro Pelican y sacó la escopeta: una Remington 40-XS táctica. Pesaba mucho, la muy jodida: siete kilos, pero a cambio ofrecía una precisión superior a 75 MOA. El tirador llevaba cierto tiempo sin disparar con ella. Sin embago, ya estaba limpia, engrasada y lista.

Se apoyó en una rodilla, puso el arma encima de la otra y

bajó el bípode, que ajustó y fijó. A continuación se tendió sobre la hierba amazacotada, colocó la escopeta delante de él y la movió hasta que quedase bien firme y encajada. Cerró un ojo y miró por el visor Leupold la diana clavada en el árbol. De momento todo iba bien. Metió la mano en el bolsillo de atrás, sacó una caja de munición 308 Winchester y la dejó a su derecha, encima de la hierba. Después sacó un cartucho y lo metió en la recámara, operación que repitió hasta llenar el cargador interno de cuatro balas. Por último, echó el cerrojo y volvió a mirar por el visor.

Apuntó a la diana, respirando despacio y dejando que su frecuencia cardíaca aminorase. El leve temblor del arma, que se ponía de manifiesto en el movimiento de la diana en el punto de mira, se redujo a medida que relajaba todo el cuerpo. Apoyó el dedo en el gatillo y tensó los músculos, vaciando los pulmones mientras contaba los latidos de su corazón. Finalmente, disparó entre dos de ellos. Un chasquido y un leve culatazo. Sacó el casquillo y volvió a respirar. Se relajó otra vez y aplicó de nuevo una lenta presión al gatillo. Otro chasquido, y otro culatazo, mientras los ecos se apagaban con rapidez por el llano pantanoso. Con dos disparos más vació el cargador. Se levantó, recogió los cuatro cartuchos, los guardó en el bolsillo y fue a inspeccionar la diana.

Los agujeros estaban bastante juntos, hasta el punto de formar un solo orificio irregular un poco a la izquierda y por debajo del centro del blanco. Con una regla de plástico midió la desviación. Después se giró y desanduvo el camino por el prado, despacio, para no cansarse más de lo necesario. Tendido en el suelo, cogió la escopeta con las dos manos y ajustó la elevación y el visor teniendo en cuenta las medidas que acababa de tomar.

Una vez más, con mucha flema, disparó cuatro veces al blanco. Esta vez la agrupación coincidía con el centro exacto, y las cuatro balas se situaban prácticamente en el mismo orificio. Satisfecho, arrancó la diana del tronco, la arrugó y se la metió en el bolsillo.

Volvió al centro del prado y se puso otra vez en posición de tiro. Había llegado el momento de divertirse un poco. Con los primeros disparos, la bandada de cuervos había emprendido ruidosamente el vuelo hasta posarse a unos trescientos metros, al fondo del prado. Los vio en el suelo, debajo de un pino carolino alto, contoneándose sobre la pinaza y buscando semillas de las piñas dispersas.

Eligió un cuervo por el visor y lo siguió con el punto de mira, mientras picoteaba y estiraba una piña, zarandeándola con el pico. Su dedo índice se tensó en la curva de acero. Sonó el disparo. El pájaro desapareció entre una nube de plumas negras, salpicando un tronco cercano con trocitos de carne roja. El resto de la bandada levantó el vuelo despavorida, se desparramó en el cielo azul y desapareció sobre las copas de los árboles.

Buscó otro blanco. Esta vez dirigió el visor hacia el manglar. Lo deslizó lentamente por el borde de la ciénaga, hasta encontrarlo: una rana toro enorme, a unos ciento cincuenta metros de distancia, que descansaba sobre un nenúfar, en medio de una mancha de sol. Volvió a apuntar, se relajó y disparó. Brotó una nube rosada, mezclada con agua verde y trocitos de nenúfar, que dibujó un arco bajo la luz del sol y cayó elegantemente al agua. La tercera bala seccionó la cabeza de una mocasín de agua, que se agitó asustada por el agua, intentando escapar.

Quedaba una bala. Necesitaba un verdadero desafío. Buscó con los ojos por la ciénaga, pero los disparos habían ahuyentado a toda la fauna y no se veía nada. Tendría que esperar.

Volvió al Range Rover, sacó del maletero una funda de escopeta de tela, abrió la cremallera y sacó una Bobwhite CZ yuxtapuesta de calibre 12, con una culata personalizada. Era la escopeta más barata que tenía, pero no dejaba de ser un arma excelente. No le gustaba nada lo que estaba a punto de hacer, pero hurgó en el coche hasta sacar un torno portátil y una sierra de arco con una hoja nueva.

Se puso la escopeta sobre las rodillas. Acarició los cañones, los frotó con un poco de aceite de escopeta y los cubrió con una cinta métrica de papel. Después de marcar el punto exacto con un clavo, cogió la sierra de arco y se puso manos a la obra.

Era un trabajo largo, tedioso y agotador. Cuando acabó, limó las barbas con una lima de cola de ratón, pulió las puntas al bies, les pasó un estropajo de aluminio y volvió a engrasarlas. Abrió la escopeta y con cuidado la limpió de virutas sueltas, antes de meter dos cartuchos. Se acercó tranquilamente al manglar, con la escopeta y los trozos recortados de cañón. Los lanzó al agua lo más lejos que pudo, se apoyó la escopeta en la cintura y apretó el gatillo delantero.

La detonación fue ensordecedora y el culatazo como el de una mula: tosco, zafio... pero de una eficacia arrasadora. El segundo cañón también funcionó de maravilla. Volvió a abrir el cerrojo. Se metió en el bolsillo los cartuchos vacíos, limpió el arma y la cargó otra vez. La segunda vez dio el mismo buen resultado. Estaba dolido, pero satisfecho.

Al volver al coche, metió la escopeta en su funda, la guardó y sacó de la mochila un bocadillo y un termo. Comió despacio, saboreando el sándwich de foie trufado; se sirvió una taza de té caliente con leche y azúcar del termo. Hizo el esfuerzo de disfrutar del aire puro y del sol, sin pensar en el problema. Cuando ya estaba acabando de comer, una hembra de ratonero de cola roja se levantó de la ciénaga, con toda probabilidad de un nido, y echó a volar perezosamente en círculos sobre las copas de los árboles. El tirador calculó que la distancia era de unos doscientos cincuenta metros.

Por fin un desafío digno de él.

Volvió a ponerse en posición de tiro con la escopeta de francotirador apuntando al pájaro, pero el campo del visor era demasiado pequeño para mantener al ave dentro. Tendría que usar la mira de hierro. Volvió a seguir al ratonero, esta vez con la mira fija, intentando seguirlo en movimiento. Tampoco. La escopeta pesaba demasiado, y el ave era muy rápida. El ratonero volaba formando elipses. Llegó a la conclusión de que la única manera de acertar sería apuntar de antemano a un punto de la elipse, esperar a que llegase el pájaro y sincronizar el disparo.

Al cabo de un momento el ratonero cayó del cielo, acompañado de unas pocas plumas que flotaban, llevadas por el viento.

El tirador dobló el bípode, recogió y contó los casquillos y volvió a meter la escopeta en su estuche. Después guardó la comida y el termo y levantó la mochila. Echó un último vistazo a la zona, pero el único rastro de su presencia era un poco de hierba aplastada.

Se giró hacia el Land Rover con satisfacción. Ya podía dar rienda suelta, al menos por un tiempo, a sus sentimientos; dejarlos fluir por su cuerpo, subir la adrenalina y prepararlo para la caza.

33

Port Allen, Luisiana

Frente al centro de visitantes, bajo un intenso sol vespertino, D'Agosta miraba la calle Court, con el río al fondo. Aparte del centro —un edificio antiguo y bonito de ladrillo, perfectamente reformado y actualizado—, todo parecía muy nuevo: las tiendas, los edificios públicos y las casas desperdigadas por la orilla. Resultaba difícil creer que el médico de John James Audubon hubiera vivido y muerto justo allí, o muy cerca, ciento cincuenta años atrás.

—Al principio, este lugar recibía el nombre de St. Michel —dijo a su lado Pendergast—. La fundación de Port Allen se remonta a 1809, pero en cincuenta años el Mississippi ya se había adentrado hasta más de la mitad de la ciudad. ¿Damos un paseo por la orilla del río?

Echó a caminar con paso ligero, seguido por D'Agosta, que tuvo que esforzarse para darle alcance. Agotado, le sorprendía que Pendergast mantuviera aquella energía tras pasar toda una semana viajando constantemente en coche y en avión, de un lado para otro, acostándose a medianoche y levantándose al alba. Tenía la sensación de que la visita a Port Allen estaba de más.

Lo primero que habían visitado era la penúltima morada del doctor Torgensson: una elegante residencia antigua de ladrillo, al oeste de la ciudad, reconvertida en funeraria. Después habían ido a toda prisa al ayuntamiento, donde Pendergast había seducido a una secretaria para que le dejase manosear planos y libros; y ahora estaban en la orilla del Mississippi, donde, según Blast, el doctor Torgensson había pasado sus últimos y tristes meses en una casucha, arruinado y desquiciado por la sífilis y el alcohol.

El paseo del río era ancho y majestuoso, y la vista desde el dique, espectacular: Baton Rouge se extendía en la otra orilla, y las barcazas y los remolcadores se enfrentaban a la amplia corriente de aquellas aguas color de chocolate.

—Aquello es la esclusa de Port Allen —dijo Pendergast, señalando con la mano un gran corte en el dique, acabado en dos enormes compuertas amarillas—. La mayor estructura flotante de su tipo. Conecta el río con la vía intracostera.

Caminaron unas cuantas manzanas junto al río. D'Agosta sintió que revivía gracias a la fresca brisa que llegaba del agua. Se detuvieron en un puesto de información, donde Pendergast consultó los anuncios y los tablones de avisos.

—¡Qué tragedia! Nos hemos perdido el festival anual de cítara —bromeó.

D'Agosta le miró con disimulo. Sabiendo cuánto le había afectado el asesinato de su mujer, parecía mentira que hubiera reaccionado con tan poca emoción ante la noticia sobre Constance Greene, que les había dado Hayward el día anterior. Por mucho tiempo que pasara, parecía que D'Agosta nunca llegaría a conocer realmente a Pendergast. Estaba seguro de que sentía afecto por Constance, y sin embargo casi parecía indiferente al hecho de que estuviese en prisión preventiva, acusada de infanticidio.

Pendergast salió tranquilamente del puesto de información, cruzó el césped hacia el río y se detuvo delante de los restos de una esclusa que había quedado medio sumergida.

—A principios del siglo xix, la zona comercial debía de estar a unas dos o tres manzanas de aquí —dijo, señalando los remolinos del agua—. Ahora se la ha apropiado el río.

Retrocedió por el paseo, seguido de D'Agosta. Al llegar a la avenida Commerce, dobló a la izquierda por la calle Court, y después a la derecha, por Atchafalaya.

—Cuando el doctor Torgensson se vio obligado a instalarse en su último domicilio —dijo—, St. Michel se había convertido en West Baton Rouge. Por aquel entonces, esta era una zona de mala fama, un barrio obrero entre el apartadero de trenes y el embarcadero del ferry.

Volvió a cambiar de calle, consultó el mapa y dio algunos pasos antes de pararse de nuevo.

—Estoy seguro de que es aquí —dijo con su acento meloso.

Habían llegado a un pequeño centro comercial compuesto de tres edificios alineados: un McDonald's, una tienda de móviles y un establecimiento bajo y de colores chillones cuyo nombre, Pappy's Donette Hole, era el de una cadena cutre de la zona, que D'Agosta ya había visto en otros lugares. Delante de Pappy's había dos coches aparcados. En el McAuto tenían bastante trabajo.

—¿Es esto? —exclamó D'Agosta.

Pendergast asintió con la cabeza, señalando la tienda de móviles.

—He ahí el punto exacto donde se encontraba la casucha de Torgensson.

D'Agosta miró los edificios uno a uno; de repente, se le pasó el buen humor que parcialmente había recuperado durante el corto paseo.

—Tal como dijo Blast —musitó—, no hay nada que hacer.

Pendergast se metió las manos en los bolsillos y se acercó tranquilamente al centro comercial. Entró en todos los establecimientos. D'Agosta, que no tenía fuerzas para seguirle, se limitó a observarle desde el aparcamiento. El agente tardó cinco minutos en volver. Sin decir nada, escrutó el horizonte muy despacio, girándose de un modo casi imperceptible, hasta haber inspeccionado todo lo que había en trescientos sesenta grados a su alrededor. Después repitió la operación, pero esta vez interrumpió el examen más o menos a la mitad.

—Fíjese en aquel edificio, Vincent —dijo.

Siguiendo su gesto con la mirada, D'Agosta vio el centro de visitantes junto al que habían pasado al principio del paseo.

—¿Qué le pasa? —preguntó.

—Salta a la vista que es una antigua estación de bombeo de agua. Su estilo neogótico indica que probablemente data de la población original de St. Michel. —Pendergast hizo una pausa—. Sí —murmuró al cabo de un momento—, estoy seguro.

D'Agosta esperó.

Pendergast se giró y señaló en dirección contraria. Desde aquel privilegiado observatorio, se dominaba sin obstáculos el paseo del río, la esclusa en ruinas y, al fondo, el ancho Mississippi.

—Qué curioso —comentó—. Este centro comercial queda en línea recta respecto a la antigua estación de bombeo y la esclusa del río.

Echó a caminar otra vez hacia el río, a paso rápido. D'Agosta le siguió.

Pendergast se paró casi al borde del agua, y se agachó para examinar la esclusa. D'Agosta vio que desembocaba en un gran conducto de piedra, sellado con cemento y parcialmente relleno.

Pendergast se irguió.

—Lo que imaginaba. Aquí había un acueducto.

—¿Ah, sí? ¿Y qué significa?

—Sin duda lo abandonarían y lo cerrarían cuando la mitad este de St. Michel se desmoronó en el río. ¡Qué interesante!

D'Agosta no compartía el entusiasmo de su amigo por los detalles históricos.

—Lo entiende, ¿verdad, Vincent? La casa de Torgensson tuvo que construirse después de que cerraran el acueducto.

D'Agosta se encogió de hombros. No tenía ni la menor idea de por dónde iba el razonamiento de Pendergast.

—Por estos pagos se tenía la costumbre, al menos en el caso de los edificios construidos sobre el trazado de un antiguo conducto de aguas, de excavar el acueducto antiguo y usarlo como sótano. Así se ahorraban mucho trabajo, porque en aquel entonces los sótanos se excavaban a mano.

—¿Y usted cree que el conducto todavía existe...?

—Exacto. En 1855, cuando construyeron la casa, probablemente usaran como sótano una parte del túnel rellenado y abandonado, por el que, huelga decirlo, ya no circulaba agua. Esos acueductos antiguos no eran redondeados, sino cuadrados, y estaban hechos de mortero. A los constructores les bastaba con apuntalar los cimientos, construir dos paredes de ladrillo en los lados perpendiculares a las paredes existentes del acueducto y... *¡voilà!* Un sótano instantáneo.

—¿Y a usted le parece que ahí es donde encontraremos el *Marco Negro*? —preguntó D'Agosta, con la respiración un poco acelerada—. ¿En el sótano de Torgensson?

—No, no en su interior. ¿Se acuerda de la nota del acreedor que nos mostró Blast? «Hemos registrado toda la choza, del sótano al desván, y está vacía. No queda nada de valor, y menos un cuadro.»

—Entonces, ¿a qué viene tanto revuelo, si no está en el sótano?

Pendergast era tan reservado que a veces llegaba a ser exasperante.

—Piense un poco: una hilera de casas pegadas las unas a las otras sobre un túnel ya existente, todas con un sótano hecho a partir de un segmento de ese túnel. Pero no olvide los espacios entre las casas, Vincent. Le recuerdo que los cimientos serían aproximadamente del mismo tamaño que las viviendas de encima.

—Quiere decir... que habría espacios entre los sótanos.

—En efecto. Partes del antiguo acueducto entre sótano y sótano, tapiadas y en desuso. Ahí es donde Torgensson pudo esconder el *Marco Negro*.

—¿Y por qué lo escondió tan bien?

—Cabe suponer que, puesto que el doctor daba tanto valor al cuadro como para no separarse de él ni en las mayores estrecheces, lo valoraba bastante como para no querer alejarse nunca de él. Pero al mismo tiempo tenía que escondérselo a sus acreedores.

—Pero un relámpago cayó sobre la casa. Solo quedaron cenizas.

—Cierto, pero si nuestro razonamiento es correcto, lo más probable es que el cuadro quedara intacto dentro de su nicho, en la seguridad del túnel de acueducto que había entre el sótano de Torgensson y el siguiente.

—Así que solo tenemos que entrar en el sótano de la tienda de móviles.

Pendergast retuvo a D'Agosta por el brazo.

—Por desgracia, la tienda de móviles carece de sótano. Lo he comprobado al entrar. Después del incendio debieron de rellenar el sótano de la edificación anterior.

De nuevo, D'Agosta se desinfló de golpe.

—¿Entonces qué coño hacemos? No podemos ir a buscar una excavadora, arrasar la tienda y excavar un nuevo sótano.

—No, pero tenemos alguna posibilidad de acceder a esa parte del túnel desde el sótano adyacente; he verificado que aún existe.

Una vez más, los ojos de Pendergast recuperaron la vivacidad que en los últimos días había brillado por su ausencia: la del cazador.

—Me apetecería comer unos donuts —dijo—. ¿Y a usted?

34

St. Francisville, Luisiana

El doctor Morris Blackletter conectó minuciosamente el servo-mecanismo a la rueda trasera. Tras comprobarlo dos veces, en-chufó a su ordenador portátil el cable USB del control remoto e hizo un diagnóstico. Todo correcto. Entonces escribió un pro-grama sencillo, de cuatro líneas, lo descargó en la unidad central y dio la orden de ejecutar. El pequeño robot —un ensamblaje más bien feo de procesadores, motores e inputs sensoriales, monta-do sobre grandes ruedas de goma— puso en marcha su motor delantero, rodó por el suelo cinco segundos exactos y se paró de golpe.

El sentimiento de victoria que abrumó a Blackletter no guar-daba proporción con la magnitud del logro. Era el momento que anhelaba desde el principio de sus vacaciones; unas vacacio-nes en las que había contemplado catedrales inglesas y se había sentado en la penumbra de los pubs.

Años atrás había leído un estudio acerca de los jubilados se-gún el cual solían cultivar intereses diametralmente opuestos al trabajo que habían desempeñado en sus vidas profesionales. En su caso estaba muy claro, pensó, compungido. Durante todos los años en los que había trabajado en el ámbito de la salud, pri-mero en Médicos con Alas y después en varios laboratorios farmacéuticos y de investigación médica, le había obsesionado el cuerpo humano: su funcionamiento, la causa de sus disfunciones y el modo de mantenerlo saludable o de curar sus enfermedades.

Y en esos momentos jugaba con robots, la antítesis de los seres de carne y hueso. Si se quemaban, solo había que tirarlos a la basura y pedir otros. Sin sufrimiento ni muerte.

Qué diferencia con los años que había pasado en países del Tercer Mundo, muerto de sed, acribillado por los mosquitos, amenazado por guerrillas y agobiado por la corrupción; años de lucha para contener las epidemias de enfermedades que a veces también él contraía. Había salvado cientos de vidas, quizá miles, pero habían perecido tantas otras... No por culpa suya, claro, pero estaba esa otra cosa en la que intentaba no pensar, y que era la que le hacía rehuir los seres de carne y hueso y refugiarse en la satisfacción del plástico y de la silicona...

Ya estaba otra vez a vueltas con lo mismo. Movió lentamente la cabeza, como si quisiera sacudirse el terrible sentimiento de culpa que le provocaba, y volvió a mirar el robot. El sentimiento de culpa fue apagándose. Lo hecho, hecho estaba. Sus motivos siempre habían sido puros.

De pronto, apareció en su rostro una sonrisa. Levantó la mano e hizo chasquear los dedos.

Captándolo con su sensor de audio, el robot se giró hacia el sonido.

—Robo quiere galleta —graznó con una voz metálica, incorpórea.

Con un absurdo sentimiento de satisfacción, Blackletter se levantó y salió del estudio para ir a buscar otra taza de té a la cocina, la última antes de acostarse. De pronto, con la mano en la tetera, se paró a escuchar.

Otra vez: un tablón que crujía.

Dejó lentamente la tetera sobre la encimera. ¿Era el viento? No, imposible. La noche era plácida.

¿Alguien en la calle? Tampoco. Demasiado cercano, y nítido.

Quizá eran imaginaciones suyas. Conocía muy bien esa tendencia del cerebro, por la que la ausencia de estímulos auditivos reales hacía que este tendiera a proveerlos por sí mismo. Llevaba horas en su estudio, con sus inventos, y...

Otro crujido. Esta vez, Blackletter estaba seguro; había sido dentro de la casa.

—¿Quién anda ahí? —dijo en voz alta.

No se oyeron más crujidos.

¿Sería un ladrón? Poco probable. Era una calle con casas mucho más grandes y lujosas.

¿Entonces?

Los crujidos se reanudaron, regulares, lentos, hasta que supo de dónde procedían: del salón de la fachada.

Al levantar la vista hacia el teléfono, vio el soporte vacío. ¡Malditos inalámbricos! ¿Dónde demonios lo había dejado? Ah, sí, en el estudio, encima de la mesa, al lado del ordenador portátil.

Volvió rápidamente, cogió el teléfono de la superficie de madera... y se quedó de piedra. Había alguien justo allí, en el pasillo; un hombre alto, con una larga gabardina, había surgido de la oscuridad.

—¿Qué hace en mi casa? —exigió saber—. ¿Qué quiere?

El intruso no habló. Se limitó a abrirse la gabardina, para que se vieran los dos cañones de una escopeta recortada. La culata era de una madera densa y negra, con pequeñas rosas en relieve. La luz del estudio hacía brillar ligeramente el pavón de los cañones.

Blackletter se sintió incapaz de apartar la vista del arma. Dio un paso hacia atrás.

—Un momento —empezó a decir—. Está cometiendo un error... podemos hablar...

El arma se levantó. Dos tremendas explosiones acompañaron la detonación casi simultánea de los cañones. Blackletter salió despedido hacia atrás y se estampó ruidosamente en la pared del fondo. Se derrumbó en el suelo, bajo una lluvia de fotos enmarcadas y adornos que caían de pequeños estantes de madera.

La puerta de la casa se cerró.

Con los sensores de audio activados, el robot se giró hacia la forma inmóvil de su constructor.

—Robo quiere galleta —dijo la voz metálica, mitigada por la sangre que había recubierto su minúsculo altavoz—. Robo quiere galleta.

35

Port Allen, Luisiana

Todo lo que había tenido de agradable el día anterior, lo tuvo el siguiente de oscuro y lluvioso. Para D'Agosta era mejor así; habría menos clientes de los que ocuparse en la tienda de donuts. El plan de Pendergast no le convencía en absoluto.

Aloysius, al volante del Rolls, abandonó la I-10 por la salida de Port Allen, con un silbido de neumáticos en el asfalto mojado. A su lado, D'Agosta hojeaba el *Star-Picayune* de Nueva Orleans.

—No entiendo por qué razón no podemos hacerlo de noche —dijo.

—El local tiene una alarma antirrobo. Además, se oiría más el ruido.

—Será mejor que hable usted; sospecho que por estos andurriales no gustaría mi acento de Queens.

—Bien pensado, Vincent.

D'Agosta se fijó en que Pendergast volvía a mirar por el retrovisor.

—¿Tenemos compañía? —preguntó.

La respuesta de Pendergast fue una simple sonrisa. En vez de su habitual traje negro, llevaba una camisa de cuadros y unos vaqueros. Ya no parecía un director de funeraria, sino un sepulturero.

D'Agosta pasó de página y se detuvo en un artículo con el titular: «Matan en su casa a un científico jubilado».

—Eh, Pendergast —dijo tras echar un vistazo a los párrafos iniciales—, escuche esto: han matado en su casa a aquel hombre con el que quería hablar, Morris Blackletter, el ex jefe de Helen.

—¿Matado? ¿Cómo?

—Le han disparado.

—¿La policía sospecha que pudiera tratarse de un robo?

—No dice nada en el artículo.

—Acabaría de volver de vacaciones. Es una lástima enorme que no hayamos ido a verle antes. Podría habernos sido de bastante utilidad.

—Alguien se nos ha adelantado. Y yo ya imagino quién. —D'Agosta sacudió la cabeza—. No estaría de más volver a Florida e interrogar a Blast.

Pendergast dobló por la calle Court, hacia el centro y el río.

—Es posible, pero se me antoja dudoso el móvil de Blast.

—En absoluto. Puede que Helen le contase a Blackletter que Blast la estaba amenazando. —D'Agosta dobló el periódico y lo metió entre el asiento y el apoyabrazos del medio—. La noche siguiente de hablar con Blast, van y matan a Blackletter. El que no cree en las coincidencias es usted.

Pendergast parecía pensativo. Sin embargo, en vez de contestar salió de la calle Court y se dirigió hacia un aparcamiento situado a una manzana de su lugar de destino. Salieron. Lloviznaba. Pendergast abrió el maletero y le pasó a D'Agosta un casco amarillo de obras y una bolsa grande de tela. Después sacó otro casco y se lo ajustó a la cabeza. Finalmente, sacó un pesado cinturón de herramientas, del que colgaba una serie de linternas, cintas métricas, cortacables y otros útiles, y se lo ciñó en la cintura.

—¿Vamos? —dijo.

Pappy's Donette Hole estaba tranquilo; solo había dos chicas regordetas detrás del mostrador y un único cliente pidiendo una docena de FatOnes con doble de chocolate. Pendergast esperó a que pagara y se fuera para acercarse, haciendo tintinear el cinturón de herramientas.

—¿Está el encargado? —preguntó en tono imperioso, rebajando en unos cinco puntos el refinamiento de su acento sureño.

Una de las chicas se volvió sin decir nada y fue hacia el fondo. Regresó al cabo de un minuto con un hombre de mediana edad. Tenía los antebrazos fornidos, con mucho vello rubio y, aunque el día era fresco, sudaba.

—¿Qué pasa? —preguntó, limpiándose la harina en un delantal que ya estaba lleno de grasa y masa de donut.

—¿Usted es el encargado?

—El mismo.

Pendergast metió la mano en el bolsillo trasero de sus vaqueros y sacó una cartera con la identificación.

—Somos del departamento de Obras Públicas, de la división de Normativa. Me llamo Addison, y este es Steele.

Tras examinar la identificación que había falsificado Pendergast la noche anterior, el encargado gruñó.

—¿Y qué quieren?

Pendergast guardó la identificación y sacó unas hojas grapadas, de aspecto oficial.

—Nuestro departamento ha llevado a cabo una auditoría del historial de obras y permisos de los edificios del barrio de St. Michel, y han aparecido varios con problemas, incluido el suyo. Problemas gordos.

El encargado frunció el ceño mientras miraba las hojas que le mostraba.

—¿Qué tipo de problemas?

—Irregularidades en la obtención de permisos. Cuestiones estructurales.

—No puede ser —dijo—. Pasamos inspecciones cada poco tiempo, como con la comida y la higiene...

—Nosotros no somos de sanidad —le interrumpió sarcásticamente Pendergast—. Según el registro, este edificio se construyó sin los permisos adecuados.

—Eh, un momento, llevamos aquí doce años...

—¿Y por qué cree que han encargado la auditoría? —dijo Pendergast, sin dejar de agitar los papeles ante el rostro sudoroso del encargado—. Había irregularidades. Acusaciones de corrupción.

—Oiga, de este asunto no tiene que hablar conmigo; son los del departamento de franquicias los que llevan el...

—El que está aquí es usted. —Pendergast se inclinó—. Tenemos que bajar al sótano, para ver cuál es la gravedad de la situación. —Se embutió los papeles en el bolsillo de la camisa—. Y tiene que ser ahora mismo.

—¿Quieren ver el sótano? Por mí encantado —dijo el encargado, sudando en abundancia—. No es culpa mía si hay problemas. Yo solo trabajo aquí.

—Muy bien, pues vamos.

—Ahora mismo les acompaña Joanie, mientras, Mary Kate atenderá a los clientes...

—Uy, no —volvió a interrumpirle Pendergast—. No, no, no. Nada de clientes hasta que hayamos terminado.

—¿Nada de clientes? —repitió el encargado—. Escuche, tengo a mi cargo una tienda de donuts.

Pendergast se inclinó un poco más.

—Es una situación peligrosa. Incluso podría haber vidas en juego. Según nuestro análisis, el edificio es inestable. Tiene usted la obligación de cerrar las puertas al público hasta que acabemos de comprobar los cimientos y los muros de carga.

—No sé —dijo el encargado, frunciendo aún más el entrecejo—. Tendré que llamar a la central. Sería la primera vez que cerramos en horario comercial, y en mi contrato de franquicia pone...

—¿Que no sabe, dice? Pues nosotros no vamos a perder el tiempo mientras llama a fulanito, menganito o a quien se le ocurra. —Pendergast se inclinó todavía más—. ¿Por qué intenta ponernos trabas? ¿Sabe qué pasaría si el suelo cediera mientras un cliente está comiéndose una caja de...? —Pendergast hizo una pausa para mirar el menú expuesto encima del mostrador—. ¿FatOnes de chocolate y plátano con doble de crema y cobertura glaseada?

El encargado sacudió la cabeza en silencio.

—Le pondrían una denuncia. Le acusarían de negligencia criminal. Homicidio en segundo grado. Tal vez incluso... en primer grado.

El encargado dio un paso hacia atrás. Respiró por la boca, mientras se le formaban gruesas gotas de sudor en la frente.

Pendergast dejó que se hiciera un silencio tenso.

—Hagamos una cosa —dijo con súbita magnanimidad—. Mientras usted pone el cartel de «cerrado», el señor Steele y yo haremos una inspección rápida del sótano. Si la situación es menos grave de lo que se nos ha hecho creer, podrá reanudar su actividad a la vez que nosotros completamos el informe sobre el inmueble.

La cara del encargado reflejó un alivio inesperado. Se volvió hacia sus empleadas.

—Mary Kate, cerramos unos minutos. Joanie, acompaña al sótano a estos señores.

Pendergast y D'Agosta siguieron a Joanie a través de la cocina, una despensa y un lavabo, hasta una puerta sin ningún letrero. Al otro lado había una escalera de cemento muy empinada que bajaba hacia la oscuridad. Cuando la chica encendió la luz, apareció un cementerio de aparatos viejos: batidoras profesionales y freidoras industriales, que parecían pendientes de una reparación. Saltaba a la vista que el sótano era muy antiguo; las dos paredes, una enfrente de la otra, estaban hechas con piedras sin labrar y bastas juntas de cemento. Las otras dos eran de ladrillo, de aspecto todavía más antiguo, pero mucho mejor ensambladas. Al pie de la escalera había cubos de basura de plástico, y en un rincón, hules y láminas de plástico se amontonaban de cualquier manera, como si se hubieran olvidado de ellos.

Pendergast se volvió.

—Gracias, Joanie. Trabajaremos solos. Cierre la puerta al salir, por favor.

La chica asintió con la cabeza y se fue por la escalera.

Pendergast se acercó a una de las paredes de ladrillo.

—Vincent —dijo, recuperando su tono habitual—, o mucho me equivoco o detrás de esto hay otro muro, a unos tres metros:

el del sótano de Arne Torgensson. Y en medio deberíamos encontrar una sección del antiguo acueducto, en el que es posible que el bueno del doctor ocultase algo.

D'Agosta dejó caer la bolsa de herramientas, que hizo ruido al chocar contra el suelo.

—Calculo que tenemos como máximo dos minutos antes de que el necio de arriba llame a su jefe y empiece a salpicarnos la mierda.

—Qué pintorescas expresiones utiliza —murmuró Pendergast, examinando con su lupa la pared de ladrillo y dándole unos golpecitos con un martillo de bola—. De todos modos, creo que puedo conseguir un poco más de tiempo.

—¿Ah, sí? ¿Cómo?

—Me temo que deberé informar a nuestro amigo el encargado de que la situación reviste todavía más gravedad de lo que habíamos creído en un principio. No solo hay que cerrar la tienda a los clientes, sino que incluso los empleados deberán salir del local hasta que hayamos completado la inspección.

Los pasos de Pendergast se alejaron livianos por la escalera, dejando paso al silencio. D'Agosta se quedó esperando en la oscuridad fresca y seca. Al cabo de un momento, procedente de arriba se oyó una erupción sonora: una protesta y voces airadas. El ruido desapareció casi tan rápidamente como había aparecido. Pendergast volvía a estar en lo alto de la escalera. Después de cerrar la puerta con cuidado, girando la llave, bajó y se acercó a la bolsa de herramientas. Metió la mano, sacó un mazo de mango corto y se lo dio a D'Agosta.

—Vincent —dijo con un esbozo de sonrisa—, le cedo a usted la iniciativa.

36

Mientras D'Agosta levantaba el mazo, Pendergast se inclinó hacia el antiguo muro y golpeó con los nudillos dos piedras contiguas, escuchando con atención. Había tan poca luz que D'Agosta tuvo que forzar la vista para distinguir algo. Tras unos instantes, el agente del FBI profirió un tenue gruñido de satisfacción y se irguió.

—Aquí —dijo, señalando un ladrillo cerca del centro de la pared.

D'Agosta se acercó y ensayó un mazazo, como un bateador esperando su turno.

—He conseguido cinco minutos más —dijo Pendergast—. A lo sumo, diez. Para entonces, no cabe duda de que nuestro amigo el encargado ya habrá vuelto. Y esta vez es posible que lo haga acompañado.

D'Agosta estampó el mazo en la pared; aunque el golpe dio algunos ladrillos más allá de donde apuntaba, el impacto del hierro contra el muro reverberó en sus manos y sus brazos. El segundo golpe dio algo más cerca. También el tercero. Dejó el mazo en el suelo y se secó las manos en la parte trasera de los pantalones. Después afianzó las manos en el mango y siguió trabajando. Al cabo de diez o doce golpes, Pendergast le indicó que parase. D'Agosta retrocedió, jadeando.

Entre una nube de polvo de cemento, el agente se acercó a la pared, iluminada por su linterna, y volvió a dar unos golpecitos en los ladrillos, uno tras otro.

—Se están soltando. Siga, Vincent.

D'Agosta volvió a adelantarse, para someter la pared a otra serie de golpes contundentes, el último de los cuales fue acompañado por un ruido como de algo roto. Un ladrillo se había partido. Pendergast se acercó una vez más con prontitud, sujetando en una mano un escoplo y en la otra un martillo. Después de palpar la pared medio caída, levantó el martillo y descargó con acierto una serie de golpes en torno a aquel punto, en la matriz de mortero y cemento antiguo. Se desprendieron varios ladrillos. Con las manos soltó unos cuantos más. Después dejó en el suelo el escoplo y el martillo y movió la linterna por la pared. Ya se veía un agujero, aproximadamente del tamaño de una pelota de playa. Introdujo la cabeza y movió la linterna por el interior.

—¿Qué ve? —preguntó D'Agosta.

La respuesta de Pendergast fue apartarse.

—Unos cuantos más, si es tan amable —dijo, señalando el mazo.

Esta vez D'Agosta apuntó hacia los bordes irregulares del boquete, concentrándose en la parte superior. Llovieron ladrillos, enteros o a trozos, y yeso viejo. Pendergast volvió a indicarle que parase. D'Agosta lo hizo encantado, jadeando por el esfuerzo.

Desde el otro lado de la puerta cerrada con llave, al final de la escalera, les llegó un ruido. El encargado estaba volviendo al local.

Pendergast se acercó otra vez al agujero de la pared. D'Agosta casi se pegó a su espalda. Entre los remolinos de polvo, los haces de sus linternas revelaron un espacio poco profundo al otro lado de las piedras rotas. Era una cámara de unos tres metros de ancho y algo más de un metro de profundidad. D'Agosta notó que se le cortaba de golpe la respiración. Su luz amarilla se había posado en una caja plana de madera, apoyada en la pared del fondo, y reforzada en ambos lados con puntales de madera. Pensó que tenía las dimensiones apropiadas para un cuadro. Era lo único visible bajo el manto de polvo.

Alguien sacudió el pomo de la puerta.

—¡Eh! —dijo la voz del encargado, recuperando gran parte de su agresividad inicial—. ¿Se puede saber qué están haciendo ahí abajo?

Pendergast miró rápidamente a su alrededor.

—Vincent —dijo mientras se giraba y enfocaba la linterna en el montón de hules y plásticos del rincón del fondo—, dese prisa.

No hacía falta que dijera nada más. D'Agosta se acercó corriendo a los hules y buscó uno que fuera lo bastante grande, mientras Pendergast se metía por el agujero recién practicado en la pared.

—Voy a bajar —gritó el encargado, sacudiendo la puerta—. ¡Abran la puerta!

Pendergast sacó la caja a rastras de su escondrijo. D'Agosta le ayudó a pasarla por el agujero y la envolvieron con el hule de plástico.

—He llamado a la oficina de franquicias de Nueva Orleans. —Era la voz del encargado—. ¡No pueden venir aquí y cerrar la tienda porque sí! Es la primera vez que oyen hablar de estas supuestas inspecciones...

D'Agosta cogió un lado de la caja, y Pendergast el otro. Empezaron a subir por la escalera. D'Agosta oyó una llave dentro de la cerradura.

—¡Abran paso! —vociferó Pendergast, saliendo de la nube de polvo y emergiendo en la penumbra del sótano. Llevaba en sus brazos la caja de madera, envuelta con el hule—. ¡Abran paso ahora mismo!

La puerta se abrió de golpe. El encargado, con la cara congestionada, la obstruía.

—¡Eh! ¿Se puede saber qué llevan ahí? —preguntó imperiosamente.

—Pruebas para un posible juicio penal. —Llegaron al rellano—. Esto cada vez pinta peor para usted, señor... —Pendergast echó un vistazo a la etiqueta del encargado—. Señor Bona.

—¿Para mí? Pero si yo solo llevo seis meses de encargado. Me trasladaron de...

—Usted es parte implicada. Si aquí se ha producido alguna actividad delictiva, cosa de la que estoy cada vez más convencido, su nombre constará en la citación. Bueno, ¿piensa apartarse o tengo que añadir obstrucción a una investigación a la lista de posibles acusaciones?

Por breves instantes quedó todo en suspenso. Finalmente, Bona se apartó con reticencia. Pendergast pasó a su lado, con la caja envuelta en hule, seguido de cerca por D'Agosta.

—Hay que darse prisa —dijo entre dientes al salir por la puerta.

El encargado ya estaba bajando al sótano, mientras marcaba un número en un móvil.

Corrieron calle abajo hacia el Rolls. Pendergast abrió el maletero; metieron la caja con el envoltorio protector, los cascos y la bolsa de trabajo de D'Agosta. Luego cerraron de golpe el maletero y se apresuraron a subir al coche, sin que Pendergast se molestase en quitarse el cinturón de herramientas.

En el momento en el que Pendergast ponía el coche en marcha, D'Agosta vio que el encargado salía de la tienda de donuts. Seguía con el móvil aferrado en la mano.

—¡Eh! —le oyeron gritar a una manzana de distancia—. ¡Eh, paren!

Pendergast metió la marcha y pisó a fondo el acelerador. El Rolls giró en redondo, chirriando, y salió a toda velocidad hacia la calle Court y la autovía.

Pendergast lanzó una mirada a D'Agosta.

—Buen trabajo, mi querido Vincent.

Esta vez no era un simple esbozo, sino una sonrisa de verdad.

37

Después de coger por Alexander Drive, se incorporaron a la I-10 y cruzaron el puente Horace Wilkinson. A sus pies, el ancho Mississippi fluía sombrío bajo un cielo de plomo.

—¿Usted cree que lo es? —preguntó D'Agosta—. ¿El *Marco Negro*?

—Rotundamente sí.

Cuando cruzaron el río, entraron en lo que ya era Baton Rouge. El tráfico de primeras horas de la tarde era moderado. La lluvia golpeaba a ráfagas el parabrisas y redoblaba el repiqueteo en el techo. Los coches que iban hacia el sur fueron poco a poco quedando atrás. En el cruce con la I-12, D'Agosta empezó a ponerse nervioso. No quería crearse falsas esperanzas, pero quizá —tan solo quizá— el reencuentro con Laura Hayward no estaba tan lejos. No había imaginado lo difícil que resultaba aquella separación forzosa. Naturalmente, hablar con ella cada noche lo paliaba un poco, pero no podía sustituir...

—Vincent —dijo Pendergast—, haga el favor de mirar por el retrovisor.

D'Agosta obedeció. Al principio no vio nada extraño en la procesión de coches; sin embargo, cuando Pendergast cambió de carril, vio que a cuatro o cinco coches de distancia había otro que hacía lo mismo. Era un turismo último modelo, azul oscuro o negro; resultaba difícil distinguir el color con la lluvia.

Pendergast aceleró un poco, hizo unos cuantos adelantamientos y se reincorporó al primer carril. Al cabo de unos instantes, el turismo oscuro hizo lo mismo.

—Ya lo veo —murmuró D'Agosta.

Siguieron así varios minutos. El otro coche se mantenía a cierta distancia, sin despegarse de ellos, pero intentando no llamar la atención.

—¿Cree que es el encargado? —preguntó D'Agosta—. ¿Bona?

Pendergast sacudió la cabeza.

—Nos sigue desde esta mañana.

—¿Qué hacemos ahora?

—Esperaremos a salir de la ciudad. Luego, ya veremos. Quizá nos ayuden las carreteras locales.

Pasaron por el Mall de Luisiana, por varios parques y clubs de campo. El paisaje urbano dejó paso a otro de casas bajas, y este, a su vez, a zonas rurales. D'Agosta sacó su Glock y metió una bala en la recámara.

—Resérvelo como último recurso —dijo Pendergast—. No podemos arriesgarnos a dañar el cuadro.

«¿Y si nos dañamos nosotros?», se preguntó D'Agosta. Echó un vistazo por el retrovisor, pero era casi imposible ver el interior del turismo oscuro. Estaban a la altura de la salida de Sorrento. Más allá, el tráfico era aún mas fluido.

—¿Le cortamos el paso? —propuso D'Agosta—. ¿Le ponemos en evidencia?

—Yo opto por despistarle —dijo Pendergast—. Le sorprendería lo que puede hacer un Rolls de época.

—Sí, claro...

Pendergast pisó a fondo el acelerador y giró el volante bruscamente a la derecha. El Rolls salió como una flecha, respondiendo con una rapidez sorprendente para su tamaño. Tras cruzar dos carriles en diagonal, se lanzó por la salida sin aminorar la velocidad.

D'Agosta apoyó todo su peso en la puerta de la derecha. Cuando volvió a mirar por el retrovisor, vio que el otro coche les había seguido. Acababa de cortarle el paso a un camión, para lanzarse en su persecución por la rampa de la salida.

Al llegar al final de esta, Pendergast se saltó el stop y se metió en la carretera 22 con un chirrido de neumáticos y haciendo un arco de ciento veinte grados con la parte trasera. Manteniendo el control con gran pericia, aprovechó el giro para meterse en el carril adecuado; después, pisó de nuevo el acelerador. Se lanzaron como una exhalación por la estatal, dejando atrás la camioneta de un pintor, un Buick y un camión cargado de cangrejos de río. Unos bocinazos furibundos sonaron detrás de ellos.

D'Agosta miró por encima del hombro. Ahora el turismo ya no hacía ningún esfuerzo por disimular que les seguía.

—Todavía está ahí —dijo.

Pendergast asintió con la cabeza.

Aceleraron aún más por una pequeña zona comercial; tres manzanas de tiendas de maquinaria agrícola y ferreterías que apenas pudieron distinguir. Delante había un semáforo, en la intersección de la carretera 22 con la Airline Highway. Varios vehículos la estaban cruzando, en una apretada y ondulante hilera de luces de freno. El Rolls atravesó a toda velocidad unas vías, que lo hicieron volar un poco, y se acercó al cruce. En ese momento el semáforo se puso ámbar, y luego rojo.

—Dios mío —murmuró D'Agosta, aferrándose al tirador de la puerta derecha.

Haciendo luces y tocando el claxon, Pendergast se abrió un hueco entre los coches de delante y el tráfico que iba en sentido contrario. Una ráfaga de bocinazos les acompañó por el cruce, mojado de lluvia, en el que a punto estuvieron de chocar con un tráiler de dieciocho ruedas que asomaba el morro por la perpendicular. Pendergast no había levantado el pie del acelerador. La aguja temblaba pasados los ciento sesenta kilómetros por hora.

—Tal vez fuera mejor frenar y plantarle cara —dijo D'Agosta—. Preguntarle para quién trabaja.

—Qué aburrido. Además, ya sabemos para quién trabaja.

Adelantaron a un coche, y a otro, y a otro; parecían simples manchas de color paradas en la carretera. Ya habían dejado todo el tráfico detrás. Delante de ellos, la carretera estaba vacía. Se veían casas, locales comerciales y alguna tienda de piensos o ferretería, esporádica y triste, hasta penetrar en las marismas. En un abrir y cerrar de ojos pasaron al lado de un bosquecillo de árboles de Júpiter, severos centinelas bajo un cielo de color metálico. Los limpiaparabrisas marcaban su cadencia rítmicamente en el cristal. D'Agosta aflojó un poco la presión de sus dedos en el tirador de la puerta.

Volvió a mirar por encima del hombro. No había moros en la costa.

No era cierto. Entre el vago perfil de los vehículos destacó una forma individual. Era el turismo oscuro, muy lejos, pero acortaba rápidamente las distancias.

—Mierda —renegó—. Ha conseguido pasar el cruce. Qué tenaz, el cabrón.

—Tenemos lo que él quiere —dijo Pendergast—. Otra razón para no dejar que nos alcance.

Se adentraron en tierras pantanosas, por una carretera cada vez más estrecha. D'Agosta siguió mirando hacia atrás mientras cogían una larga curva que hizo chirriar los neumáticos. Cuando el turismo se perdió de vista al otro lado de la curva y de las hierbas altas de las ciénagas, notó que el coche perdía velocidad.

—Es nuestra oportunidad para... —empezó a decir.

De pronto el Rolls dio un brusco giro lateral. D'Agosta estuvo a punto de caerse en la parte trasera, pero logró volver a sentarse bien. Habían salido de la carretera por un estrecho camino de tierra que serpenteaba entre las frondosas marismas. Un letrero sucio y mellado rezaba: RESERVA NATURAL DE FOURCHETTE — SOLO VEHÍCULOS DE SERVICIO.

El coche daba fuertes bandazos mientras iba lanzado por el barro del camino. D'Agosta tan pronto salía despedido contra la puerta como se elevaba en el asiento; se salvó de chocar contra el techo gracias al cinturón de seguridad. «Como esto siga así un minuto más —pensó, agorero—, se nos partirán los dos ejes.» Volvió a mirar por el retrovisor, pero el camino era demasiado sinuoso para que la visibilidad alcanzara los cien metros.

La vía de servicio se estrechó y luego se bifurcó. Partiendo de ella, un sendero mucho más angosto y en peores condiciones discurría en línea recta junto a un brazo de río. El acceso estaba cerrado por una cadena con un cartel donde ponía: ATENCIÓN: PROHIBIDO EL PASO DE VEHÍCULOS A PARTIR DE ESTE PUNTO.

En vez de frenar para girar, Pendergast pisó a fondo el acelerador.

—¡Eh! ¡Uf! —exclamó D'Agosta, mientras iban directos hacia el angosto camino—. ¡Santo...!

Partieron la cadena, con un ruido de disparo de escopeta. Alrededor, en los campos de margaritas y cipreses calvos, levantaron el vuelo abundantes garcetas, buitres y patos de Carolina, que graznaron y chillaron en protesta. El gran Rolls se bamboleaba sin cesar hacia ambos lados, provocando que D'Agosta viera borroso y que le castañetearan los dientes. Se adentraron en un matorral de paragüitas, cuyos gruesos tallos se partían a su paso con un extraño zas, zas.

D'Agosta ya tenía experiencia en persecuciones de coches, pero ninguna de ellas había sido como aquella. Las hierbas se habían vuelto tan altas y tupidas que reducían la visibilidad a escasos metros. Aun así, en vez de conducir más despacio, Pendergast tendió el brazo, sin aminorar, y encendió los faros.

D'Agosta se aferraba al tirador como si le fuera la vida en ello, temeroso de apartar la vista aunque fuera un segundo de lo que tenían delante.

—¡Más despacio, Pendergast! —bramó—. ¡Ya le hemos despistado! ¡Frene, por el amor de Dios...!

De repente, estaban fuera de la hierba. Superando un montículo, aterrizaron literalmente en un claro, desbrozado a cierta altura respecto al pantano, con algunos cobertizos y vallados rodeados de piscinas. Con el aumento de la visibilidad, y algunas referencias para orientarse, D'Agosta se dio cuenta de lo rápido que habían ido. En un lado había un cartel descolorido en el que podía leerse:

GATORVILLE U.S.A.

Aligátores 100 % orgánicos, criados en granja
Luchas contra aligátores, visitas guiadas
Curtiduría – Pieles de 2,5 m, y más. ¡Precios bajísimos!
Carne de aligátor al peso

CERRADO POR VACACIONES

El Rolls, al chocar contra el suelo, recibió un impacto de una fuerza estremecedora y salió despedido hacia delante. Un brusco frenazo de Pendergast lo hizo derrapar por la explanada de tierra. La mirada de D'Agosta se apartó del cartel para posarse en el edificio de madera que había justo delante, de aspecto frágil, techo de chapa y puertas de granero, abiertas. En una ventana había un letrero: PLANTA DE PROCESAMIENTO. Se dio cuenta de que les sería imposible frenar a tiempo.

El Rolls dio un coletazo en el granero y desaceleró violentamente; tras un impacto, D'Agosta volvió a estamparse contra el respaldo de cuero. El coche se detuvo. Les rodeaba una enorme nube de polvo. Cuando empezó a despejarse, D'Agosta vio que el Rolls se había empotrado en una pila de enormes contenedores de plástico para carne, reventando una docena. Encima del techo y el parabrisas yacían tres aligátores muertos y despellejados, en salmuera, de color rosa claro, con largas estrías de grasa blanquecina.

Hubo unos instantes de extraña inmovilidad. Pendergast echó una ojeada por el parabrisas, cubierto de gotas de lluvia, trozos de hierba del pantano, hierbajos y excrementos de reptil, y miró a D'Agosta.

—Esto me recuerda —dijo, entre los silbidos y resoplidos del motor— que una de estas noches tenemos que pedirle a Maurice que nos prepare su estofado de aligátor. Procede de una familia de la cuenca de Atchafalaya, ¿sabe?, y conoce una receta deliciosa, que se ha transmitido de padres a hijos.

38

Sarasota, Florida

Al atardecer empezó a despejarse el cielo. No tardaron mucho en reflejarse coquetamente en el golfo de México destellos de luna ocultos entre el balanceo incesante de las olas. Pasaban nubes rápidas, cargadas aún de lluvia. Crestas y más crestas rompían en la playa sin descanso, antes de retirarse con un largo fragor.

John Woodhouse ni siquiera las oía. Daba vueltas, inquieto, y de vez en cuando se paraba a mirar el reloj.

Ya eran las diez y media. ¿Por qué tanto retraso? Debería haber sido un trabajo simple: entrar, zanjarlo y salir. De la anterior llamada telefónica había deducido que todo iba sobre ruedas, incluso con adelanto sobre las previsiones: más de lo que Blast se había atrevido a esperar. Pero de eso hacía seis horas; y ahora, con tan buenas expectativas, la tardanza se le hacía aún más angustiosa.

Se acercó al bar, cogió de un manotazo un vaso de la estantería, le echó un puñado de cubitos y se sirvió varios dedos de whisky. Un buen trago, seguido de una exhalación y de otro sorbo más corto y moderado. Se dirigió hacia su sofá de cuero blanco. Dejó el whisky sobre un posavasos de concha y se dispuso a sentarse.

Bruscamente, el teléfono rompió el tenso silencio; sobresaltado, Blast se giró hacia el sonido y estuvo a punto de tirar el vaso. Cogió el auricular.

—¿Y bien? —dijo, consciente de lo aguda y entrecortada que sonaba su voz—. ¿Ya está?

No oyó absolutamente nada.

—¿Hola? ¿Qué pasa, tío, acaso tienes mierda en las orejas? Te he preguntado si ya está.

Más silencio. Después colgaron.

Se quedó mirando el teléfono. ¿Qué coño pasaba? ¿Querían sacarle más dinero o qué? De acuerdo, él también sabía jugar. El listillo que intentase joderle acabaría deseando no haber nacido.

Se sentó en el sofá y bebió otro trago. Seguro que ese avaricioso de mierda estaba esperando junto al teléfono a que le llamase y le ofreciese más. Pues ya podía armarse de paciencia. Blast sabía cuánto costaban esas faenas; no solo eso, sino que sabía cómo encargárselas a otros matones, y más expertos que él. Si había que volver a engrasar determinados engranajes...

Llamaron al timbre.

En su rostro apareció una sonrisa. Volvió a mirar su reloj de pulsera: dos minutos. Solo habían pasado dos minutos desde la llamada. Así que quería hablar, el muy hijo de puta. Se creía muy listo. Bebió un poco más de whisky y se arrellanó en el sofá.

Volvió a sonar el timbre.

Lentamente, Blast dejó el whisky sobre el posavasos. Ahora le tocaba sudar a ese hijo de puta. Tal vez incluso le rebajaría un poco el precio. No sería la primera vez.

Sonó el timbre por tercera vez. Blast se levantó y, acariciándose el fino bigote, se acercó a la puerta y la abrió de par en par.

Retrocedió enseguida de sorpresa. En la puerta no estaba el asqueroso hijo de puta que esperaba, sino un hombre alto, de ojos oscuros y aspecto de estrella de cine. Llevaba una gabardina negra y larga, con el cinturón poco apretado. Blast se dio cuenta de que había sido un grave error abrir la puerta. Sin embargo, el desconocido no le dio tiempo de volver a cerrarla. Entró y la cerró él mismo.

—¿El señor Blast? —dijo.

—¿Y usted quién carajo es? —contestó Blast.

En vez de contestar, el desconocido dio otro paso. Fue un movimiento tan súbito y decidido que Blast no tuvo más remedio que retroceder. Los pomeranias se refugiaron gañendo en el dormitorio.

El hombre alto le miró de la cabeza a los pies, con los ojos brillando por alguna emoción fuerte. ¿Nerviosismo? ¿Rabia?

Blast tragó saliva. No tenía ni idea de qué quería aquel tipo, pero una especie de instinto de conservación, un sexto sentido nacido de moverse durante años al filo de la legalidad, le dijo que estaba en peligro.

—¿Qué quiere? —preguntó.

—Me llamo Esterhazy —contestó el hombre—. ¿Le suena de algo?

Le sonaba, sí. Vaya si le sonaba. Lo había pronunciado ese tal Pendergast. Helen Esterhazy Pendergast.

—Es la primera vez que lo oigo.

Con un gesto brusco, Esterhazy se aflojó el cinturón de la gabardina, que al abrirse dejó ver una escopeta recortada.

Blast se echó hacia atrás. La adrenalina hizo que el tiempo prácticamente se detuviera. Observó con una nitidez espeluznante que la culata era de madera negra, y estaba decorada.

—Espere un momento —dijo—. Oiga, no sé qué pasa, pero ya encontraremos alguna solución. Soy una persona que atiende a razones. Dígame qué quiere.

—Mi hermana. ¿Qué le hizo?

—Nada, nada. Solo hablamos.

—Hablaron. —El hombre sonrió—. ¿Y de qué hablaron?

—De nada. Nada importante. ¿Le manda Pendergast? Ya le he dicho a él todo lo que sé.

—¿Y qué sabe?

—Lo único que ella quería era ver el cuadro. Me refiero al *Marco Negro*. Dijo que tenía una teoría.

—¿Una teoría?

—No me acuerdo, de verdad que no. Hace tanto tiempo... Créame, por favor.

—No. Quiero oír la teoría.

—Si me acordase se la explicaría.

—¿Seguro que no recuerda nada más?

—Es de lo único que me acuerdo. Le juro que es de lo único.

—Gracias.

Con un rugido ensordecedor, uno de los cañones vomitó humo y llamas. Blast sintió que se levantaba del suelo y salía despedido hacia atrás, hasta caer con un tremendo impacto. Notó un hormigueo en el pecho; era extraño, pero no sentía dolor. Por unos instantes, albergó la absurda esperanza de que hubiera fallado el tiro. Después miró su pecho destrozado.

Vio cómo, de muy lejos, aquel hombre —algo borroso e indefinido—, se acercaba y se detenía junto a él. Los cañones de la escopeta, que parecían hocicos de animal, se separaron de aquella silueta y se cernieron sobre la cabeza de Blast. Intentó protestar, pero tenía la garganta llena de otro calor, reconfortante, por extraño que pareciera, y no podía vocalizar...

Después llegó otra terrible confusión de fuego y ruido, que esta vez trajo consigo la inconsciencia.

39

Nueva York

Eran las siete y cuarto de la mañana, pero la división XV de homicidios ya estaba en plena actividad, tomando nota de los posibles asesinatos y crímenes de la noche anterior, que no eran pocos, y reuniéndose en las zonas de descanso para hablar de cómo iban las investigaciones abiertas. La capitana Laura Hayward, sentada a su escritorio, estaba acabando un informe mensual más exhaustivo de lo acostumbrado para el jefe de policía. El pobre hombre era nuevo, venía de Texas, y Hayward era consciente de que agradecería un poco de respaldo burocrático.

Acabó el informe, lo guardó y bebió un poco de café. Ni siquiera estaba tibio. La capitana ya llevaba más de una hora en el despacho.

Mientras dejaba el vaso, sonó su móvil; el privado, no el oficial. Solo había cuatro personas que tuvieran ese número: su madre, su hermana, el abogado de la familia... y Vincent D'Agosta.

Lo sacó del bolsillo de la chaqueta y lo miró. Normalmente, con lo puntillosa que era con el protocolo, no lo habría cogido en horas de trabajo, pero esta vez cerró la puerta del despacho y abrió el teléfono.

—¿Diga? —contestó.

—Laura. —Era la voz de D'Agosta—. Soy yo.

—¿Va todo bien, Vinnie? Anoche me quedé un poco preocupada de que no llamaras.

—Sí, todo bien. Perdona. Es que la cosa se puso un poco... acelerada.

Hayward volvió a sentarse detrás de la mesa.

—Cuéntamelo.

Hubo una pausa.

—Hemos encontrado el *Marco Negro*.

—¿El cuadro que buscabais?

—Sí; al menos creo que sí.

No parecía demasiado ilusionado; más bien irritado.

—¿Y cómo lo habéis encontrado?

Otra pausa.

—Pues... hum... entrando sin permiso.

—¿Entrando sin permiso?

—Sí.

Empezaron a dispararse las alarmas.

—¿Cómo? ¿Cuando ya estaba cerrado?

—No. Lo hicimos ayer por la tarde.

—Sigue.

—Lo planeó Pendergast. Entramos haciéndonos pasar por inspectores de Obras Públicas, y Pendergast...

—He cambiado de idea. No quiero saber nada. Cuéntame qué pasó después de conseguir el cuadro.

—Verás, por eso no pude llamar a la hora habitual. Al salir de Baton Rouge nos dimos cuenta de que nos seguían, y empezamos a correr como locos por los pantanos de...

—¡Eh, Vinnie! Para un momento, por favor. —Era justo lo que había temido—. Creía que me habías prometido que tendrías cuidado, y que no te dejarías arrastrar por las excentricidades de Pendergast.

—Ya lo sé, Laura. Y no lo he olvidado. —Otra pausa—. Al saber que estábamos cerca del cuadro, realmente cerca, decidí que haría casi cualquier cosa para ayudar a resolver el misterio y volver contigo.

Hayward suspiró y sacudió la cabeza.

—¿Después qué pasó?

—Nos quitamos de encima al que nos perseguía. No volvimos a Penumbra hasta medianoche. Llevamos a la biblioteca la caja de madera que habíamos cogido y la pusimos encima de una mesa. Es increíble lo meticuloso que fue Pendergast. En vez de abrirla con una palanca, usamos unas herramientas diminutas que harían bizquear hasta a un joyero. Tardamos horas. En algún momento debió de entrar humedad, porque el cuadro estaba pegado a la madera por la parte de atrás, así que aún tardamos más en desprenderlo.

—Pero ¿era el *Marco Negro*?

—El marco era negro, en efecto, pero el lienzo estaba cubierto de moho, y tan sucio que no se veía nada. Pendergast cogió algodones, pinceles y varios disolventes y productos de limpieza, y empezó a retirar la suciedad. A mí no me dejó ni tocarlo. Al cabo de un cuarto de hora, más o menos, consiguió despejar una parte pequeña de la pintura, y...

—¿Qué?

—Se quedó tieso de repente. Me echó de la biblioteca y se encerró con llave.

—¿Sin más?

—Sin más; así que me quedé en el pasillo, sin poder ponerle la vista encima al cuadro.

—Siempre te he dicho que este tío no está muy bien de la cabeza.

—Reconozco que es un poco peculiar. Como ya debían de ser las tres de la madrugada, lo mandé todo a la mierda y me fui a la cama. Cuando me he despertado esta mañana, Pendergast seguía dentro, trabajando.

Hayward sintió que empezaba a indignarse.

—Típico de Pendergast. Vinnie, reconoce que no se comporta como un amigo.

Oyó que D'Agosta suspiraba.

—Me he recordado que estamos investigando la muerte de su mujer, y que para él todo esto debe de ser muy duro... Además, sí que es amigo mío, aunque lo demuestre de manera extraña. —Hizo una pausa—. ¿Alguna novedad sobre Constance Greene?

—Está encerrada en la prisión del hospital de Bellevue. He hablado con ella, y sigue afirmando que tiró a su bebé por la borda.

—¿Te ha dicho por qué?

—Sí. Dice que era malo. Como su padre.

—Caramba. Sabía que estaba loca, pero no tanto.

—¿Cómo se lo ha tomado Pendergast?

—No sabría decírtelo. Con él siempre es igual. Exteriormente, casi no parece que le haya afectado.

Hubo un breve silencio. Hayward se preguntó si convenía presionarle para que volviera, pero no quería agravar sus preocupaciones.

—Hay otra cosa —dijo D'Agosta.

—¿Qué?

—¿Te acuerdas de aquel hombre del que te hablé, Blackletter? ¿El que había sido jefe de Helen Pendergast en Médicos con Alas?

—¿Qué le pasa?

—Anteayer por la noche le asesinaron en su casa. Dos cartuchos del doce a bocajarro; las tripas le salieron por la espalda.

—Dios mío.

—Espera, aún hay más. ¿Sabes? John Blast, ese tío repelente que fuimos a ver en Sarasota. Yo había dado por supuesto que era él quien nos seguía, pero acabo de oír en las noticias que también le han pegado un tiro; ayer mismo, más o menos a la misma hora en la que nosotros pillábamos el cuadro. A ver si lo adivinas: otra vez dos cartuchos del 12.

—¿Tienes alguna idea de qué ocurre?

—Al enterarme de que le habían pegado un tiro a Blackletter, pensé que Blast estaba detrás de todo, pero ahora que también él ha muerto...

—Eso tienes que agradecérselo a Pendergast. Por donde va siempre hay problemas.

—Espera un segundo. —Pasaron unos veinte segundos de

silencio antes de que se oyera otra vez la voz de D'Agosta—. Es Pendergast. Acaba de llamar a mi puerta. Dice que el cuadro está limpio y quiere saber mi opinión. Te quiero, Laura. Esta noche te llamo.

Y colgó.

40

Plantación Penumbra

Cuando D'Agosta abrió la puerta, Pendergast estaba fuera, con las manos en la espalda, de pie sobre la mullida moqueta del pasillo. Aún llevaba la camisa de cuadros y los vaqueros de su incursión en Port Allen.

—Lo siento mucho, Vincent —dijo—. Le ruego que me disculpe por lo que debe de haberle parecido el colmo de la grosería y una falta de consideración por mi parte.

D'Agosta no respondió.

—Quizá lo entienda mejor cuando vea el cuadro. Si es tan amable...

Pendergast señaló la escalera. D'Agosta salió y le siguió por el pasillo.

—Blast está muerto —dijo—. Le han disparado con el mismo tipo de arma que mató a Blackletter.

Pendergast se paró a medio paso.

—¿Un disparo, dice?

Siguió caminando, un poco más despacio.

La puerta de la biblioteca estaba abierta, derramando su luz amarilla en el vestíbulo. Pendergast, que iba en cabeza, bajó por la escalera y cruzó el arco en silencio. El cuadro estaba en el centro de la sala, sobre un caballete, cubierto con un grueso terciopelo.

—Colóquese allí, delante del cuadro —dijo Pendergast—. Necesito una reacción sincera.

D'Agosta se situó justo enfrente.

Pendergast se puso a un lado, levantó el terciopelo y dejó el cuadro al descubierto.

D'Agosta se quedó de piedra. No era un cuadro de una cotorra de las Carolinas, ni de ningún otro pájaro o motivo naturalista; representaba a una mujer madura, desnuda y demacrada, en una cama de hospital. Detrás, en lo alto de la pared, había una pequeña ventana por la que penetraba en diagonal un rayo de luz fría. La mujer tenía los tobillos cruzados y las manos sobre los pechos, casi en la postura de cadáver. Se le marcaban las costillas a través de una piel de color de pergamino. Se notaba que estaba enferma, y quizá no del todo en sus cabales. Aun así, había en ella algo repulsivamente incitante. Al lado de la cama había una mesita, con una jarra de agua y unas vendas. El pelo negro se esparcía por una almohada de tela basta. Las paredes de yeso pintado, la carne flácida y reseca, la urdimbre de las sábanas... Todo estaba observado con meticulosidad, hasta las motas del aire polvoriento, y plasmado con una claridad y aplomo despiadados, en una imagen cruda, desnuda y elegíaca. Pese a no ser ningún experto, D'Agosta recibió un impacto visceral enorme.

—¿Vincent? —preguntó en voz baja Pendergast.

D'Agosta levantó una mano y deslizó las puntas de los dedos por el marco negro del cuadro.

—No sé qué pensar —dijo.

—En efecto. —Pendergast vaciló—. Cuando empecé a limpiar la pintura, lo primero en salir a la luz fue esto. —Señaló los ojos de la mujer, que miraban fijamente al espectador desde el lienzo—. Después de verlo he comprendido que todas nuestras suposiciones eran erróneas. Necesitaba tiempo y estar a solas para limpiar el resto. No quería que usted lo viese aparecer de forma gradual. Quería que descubriera el cuadro entero, en su conjunto. Necesitaba una opinión fresca e inmediata. Por eso le he dejado tan bruscamente al margen. Una vez más le pido disculpas.

—Es increíble. Pero... ¿está seguro de que esto es obra de Audubon?

Pendergast señaló una esquina, donde D'Agosta distinguió a duras penas una firma. Después, el agente indicó en silencio otro rincón oscuro de la habitación pintada, donde había un ratón agazapado, como si esperase.

—La firma es auténtica, pero lo más importante es que nadie más que Audubon podría haber pintado este ratón. Y estoy seguro de que lo pintó del natural, en el sanatorio. Está demasiado detallado para no ser real.

D'Agosta asintió lentamente.

—Yo estaba convencido de que nos encontraríamos con una cotorra de las Carolinas. ¿Qué tiene que ver una mujer desnuda en todo esto?

Pendergast se limitó a abrir sus manos blancas, en señal de misterio. D'Agosta leyó frustración en su mirada. Dando la espalda al caballete, el agente dijo:

—Échele un vistazo a esto, si es tan amable, Vincent.

Cerca, sobre una mesa grande, estaban expuestos varios grabados, litografías y acuarelas. El lado izquierdo lo ocupaban bocetos de animales, pájaros, insectos, bodegones y retratos rápidos de gente. Encima de todo había una acuarela de un ratón.

Los dibujos del lado derecho estaban separados del resto. No tenían nada que ver con los de la izquierda. Casi todo eran pájaros, de un realismo y detalle tales que parecían a punto de salir del papel, aunque también había algunos mamíferos y escenas de bosque.

—¿Percibe alguna diferencia?

—¡Desde luego! Los de la izquierda no valen nada. Pero los de la derecha... la verdad es que son preciosos.

—Los he sacado de las carpetas de mi tatarabuelo —dijo Pendergast—. Estos... —Señaló los toscos bocetos de la izquierda—. Se los dio Audubon a mi abuelo en 1821, cuando vivía en la casita de la calle Dauphine, justo antes de caer enfermo. Así era como pintaba antes de ingresar en el sanatorio de Meuse St. Claire. —Se volvió hacia las obras del lado derecho—. Y así es como pintaba más tarde, después de salir del sanatorio. ¿Ve usted el enigma?

D'Agosta aún estaba impresionado por la imagen del marco negro.

—Mejoró —dijo—. Es normal en los artistas. ¿Qué tiene de enigmático?

Pendergast sacudió la cabeza.

—¿Mejorar? No, Vincent; esto es una transformación. Nadie mejora tanto. Estos bocetos de la primera época son malos. Se trata de obras esforzadas, literales, torpes. Aquí, Vincent, no hay nada, nada que indique la menor chispa de talento artístico.

D'Agosta no tuvo más remedio que estar de acuerdo.

—¿Qué pasó?

Los ojos claros de Pendergast sometieron la obra de arte a un estudio detallado; luego regresó lentamente hacia el sillón que había situado frente al caballete y tomó asiento ante el *Marco Negro*.

—Está claro que esta mujer era una paciente del sanatorio. Quizá el doctor Torgensson se enamorase de ella. Quizá tuvieran algún tipo de relación, lo que explicaría que se aferrase tanto a la obra, incluso en la más absoluta pobreza. Lo que no explicaría, en cambio, es el desesperado interés de Helen por este cuadro.

D'Agosta volvió a mirar a la modelo, reclinada en la sencilla cama de enfermería, con una actitud cercana a la resignación.

—¿Cree que podría ser una antepasada de Helen? —preguntó—. ¿Una Esterhazy?

—Se me había ocurrido —respondió Pendergast—, pero ¿cómo explicaría una búsqueda tan obsesiva?

—La familia de Helen se marchó de forma vergonzante de Maine —dijo D'Agosta—. Quizá había alguna mancha en el historial familiar, y este cuadro podía ayudar a limpiarla.

—Sí, pero ¿cuál? —Pendergast señaló la figura—. A mí me parece que una imagen tan controvertida, en vez de dar lustre al buen nombre familiar, lo mancillaría. Al menos ahora podemos hacer conjeturas sobre la razón por la que nunca se mencionó el motivo de la pintura. Es tan turbadora, y tan provocativa...

Hubo un momento de silencio.

—¿Cómo se explica el ansia de Blast? —se preguntó en voz alta D'Agosta—. Tan solo es un cuadro. ¿Por qué lo buscó durante tantos años?

—Eso sí tiene fácil respuesta. Blast era un Audubon, y consideraba que el cuadro era suyo por derecho. Para él se convirtió en una idea fija. Con el tiempo, la misma búsqueda le aportaba la recompensa. Supongo que el motivo le habría dejado igual de estupefacto que a nosotros.

Pendergast juntó las yemas de los dedos y apoyó los pulgares en la frente.

D'Agosta siguió observando el cuadro. Había algo, una idea, que no acababa de tomar forma en su conciencia. El cuadro intentaba decirle algo. Lo miró fijamente.

De repente, lo comprendió.

—Este cuadro —dijo—. Fíjese bien. Es como las acuarelas de la mesa. Las que hizo más tarde.

Pendergast no levantó la vista.

—Lo siento, pero no le sigo.

—Lo ha dicho usted mismo. El ratón del cuadro... se ve que es de Audubon.

—Sí, muy parecido a los que pintó en *Mamíferos de América del Norte*.

—De acuerdo. Y ahora mire el ratón de los dibujos de juventud.

Pendergast levantó despacio la cabeza. Primero miró el cuadro, y después los dibujos. Finalmente se volvió hacia D'Agosta.

—¿Qué quiere decir, Vincent?

D'Agosta señaló la mesa.

—El primer ratón. A mí nunca se me habría ocurrido que lo hubiese dibujado Audubon. Lo mismo ocurre con las primeras obras, los bodegones y los bocetos: nunca se me habría ocurrido que fueran de Audubon.

—Es justo lo que he dicho antes. Ahí radica el enigma.

—Es que no estoy tan seguro de que sea un problema.

Pendergast le miró con una chispa de curiosidad en los ojos.

—Siga.

—Verá, por un lado están los primeros bocetos, que son mediocres, y por el otro esta mujer. ¿Qué pasó entre medio?

Los ojos de Pendergast se iluminaron aún más.

—La enfermedad.

D'Agosta asintió con la cabeza.

—Eso es. La enfermedad le cambió. ¿Qué otra respuesta puede haber?

—¡Brillante, mi querido Vincent! —Pendergast golpeó con las manos los brazos del sillón, se levantó como un resorte y empezó a dar vueltas por la sala—. De algún modo, ver la muerte de cerca, el brusco topetazo con su mortalidad, le cambió. Le llenó de energía creativa. Fue el momento transformador de su trayectoria artística.

—Siempre habíamos supuesto que lo que le interesaba a Helen era el motivo del cuadro —dijo D'Agosta.

—Exacto, pero ¿se acuerda de qué dijo Blast? Helen no quería quedárselo. Solo quería examinarlo. Quería confirmar cuándo se produjo la transformación artística de Audubon.

Pendergast enmudeció. Caminó más despacio, hasta pararse, pensativo, con la mirada puesta en su interior.

—Bien —dijo D'Agosta—, misterio resuelto.

Los ojos plateados se volvieron hacia él.

—No.

—¿Cómo que no?

—¿Por qué Helen iba a escondérmelo?

D'Agosta se encogió de hombros.

—Quizá le diera vergüenza, por cómo se habían conocido y por la mentira piadosa que le había contado.

—¿Por una mentira piadosa? No lo creo. Me lo ocultó por alguna razón de mucho más peso. —Pendergast volvió a arrellanarse en el mullido sillón y contempló el cuadro—. Tápelo.

D'Agosta le echó encima el terciopelo. Empezaba a preocuparse. Tampoco Pendergast parecía del todo cuerdo.

Los ojos de Pendergast se cerraron. La biblioteca se sumió en un silencio más profundo, mientras se amplificaba el tictac del reloj de pared del rincón. D'Agosta también se sentó. A veces era preferible dejar que Pendergast se comportara como Pendergast.

Sus ojos se abrieron lentamente.

—Desde el principio nos hemos planteado mal todo el problema.

—¿En qué sentido?

—Hemos supuesto que a Helen le interesaba Audubon como artista.

—¿Y bien? ¿Por qué le iba a interesar sino?

—Le interesaba Audubon como paciente.

—¿Como paciente?

Un lento gesto de aquiescencia.

—Era la pasión de Helen: la investigación médica.

—Entonces, ¿por qué buscaba el cuadro?

—Porque Audubon lo pintó justo después de restablecerse. Helen quería confirmar una teoría.

—¿Qué teoría?

—Querido Vincent, ¿sabemos cuál era la enfermedad que padecía Audubon?

—No.

—Correcto. ¡Sin embargo, la clave de todo está en esa enfermedad! Lo que le interesaba a Helen era la enfermedad en sí. Su efecto en Audubon. Puesto que al parecer convirtió en genio a un artista totalmente mediocre. Helen sabía que algo cambió a Audubon. Por eso fue a New Madrid, donde él había vivido el terremoto: estaba realizando una investigación muy amplia para comprender el agente que había provocado ese cambio. Y cuando descubrió la enfermedad de Audubon, supo que era el final de su búsqueda. Solo quería ver el cuadro para confirmar su teoría: que la enfermedad de Audubon tuvo algún efecto en su cerebro. Tuvo repercusiones neurológicas. ¡Repercusiones neurológicas maravillosas!

—¡Uf! Ahora sí que me he perdido.

Pendergast se levantó de golpe.

—Por eso me lo escondió, porque era un descubrimiento potencialmente muy valioso para las empresas farmacéuticas.

No tenía nada que ver con nuestra relación personal. —De pronto asió a D'Agosta por los brazos, con un movimiento impulsivo—. Y yo aún estaría dando palos de ciego, querido Vincent... de no ser por su golpe de genio.

—Bueno, yo no diría tanto...

Pendergast le soltó, se volvió y fue rápidamente hacia la puerta de la biblioteca.

—Vamos, no hay tiempo que perder.

—¿Adónde? —preguntó D'Agosta, mientras se apresuraba a seguirle, aún confuso, tratando de recomponer la secuencia lógica de Pendergast.

—A confirmar sus sospechas y a averiguar de una vez por todas qué significa todo esto.

41

El tirador cambió de posición entre las manchas de luz y bebió un trago de agua de su cantimplora de camuflaje. Se pasó la muñequera por las sienes: primero una y luego la otra. Sus movimientos eran lentos y metódicos, totalmente invisibles en aquel laberinto de maleza.

En realidad no era necesario ser tan cauto. Era imposible que el blanco llegara a verle. Sin embargo, tantos años cazando el otro tipo de presas —la variedad cuadrúpeda, a veces temerosa y a veces en un estado de alerta sobrenatural— le habían enseñado a extremar las precauciones.

La pantalla era perfecta: un gran montón de ramas y hojas secas de roble cubierto de barba de viejo, como espuma, en el que solo quedaban unas pocas rendijas; por una de ellas había deslizado el cañón de su escopeta Remington 40 XS táctica. Era perfecta porque era natural: uno de los efectos del *Katrina*, todavía omnipresentes en los bosques y pantanos de la zona. A fuerza de ver tantos, al final ya no te fijabas.

Con eso contaba él.

El cañón de su arma no sobresalía más de dos o tres centímetros de la pantalla. Él estaba totalmente en la sombra, con el cañón envuelto en un polímero negro especial no reflectante, mientras que su blanco saldría al crudo resplandor del sol de la mañana. Nadie vería la escopeta, ni siquiera en el momento del disparo. De eso se encargaría el apagallamas de la boca del cañón.

Había aparcado su coche, una camioneta Nissan 4 × 4 de

alquiler con la plataforma cubierta, con la parte trasera contra la pantalla. El tirador la usaba como plataforma de tiro, con la compuerta bajada. El morro apuntaba a un viejo camino de leñadores, que iba hacia el este. Aunque alguien le viera y quisiera perseguirle, bastarían treinta segundos para pasar de la plataforma a la cabina, poner el motor en marcha e irse por el camino. Estaría a salvo al cabo de tres kilómetros, los que le separaban de la carretera principal.

No estaba seguro de cuánto tendría que esperar; podían ser diez minutos o diez horas, pero daba igual. Estaba motivado. Más que nunca en su vida. No, eso no era del todo cierto; había habido otra vez.

Era una mañana brumosa, con mucho rocío. En la oscuridad de la pantalla se palpaba un aire que parecía estancado, muerto. Tanto mejor. Volvió a secarse las sienes. Los insectos zumbaban aletargadamente. Se oían los chillidos nerviosos de los ratones de campo. Debía de haber un nido cerca. En los últimos tiempos parecía que infestasen los pantanos, famélicos como conejos de laboratorio, y casi igual de mansos.

Otro trago de agua y otra comprobación del 40-XS. El bípode estaba bien encajado. Levantó el cerrojo, verificó que estuviera en su sitio el Winchester 308 y volvió a bajarlo. Como la mayoría de los tiradores experimentados, prefería la estabilidad y precisión de las armas de cerrojo; tenía tres cartuchos de repuesto en el cargador interno, por si acaso, pero lo interesante de un Sniper Weapon System era que el primer disparo fuera decisivo, y él no tenía pensado usar más de una bala.

Lo más importante era el visor de largo alcance M1 Leupold Mark 4. Miró por él, centrando la retícula en la puerta de la casa de la plantación. Después siguió el camino de grava, hasta el Rolls-Royce.

Seiscientos cincuenta o setecientos metros. Un disparo, un muerto.

Mientras miraba el gran vehículo, sintió que se le aceleraba el corazón. Volvió a revisar mentalmente su plan. Esperaría a que el blanco estuviera al volante, con el motor en marcha. El automóvil recorrería el acceso semicircular y se pararía un momento antes de salir al camino principal de la finca. En ese instante realizaría el disparo.

Se quedó muy quieto, para reducir otra vez las pulsaciones con su voluntad. No podía permitirse ninguna agitación, ni dejarse distraer por emoción alguna, ya fuera impaciencia, rabia o miedo. Calma absoluta: esa era la clave. Ya le había prestado un buen servicio, en la estepa y las hierbas altas, en circunstancias más peligrosas. Mantuvo el ojo en el visor y el dedo levemente apoyado en el guardamonte. Una vez más, se recordó que era un encargo. Era la mejor manera de enfocarlo. Con aquel último trabajo todo habría terminado; y esta vez, de verdad.

En ese momento se abrió la puerta de la casa de la plantación, como si quisiera recompensar su disciplina, y salió un hombre. El tirador aguantó la respiración. No era su blanco, sino el otro, el poli. Lentamente —tanto que parecía que no se moviese—, su dedo se deslizó del guardamonte al gatillo, apenas rozándolo. El hombre corpulento se paró en el porche y miró a su alrededor con cautela. El tirador no se inmutó. Sabía que su escondrijo era perfecto. Su blanco salió en ese momento de la oscuridad de la casa. Se fueron juntos por el amplio porche y bajaron por los escalones al camino de grava. Él les siguió con el visor, centrando la retícula en el cráneo del blanco. Tuvo que recurrir a toda su fuerza de voluntad para no disparar antes de tiempo: tenía un buen plan, y le convenía ceñirse a él. Los dos hombres se movían rápido, con prisa por llegar a alguna parte. «Cíñete al plan.»

Por la mira del visor, vio cómo se acercaban al coche, abrían las puertas y subían. El blanco se sentó al volante, tal como estaba previsto; arrancó, se giró para decir unas palabras a su acompañante y condujo el coche por el camino de entrada. El tirador observó con atención, dejando que se vaciaran sus pulmones y concentrándose en que su corazón latiera aún más despacio. Dispararía entre dos latidos.

El Rolls tomó la suave curva del camino de grava a unos veinticinco kilómetros por hora, y frenó un poco al acercarse al cruce con el camino principal. «Ahora», se dijo el tirador. Toda su preparación, disciplina y experiencia previa se fundían en un solo momento, el de la consumación. El blanco estaba en su sitio. Presionó con enorme suavidad el gatillo, sin apretarlo, sino acariciándolo: más, un poco más...

Fue entonces, con un chillido de sorpresa y un brusco correteo, cuando un ratón de campo de color marrón grisáceo le pasó por encima de los nudillos de la mano del gatillo. Al mismo tiempo, tuvo la impresión de que sobre la pantalla pasaba rápidamente una sombra grande e irregular, negra contra negro.

La Remington disparó, con un ligero retroceso entre las firmes manos del tirador, que apartó el ratón con un juramento y se apresuró a mirar por el visor a la vez que accionaba el cerrojo. Vio el orificio en el parabrisas, unos quince centímetros por encima y a la izquierda de donde había planeado. Ahora el Rolls iba a todo gas, cortando la curva en su huida, con un derrape de neumáticos y levantando una nube blanca de grava. El tirador tuvo cuidado de no ceder al pánico y siguió a su blanco con la mira, en espera del latido, tras el que volvió a aplicar presión al gatillo.

Sin embargo, en ese momento, vio una actividad frenética en el interior del coche; el hombre fornido se echaba hacia delante, sobre el volante, ocupando todo el parabrisas con su cuerpo. En ese instante el rifle disparó otra vez. El Rolls frenó de lado, en un ángulo extraño, atravesado en el camino principal. Una corona triangular de sangre cubría por dentro el parabrisas, obstruyendo la visión del otro lado.

¿A quién le había dado?

Al mirar fijamente, vio una pequeña columna de humo que surgía del coche, seguida del chasquido de un disparo. Una milésima de segundo después, una bala atravesó la maleza a menos de un metro de su escondite. La segunda hizo un ruido metálico al chocar contra el Nissan.

Se echó inmediatamente hacia atrás y rodó por la plataforma de la camioneta en dirección a la cabina. Justo cuando otra bala pasaba silbando, arrancó y tiró la escopeta al asiento del copiloto, donde aterrizó sobre otra arma: una escopeta con los dos cañones recortados muy cortos y una culata de madera negra muy decorada. Con el motor revolucionado y un chirrido de neumáticos, se fue por el viejo camino de leñadores, arrastrando líquenes y polvo.

Superó dos curvas y aceleró a más de cien por hora a pesar del mal estado de la pista. Las armas resbalaron hacia él. Las empujó y les echó una manta roja encima. Pasada otra curva con otro chirrido de neumáticos, vio la estatal delante; solo entonces, al ver clara la escapatoria, dio rienda suelta a su frustración y decepción.

—¡Maldita sea! —exclamó Judson Esterhazy, dando puñetazos en el salpicadero—. ¡Maldita sea mil veces!

42

Nueva York

Un vigilante acompañaba al doctor Felder por el largo y frío pasillo del área de confinamiento de Bellevue. Bajo, delgado y elegante, John Felder se daba perfecta cuenta de que desentonaba con la sordidez general y el caos controlado de la prisión. Era su segunda entrevista con la paciente. Durante la primera había seguido el protocolo de costumbre, había formulado todas las preguntas obligatorias y tomado las notas de rigor. Había hecho todo lo necesario para cumplir con sus obligaciones jurídicas de psiquiatra designado por el tribunal, y emitir una opinión. Además, sus conclusiones ya eran firmes: la paciente era incapaz de distinguir entre el bien y el mal y, en consecuencia, no era responsable de sus actos.

Sin embargo, seguía profundamente insatisfecho. Felder había intervenido en muchos casos que se salían de lo habitual. Muy pocos médicos habían visto tanto como él. Había examinado cuadros excepcionales de patología criminal. Y, sin embargo, jamás había visto nada comparable. Quizá fuera la primera vez en toda su carrera en que tenía la impresión de no haber penetrado en el núcleo de la psicología de la paciente. Ni muchísimo menos.

Lo normal es que con tanta burocracia hubiera dado lo mismo. Técnicamente, él ya había cumplido. Aun así, se había reservado sus conclusiones en espera de una nueva evaluación, para tener la oportunidad de realizar otra entrevista. Decidió que esta vez lo que quería era mantener una conversación; una conversación tranquila entre dos personas. Ni más ni menos.

Giró en un recodo y siguió por otro interminable pasillo. Los ruidos, gritos, olores y sonidos del área de confinamiento casi no hacían mella en su conciencia, mientras ponderaba los misterios del caso. La primera duda era la identidad de la paciente. Pese a la diligencia de sus investigaciones, los funcionarios de los tribunales no habían conseguido localizar su certificado de nacimiento, número de seguridad social o cualquier otra prueba documental de su existencia, más allá de algún que otro expediente, benévolo e intencionadamente vago, del Instituto Feversham del condado de Putnam. El pasaporte británico que llevaba encima era auténtico, pero lo había obtenido engañando con astucia a un funcionario del consulado británico en Boston. Era como si hubiera aparecido en el mundo completamente formada, como Atenea al emerger de la frente de Zeus.

Entre el eco de sus pasos por los largos pasillos, Felder trató de no pensar demasiado en lo que preguntaría. Quizá una conversación espontánea pudiese lograr lo que no había conseguido el interrogatorio formal: penetrar en la opacidad de esa mujer.

Otro recodo, el último antes del locutorio. Un vigilante de guardia abrió la puerta de metal gris con mirilla, franqueándole el paso a una habitación pequeña y desnuda, pero no del todo desagradable, con varias sillas, una mesita, algunas revistas, una lámpara y un espejo unidireccional que ocupaba toda una pared. La paciente ya estaba sentada, junto a un policía. Ambos se levantaron al verle entrar.

—Buenas tardes, Constance —dijo Felder, escueto—. Por favor, agente, ya puede quitarle las esposas.

—Necesito la autorización, doctor.

Felder tomó asiento, abrió la cartera, sacó un documento y se lo dio al policía, que después de mirarlo asintió con un gruñido, se levantó, quitó las esposas a la presa y se las colgó del cinturón.

—Si quiere algo, estoy fuera. Solo tiene que pulsar el botón.

—Gracias.

El agente se fue. Felder se concentró en la paciente, Constance Greene, a quien tenía delante, toda corrección, con las manos juntas y un simple mono de preso. Volvió a impresionarle su seguridad y su belleza.

—¿Qué tal, Constance? Siéntese, por favor.

Ella se sentó.

—Yo muy bien, doctor. ¿Y usted?

—También. —Felder sonrió mientras cruzaba las piernas y se echaba hacia atrás—. Me alegro de que tengamos la oportunidad de volver a charlar. Quería comentarle un par de cosas. Nada oficial, en realidad. ¿Le parece bien que hablemos unos minutos?

—Por supuesto.

—Muy bien. Espero no parecer demasiado curioso. Deformación profesional, podría decirse. Parece que no pueda desconectar, ni siquiera después de haber hecho mi trabajo. ¿Dice que nació en la calle Water?

Constance asintió con la cabeza.

—¿En casa?

El mismo gesto.

Felder consultó sus notas.

—Una hermana, Mary Greene. Un hermano, Joseph. Nombre de la madre, Chastity; nombre del padre, Horace. ¿De momento voy bien?

—Así es.

«Así es.» Tenía una dicción tan... rara...

—¿Cuándo nació?

—No me acuerdo.

—No, claro, es difícil que se acuerde, pero seguro que sabe su fecha de nacimiento.

—Lo lamento, pero no.

—Debió de ser... ¿a finales de los ochenta?

En la cara de Constance apareció una sonrisa fugaz, en la que Felder casi no tuvo tiempo de fijarse.

—Creo que debió de ser más bien a principios de los setenta.

—Pero dice que solo tiene veintitrés años.

—Más o menos. Como le he dicho antes, no estoy segura de mi edad exacta.

Felder carraspeó ligeramente.

—Constance, ¿sabe que no hay ningún documento que confirme que su familia resida en la calle Water?

—Quizá no hayan investigado lo bastante a fondo.

Se inclinó.

—¿Me esconde la verdad por alguna razón? Recuerde que solo estoy aquí para ayudarla, por favor.

Silencio. Miró los ojos verdes, el rostro joven y agraciado, con el marco perfecto de su pelo cobrizo, y la expresión inconfundible que recordaba del primer encuentro: altivez, serena superioridad, por no decir desdén... Tenía el porte de... ¿De qué? ¿De una reina? No, no era exactamente eso. Felder nunca había visto nada parecido.

Dejó a un lado sus apuntes e intentó adoptar una actitud natural, informal.

—¿Cómo se convirtió en pupila del señor Pendergast?

—Cuando murieron mis padres y mi hermana, me quedé huérfana y sin techo. El domicilio del señor Pendergast, en el número 891 de Riverside Drive, quedó... —Una pausa—. Quedó deshabitado muchos años. Fue allí donde viví.

—¿Por qué concretamente allí?

—Era una casa grande, cómoda y con muchos lugares en los que esconderse. Además, tenía una buena biblioteca. Cuando la heredó, el señor Pendergast me descubrió y pasó a ser mi tutor legal.

«Pendergast.» Había visto ese nombre en el informe, relacionado con el delito de Constance. El hombre se había negado a hacer cualquier tipo de comentario.

—¿Por qué se convirtió en su tutor?

—Por sentimiento de culpa.

Silencio. Felder carraspeó.

—¿Sentimiento de culpa? ¿Por qué lo dice?

Ella no respondió.

—¿Quizá por ser el padre de su hijo?

Esta vez sí hubo respuesta, con una calma sobrenatural.

—No.

—¿Y cuál era su papel en la casa del señor Pendergast?

—Era su amanuense. Su investigadora. Encontró utilidad a mi don de lenguas.

—¿Lenguas? ¿Cuántas habla?

—Solo inglés. Pero leo y escribo con fluidez latín, griego antiguo, francés, italiano, español y alemán.

—Qué interesante. Debió de ser muy buena alumna. ¿A qué colegio fue?

—Aprendí por mi cuenta.

—¿Quiere decir que es autodidacta?

—Quiero decir que aprendí por mi cuenta.

Felder se preguntó si aquello era posible. ¿Se podía, en la actualidad, nacer y crecer en una ciudad siendo completa y oficialmente invisible? Con la actitud informal no estaba llegando a ningún sitio. Era el momento de ser más directo y presionarla un poco.

—¿De qué murió su hermana?

—La mató un asesino en serie.

Se quedó callado.

—¿Está archivado el caso? ¿Cogieron al asesino en serie?

—No y no.

—¿Y sus padres? ¿Qué les pasó?

—Murieron los dos de tisis.

Felder se animó repentinamente. Sería fácil comprobarlo, ya que en Nueva York las muertes por tuberculosis se documentaban con todo detalle.

—¿En qué hospital murieron?

—En ninguno. Mi padre no sé dónde murió. Sé que mi madre murió en la calle, y que enterraron su cadáver en la fosa común de Hart Island.

Constance se quedó sentada, con las manos en el regazo. Felder empezaba a sentirse muy frustrado.

—Volviendo a su nacimiento, ¿ni siquiera se acuerda del año en el que nació?

—No.

Suspiró.

—Me gustaría hacerle unas preguntas sobre su bebé.

Constance no se movió.

—Dice que le tiró por la borda porque era malo. ¿Cómo sabía que era malo?

—Su padre era malo.

—¿Estaría dispuesta a decirme quién era?

Silencio.

—Entonces, usted está convencida de que la maldad es hereditaria, ¿verdad?

—En el genoma humano hay series, agregados de genes, que contribuyen claramente al comportamiento delictivo, y esos agregados son hereditarios. Supongo que ha leído las últimas investigaciones acerca de la «tríada oscura» de los rasgos del comportamiento humano.

A Felder, que estaba al corriente de dichas investigaciones, le sorprendió mucho la lucidez y erudición de la respuesta.

—¿Así que le pareció necesario eliminar los genes del bebé del acervo genético tirándole al Atlántico?

—Correcto.

—¿Y el padre? ¿Aún está vivo?

—Murió.

—¿De qué?

—Fue arrojado a un flujo piroclástico.

—¿Que fue...? ¿Cómo dice?

—Es un término geológico. Cayó en un volcán.

Tardó un momento en digerir la frase.

—¿Era geólogo?

Silencio. Era exasperante dar vueltas y vueltas de aquella manera, sin llegar a ninguna parte.

—Ha dicho «arrojado». ¿Insinúa que le empujaron?

Tampoco esta vez hubo respuesta. Estaba claro que era una fantasía descabellada en la que no valía la pena ahondar.

Felder cambió de conversación.

—Constance, ¿era usted consciente de que cometía un delito cuando tiró por la borda a su bebé?

—Naturalmente que sí.

—¿Pensó en las consecuencias?

—Sí.

—Es decir, que sabía que estaba mal hecho matar a su bebé.

—Al contrario. No solo era lo correcto, sino lo único que se podía hacer.

—¿Por qué era lo único que podía hacer?

La pregunta dejó paso al silencio. Suspirando, y sintiendo una vez más que había estado echando sus redes en la oscuridad, el doctor John Felder recogió su libreta y se levantó.

—Gracias, Constance. Se nos ha acabado el tiempo.

Pulsó el botón. La puerta se abrió inmediatamente y el policía entró.

—Yo ya he terminado —dijo Felder. Se volvió hacia Constance Greene y se oyó decir casi contra su voluntad—: Dentro de unos días haremos otra sesión.

—Será un placer.

En el largo pasillo del área de confinamiento, Felder se preguntó si era correcta su conclusión inicial. Estaba mentalmente enferma, por supuesto, pero ¿loca de verdad, en el sentido jurídico? Si se eliminaba de ella todo lo cuerdo, todo lo predecible, todo lo normal de una persona, ¿qué quedaba? Nada.

Como su identidad. Nada.

43

Baton Rouge

Laura Hayward iba por el pasillo del primer piso del hospital general de Baton Rouge, mesurando sus pasos a conciencia. Lo tenía todo controlado: la respiración, la expresión facial, el lenguaje corporal... Todo. Antes de salir de Nueva York, había elegido cuidadosamente unos vaqueros y una blusa; llevaba el pelo suelto. Había dejado en casa el uniforme, así que era una simple ciudadana; nada más, y nada menos.

Siguió caminando con firmeza hacia la doble puerta de entrada a cirugía; pasó entre manchas borrosas de médicos, enfermeras y personal sanitario. Al atravesar la puerta, se esforzó por caminar sin prisa. A su derecha estaba la ventanilla de admisiones, pero pasó de largo, haciendo caso omiso del educado «¿puedo ayudarla?» de la enfermera. Fue directamente a la sala de espera, donde vio que solo había una persona al fondo; una persona que se levantó de la silla y dio un paso hacia ella, muy seria, con el brazo tendido.

Hayward se acercó y, de un solo movimiento, levantó el brazo derecho, lo echó hacia atrás y le arreó un fuerte puñetazo en la mandíbula.

—¡Cabrón!

Él se tambaleó, pero no hizo ademán de defenderse. Hayward le pegó otra vez.

—¡Cabrón egoísta y engreído! ¡Por si no le bastara con estar a punto de arruinarle la carrera, ahora va y le mata, hijo de puta!

Echó el brazo hacia atrás y amagó otro golpe, pero esta vez él le cogió el brazo con la fuerza de un torno, la atrajo hacia sí, le hizo dar media vuelta y la inmovilizó, suavemente pero con firmeza. De pronto, Hayward sintió que toda su rabia y todo su odio se desmoronaban en su interior con la misma rapidez con la que habían aparecido. Se abandonó en sus brazos, exhausta. Él la ayudó a sentarse en una silla. Hayward percibió vagamente un alboroto, ruido de gente corriendo y gritos. Al mirar hacia arriba, vio que estaban rodeados de tres guardias de seguridad que hacían preguntas y daban órdenes contradictorias a voz en grito, mientras la enfermera de admisiones se tapaba la boca detrás de ellos.

Pendergast se levantó, sacó la placa y la mostró.

—Ya me encargo yo de todo. No hay motivo de alarma.

—Pero ha habido una agresión —objetó uno de los guardias de seguridad—. Está usted sangrando.

Pendergast dio un paso agresivo al frente.

—Ya me encargo yo. Le agradezco su rápida reacción, a usted y a los demás. Que pasen un buen día.

Tras unos instantes de confusión, los vigilantes se fueron, salvo uno, que se apostó en la puerta de la sala de espera con las manos por delante, mirando a Hayward con dureza y recelo.

Pendergast se sentó al lado de ella.

—Lleva varias horas en cirugía exploratoria. Me temo que es grave. He pedido que me informen de su estado en cuanto tengan algo que... ah, ya viene el cirujano.

Un médico, con semblante grave, entró en la sala de espera. Primero miró a Hayward, y después a Pendergast, que tenía sangre en la cara, pero no hizo ningún comentario.

—¿El agente especial Pendergast?

—Sí. Le presento a la capitana Hayward, de la policía de Nueva York, íntima amiga del paciente. Puede hablar libremente con los dos.

—Entiendo. —El cirujano asintió con la cabeza y consultó el sujetapapeles que tenía en la mano—. La bala ha entrado por detrás, en diagonal, y después de rozar el corazón se ha alojado en la parte trasera de una costilla.

—¿El corazón? —preguntó Hayward, intentando entenderlo a la vez que procuraba rehacerse y ordenar sus ideas.

—Entre otras cosas, ha desgarrado parcialmente la válvula aórtica y ha obstruido el flujo sanguíneo a una parte del corazón. Ahora mismo estamos intentando reparar la válvula y que el corazón siga funcionando.

—¿Qué probabilidades tiene de... sobrevivir? —preguntó ella.

El cirujano vaciló.

—Cada caso es distinto. Lo bueno es que el paciente no ha perdido mucha sangre. Si la bala se hubiera acercado un poco más, aunque fuera medio milímetro, habría reventado la aorta. Ahora bien, ha dañado considerablemente el corazón. De todos modos, si la operación tiene éxito, hay muchas buenas posibilidades de una recuperación completa.

—Doctor —dijo Hayward—, soy policía. Conmigo no hace falta que maree la perdiz. Quiero saber qué posibilidades tiene.

El cirujano la miró con ojos apagados.

—Es un procedimiento difícil y complejo. Ahora mismo, mientras estamos aquí hablando, un equipo formado por los mejores cirujanos de Luisiana están trabajando en ello. Sin embargo, incluso en las mejores circunstancias (un paciente sano, sin complicaciones)... no acostumbra a salir bien. Es como intentar reconstruir el motor de un coche... mientras está en marcha.

—¿No acostumbra? —Hayward se sintió mareada—. ¿Qué quiere decir?

—No sé cuáles son las estadísticas, pero yo, como cirujano, situaría las posibilidades de éxito en un cinco por ciento... o menos.

Siguió un largo silencio. Cinco por ciento, o menos.

—¿Y un trasplante de corazón?

—Si tuviéramos un corazón compatible, y a punto, sería una posibilidad, pero no hay ninguno.

Hayward buscó a tientas el brazo de la silla y se dejó caer.

—¿El señor D'Agosta tiene parientes a quienes haya que avisar?

Tardó un poco en responder.

—Una ex mujer y un hijo... en Canadá. No hay nadie más. Y es «teniente», no «señor».

—Perdone. Bueno, tendrán que disculparme, pero tengo que volver al quirófano. La operación aún durará como mínimo ocho horas. Eso si va todo bien. Si quieren quedarse, no hay ningún problema, aunque dudo que haya alguna novedad hasta el final.

Hayward asintió aturdida. No lograba asimilarlo. Era como si hubiera perdido toda su capacidad de raciocinio.

Notó que el cirujano le tocaba suavemente un hombro.

—¿Puedo preguntarle si el teniente es creyente?

Intentó concentrarse en la pregunta, hasta que asintió con la cabeza.

—Católico.

—¿Desea que avise al sacerdote del hospital?

—¿El sacerdote?

Laura miró a Pendergast de reojo, sin saber muy bien qué decir.

—Sí —dijo él—, nos gustaría mucho que viniera el sacerdote. Querríamos hablar con él. Y, dadas las circunstancias, le ruego que le pida que se prepare para administrar la extremaunción.

Un suave pitido procedente del médico le hizo bajar la mano con un gesto maquinal. Cogió un busca del cinturón y lo miró. El servicio de megafonía se activó al mismo tiempo, emitiendo una voz dulce de mujer por un altavoz escondido.

—Código azul, sala de operaciones dos uno. Código azul, sala de operaciones dos uno. Equipo de reanimación a sala de operaciones dos uno.

—Disculpen —dijo el cirujano, con cierta prisa en la voz—, pero tengo que irme.

44

Después de un timbre, la megafonía se apagó. Hayward se quedó petrificada en su asiento; la cabeza le daba vueltas. No tenía fuerzas para mirar a Pendergast, o a las enfermeras; únicamente al suelo. Tampoco podía pensar en otra cosa que en la expresión del cirujano cuando se había ido a toda prisa.

Pocos minutos después llegó un sacerdote con una cartera negra. Casi parecía otro médico. Era bajo, con el pelo blanco y una barba muy cuidada. Sus ojos brillantes, como de pájaro, miraron primero a Hayward, y después a Pendergast.

—Soy el padre Bell. —Dejó la cartera y tendió una mano pequeña. Hayward la cogió, pero él, en vez de estrechársela, se la apretó en señal de consuelo—. ¿Y usted?

—Capitana Hayward. Laura Hayward. Soy... íntima amiga del teniente D'Agosta.

Las cejas del sacerdote se arquearon un poco.

—¿Es decir, que es policía?

—De la policía de Nueva York.

—¿Ha sido herido en acto de servicio?

Hayward vaciló. Pendergast tomó el relevo con presteza.

—En cierto modo. Yo soy el agente especial Pendergast, del FBI, colaboraba con el teniente.

Un firme saludo con la cabeza y un apretón de manos.

—He venido para administrar los sacramentos al teniente D'Agosta, concretamente el que llamamos ungir a los enfermos.

—Ungir a los enfermos —repitió Hayward.

—Antes lo llamábamos «últimos sacramentos», pero siempre fue un término incómodo e inexacto. Tenga en cuenta que es un sacramento para los vivos, no para los moribundos, y que su finalidad es la curación.

Su voz era suave y musical.

—Espero que no les molesten mis explicaciones. A veces mi presencia puede ser alarmante. La gente cree que solo me llaman cuando se espera que fallezca alguien, lo cual no es cierto.

Pese a no ser católica, a Hayward le tranquilizó que fuera tan directo.

—El código que acabamos de oír... —Hizo una pausa—. ¿Significa que...?

—Al teniente le atiende un magnífico equipo médico. Si hay alguna manera de sacarle de esto, la encontrarán. Si no, se hará la voluntad de Dios. Bien, ¿alguno de los dos considera que el teniente pudiera tener algún motivo para que no le administre los sacramentos?

—Si quiere que le diga la verdad, nunca ha sido un católico muy practicante... —Hayward titubeó. No recordaba la última vez que Vinnie había ido a la iglesia. Sin embargo, por alguna razón, que el sacerdote estuviera con ellos la tranquilizaba, e intuyó que D'Agosta lo habría agradecido—. Yo diría que a Vincent le parecería bien.

—De acuerdo. —El sacerdote le apretó la mano—. ¿Puedo ayudarles en algo? ¿Alguna gestión? ¿Alguna llamada? —Hizo una pausa—. ¿Alguna confesión? Aquí en el hospital hay una capilla.

—No, gracias —dijo Hayward.

Miró a Pendergast, pero él no dijo nada.

El padre Bell les saludó con la cabeza, recogió su cartera negra y se fue por el pasillo, hacia los quirófanos, con paso rápido y seguro, tal vez un poco apresurado, incluso.

Hayward apoyó la cara en las manos. «Cinco por ciento... o menos.» Una posibilidad sobre veinte. La breve sensación de consuelo que había aportado el sacerdote se disipó. Más valía hacerse a la idea de que Vinnie no saldría de esta. Era una muerte tan inútil, un desperdicio de vida tan grande... No tenía ni cuarenta y cinco años. Se acumulaban los recuerdos, fragmentarios, torturadores; desgarradores los malos, y aún más los buenos.

Oyó la voz de Pendergast, muy lejos.

—Si saliera mal, quiero que sepa que Vincent no habrá muerto en vano.

Hayward miró fijamente, a través de los dedos, el pasillo vacío por donde se había ido el sacerdote, y no contestó.

—Capitana... Un policía se juega la vida a diario. Pueden matarte en cualquier momento, en cualquier sitio y por cualquier motivo: intervenir en una discusión doméstica, frustrar un ataque terrorista... Toda muerte en acto de servicio es honrosa, y Vincent se había embarcado en la tarea más honrosa que existe: la de ayudar a remediar una injusticia. Su esfuerzo ha sido vital, absolutamente crucial para resolver este asesinato.

Hayward no dijo nada. Volvió a pensar en el código azul. Había pasado un cuarto de hora. Pensó que tal vez el sacerdote no llegaría a tiempo.

45

South Mountain, Georgia

El camino salía del bosque y subía hasta la cumbre de la montaña. Judson Esterhazy frenó al borde del prado justo a tiempo para ver cómo se ponía el sol tras las colinas de pinos, impregnando el brumoso atardecer con un rojizo resplandor, mientras en la distancia relumbraba el oro blanco de un lago bajo las últimas luces del día.

Se paró, respirando suavemente. La supuesta montaña tan solo lo era de nombre. No pasaba de ser un simple promontorio. En cuanto a la cima, era larga y estrecha, como un caballón cubierto de hierba alta, con un calvero de granito sobre el que se erguían los restos de lo que parecía una torre de vigilancia contra incendios.

Miró a su alrededor. No había nadie en la cumbre. Salió de entre los pinos carolinos y se acercó a la torre por una pista antiincendios infestada de maleza. Al llegar a los pies de la elevada construcción, se apoyó en una de las vigas oxidadas, hurgó en el bolsillo y sacó su pipa y una bolsa de tabaco. Introdujo la pipa en la bolsa y la cargó lentamente de tabaco, apretándolo con el pulgar, mientras aspiraba el aroma de latakia. Cuando estuvo llena, la sacó, limpió el borde de hebras sueltas, apretó de nuevo el tabaco, sacó un mechero del mismo bolsillo, lo encendió y dio unas chupadas con una serie de movimientos lentos y regulares.

El humo azul se alejó en el crepúsculo. Mientras fumaba, Esterhazy vio que alguien aparecía por el fondo del prado, al final del camino del sur. Encima de South Mountain había varios caminos, procedentes de distintas carreteras y direcciones.

La fragancia del tabaco caro, los efectos calmantes de la nicotina y el reconfortante ritual serenaron sus nervios. En vez de mirar cómo se acercaba la otra persona, mantuvo la vista en el oeste, en la difusa luz anaranjada que coronaba las colinas, donde poco antes había estado el sol. Siguió mirando en esa dirección hasta que oyó el roce de unas botas sobre la hierba, y un leve jadeo. Entonces se volvió hacia el hombre, a quien llevaba una década sin ver. Le encontró distinto a como le recordaba: con un poco más de papada y algo menos de pelo, aunque recio, todavía, y vigoroso. Llevaba botas de goma caras, y una camisa de cambray.

—Buenas tardes —dijo el hombre.

Esterhazy se sacó la pipa de la boca y la levantó a guisa de saludo.

—Hola, Mike —contestó.

Las facciones del recién llegado no se veían bien, ya que tenía el crepúsculo detrás.

—Bueno —dijo—, parece que pensabas resolver tú solo este pequeño lío, y en cambio se ha vuelto un lío bastante más gordo.

Esterhazy no pensaba dejar que le hablaran así, y menos Michael Ventura.

—Nada que tenga que ver con Pendergast es un «pequeño lío» —dijo con dureza—. Está pasando exactamente lo que había temido todos estos años. Debía hacer algo, y es lo que he hecho. En principio te correspondía a ti, pero seguro que la habrías cagado aún más.

—Lo dudo. Es el tipo de trabajo que mejor se me da.

Un largo silencio. Esterhazy absorbió un fino hilo de humo y lo dejó salir lentamente, tratando de recuperar la calma.

—Ha pasado mucho tiempo —dijo Ventura—. No empecemos con mal pie.

Esterhazy asintió con la cabeza.

—Es que... pensaba que todo eso había quedado atrás. Que era agua pasada.

—Nunca quedará atrás, al menos mientras esté el asunto de Spanish Island por solucionar.

El rostro de Esterhazy expresó una repentina preocupación.

—Va todo bien, ¿verdad?

—Todo lo bien que se puede esperar.

Otro silencio.

—Verás —dijo Ventura, más afablemente—, ya sé que para ti no resulta fácil. Hiciste el mayor de los sacrificios, y te lo agradecemos mucho.

Esterhazy chupó la pipa.

—Vayamos al grano —dijo.

—De acuerdo. A ver si lo entiendo: en vez de matar a Pendergast, has matado a su socio.

—D'Agosta. Un feliz accidente. Era un cabo suelto. También me he encargado de otros dos cabos sueltos: Blast y Blackletter, dos personas a quienes hace tiempo que deberíamos haber puesto fuera de circulación.

La respuesta de Ventura fue escupir en la hierba.

—No estoy de acuerdo, ni lo he estado nunca. A Blackletter se le pagó bien por su silencio. Y Blast solo estaba relacionado indirectamente.

—Pero no dejaba de ser un cabo suelto.

Ventura se limitó a sacudir la cabeza.

—Ahora se ha presentado la novia de D'Agosta, y resulta que es la capitana de homicidios más joven de toda la policía de Nueva York.

—¿Y qué?

Esterhazy se sacó la pipa de la boca y habló con frialdad.

—Mike, no tienes ni idea, pero ni idea, de lo peligroso que es ese Pendergast. Yo le conozco bien. Tenía que actuar inmediatamente. Por desgracia no he podido matarle a la primera, y el segundo intento será mucho más difícil. Lo entiendes, ¿verdad? ¿Te das cuenta de que es él o nosotros?

—¿Cuánto puede llegar a saber?

—Ha encontrado el *Marco Negro*, sabe lo de la enfermedad de Audubon, y no sé cómo, pero se ha enterado de lo de la familia Doane.

Una brusca inhalación.

—Me estás tomando el pelo. ¿De la familia Doane? ¿Cuánto?

—A saber. Ha estado en Sunflower y ha visitado la casa. Es tenaz e inteligente. Podemos dar por supuesto que lo sabe todo, o lo sabrá.

—Qué hijo de puta... ¿Cómo diablos se ha enterado?

—Ni idea. Aparte de ser un investigador brillante, esta vez Pendergast está motivado, más motivado que nunca.

Ventura sacudió la cabeza.

—Y tengo bastante claro que le estará largando sus sospechas a esa capitana de homicidios, de la misma manera que lo hizo con su socio, D'Agosta. Me temo que tarde o temprano alguien hará una visita a nuestro común amigo.

Una pausa.

—¿Crees que la investigación es oficial?

—Parece que no. Creo que están trabajando por su cuenta. Dudo que participe nadie más.

Ventura pensó un poco antes de volver a hablar.

—Así que ahora se trata de acabar el trabajo.

—Exacto. Cargarse a Pendergast y a la capitana. Ahora mismo. Hay que matarles a todos.

—¿Y el poli al que le diste, D'Agosta? ¿Seguro que está muerto?

—Creo que sí. Recibió una bala del 308 en la espalda. —Judson frunció el ceño—. Aunque si insiste en no morir, tendremos que ayudarle. Eso déjamelo a mí.

Ventura asintió con la cabeza.

—De los demás me encargo yo.

—Está bien. ¿Necesitas ayuda? ¿Dinero?

—Lo último que nos preocupa es el dinero. Ya lo sabes.

Ventura se fue por el prado, hacia el cielo rosado del atardecer, hasta que su silueta oscura desapareció entre los pinos del fondo.

Judson Esterhazy pasó el siguiente cuarto de hora apoyado en la torre de control de incendios, fumando en pipa y pensando. Finalmente vació la pipa y la golpeó contra la viga para sacar el fondillo. A continuación se la guardó en el bolsillo, miró por última vez la luz que se apagaba al oeste, se giró y se fue por el camino, hacia la carretera del otro lado de la colina.

46

Baton Rouge

Laura Hayward no sabía exactamente cuánto tiempo había pasado; cinco horas, o cincuenta. La lenta sucesión de los minutos se mezclaba con una extraña fuga de anuncios por megafonía, voces rápidas y quedas, y pitidos de aparatos. A veces veía a Pendergast a su lado. Otras se daba cuenta de que ya no estaba. Al principio intentaba acelerar el tiempo mentalmente. Después, a medida que se alargaba la espera, solo tenía ganas de ralentizarlo, consciente de que cuanto más tiempo pasara Vincent D'Agosta encima de la mesa de operaciones, más se reducirían sus posibilidades de sobrevivir.

De pronto, el cirujano apareció delante de ella. Tenía la bata de cirugía muy arrugada, y se le veía pálido y cansado. El padre Bell estaba detrás.

Al ver al sacerdote, a Hayward le dio un vuelco el corazón. Ya sabía que llegaría el momento, pero ahora que lo tenía delante, se vio incapaz de soportarlo. «Oh, no. Oh, no, no, no...» Notó que Pendergast le cogía la mano.

El cirujano carraspeó.

—Vengo a decirles que la operación ha salido bien. Hemos terminado hace tres cuartos de hora, y desde entonces hemos estado vigilando de cerca al paciente. Las constantes son prometedoras.

—Les llevo a verle —dijo el padre Bell.

—Solo un momento —añadió el cirujano—. Está casi inconsciente, y muy débil.

Hayward se quedó unos instantes sin moverse, aturdida, intentando digerirlo. Pendergast le decía algo, pero no lo entendía. Después notó que la ponían de pie —en un lado el agente del FBI, y en el otro el cura—, y la hacían caminar por el pasillo. Giraron a la izquierda, y después a la derecha, pasando al lado de puertas cerradas y salas llenas de camillas y sillas de ruedas vacías. Cruzando una puerta abierta, llegaron a un espacio pequeño, delimitado por mamparas móviles. Una enfermera apartó una, y apareció Vinnie. Estaba conectado a una docena de aparatos, y tenía los ojos cerrados. Por debajo de la sábana serpenteaban tubos, uno de plasma y otro de suero. A pesar de la corpulencia del paciente, se le veía frágil, casi como de papel.

Hayward retuvo la respiración. En ese momento, los ojos del teniente se abrieron, volvieron a cerrarse y se abrieron otra vez. Les miró en silencio, uno a uno, hasta enfocar sus ojos en los de ella.

Al mirarle fijamente, Hayward sintió que se desmoronaba su capacidad de control, aquella presencia de ánimo que podía con todo y de la que tanto se enorgullecía. Lágrimas calientes cayeron por sus mejillas.

—Vinnie... —sollozó.

Los ojos de D'Agosta también se empañaron. Después los cerró lentamente.

Pendergast rodeó a Hayward con un brazo. Ella, hundió la cara en la tela de la camisa del agente, sucumbiendo a la emoción y dejando que el llanto sacudiera su cuerpo. Hasta ese momento, en que veía vivo a Vinnie, no se había dado cuenta de lo cerca que había estado de perderle.

—Lo siento, pero ahora tendrían que irse —dijo en voz baja el cirujano.

Hayward se irguió, se secó los ojos y respiró profundamente, llenando sus pulmones.

—Aún no está fuera de peligro. El traumatismo le ha afectado gravemente el corazón. Habrá que cambiarle la válvula aórtica lo antes posible.

Asintió con la cabeza. Después se despegó del brazo de Pendergast, volvió a mirar a D'Agosta y se giró.

—Laura —le oyó decir con voz ronca.

Miró hacia atrás. D'Agosta seguía en la cama, con los ojos cerrados. ¿Habían sido imaginaciones suyas?

Entonces él se movió un poco y volvió a abrir los ojos. Movió la mandíbula, pero no salió ningún sonido.

Ella se acercó y se inclinó hacia la cama.

—Haz que mi trabajo haya servido de algo —dijo él, con lo que a duras penas fue un susurro.

47

Plantación Penumbra

La gran chimenea de la biblioteca estaba encendida. Hayward observó cómo el mayordomo, Maurice, servía el café de después de la cena; el vetusto personaje, de curiosa inexpresividad en su arrugado rostro, se abría camino entre los muebles. Se dio cuenta de que el criado había evitado mirar el morado de la mandíbula de Pendergast. Se dijo que después de tantos años quizá estuviera acostumbrado a ver un poco tocado a su jefe.

La mansión y el terreno eran exactamente como se los había imaginado: robles antiguos cubiertos de barba de viejo, un porche de columnas blancas y muebles descoloridos de antes de la guerra de Secesión. El mayordomo le había asegurado que ni siquiera faltaba un viejo fantasma familiar, que erraba cerca, por las ciénagas; otro tópico. De hecho, lo único que le sorprendió fue el estado general de deterioro del exterior de Penumbra. Era un poco raro, porque ella suponía que Pendergast tenía mucho dinero. Dejó de lado esas cavilaciones, diciéndose que ni Pendergast ni su familia le interesaban lo más mínimo.

La noche anterior, antes de salir del hospital, Pendergast le había preguntado, con cierto detalle, por su visita a Constance Greene. A continuación le había ofrecido alojarse en Penumbra, a lo que Hayward había renunciado, ya que prefería hacerlo en un hotel cerca del hospital. No obstante, su siguiente visita a D'Agosta, por la mañana, había supuesto la confirmación de las palabras del cirujano: la recuperación sería lenta y larga. Ausentarse del trabajo no era un problema —de hecho Hayward ya acumulaba demasiadas vacaciones—, pero la idea de matar el tiempo en una deprimente habitación de hotel le resultaba insoportable; sobre todo porque, a instancias de Pendergast, iban a trasladar a Vinnie a un lugar vigilado en cuanto fuera médicamente posible, y —en aras de la seguridad— incluso a ella le prohibirían visitarle. Por la mañana, en un breve interludio de conciencia, Vinnie había vuelto a implorarle que retomase el caso donde lo había dejado él, que ayudara a llegar hasta el fondo.

Por ello, después de comer, cuando Pendergast había enviado su coche a recogerla, Hayward había pagado el hotel y aceptado su invitación de alojarse en Penumbra. No estaba dispuesta a ayudar, pero había decidido prestar oído a los detalles. Algunos ya los conocía por las llamadas telefónicas de Vinnie. Parecía la típica investigación de Pendergast, fundada en corazonadas, vías muertas y pruebas contradictorias, con el hilo conductor de una labor policial muy cuestionable.

Sin embargo, una vez en Penumbra, mientras escuchaba las explicaciones de Pendergast, que empezaron durante la cena y siguieron en torno a los cafés, se dio cuenta de que aquella historia tan inconexa tenía una lógica interna. Pendergast le explicó la obsesión por Audubon de su difunta esposa, y cómo habían rastreado su interés por la cotorra de las Carolinas, el *Marco Negro*, el loro extraviado y el extraño destino de la familia Doane. Le leyó pasajes del diario de la hija de los Doane, un escalofriante descenso a la locura; le describió su visita a Blast, otro que buscaba el *Marco Negro* y que había sido asesinado hacía poco, al igual que el antiguo jefe de Helen Pendergast en Médicos con Alas, Morris Blackletter; y al final, le expuso la serie de deducciones y descubrimientos que les habían llevado al hallazgo del *Marco Negro*.

Cuando el agente se quedó en silencio, Hayward se apoyó en el respaldo del sillón y, entre sorbos de café, repasó mentalmente la insólita información, buscando puntos en común y conexiones lógicas sin encontrar casi ninguno. Habría que trabajar mucho más para cubrir las lagunas.

Echó un vistazo al cuadro que recibía el nombre de *Marco Negro*. La luz indirecta de la chimenea no le impidió ver los detalles: la mujer en la cama, la austera habitación, la desnudez fría y blanca de su cuerpo... Turbador, por decirlo suavemente.

Volvió a mirar a Pendergast, que ya llevaba su característico traje negro.

—Así que usted cree que a su mujer le interesaba la enfermedad de Audubon; una enfermedad que, por alguna razón, le convirtió en un genio creativo.

—Sí, debido a algún efecto neurológico desconocido. Para alguien con los intereses de Helen, habría sido un descubrimiento farmacológico de incalculable valor.

—Y para lo único que quería el cuadro era para confirmar su teoría.

Pendergast asintió con la cabeza.

—El cuadro es el eslabón entre la producción temprana de Audubon, que es anodina, y su talento posterior. Es la prueba de la transición que experimentó. Sin embargo, esto no acaba de resolver el misterio central del caso: los pájaros.

Hayward frunció el entrecejo.

—¿Los pájaros?

—Las cotorras de las Carolinas. Y el loro de los Doane.

Hayward también había estado dándole vueltas, inútilmente, a la enfermedad de Audubon.

—¿Y?

Pendergast bebió un sorbo de café.

—Creo que tenemos entre manos una cepa de gripe aviar.

—¿Gripe aviar? ¿Se refiere a la gripe del pollo?

—Creo que es la enfermedad que postró a Audubon, estuvo a punto de matarle y fue responsable de su florecimiento creativo. Todos sus síntomas: fiebre alta, dolor de cabeza, delirio y tos cuadran con la gripe; la cual, sin duda, contrajo mientras diseccionaba una cotorra de las Carolinas.

—No tan deprisa. ¿Cómo lo sabe?

En respuesta, Pendergast cogió un libro gastado con encuadernación de piel.

—Este es el diario de mi tatarabuelo, Boethius Pendergast. Entabló amistad con Audubon durante la juventud del artista.

Abrió el diario por una página señalada con un hilo plateado, y al encontrar el pasaje que buscaba, empezó a leer en voz alta.

21 de agosto J. J. A. ha vuelto a pasar con nosotros la velada. Durante la tarde se ha entretenido diseccionando dos cotorras de las Carolinas, especie sin mayor interés que sus curiosos colores. Después las ha rellenado y las ha montado en madera de ciprés. Hemos cenado bien. Luego hemos dado un paseo por el parque. Se ha despedido de nosotros hacia las diez y media. La semana que viene tiene pensado hacer un viaje río arriba, donde asegura que tiene perspectivas de negocio.

Pendergast cerró el diario.

—Audubon no llegó a hacer el viaje río arriba. La causa fue que en cuestión de una semana se le manifestaron los síntomas que acabarían llevándole al sanatorio de Meuse St. Claire.

Hayward señaló el diario con la cabeza.

—¿Usted cree que su mujer vio este pasaje?

—Estoy seguro. Si no, ¿por qué habría robado aquellos especímenes de cotorra de las Carolinas, justamente los que diseccionó Audubon? Quería hacerles las pruebas de la gripe aviar. —Pendergast hizo una pausa—. Y quizá algo más que simples pruebas: tenía la esperanza de extraer una muestra viva del virus. Vincent me dijo que lo único que quedaba de las cotorras que robó mi mujer eran algunas plumas. Por la mañana iré a la plantación Oakley, me haré con las plumas en cuestión, prudentemente, y las mandaré analizar, para confirmar mis sospechas.

—Pero eso sigue sin explicar la relación entre las cotorras y la familia Doane.

—Es muy sencillo. Los Doane contrajeron la misma enfermedad que Audubon.

—¿Por qué lo dice?

—Porque existen demasiadas similitudes para que no sea así,

capitana. El brote súbito de talento creativo, seguido de la demencia. Demasiadas similitudes, y Helen lo sabía. Por eso fue a robarles el loro.

—Pero cuando ella se llevó el pájaro, la familia aún estaba sana. No tenían gripe.

—Uno de los diarios de la casa de los Doane menciona, de pasada, que la familia pasó la gripe poco después de la aparición del pájaro.

—Dios mío...

—Y luego, poco después, manifestaron señales de genialidad creativa. —Pendergast hizo otra pausa—. Helen fue a quitarles el loro a los Doane. De eso estoy seguro. Tal vez para evitar una mayor propagación de la enfermedad. Y para analizarlo, por supuesto, a fin de confirmar sus sospechas. Fíjese en lo que escribió Karen Doane en su diario acerca del día en el que Helen se llevó el loro: «Llevaba guantes de cuero, y metió el pájaro y su jaula en una bolsa de basura». ¿Por qué? Al principio supuse que la bolsa solo era para esconderlo, pero no, era para no contagiarse, ni contaminar el coche.

—¿Y los guantes de cuero?

—Seguro que los llevaba para esconder guantes quirúrgicos debajo. Helen intentaba alejar un vector viral de la población humana. No cabe duda de que tanto el ave como la jaula y la bolsa fueron incinerados, naturalmente después de que Helen tomase las muestras necesarias.

—¿Incinerados? —repitió Hayward.

—Protocolo estándar. En última instancia, también debieron de incinerarse las muestras que tomó.

—¿Por qué? Si la familia Doane estaba infectada podían contagiárselo a otras personas. Quemar el pájaro sería como cerrar la puerta del establo cuando ya se ha escapado el caballo.

—No exactamente. Resulta que la gripe aviar pasa con facilidad de las aves a los hombres, pero tiene mucha más dificultad para hacer lo mismo entre seres humanos. Los vecinos no corrían peligro. Para la familia Doane, naturalmente, ya era demasiado tarde. —Pendergast acabó el café y dejó la taza a un lado—. Sin embargo, sigue en pie un misterio central: ¿de dónde se escapó el loro de los Doane? Y, aún más importante: ¿cómo se convirtió en portador?

A pesar de su escepticismo, Hayward no pudo evitar sentirse intrigada.

—Quizá se equivoque. Quizá el virus estuviera latente durante todo ese tiempo y el pájaro lo contrajo de manera natural.

—Lo dudo. Recuerde que el loro tenía una anilla. No, el genoma viral tuvo que secuenciarse y reconstruirse minuciosamente en un laboratorio, usando material de las cotorras de las Carolinas robadas. Y después se inoculó en pájaros vivos.

—Es decir, que el loro se escapó de un laboratorio.

—Exacto. —Pendergast se levantó—. Queda en pie la principal pregunta: ¿qué tiene que ver todo esto con el asesinato de Helen, y los asesinatos y ataques contra nosotros de los últimos días, si es que tiene algo que ver?

—¿No está olvidando otra pregunta? —inquirió Hayward.

Pendergast la miró.

—Dice que Helen robó las cotorras que había estudiado Audubon, las que supuestamente le contagiaron. Asimismo, Helen fue a ver a la familia Doane y les robó el loro, porque, como también ha dicho usted, sabía que estaba infectado. De lo cual se deduce que Helen es el hilo conductor entre los dos hechos. ¿Y no tiene curiosidad por saber qué papel pudo tener en la secuencia y la inoculación?

Pendergast se volvió, pero no antes de que pasara por su rostro una mirada de dolor. Hayward casi se arrepintió de haber hecho aquella pregunta.

La biblioteca se quedó en silencio. Finalmente, Pendergast se volvió otra vez hacia la capitana.

—Tenemos que retomarlo donde lo dejamos Vincent y yo.

—¿«Tenemos»?

—Doy por hecho que cumplirá usted el deseo de Vincent. Necesito un colaborador competente y, si mal no recuerdo, usted proviene de esta zona. Le aseguro que lo hará muy bien.

Sus suposiciones, su actitud condescendiente, eran de lo más irritante. Hayward conocía de sobra las técnicas de investigación heterodoxas de Pendergast, su alegre falta de respeto a las normas y el reglamento, y sus escarceos al margen de la ley. Ella lo encontraría molesto, tal vez intolerable. Hasta podía perjudicarla profesionalmente. Sostuvo su insistente mirada. De no ser por aquel hombre, Vinnie no estaría en un hospital, en estado crítico y esperando una nueva válvula cardíaca.

Por otro lado... Vinnie se lo había pedido. Dos veces.

Comprendió que ya había tomado una decisión.

—Está bien, le ayudaré a llegar hasta el final, no por usted, sino por Vinnie, pero... —Vaciló—. Tengo una condición. Y no es negociable.

—Por supuesto, capitana.

—Cuando encontremos a la persona culpable de la muerte de su esposa, si es que la encontramos, prométame que no la matará.

Pendergast se quedó muy quieto.

—¿Se da cuenta de que estamos hablando de alguien que asesinó a mi mujer a sangre fría?

—Yo no creo en que cada cual se tome la justicia por su mano. Demasiada gente de la que persigue usted acaba muerta sin haber llegado ni siquiera a los tribunales. Esta vez, dejaremos que la justicia siga su curso.

Hubo una pausa.

—Lo que pide... es difícil.

—Es el precio —se limitó a decir Hayward.

Pendergast sostuvo un buen rato su mirada. Después, de manera casi imperceptible, asintió.

48

En la penumbra del garaje había un hombre en cuclillas, detrás de un coche envuelto en una funda blanca de tela. Eran las siete de la tarde y ya se había puesto el sol. Olía a cera de coche, aceite de motor y moho. Después de sacarse una Beretta semiautomática de 9 mm del cinturón, abrió el cargador y comprobó de nuevo que estuviese lleno. Tras volver a guardar el arma, abrió y cerró tres veces las manos, estirando y contrayendo alternativamente los dedos. En cualquier momento llegaría su objetivo. Le corría el sudor por la nuca y empezó a palpitarle un tendón en el muslo, pero era tal su concentración en lo que estaba a punto de ocurrir, que no prestó atención a ninguna de las dos distracciones.

Frank Hudson llevaba dos días estudiando la plantación Penumbra, a fin de averiguar todos sus movimientos y costumbres. Le había sorprendido lo laxas que eran las medidas de seguridad: un solo criado viejo y medio ciego que abría la casa por la mañana y volvía a cerrarla de noche, con tanta puntualidad que serviría para poner el reloj en hora. Durante el día, la verja de entrada se dejaba cerrada, pero no con llave, y no parecía que hubiera vigilancia. Pese a haber buscado a fondo, Hudson no había encontrado ni rastro de cámaras de seguridad, sistemas de alarma, sensores de movimiento o rayos infrarrojos. La vetusta plantación estaba tan alejada de todo, que Hudson tenía poco que temer de las patrullas rutinarias de la policía. En la casa había poca gente aparte del objetivo y del criado; solo una mujer bastante atractiva, con muy buen tipo, a quien había visto un par de veces.

El blanco de Hudson, el tal Pendergast, era la única irregularidad en el patrón horario de la plantación Penumbra. Llegaba y se iba a las horas más imprevisibles. Con todo, Hudson había observado durante el suficiente tiempo para darse cuenta de que había una pequeña pauta en sus idas y venidas; se centraba en el vino. Cuando el viejo criado, de paso cansino, empezaba a preparar la cena y descorchaba una botella de vino, sabía que Pendergast no llegaría a casa más tarde de las siete y media, para tomársela. Si el criado no descorchaba ninguna botella, quería decir que Pendergast no cenaría en casa, y que llegaría mucho más tarde, si llegaba.

Aquella tarde había una botella descorchada en el aparador, claramente visible a través de las ventanas del comedor.

Hudson miró su reloj. Hizo un ensayo mental de cómo iría todo, y de qué haría él. De repente se quedó de piedra; se oían ruedas por la grava. Era el momento. Esperó, respirando despacio. El coche se detuvo al otro lado de la puerta, con el motor en punto muerto. Se abrió una puerta; luego se oyó un ruido de pasos. Las siguientes en abrirse fueron las del garaje, primero una y luego la otra —no eran automáticas—. Los pasos regresaron hacia el coche y la puerta se cerró, a la vez que el motor aceleraba un poco. El morro del Rolls penetró en el garaje. Al principio, los faros deslumbraron a Hudson; la luz lo llenaba todo. Poco después se apagaron, al igual que el motor, y el garaje volvió a quedar a oscuras.

Parpadeó, esperando a que sus ojos se acostumbraran. Su mano se cerró alrededor de la culata de la pistola. Deslizó el arma fuera del cinturón y quitó el seguro cuidadosamente con el pulgar.

Esperó a oír que se cerrase la puerta, y a que su blanco encendiera la luz del garaje, pero no pasó nada. Parecía que Pendergast esperase dentro del coche. ¿A qué? Al sentir que su corazón se aceleraba dentro del pecho, Hudson intentó controlar su respiración y mantener la concentración. Sabía que estaba bien escondido; había ajustado la funda del coche para que llegase hasta el suelo, tapándole incluso los pies.

Tal vez Pendergast hablara por el móvil, acabando una llamada; o aprovechase una de las pocas ocasiones que tenía para quedarse tranquilamente sentado, como hace a veces la gente antes de bajar del coche.

Con suma cautela, Hudson levantó un poco la cabeza para asomarse al borde de la funda. La forma borrosa del Rolls se dibujaba inmóvil en la oscuridad. No se oía nada, excepto los clics del motor al enfriarse. Era imposible ver al otro lado de los cristales tintados.

Esperó.

—¿Se le ha caído un botón? —preguntó alguien justo a sus espaldas.

Dio un respingo y gruñó de sorpresa; instintivamente movió la mano, haciendo detonar la pistola. El disparo reverberó entre las cuatro paredes. Al intentar dar media vuelta, notó que le arrancaban la pistola de la mano y que un brazo nervudo se enroscaba en su cuello. Su cuerpo pivotó y se estampó contra el coche cubierto por la funda.

—En el gran juego de la vida humana —dijo la voz—, se empieza siendo un ingenuo y se acaba siendo un canalla.

Hudson forcejeó inútilmente.

—¿Y usted, amigo mío? ¿Qué lugar de ese feliz espectro ocupa?

—No sé de qué coño me habla —logró articular finalmente Hudson.

—Si permanece tranquilo le soltaré. Así. Relájese.

En el momento en el que Hudson dejó de resistirse, sintió que se aflojaba la presión, y recuperó el movimiento de sus brazos y sus piernas. Al volverse, se encontró cara a cara con su blanco, Pendergast: un hombre alto, vestido de negro, con la cara y el pelo tan blancos que parecía que brillasen en la oscuridad, como un fantasma. Tenía en la mano la Beretta de Hudson y le apuntaba.

—Lo siento. No nos habían presentado. Me llamo Pendergast.

—Que te jodan.

—Siempre me ha parecido una expresión curiosa cuando se usa peyorativamente. —Tras mirarle de los pies a la cabeza, Pendergast deslizó la pistola en la cintura de su pantalón—. ¿Proseguimos la conversación en el interior de la casa?

Hudson se lo quedó mirando.

—Por favor.

Pendergast le hizo señas de que caminase hacia la puerta lateral, delante de él. Hudson obedeció. Tal vez hubiera una manera de no irse con las manos vacías, a pesar de todo.

Cruzó la puerta del garaje, seguido por Pendergast. Después recorrió el camino de grava y subió por los escalones de la vetusta mansión. El criado tenía la puerta abierta.

—¿Va a entrar el caballero? —preguntó, en un tono que dejaba clara su esperanza de que no lo hiciera.

—Solo unos minutos, Maurice. Tomaremos una copa de jerez en el salón este.

Pendergast orientó a Hudson por señas; le hizo cruzar el vestíbulo y entrar en una pequeña sala de estar. La chimenea estaba encendida.

—Siéntese.

Hudson tomó asiento con cautela en un viejo sofá de cuero. Pendergast lo hizo enfrente, mirando su reloj.

—Solo tengo unos minutos. Se lo repetiré: ¿cómo se llama, por favor?

Hudson hizo un esfuerzo para recuperar la compostura y adaptarse al giro inesperado de los acontecimientos. Aún podía salir ganando.

—Mi nombre no le importa. Soy investigador privado, y trabajaba para Blast. No le hace falta saber nada más. Con eso es más que suficiente.

Pendergast volvió a mirarle de arriba abajo.

—Ya sé que tiene el cuadro —prosiguió Hudson—. El *Marco Negro*. Y sé que mató a Blast.

—Qué inteligente.

—Blast me debía un montón de dinero. Lo único que pretendo es recuperar lo que me corresponde. Págueme y olvidaré todo lo que sé sobre la muerte de Blast. ¿Me explico?

—Ya veo. Se trata de una especie de plan improvisado de chantaje.

La cara pálida de Pendergast se amplió con una sonrisa aterradora, que dejó a la vista una dentadura blanca y regular.

—Solo quiero recuperar lo que se me debe. Y al mismo tiempo le ayudaré; no sé si me entiende.

—Veo que el señor Blast no escogía demasiado bien a su personal.

Sin saber muy bien qué había querido decir, Blast vio que Pendergast sacaba la Beretta de su traje negro, abría el cargador, volvía a meterlo en su sitio y le apuntaba. En ese momento, llegó el criado con una bandeja de plata y dos copitas llenas de un líquido marrón, que depositó una tras otra.

—Maurice, al final no hará falta el jerez. Voy a llevarme a este caballero al pantano, le dispararé en la nuca con su propia pistola y dejaré que eliminen las pruebas los aligátores. Volveré a tiempo para cenar.

—Como usted desee, señor —contestó el criado, recogiendo las copas que acababa de dejar.

—No me tome el pelo —dijo Hudson.

Sintió una punzada de incomodidad. Quizá había ido demasiado lejos.

No pareció que Pendergast le oyera. Se levantó y le apuntó con la pistola.

—Vamos.

—No diga tonterías. No puede salirle bien. Mis hombres me esperan. Saben dónde estoy.

—¿Sus hombres? —Otra vez la sonrisa aterradora—. Vamos, ambos sabemos que trabaja estrictamente por cuenta propia, y que no le ha dicho a nadie adónde iba esta noche. ¡Al pantano!

—Espere. —De pronto Hudson tuvo un ataque de pánico—. Se está equivocando.

—¿Acaso cree que después de haber matado a un hombre

dudaré en matar a otro que está al corriente del crimen y ahora pretende extorsionarme? ¡En pie!

Hudson se levantó de un salto.

—Escúcheme, por favor. Olvide lo del dinero. Solo quería explicarme.

—Huelgan las explicaciones. Ni siquiera me ha dicho su nombre, lo cual le agradezco. Siempre me da reparo acordarme de los nombres de mis víctimas.

—Es Hudson —se apresuró a decir—, Frank Hudson. No lo haga, por favor.

Pendergast le clavó en un costado el cañón de la pistola y le empujó hacia la puerta sin contemplaciones. Hudson salió al vestíbulo tambaleándose como un zombi. Después cruzó la puerta y salió al porche. Frente a él se abría una noche oscura y húmeda, poblada por el croar de las ranas y el cricrí de los insectos.

—No, no, por Dios...

Ahora ya estaba seguro de haber cometido un gravísimo error de cálculo.

—Tenga la amabilidad de seguir caminando.

Sintió que se le doblaban las rodillas. Se dejó caer en los tablones.

—Por favor.

Las lágrimas le caían por la cara.

—Está bien, lo haré aquí mismo. —Hudson sintió el frío contacto del cañón de la pistola en la nuca—. Tendrá que limpiarlo Maurice.

—No lo haga —gimió Hudson.

Oyó que Pendergast amartillaba la Beretta.

—¿Por qué no iba a hacerlo?

—Cuando me echen de menos, la policía encontrará mi coche. Está bastante cerca y vendrán a buscar por aquí.

—Ya lo moveré de sitio.

—Dejará su ADN. No podrá evitarlo.

—Lo moverá Maurice. Además, de la policía ya me encargaré yo.

—Registrarán el pantano.

—Ya le he dicho que los aligátores eliminarán su cadáver.

—Eso es que no sabe mucho de cadáveres. Tienen la costumbre de reaparecer al cabo de unas semanas. Hasta en los pantanos.

—En mi pantano, y con mis aligátores, no.

—Los aligátores no pueden hacer desaparecer huesos humanos. Pasan por los intestinos y salen tal cual.

—Me impresionan sus conocimientos de biología.

—Escúcheme. La policía descubrirá que he trabajado para Blast, y le relacionará con usted, y a usted conmigo. He pagado con tarjeta de crédito en la gasolinera de aquí al lado. Le aseguro que se le llenará la casa de polis.

—¿Cómo me relacionarán con Blast?

—¡Tranquilo, encontrarán la manera! —siguió diciendo Hudson, con sentido fervor—. Estoy al corriente de todo. Me lo contó Blast. Me habló de su visita. Justo después de que se fuera usted, Blast mandó desmantelar su negocio de pieles. No quería correr ningún riesgo. Llamó por teléfono al minuto de que se fuera usted de su casa.

—¿Y el *Marco Negro*? ¿El que nos perseguía era usted?

—Sí, era yo. Blast le azuzó con lo del *Marco Negro*. Quería que lo encontrase, y supuso que usted sería lo bastante listo para conseguir lo que no había conseguido él. Le impresionó. Pero la policía se enterará de todo, si no lo sabe ya; de todo el jaleo que montaron en el Donette Hole. Si yo desaparezco, se le llenará todo esto de polis y de perros, se lo aseguro.

—Nunca me relacionarán con Blast.

—¡Pues claro que sí! Blast me dijo que usted le había acusado de matar a su mujer. ¡Está usted metido hasta el cuello en la investigación!

—¿Y a mi mujer la mató Blast, sí o no?

—Él decía que no, que no tenía nada que ver.

—¿Y usted lo creía?

Hudson hablaba lo más deprisa que podía; le dolía el pecho por la rapidez con la que latía su corazón.

—Blast no era un santo, pero tampoco un asesino. Era una sabandija, un estafador y un manipulador. Sin embargo, no tenía huevos para matar a nadie.

—A diferencia de usted, que estaba escondido en mi garaje con una pistola.

—¡No, no! No era para matarle. Yo solo quería hacer un trato. Solo soy un detective privado que intenta ganarse la vida. ¡Tiene que creerme!

Se le quebró la voz de pánico.

—¿Ah, sí? —Pendergast apartó la pistola—. Ya puede levantarse, señor Hudson.

Hudson se puso en pie. Tenía la cara mojada por el llanto y temblaba de los pies a la cabeza, pero le daba igual. Sentía una esperanza abrumadora.

—Es usted un poco más inteligente de lo que creía. ¿Qué le parece si en vez de matarle entramos otra vez, disfrutamos del jerez y hablamos de sus condiciones laborales?

Hudson se sentó al lado de la chimenea encendida, en el sofá, con todo el cuerpo cubierto de sudor. Se sentía exhausto, sin fuerzas, pero al mismo tiempo vivo y vibrante, como si hubiera vuelto a nacer y fuera un hombre nuevo.

Pendergast se arrellanó en su sillón, sonriendo a medias de manera peculiar.

—Bien, señor Hudson, si va a trabajar para mí, tiene que contármelo todo. Sobre Blast y sobre su misión.

Hudson estuvo encantado de hacerlo.

—Blast me llamó por teléfono después de que usted fuera a verle. La verdad es que se llevó un buen susto con el asunto de las pieles ilegales. Dijo que iba a congelar el negocio indefinidamente. También dijo que usted estaba siguiendo la pista del cuadro, el *Marco Negro*, y me pidió que le vigilara, para poder quitárselo si lo encontraba.

Pendergast asintió, sobre las yemas unidas de sus dedos.

—Ya le he dicho que tenía la esperanza de que usted le llevase hasta el *Marco Negro*. Yo le vigilaba, y vi la que organizó en Pappy's. Después le perseguí, pero se me escapó.

Otro gesto de asentimiento.

—Entonces fui a ver a Blast, para informarle, y me lo encontré muerto. Dos disparos que le dejaron hecho cisco. Me debía cinco mil, por mi tiempo y los gastos. Supuse que le había matado usted, y se me ocurrió venir a verle para recuperar lo que se me debía.

—Siento decirle que no fui yo quien mató a Blast, sino otra persona.

Hudson asintió con la cabeza, sin saber si creérselo.

—¿Y qué sabía usted de los negocios del señor Blast?

—Poca cosa. Ya le he dicho que se dedicaba al tráfico ilegal de productos animales, concretamente pieles, aunque daba la impresión de que le importaba aún más el *Marco Negro*. Estaba obsesionado.

—¿Y usted, señor Hudson? ¿Cuál es su historia?

—Era poli, pero me relegaron a administración por diabético. Como no aguantaba pasarme todo el día en un despacho, me hice investigador privado. De eso hace unos cinco años. Trabajé mucho para Blast, sobre todo investigando el pasado de sus... socios comerciales y sus proveedores. Blast tenía mucho cuidado al elegir con quién trabajaba. El mercado de animales está lleno de polis de paisano y de infiltrados. Él casi siempre trataba con un tal Victor.

—¿Victor qué más?

—No llegué a oír el apellido.

Pendergast miró su reloj.

—Es la hora de cenar, señor Hudson, y, aunque lo lamento, no puede quedarse.

Hudson también lo lamentó.

Pendergast metió una mano en la americana y sacó un pequeño fajo de billetes.

—De lo que le debía Blast no puedo responder —dijo—, pero esto es para sus primeros días de empleo. Quinientos al día más gastos. En adelante, trabajará desarmado y exclusivamente para mí. ¿Lo ha entendido?

—Sí.

—Hay un pueblo que se llama Sunflower, justo al oeste del pantano de Black Brake. Quiero que consiga un mapa, trace un círculo en un radio de ochenta kilómetros alrededor de la localidad e identifique todas las compañías farmacéuticas y centros de investigación sobre fármacos que haya dentro del círculo, desde hace quince años. Quiero que las visite todas; finja ser un motorista que se ha perdido. Acérquese todo lo posible sin infringir ninguna prohibición. No tome notas, ni haga fotos. Memorícelo todo. Observe, y dentro de veinticuatro horas, venga a informarme. En eso consiste su primer encargo. ¿Me ha entendido?

Hudson lo había entendido. Oyó que se abría la puerta, y voces en el vestíbulo. Había llegado alguien.

—Sí. Gracias.

Aún era más dinero del que le pagaba Blast, y por un encargo de lo más sencillo. Mientras no tuviera que entrar en el pantano propiamente dicho... Era un sitio del que ya había oído demasiados rumores.

Pendergast le acompañó a la puerta de la cocina. Hudson salió a la noche, lleno de intensa gratitud y lealtad hacia quien le había permitido seguir con vida.

49

St. Francisville, Luisiana

Laura Hayward salió del pueblo tras el coche patrulla, por una carretera llena de curvas que llevaba hacia el sur, al Mississippi. Se sentía llamativa, y bastante violenta, al volante del Porsche descapotable de época de Helen Pendergast, pero el agente del FBI había sido tan cortés al ofrecerle el coche de su mujer, que no había tenido el valor de negarse. Mientras conducía por la pendiente bajo un dosel de robles y nogales, se acordó de su primer trabajo en la policía de Nueva Orleans. Entonces solo era operadora sustituta, pero la experiencia la había reafirmado en su deseo de ser policía. Eso fue antes de irse al norte, a Nueva York, para estudiar en el John Jay College of Criminal Justice, e incorporarse a su primer puesto como agente de tráfico. Los casi quince años transcurridos le habían hecho perder casi todo su acento sureño, y, de paso, la habían convertido en toda una neoyorquina.

Al ver St. Francisville, con sus casas encaladas, de largos porches y tejados de chapa, y su ambiente cargado de olor a magnolia, notó que al instante se perforaba su caparazón neoyorquino. Pensó que de momento su experiencia con la policía de la zona había ido mejor que mientras buscaba información sobre el asesinato de Blast en Florida, donde la habían mareado con tanta burocracia. Las buenas maneras del viejo Sur aún no habían muerto del todo.

El coche patrulla se metió por el camino de entrada de una casa, seguido por Hayward, que aparcó al lado. Al bajar vio un rancho modesto, con macizos de flores muy cuidados, entre dos magnolios.

Los dos policías —un sargento de la división de homicidios y un agente raso— que la habían acompañado hasta la casa de Blackletter bajaron del coche y se acercaron a ella, subiéndose los cinturones. El que era blanco, Field, era pelirrojo, tenía una cara sonrosada y sudaba en abundancia. El otro, el sargento detective Cring, era de una seriedad casi excesiva; parecía un hombre que cumplía su deber y ponía escrupulosamente todos los puntos sobre las íes, sin dejarse nada.

La casa encalada como las contiguas, se veía pulcra y limpia. Sobre el césped flotaba una cinta policial que había desprendido el viento y que se enrollaba en las columnas del porche. La cerradura de la puerta estaba tapada con cinta adhesiva naranja.

—Capitana —dijo Cring—, ¿quiere inspeccionar el terreno o prefiere entrar?

—Entremos, por favor.

Hayward les siguió al porche. Su llegada sin previo aviso a la comisaría de St. Francisville había sido todo un acontecimiento, aunque no precisamente positivo al principio. No les había gustado nada ver llegar a un capitán de la policía de Nueva York —mujer, para colmo— en un coche deslumbrante, para investigar un homicidio local sin advertir ni respetar a los agentes de las fuerzas del orden; ni tan siquiera había hecho una simple llamada de cortesía desde el norte. Sin embargo, Hayward había logrado disipar los recelos con sus comentarios simpáticos acerca de su época en la policía de Nueva Orleans; poco después, ya parecían amigos de toda la vida. Al menos, así lo esperaba ella.

—Vamos a dar una vuelta —añadió Cring al acercarse a la puerta.

Sacó una navaja y cortó la cinta. Al quedar libre, la puerta, que tenía rota la cerradura, se abrió por sí sola.

—¿Y esto? —preguntó Hayward, señalando una caja de fundas para los pies, al lado de la puerta.

—Ya lo hemos registrado todo a fondo —dijo Cring—. No es necesario ponérselas.

—De acuerdo.

—Era un caso bastante claro —dijo Cring al entrar en la casa, que exhalaba olor a cerrado, a aire ligeramente enrarecido.

—¿Claro en qué sentido? —preguntó Hayward.

—Un robo con mal final.

—¿Cómo lo saben?

—Estaba todo revuelto. Se habían llevado unos cuantos aparatos: el televisor de pantalla plana, un par de ordenadores, un equipo de música... Daremos una vuelta y lo verá usted misma.

—Gracias.

—Ocurrió entre las nueve y las diez de la noche. El ladrón usó una palanca para entrar, como probablemente habrá observado, y cruzó el vestíbulo para ir al estudio del fondo, donde estaba Blackletter trabajando con sus robots.

—¿Robots?

—Le entusiasmaban los robots. Eran su hobby.

—Así que el culpable entró y fue directamente desde aquí al estudio.

—Eso parece. Debió de oír a Blackletter y decidió eliminarle antes de robar.

—¿El coche de Blackletter estaba en el camino de entrada?

—Sí.

Hayward siguió a Cring al estudio. Había una mesa larga, cubierta de piezas de metal, cables, circuitos impresos y todo tipo de aparatos extraños. Debajo, en el suelo, se veía una mancha grande y negra, y la pared de bloques de hormigón estaba llena de salpicaduras de sangre y agujeros de bala. Aún había conos de señalización y flechas por todas partes.

«Una escopeta —pensó Hayward—. Como Blast.»

—Le habían recortado el cañón —dijo Cring—. Calibre doce, según el análisis de las salpicaduras y los casquillos que encontramos. Doble cero.

Hayward asintió con la cabeza, y examinó la puerta del estudio: metal grueso, con una capa de material aislante duro fijada por dentro con tornillos. Las paredes y el techo también estaban insonorizados. Se preguntó si Blackletter estaba trabajando con la puerta abierta o cerrada. Si, tal como parecía, era un hombre meticuloso, la habría tenido cerrada, para que no saliera polvo y suciedad hacia la cocina.

—Después de disparar a la víctima —continuó Cring—, el asesino volvió a la cocina, donde hemos encontrado pisadas manchadas de sangre, cruzó el vestíbulo y entró en el salón.

Hayward estuvo a punto de decir algo, pero se mordió la lengua. No se trataba de ningún robo, pero no servía de nada señalarlo.

—¿Podemos ver el salón?

—Por supuesto.

Cring la llevó por la cocina y el vestíbulo, hasta llegar al dormitorio. No habían tocado nada. Todo seguía patas arriba. Habían revuelto un escritorio de tapa deslizante. Se veían cartas y fotos desperdigadas, libros tirados de la estantería y un sofá rajado con un cuchillo. En la pared había un agujero, donde había estado fijado el soporte del televisor de pantalla plana desaparecido.

Hayward vio en el suelo un abrecartas antiguo de plata de ley, con incrustaciones de ópalo, que habían tirado del escritorio. Al pasear la vista por el salón, se fijó en que había numerosos objetos de plata y oro, pequeños y de fabricación artesanal: ceniceros, barriles pequeños y cajitas, teteras, cucharillas, bandejitas, apagavelas, tinteros y figurillas, todos hermosamente tallados. Algunos tenían piedras preciosas incrustadas. Daba la impresión de que los hubieran tirado al suelo sin contemplaciones.

—¿Y todos estos objetos de plata y oro? —preguntó—. ¿Robaron alguno?

—Que nosotros sepamos, no.

—Parece extraño.

—Son cosas muy difíciles de vender, sobre todo en esta zona. Lo más probable es que el ladrón fuera un drogadicto que solo buscaba algo para un chute rápido.

—Toda esta plata parece formar parte de una colección.

—Lo era. El doctor Blackletter participaba en la sociedad histórica local, y de vez en cuando donaba cosas. Estaba especializado en plata americana de preguerra.

—¿De dónde sacaba el dinero?

—Era médico.

—Tengo entendido que trabajó en Médicos con Alas, una organización benéfica sin mucho dinero. Esta plata debe de valer una pequeña fortuna.

—Después de Médicos con Alas asesoró a varias compañías farmacéuticas. En esta zona hay bastantes; es uno de los puntales de la economía de la zona.

—¿Tienen algún expediente sobre el doctor Blackletter? Me gustaría verlo.

—Está en comisaría. Le daré una copia cuando hayamos terminado aquí.

Hayward siguió observando el salón. Tenía un vago sentimiento de insatisfacción, como si se pudiera sacar algo más del lugar del crimen. Su mirada recayó en varias fotos con marco de plata, que parecían haber caído de una estantería.

—¿Puedo?

—Usted misma. Ya ha pasado la policía científica, y lo ha examinado todo al milímetro.

Se arrodilló y cogió varias fotos. Supuso que los que salían en ellas eran parientes y amigos. En algunas instantáneas el protagonista era Blackletter: en África, pilotando un avión, vacunando a nativos y delante de un hospital de campo. En varias imágenes aparecía con una rubia muy guapa, algunos años menor que él. En una de ellas le pasaba el brazo por la espalda.

—¿El doctor Blackletter estaba casado?

—No —contestó Cring.

Hayward giró la última foto entre sus manos. El cristal del marco se había roto al chocar contra el suelo. Sacó la fotografía del marco y le dio la vuelta. Al dorso había algo escrito, con letra grande y redondeada: «Para Morris, en recuerdo del vuelo sobre el lago. Con cariño, M.».

—¿Puedo quédarmela? Solo la foto.

Un titubeo.

—Bueno, tendríamos que anotarlo en el informe. —Otro titubeo—. ¿Puedo preguntarle por qué?

—Podría ser pertinente para mi investigación.

Hayward había tenido la precaución de no explicarles exactamente de qué investigación se trataba, y ellos, después de algunos intentos no muy entusiastas de averiguarlo, habían tenido el tacto de no insistir.

Cring, sin embargo, volvía a ello.

—Si no le importa que se lo pregunte, nos sorprende un poco que a una capitana de homicidios de la policía de Nueva York le interese un robo con asesinato cometido por aquí, bastante rutinario. No queremos ser indiscretos, pero sería útil saber qué busca, para poder ayudarla.

Consciente de que no podía eludir por más tiempo la pregunta, Hayward optó por despistarles.

—Está relacionado con una investigación de terrorismo.

Silencio.

—Ah.

—Terrorismo —repitió Field a sus espaldas, hablando por primera vez. Les había estado siguiendo tan silenciosamente, que Hayward casi ya ni se acordaba de su presencia—. He oído que hay mucho de eso en Nueva York.

—Sí —dijo ella—. Entenderán que no podamos entrar en detalles.

—Por supuesto.

—Actuamos con total discreción. Por eso he venido de manera informal. No sé si me explico.

—Sí, claro —dijo Field—. Si no es demasiado preguntar, ¿tiene algo que ver con los robots?

Hayward le sonrió rápidamente.

—Cuanto menos diga, mejor.

—Por supuesto —dijo el agente, sonrojándose de satisfacción por haberlo adivinado.

Hayward odiaba mentir. Siempre era malo y, como se descubriese, podía quedarse sin trabajo.

—Deme esa foto —dijo Cring, con una mirada de advertencia a su subordinado—. Haré que la registren y se la devuelvan enseguida.

Deslizó la foto en un sobre de pruebas, lo cerró y le puso sus iniciales.

—Creo que ya estamos —dijo Hayward, mirando a su alrededor con sentimiento de culpa por su burdo engaño; ojalá no se le empezasen a contagiar las tácticas de Pendergast.

Salió de la oscuridad de la casa al día soleado y húmedo. Al mirar a su alrededor, se dio cuenta de que la calle terminaba en el río, a menos de un kilómetro. Se volvió impulsivamente hacia Cring, que estaba cerrando la puerta.

—Detective... —dijo.

Él se giró.

—Dígame.

—Comprenderá que todo lo que hemos dicho debe quedar entre ustedes y yo.

—Sí, señora.

—Y probablemente también comprenderá ahora por qué me parece que este robo es un montaje.

Cring se acarició la barbilla.

—¿Un montaje?

—Teatro. —Hayward señaló el fondo de la calle con la cabeza—. Le apuesto lo que quiera a que si buscan los aparatos que faltan, los encontrarán allá abajo, pasada la carretera, en el fondo del Mississippi.

Cring la miró a ella, después el río, y otra vez a ella. Asintió lentamente.

—Pasaré a buscar la foto por la tarde —dijo Hayward, metiéndose en el Porsche.

50

Plantación Penumbra

Maurice abrió la puerta a Hayward, que penetró en el interior poco iluminado de la mansión. Volvió a parecerle justo el sitio de donde siempre había imaginado que podía salir Pendergast: entre próceres en decadencia de antes de la guerra, en una casa destartalada con un viejo sirviente de uniforme.

—Por aquí, capitana Hayward —dijo Maurice volviéndose, y señalando la sala de estar con la palma de la mano.

Cuando entró, Hayward vio a Pendergast sentado ante el fuego, con una copita en la mano derecha. El agente se levantó y le indicó un asiento.

—¿Jerez?

Hayward dejó el maletín en el sofá, y tomó asiento al lado.

—No, gracias. No es lo que suelo beber.

—¿Alguna otra cosa? ¿Cerveza? ¿Té? ¿Un martini?

Lanzó una mirada a Maurice; no quería molestarle, pero estaba exhausta por el viaje.

—Un té. Caliente y fuerte, con leche y azúcar, por favor.

El criado se fue con una inclinación de la cabeza.

Pendergast volvió a ponerse cómodo, con una pierna sobre la otra.

—¿Qué tal su viaje a Siesta Key y St. Francisville? —preguntó.

—Productivo, pero antes de nada ¿cómo está Vinnie?

—Bastante bien. No ha habido incidentes en el traslado a la clínica privada; y la segunda operación, para sustituirle la válvula de la aorta por una de cerdo, ha ido de maravilla. Se está recuperando.

Hayward se apoyó en el respaldo, con la sensación de haberse quitado un enorme peso de encima.

—Menos mal. Me gustaría verle.

—Como le dije en su momento, sería una insensatez. Incluso una llamada telefónica podría ser mala idea. Todo apunta a que nos enfrentamos con un asesino muy inteligente, que además, si no me equivoco, dispone de una fuente de información interna acerca de nosotros. —Pendergast bebió un sorbo de jerez—. Pero, en fin, acabo de recibir el informe de laboratorio sobre las plumas que sustraje en la plantación Oakley: los pájaros estaban infectados por un virus de la gripe aviar, efectivamente, pero la minúscula muestra que conseguí estaba demasiado deteriorada para hacer un cultivo. De todos modos, el investigador a mi servicio hizo una observación interesante. El virus es neuroinvasivo.

Hayward suspiró.

—Me parece que tendrá que explicármelo.

—Se esconde en el sistema nervioso humano. Es de una gran neurovirulencia. Lo cual nos aporta la última pieza del puzle, capitana.

Llegó el té. Maurice le sirvió una taza.

—Siga.

Pendergast se levantó y empezó a pasearse delante de la chimenea.

—Este virus provoca malestar, como cualquier virus de la gripe; y, al igual que muchos virus, se esconde en el sistema nervioso, para evitar el flujo sanguíneo y por tanto el sistema inmunológico humano. Sin embargo, las similitudes acaban ahí, ya que este virus también afecta al sistema nervioso. Se trata de un efecto de lo más inusual: aumenta la actividad cerebral y desencadena un florecimiento del intelecto. Según me ha dicho mi investigador, un hombre extremadamente inteligente, la causa podría ser un simple relajamiento de las vías neurales. Por lo visto, el virus aumenta levemente la sensibilidad de las terminaciones nerviosas, de modo que se disparan más deprisa, con más facilidad y menos estímulos. Nervios de gatillo fácil, por así decirlo. No obstante, el virus también inhibe la producción de acetilcolina en el cerebro, y parece que esta combinación de efectos es lo que acaba desequilibrando el organismo, hasta que tanta información sensorial abruma a la víctima.

Hayward frunció el ceño. Le pareció que aquello era ir un poco lejos, incluso para Pendergast.

—¿Está seguro de lo que dice?

—Harían falta más investigaciones para confirmar la teoría, pero es la única respuesta que encaja. —Pendergast hizo una pausa—. Piense un momento en usted misma, capitana Hayward. Está sentada en un sofá. Es consciente de la presión del cuero en su espalda. Es consciente del calor de la taza de té en su mano. Huele el asado de cordero que habrá para cenar. Oye diversos sonidos: grillos, pájaros cantando en los árboles, el fuego de la chimenea, Maurice en la cocina...

—Pues claro —dijo Hayward—. ¿Por qué lo dice?

—Es consciente de todas esas sensaciones, y probablemente de cien más, si se parase a pensarlo; pero ahí está la cuestión: no se para a pensarlo. Una parte de su cerebro, el tálamo, para ser exactos, desempeña el papel de un agente de tráfico que se asegura de que solo sea consciente de las sensaciones más importantes en cada momento. ¿Se imagina qué pasaría si no hubiera ese agente de tráfico? Recibiría un bombardeo constante de sensaciones, y no podría descartar ninguna. A corto plazo la función cognitiva y la creatividad mejorarían, pero a largo plazo se volvería loca. Literalmente. Fue lo que le sucedió a Audubon. Y a la familia Doane, pero con mucha mayor rapidez e intensidad. Ya sospechábamos que la locura común a Audubon y a los Doane no era una simple coincidencia. Solo nos faltaba el eslabón. Hasta ahora.

—El loro de los Doane —dijo Hayward—. También tenía el virus. Como los loros robados en la plantación Oakley.

—Exacto. Mi mujer debió de descubrir este efecto tan extraordinario de modo accidental. Se dio cuenta de que la enfermedad de Audubon parecía haberle cambiado profundamente, y como epidemióloga disponía de los medios para averiguar por qué. Lo genial fue darse cuenta de que no era solo un cambio psíquico causado por la proximidad de la muerte, sino un cambio físico. Me ha preguntado qué papel tuvo ella en todo esto; pues bien, tengo motivos para creer que informó de su descubrimiento a alguna compañía farmacéutica, con las mejores intenciones, y que esa compañía intentó elaborar un fármaco. Un potenciador mental, o lo que llaman hoy en día «drogas inteligentes», creo.

—¿Y qué pasó con el fármaco? ¿Por qué razón no lo desarrollaron?

—Creo que cuando lo sepamos estaremos mucho más cerca de entender por qué mi mujer fue asesinada.

Hayward volvió a hablar, lentamente.

—Hoy me he enterado de que Blackletter asesoró a varias compañías farmacéuticas después de dejar Médicos con Alas.

—Excelente. —Pendergast siguió caminando—. Estoy listo para escuchar su informe.

Hayward resumió sucintamente sus visitas a Florida y a St. Francisville.

—Tanto a Blast como a Blackletter les mató un profesional con una escopeta de calibre doce y cañones recortados, cargada con cartuchos doble cero. Entró, mató a las víctimas, lo revolvió todo y se llevó algunas cosas para que pareciese un robo.

—¿A qué compañías farmacéuticas asesoró Blackletter?

Hayward abrió su maletín, extrajo un sobre de papel, sacó una hoja y se la tendió.

Pendergast se acercó y la cogió.

—¿Ha identificado a algún antiguo contacto o socio de Blackletter?

—Solo a uno; por una foto de una ex novia.

—Excelente punto de partida.

—Hablando de Blast, hay algo que no entiendo.

Pendergast dejó la foto.

—¿Qué?

—Veamos... Está bastante claro que quien le mató fue el mismo que mató a Blackletter, pero ¿por qué? Él no tenía nada que ver con el asunto de la gripe aviar, ¿verdad?

Pendergast sacudió la cabeza.

—No, nada. Muy buena pregunta. Tal vez esté relacionado con esa conversación que mantuvieron Blast y Helen. Blast me contó que cuando preguntó a Helen por el *Marco Negro*, y por la razón de que lo buscara, ella le dijo: «No quiero quedármelo. Solo quiero examinarlo». Ahora sabemos que en este caso Blast dijo la verdad; pero, evidentemente, la persona que organizó el asesinato de mi esposa no podía estar al corriente de lo dicho durante la conversación. Helen podía haberle contado más cosas a Blast, muchas más; incluso, por ejemplo sobre Audubon y la gripe aviar. Por eso era necesario que muriese, por cuestión de seguridad. No era un cabo suelto muy importante, pero seguía siendo un cabo suelto.

Hayward sacudió la cabeza.

—Qué cruel.

—En efecto.

En ese momento entró Maurice, con cara de fastidio.

—Ha venido a verle el señor Hudson.

—Que pase.

Hayward vio aparecer en la sala a un hombre bajo, corpulento y de aspecto obsequioso, con gabardina, sombrero fedora, pantalones de rayas y zapatos de cordones. Se ajustaba hasta en el menor detalle a una caricatura de detective de cine negro, cosa que evidentemente creía ser. A Hayward le extrañó sobremanera que Pendergast tuviera tratos con semejante personaje.

—Espero no interrumpir —dijo el hombre, bajando la cabeza y quitándose el sombrero.

—En absoluto, señor Hudson. —Hayward se fijó en que Pendergast no les presentaba—. ¿Trae la lista de compañías farmacéuticas que le pedí?

—Sí, y las he visitado todas...

—Gracias. —Pendergast cogió la lista—. Por favor, espere en la sala del lado este, donde escucharé su informe a su debido tiempo. —Hizo una señal con la cabeza a Maurice—. Asegúrate de que el señor Hudson se sienta a gusto, y sírvele una bebida sin alcohol.

El viejo criado le acompañó otra vez al vestíbulo.

—¿Se puede saber qué le ha hecho para que esté tan...? Hayward buscó la palabra indicada—. ¿Dócil?

—Una variante del síndrome de Estocolmo. Primero le amenazas de muerte, y luego te muestras magnánimo y le perdonas la vida. El pobre cometió el error de esconderse en mi garage con una pistola cargada, en un intento bastante chapucero de chantajearme.

Hayward se estremeció al volver a acordarse de por qué le desagradaban tanto los métodos de Pendergast.

—En fin, ahora trabaja para nosotros. El primer encargo consistía en elaborar una lista de todas las compañías farmacéuticas en ochenta kilómetros a la redonda de la casa de los Doane, basándome en que ochenta kilómetros es la distancia máxima que podría cubrir un loro que ha huido. No tenemos más que compararla con la lista que ha hecho usted de las compañías asesoradas por Blackletter.

Pendergast levantó las dos hojas de papel y las miró alternativamente. De pronto se le endureció la expresión. Bajó las hojas y miró a Hayward a los ojos.

—Hay una que coincide —dijo—. Longitude Pharmaceuticals.

51

Baton Rouge

La casa, de un cálido estuco amarillo con ribetes, estaba en un barrio burgués al borde de Spanish Town, y tenía un jardín delantero muy pequeño, abarrotado de tulipanes. Laura Hayward siguió a Pendergast por el camino de ladrillo que llevaba a la puerta. Echó un vistazo al letrero de grandes dimensiones que advertía: ABSTÉNGANSE VENDEDORES. No presagiaba nada bueno. Hayward estaba un poco molesta, porque Pendergast había rechazado su propuesta de que llamasen para concertar una entrevista.

Les abrió la puerta un hombre bajo, con poco pelo, que les escrutó a través de sus gafas redondas.

—¿Qué desean?

—¿Está Mary Ann Roblet en casa? —preguntó Pendergast con su acento sureño más melifluo, lo que irritó aún más a Hayward, que tuvo que volver a recordarse que no lo hacía por él, sino por Vinnie.

El hombre vaciló.

—¿De parte de quién?

—Aloysius Pendergast y Laura Hayward.

Otra vacilación.

—¿Son... de alguna iglesia?

—No —dijo Pendergast—. Tampoco vendemos nada.

Esperó, con una sonrisa amable en la cara.

Tras vacilar unos instantes, el hombre dijo algo en voz alta por encima del hombro.

—Mary Ann... Han venido a verte dos personas.

Esperó en la puerta, sin invitarles a entrar.

Poco después se afanó en llegar a la puerta una mujer vivaracha, gruesa y pechugona, con el pelo blanco bien peinado y discretamente maquillada.

—¿Sí?

Pendergast volvió a hacer las presentaciones, a la vez que sacaba la placa del traje, la abría ante ella con un movimiento fluido, la cerraba otra vez y la guardaba en algún lugar debajo de la tela negra. Hayward se sobresaltó al ver que dentro de la placa había colocado la foto que había cogido en casa de Blackletter.

Mary Ann Roblet se ruborizó.

—¿Podemos hablar en privado, señora Roblet?

La mujer estaba demasiado nerviosa para responder, y cada vez más sonrojada.

El hombre, a todas luces su marido, se había quedado detrás, receloso.

—¿Qué pasa? —preguntó—. ¿Quién es esta gente?

—Del FBI.

—¿Del FBI? ¿Del FBI? Pero ¿qué pasa? —Se volvió hacia ellos—. ¿Qué quieren?

Habló Pendergast.

—Señor Roblet, es pura rutina. No hay por qué preocuparse. Pero es confidencial. Tenemos que hablar unos minutos con su mujer. Entonces, ¿podemos pasar, señora Roblet?

Ella, completamente sonrojada, se apartó de la puerta.

—¿Hay algún sitio de la casa donde podamos hablar en privado? —preguntó Pendergast—. Si no le importa.

La señora Roblet recuperó la voz.

—Podemos ir al estudio.

La siguieron a una sala pequeña en la que había dos sillones muy mullidos, un sofá, moqueta blanca en todo el suelo y un enorme televisor de plasma en un rincón. Pendergast cerró la puerta con firmeza, mientras el señor Roblet se quedaba ceñudo en el pasillo. La señora Roblet se sentó remilgadamente en el sofá, arreglándose el borde del vestido. En vez de sentarse en una de las sillas, Pendergast lo hizo al lado de ella, en el sofá.

—Perdone que la hayamos molestado —dijo en voz baja y agradable—. Esperamos no robarle más que unos pocos minutos.

Tras un silencio, la señora Roblet dijo:

—Supongo que están investigando... la muerte de Morris Blackletter.

—Correcto. ¿Cómo lo sabía?

—Lo he leído en el periódico.

Su rostro, hasta entonces cuidadosamente compuesto, empezó a alterarse.

—Lo siento mucho —dijo Pendergast, mientras sacaba del traje un paquete de pañuelos de papel y le ofrecería uno.

Ella lo cogió y se secó las lágrimas. Estaba haciendo un esfuerzo heroico por no venirse abajo.

—No pretendemos hurgar en su pasado, ni perturbar su vida conyugal —añadió Pendergast con afabilidad—. Me imagino que debe de ser difícil llevar luto en secreto por alguien a quien en otros tiempos quiso mucho. Nada de lo que digamos aquí dentro llegará a oídos de su marido.

Ella asintió con la cabeza, y volvió a usar el pañuelo.

—Sí. Morris era... era un hombre maravilloso —dijo en voz baja, una voz que a partir de entonces cambió, se endureció—. Acabemos cuanto antes.

Hayward cambió de postura, incómoda. «Malditos sean Pendergast y sus métodos», pensó. Aquel tipo de entrevista tenía que haberse hecho en un lugar más formal: una comisaría, con los debidos aparatos de grabación.

—Faltaría más. ¿Conoció al doctor Blackletter en África?

—Sí —contestó ella.

—¿En qué circunstancias?

—Yo era enfermera en la misión baptista de Libreville, en Gabón. Eso queda en África occidental.

—¿Y su marido?

—Era el principal pastor de la misión —dijo en voz baja.

—¿Cómo conoció al doctor Blackletter?

—¿Es realmente necesario? —susurró.

—Sí.

—Dirigía una clínica pequeña cerca de la misión, para Médicos con Alas. Cada vez que se declaraba alguna enfermedad en la parte oeste del país, iba en avión a vacunar en las aldeas. Era un trabajo muy, muy peligroso. A veces, si necesitaba que le ayudasen, yo le acompañaba.

Pendergast cubrió amablemente una de sus manos con la suya.

—¿Cuándo empezó su relación con él?

—Hacia mediados de nuestro primer año; es decir, hace veintidós años.

—¿Y cuándo terminó?

Un largo silencio.

—Nunca.

A la señora Roblet le falló la voz.

—Explíquenos a qué se dedicaba el señor Blackletter en Estados Unidos después de dejar Médicos con Alas.

—Morris era epidemiólogo, y muy bueno. Trabajaba de asesor para muchas compañías farmacéuticas; les ayudaba a diseñar y elaborar vacunas y otros medicamentos.

—¿Una de ellas era Longitude Pharmaceuticals?

—Sí.

—¿Hizo algún comentario sobre su colaboración con ella?

—Casi nunca hablaba de su trabajo de asesor. Era algo bastante confidencial: secreto industrial, y ese tipo de cosas. De todos modos, es curioso que haya mencionado ese nombre, porque de esa compañía sí que habló un par de veces, más que de las demás.

—¿Y?

—Ahí trabajó más o menos un año.

—¿Cuándo fue?

—Hará unos once años. Se fue repentinamente. Sucedió algo que no le gustó. Estaba enfadado, asustado; y le aseguro que Morris no se asustaba con facilidad. Una noche, recuerdo que me habló del director general de la compañía. Se llamaba Slade, Charles J. Slade. Dijo que era mala persona, y que a las personas verdaderamente malas se las reconocía por su capacidad de atraer a buena gente a su vorágine. Fue la palabra que utilizó, «vorágine». Recuerdo que tuve que buscarla en el diccionario. Poco después de irse de Longitude, dejó bruscamente de hablar de ella, y ya nunca volvió a hacer ningún otro comentario.

—¿No volvió a trabajar para ellos?

—No, nunca. Quebraron muy poco después de que se fuera Morris. Por suerte ya le habían pagado.

Hayward se inclinó hacia delante.

—Perdone que la interrumpa, pero ¿cómo sabe que le pagaron?

Mary Ann Roblet posó en ella sus ojos grises, húmedos y enrojecidos.

—Le encantaba la plata buena, las antigüedades. Un día se gastó una fortuna en una colección particular, y cuando le pregunté cómo había podido permitírselo, me contestó que había recibido una indemnización muy cuantiosa de Longitude.

—Una indemnización muy cuantiosa. Después de trabajar un año. —Pendergast reflexionó un momento—. ¿Qué más dijo sobre ese hombre, Slade?

La señora Roblet pensó unos instantes.

—Dijo que había dejado por los suelos una buena compañía; que la había destruido con su imprudencia y su arrogancia.

—¿Usted conoció a Slade?

—¡Oh, no! Morris y yo nunca nos mostramos en público. Siempre fue una relación... privada. Aunque sabía que todos temían a Slade; todos menos June.

—¿June?

—June Brodie, la secretaria ejecutiva de Slade.

Pendergast pensó un momento y se volvió hacia Hayward.

—¿Tiene usted alguna otra pregunta?

—¿El doctor Blackletter le explicó alguna vez qué hacía en Longitude o con quién colaboraba?

—Nunca hablaba de las investigaciones confidenciales, aunque de vez en cuando mencionaba a algunos de sus colaboradores. Le gustaba contar anécdotas graciosas sobre los demás. Veamos... Mi memoria ya no es lo que era. Estaba June, claro.

—¿Por qué «claro»? —preguntó Pendergast.

—Por lo importante que era June para Slade.

La señora Roblet se quedó callada. Luego abrió la boca para añadir algo y se ruborizó ligeramente.

—¿Hay algo más? —insistió Pendergast.

Ella sacudió la cabeza.

Tras un breve silencio, Hayward continuó.

—¿Con qué otras personas colaboraba el doctor Blackletter en Longitude?

—Déjeme pensar... El subdirector científico, el doctor Gordon Groebel, que era la persona ante quien respondía directamente Morris.

Hayward anotó enseguida el nombre.

—¿Algo en particular sobre ese doctor Groebel?

—Déjeme que piense... Morris dijo un par de veces que iba desencaminado; y que era un codicioso, si no recuerdo mal. —La señora Roblet hizo una pausa—. Había alguien más. Un tal Phillips, Denison Phillips, creo. Era el abogado de la empresa.

Se hizo el silencio en la sala de estar. Mary Ann Roblet se secó los ojos, sacó una polvera y se puso colorete. También se retocó el pelo y se pintó un poco los labios.

—La vida sigue, como dicen. ¿Desean algo más?

—No —dijo Pendergast, levantándose—. Gracias, señora Roblet.

Ella no contestó. La siguieron a través de la puerta y por el pasillo. Su marido estaba en la cocina, bebiendo café. Llegó rápidamente al vestíbulo, cuando ya se disponían a marcharse.

—¿Te encuentras bien, cariño? —preguntó, mirándola con preocupación.

—Muy bien. ¿Te acuerdas del doctor Blackletter, aquel hombre tan amable que trabajaba en la Misión?

—¿Blackletter, el médico volador? Pues claro que me acuerdo. Era muy buen hombre.

—Pues hace unos días le mataron en St. Francisville; por lo visto entraron a robar en su casa. Estos agentes del FBI lo están investigando.

—¡Santo cielo! —exclamó Roblet, con más cara de alivio que de otra cosa—. Qué horror. Ni siquiera sabía que viviese en Luisiana. Hacía años que no me acordaba de él.

—Yo también.

Al subir al Rolls, Hayward se volvió hacia Pendergast.

—Lo ha hecho estupendamente —dijo.

Él se giró, inclinando la cabeza.

—Viniendo de usted, lo acepto como un gran elogio, capitana Hayward.

52

Frank Hudson se paró a la sombra de un árbol, en el camino de entrada al edificio del registro civil. Dentro, el aire acondicionado alcanzaba temperaturas siberianas, y salir a aquel ambiente tan caluroso y húmedo, más de lo normal para esas fechas, hizo que se sintiera como un cubito de hielo al que arrojan a una sopa caliente.

Dejó el maletín en el suelo. Después sacó un pañuelo del bolsillo delantero de su traje de raya diplomática y se lo pasó por la calva. «No hay nada como un buen invierno en Baton Rouge», se dijo, de mal humor. Después de guardarse el pañuelo en el bolsillo, dejando que asomara una punta con estilo, contrajo los párpados para que no le deslumbrase el sol mientras buscaba su Ford Falcon de época en el aparcamiento. Cerca había una mujer rechoncha, con un vestido de cuadros, que salía hecha un basilisco de un Nova destartalado. Vio que daba dos portazos seguidos, intentando que quedara cerrado.

—Cabrón —oyó que murmuraba a su coche, en la siguiente tentativa de cerrarlo—. Hijo de puta.

Hudson se secó otra vez la calva y se caló el sombrero. Sería mejor que descansara un rato más en la sombra antes de subir al coche. El encargo que le había hecho Pendergast había sido coser y cantar. June Brodie, treinta y cinco años, secretaria, casada y sin hijos. Una mujer de bandera. Estaba todo en el expediente. Marido enfermero. Ella también había estudiado enfermería, pero había acabado trabajando en Longitude. Un salto de catorce años en el tiempo. Quiebra Longitude, ella se queda sin trabajo, y al cabo de una semana se monta en su Tahoe, va a Archer Bridge y desaparece. La nota de suicidio escrita a mano que dejó en el coche decía: YA NO PODÍA AGUANTARLO. TODO FUE CULPA MÍA. PERDÓN. Durante una semana buscan en el río sin encontrar nada. Es un lugar donde salta mucha gente, la corriente es rápida, el río profundo, y hay muchos cadáveres que nunca aparecen. Punto final.

Hudson había tardado un par de horas en reunir la información y consultar el archivo. Temía no haber trabajado lo suficiente para justificar su sueldo de quinientos dólares al día. Quizá fuera mejor no comentar que solo había tardado dos horas.

Era un expediente muy completo; incluso había una fotocopia de la nota de suicidio. El agente del FBI quedaría satisfecho. En cuanto al salario, se adaptaría a lo que fuera. Era una relación demasiado lucrativa para regatear o intentar sacar unos centavos más.

Recogió el maletín y, saliendo de la sombra, fue hacia el aparcamiento.

Nancy Milligan soltó otra palabrota mientras empujaba la puerta, que esta vez se quedó cerrada. Estaba sudorosa, exasperada y furibunda: por aquel calor inusual, pero sobre todo con su marido. ¿Por qué le endosaba a ella sus encargos, el muy imbécil, en vez de mover su culo gordo y hacerlos él? A su edad, ¿para qué quería el ayuntamiento de Baton Rouge una copia certificada de su partida de nacimiento? No tenía sentido.

Al erguirse, descubrió cohibida que al otro lado del aparcamiento había un hombre con el sombrero hacia atrás, secándose la frente y mirando hacia ella.

Justo entonces, el sombrero salió volando y un lado de la cabeza del hombre se volvió borroso y se fundió en un chorro de líquido oscuro. Al mismo tiempo, un fuerte ¡pam! reverberó entre los grandes robles. El hombre cayó despacio al suelo, tieso como un árbol. Su cuerpo aterrizó con tanta pesadez, que rodó como un tronco antes de quedarse quieto, envuelto por sus brazos, en un estrambótico abrazo. El sombrero se posó al mismo tiempo en el suelo y, tras rodar unos metros, dio unos giros más y se quedó al revés.

Al principio la mujer no se movió del coche. No podía. Después sacó su móvil y marcó el 911, con los dedos casi paralizados.

—Acaban de dispararle a un hombre en el aparcamiento del registro civil —dijo, sorprendida por su propia calma—, en la calle Doce.

En respuesta a la pregunta que alguien le hizo, contestó:

—Sí, seguro que está muerto.

53

Habían precintado el aparcamiento y parte de la calle. Al otro lado de la barricada azul de la policía había un hormiguero de periodistas, equipos de noticias y cámaras, además de algún que otro curioso y de gente enfadada por no poder sacar el coche del aparcamiento.

Detrás de la barrera, junto a Pendergast, Hayward veía trabajar a los investigadores. Al final, Pendergast la había convencido de que se hicieran pasar por civiles y no se mezclaran en la investigación, ni revelaran que el muerto había trabajado para ellos.

Hayward había accedido a regañadientes. Reconocer su vinculación con Hudson habría entrañado un reguero interminable de papeles, reuniones y dificultades; habría entorpecido su labor y les habría sometido a la atención de la prensa y de la opinión pública; en resumidas cuentas, habría significado la imposibilidad de encontrar al agresor de Vinnie y al asesino de Hudson, que evidentemente eran la misma persona.

—No lo entiendo —dijo Hayward—. ¿Por qué han matado a Hudson? Nosotros nos hemos entrevistado con un montón de gente, hemos estado dando tumbos y armando jaleo, y él lo único que hacía era consultar información de libre acceso sobre June Brodie.

Pendergast miró el sol con los ojos entornados, sin decir nada.

Hayward apretó los labios y observó la labor del equipo forense, acuclillado en el asfalto caliente. Parecían cangrejos desplazándose despacio por el fondo del mar. De momento lo habían hecho todo bien, meticulosamente, siguiendo las normas al pie de la letra, sin un solo desliz que ella pudiera identificar. Eran profesionales. Aunque tal vez no fuera tan extraño; en Baton Rouge no asesinaban cada día a un hombre a pleno sol frente a un edificio del gobierno.

—Demos un paseo —murmuró Pendergast.

Hayward le siguió entre la gente. Cruzando el amplio césped, rodearon el aparcamiento hacia la esquina del fondo del registro civil. Se pararon delante de unos tejos, primorosamente podados en formas oblongas, como bolos aplastados.

Con una repentina suspicacia, Hayward observó que Pendergast se acercaba a los arbustos.

—Han disparado desde aquí —dijo él.

—¿Cómo lo sabe?

Señaló el suelo alrededor de los tejos, labrado y cubierto de trozos de corteza rastrillados.

—Se ha echado aquí. Esto son las huellas de su bípode.

Hayward escrutó el suelo sin acercarse mucho. Al final, no sin dificultad, reconoció dos marcas casi invisibles, de cortezas apartadas.

—Es admirable la imaginación que llega a tener, Pendergast. Para empezar, ¿cómo sabe que han disparado desde aquí? La policía parece convencida de que la bala ha llegado de otra dirección.

Casi toda la actividad policial se había centrado en la calle.

—Por la posición del sombrero. La fuerza del disparo ha echado a un lado la cabeza de la víctima, pero lo que ha arrojado el sombrero ha sido el rebote de los músculos del cuello.

Hayward puso los ojos en blanco.

—Un poco rebuscado, ¿no le parece?

Pero Pendergast no la escuchaba. Se estaba alejando por el césped, más rápido que antes. A Hayward le costó alcanzarle.

Aloysius recorrió los cuatrocientos metros de terreno, hacia el aparcamiento. Abriéndose camino con destreza entre la gente, llegó hasta la barrera. Sus ojos plateados volvieron a entornarse para escudriñar los innumerables coches aparcados, con el sol de cara. En sus manos aparecieron unos prismáticos pequeños, con los que miró a su alrededor.

Se los guardó otra vez en el traje.

—Perdonen...

Se apoyó en la barrera, intentando llamar la atención de dos detectives que hablaban entre ellos, con un sujetapapeles de por medio.

Ellos fingían no verle.

—¿Hola? Perdonen...

Uno de los detectives se volvió hacia él, con evidente reticencia.

—¿Sí?

—Venga, por favor.

Pendergast movió una mano blanca.

—Oiga, tenemos mucho trabajo.

—Por favor, es importante. Tengo información.

A Hayward le sorprendió y le irritó el tono quejumbroso de Pendergast; parecía calculado para despertar escepticismo. Con lo que se había esmerado por ganarse el favor de la policía local, solo faltaba que ahora él lo estropease.

El detective se acercó.

—¿Ha visto lo ocurrido?

—No, pero eso sí que lo veo.

Pendergast señaló el aparcamiento.

—¿El qué?

El detective siguió la dirección del dedo.

—Aquel Subaru blanco. En la puerta delantera de la derecha hay un agujero de bala justo debajo del borde de la ventanilla.

El detective forzó la vista y fue con desgana hacia el Subaru, rodeando los coches. Se agachó. Poco después irguió la cabeza, pegó un grito al resto del equipo y les hizo señas con la mano.

—¿George? ¡George! Que vengan todos aquí. ¡Hay una bala en esta puerta!

El equipo forense acudió enseguida, mientras el detective regresaba a paso rápido, con súbito interés y una mirada suspicaz.

—¿Cómo lo ha visto?

Pendergast sonrió.

—Tengo una vista excelente. —Se inclinó—. Y, si me permite una hipótesis de simple e ignorante espectador, teniendo en cuenta la posición del orificio de bala y la colocación de la víctima, creo que valdría la pena examinar los arbustos de la esquina sudeste del edificio, como probable punto de origen del disparo.

La mirada del detective se posó en el edificio y, al seguir la trayectoria, comprendió inmediatamente la geometría de la situación.

Pendergast se fue enseguida.

—¡Oiga! Un momento, señor.

Pero ya estaba demasiado lejos, mezclado con el ajetreo de la multitud. Fue hacia el edificio, seguido por Hayward, dejándose arrastrar por la corriente humana. Sin embargo, en vez de dirigirse donde tenían aparcado el coche, giró y entró en el registro civil.

—Una conversación interesante —dijo ella.

—Me ha parecido recomendable brindarles toda la ayuda posible. En este caso, necesitamos la máxima ventaja que podamos conseguir. De todos modos... —siguió diciendo Pendergast mientras se acercaba al mostrador de recepción—. Creo que nuestro adversario acaba de hacer su segundo movimiento en falso.

—¿Es decir?

En vez de contestar, Pendergast se dirigió amablemente a la recepcionista.

—Nos interesaría ver el expediente de una tal June Brodie. Es posible que aún no esté en la estantería. Me parece que hace poco lo ha consultado un caballero.

Mientras la recepcionista cogía el expediente de un carrito, Hayward se volvió hacia Pendergast.

—Está bien, pero solo se lo preguntaré una vez. ¿Cuál fue el primer movimiento en falso?

—No darme a mí en Penumbra, sino a Vincent.

54

Nueva York

El doctor John Felder bajó del banquillo de testigos de la vista por ingreso involuntario y regresó a su asiento. Evitó mirar a Constance Greene, la acusada, cuyos ojos, verdes e insistentes, producían gran turbación. Felder ya había dicho lo que tenía que decir. Había emitido su dictamen profesional: la acusada sufría una grave enfermedad mental y había que ingresarla en contra de su voluntad. Eran palabras vanas, puesto que ya la habían acusado de asesinato en primer grado, sin fianza, pero que no dejaban de constituir una etapa necesaria del proceso jurídico. Además, Felder tenía que reconocer que en aquel caso su valoración era acertada sin la menor duda, ya que, a pesar del aplomo, gran inteligencia y aparente lucidez de Greene, él albergaba la firme convicción de que estaba profundamente perturbada y no sabía diferenciar el bien y el mal.

Se oyó un ruido de papeles y carraspeos mientras el juez se aprestaba a dar por concluida la sesión.

—Hago constar en acta —recitó— que la supuesta enferma mental ha rechazado cualquier asistencia jurídica.

—Correcto, señoría —dijo afectadamente Greene, con las manos juntas sobre la falda de su uniforme de presidiaria.

—Tiene derecho a hablar en el transcurso de la vista —dijo el juez—. ¿Desea decir algo?

—De momento no, señoría.

—Ya ha oído el testimonio del doctor Felder, quien opina que constituye usted un peligro para sí misma y para los demás, y que habría que ingresarla contra su voluntad en una institución psiquiátrica. ¿Desea comentar algo sobre ese testimonio?

—No quisiera contradecir a un experto.

—Muy bien. —El juez entregó un fajo de papeles a un secretario judicial y recibió otro a cambio—. Ahora soy yo quien desea hacerle una pregunta.

Se bajó un poco las gafas sobre la nariz y la miró.

Felder estaba sorprendido. Había asistido a decenas de juicios por ingreso involuntario, pero nunca, o casi nunca, había visto que un juez formulase directamente una pregunta al acusado. Solían acabar con algún discurso en el que pontificaban, daban exhortaciones morales y hacían observaciones de psicología barata.

—Señorita Greene, parece que nadie es capaz de determinar su identidad; ni siquiera de verificar su existencia. Con su bebé ocurre lo mismo. Pese a una diligente búsqueda, no parece haber pruebas de que diera usted a luz. Esto último será un problema para el juez que entienda de su causa. Sin embargo, también yo me enfrento con problemas jurídicos considerables si ordeno su ingreso involuntario sin número de la seguridad social, ni pruebas de que posea usted la ciudadanía americana. Resumiendo, que no sabemos quién es usted realmente.

Hizo una pausa. Greene le miraba con atención, sin separar las manos.

—Me gustaría saber si está dispuesta a contarle su pasado a este tribunal —dijo el juez, con una severidad no exenta de dulzura—. Quién es realmente, y de dónde viene.

—Señoría, ya he dicho la verdad —respondió Constance.

—En esta transcripción, indica usted que nació en la calle Water en la década de 1970, pero el registro demuestra que no puede ser cierto.

—Es que no lo es.

Felder sintió que se apoderaba de él cierto cansancio. Lo que estaba haciendo el juez era una tontería. Era inútil, una pérdida de tiempo para todos. Él tenía pacientes a quienes atender, pacientes de pago.

—Lo dice usted aquí mismo, en esta transcripción que tengo entre las manos.

—No lo digo.

Exasperado, el juez empezó a leer la transcripción.

> Pregunta: ¿Cuándo nació?
>
> Respuesta: No me acuerdo.
>
> Pregunta: No, claro, es difícil que se acuerde, pero seguro que sabe su fecha de nacimiento.
>
> Respuesta: Lo lamento, pero no.
>
> Pregunta: Debió de ser... ¿a finales de los ochenta?
>
> Respuesta: Creo que debió de ser más bien a principios de los setenta.

El juez levantó la cabeza.

—¿Dijo usted estas palabras o no?

—Sí.

—Bien. Afirma haber nacido a principios de la década de 1970, en la calle Water, pero las investigaciones del tribunal han demostrado la absoluta falsedad de ese dato. De todos modos, parece usted demasiado joven para haber nacido hace más de treinta años.

Greene no dijo nada.

Felder empezó a levantarse.

—¿Puedo intervenir, señoría?

El juez se volvió y le miró.

—Adelante, doctor Felder.

—Yo ya he interrogado a fondo a la paciente sobre esta cuestión y, con todo respeto, señoría, quisiera recordar al tribunal que no estamos delante de alguien que piense de manera racional. Espero no ofender al tribunal si digo que, en mi opinión profesional, no se conseguirá nada útil volviendo sobre ello.

El juez dio unos golpecitos con las gafas en la carpeta.

—Es posible que tenga razón, doctor. ¿Debo entender que

el supuesto pariente más cercano, Aloysius Pendergast, deja este asunto en manos del tribunal?

—Ha rechazado todas las invitaciones a prestar declaración, señoría.

—De acuerdo. —El juez cogió otro fajo de papeles, respiró hondo y dirigió una mirada general a la sala de vistas, pequeña y vacía. Después volvió a ponerse las gafas y se inclinó hacia los papeles—. Este tribunal declara... —empezó a decir.

Constance Greene se puso en pie. De repente, se había sonrojado; por primera vez parecía sentir alguna emoción. A Felder casi le pareció enfadada.

—Pensándolo mejor, creo que hablaré. —De pronto su voz se había endurecido—. ¿Me permite, señoría?

El juez se apoyó en el respaldo y cruzó las manos.

—Doy mi permiso para una declaración.

—Es cierto que nací en la calle Water en los años setenta; pero del siglo xix. Todo lo que necesite saber lo encontrará en el registro civil de Center Street, y aún encontrará más cosas en la biblioteca central de Nueva York. Sobre mí; sobre mi hermana Mary, que fue enviada a la misión de Five Points, y a quien mató más tarde un asesino en serie; sobre mi hermano Joseph; sobre mis padres, muertos de tuberculosis... Hay bastante información sobre todos nosotros. Lo sé porque lo he consultado yo misma.

El silencio de la sala se alargó, hasta que el juez dijo:

—Gracias, señorita Greene. Puede sentarse.

Constance obedeció.

El juez carraspeó.

—Este tribunal declara que la señorita Constance Greene, de edad y domicilio desconocidos, no está en su sano juicio y que actualmente representa un grave peligro para sí misma y para otras personas. En consecuencia, disponemos que se ingrese a la señorita Constance Greene contra su voluntad en el correccional de Bedford Hills, a fin de que sea sometida a las observaciones y tratamientos oportunos. La duración del ingreso será indefinida.

Subrayó su sentencia con un golpe de mazo.

—Se levanta la sesión.

Felder se incorporó con un extraño abatimiento. Miró con disimulo a Constance Greene, que había vuelto a levantarse y a quien ahora rodeaban dos musculosos vigilantes. Se la veía pequeña, casi frágil entre ellos. Su rostro había perdido todo el color y volvía a ser inexpresivo. Aun siendo consciente de lo sucedido —y no podía ser de otra manera—, no manifestaba ni el menor asomo de emoción.

Felder dio media vuelta y salió de la sala.

55

Sulphur, Luisiana

El Buick de alquiler acariciaba el asfalto de la I-10, pulido como un diamante. Hayward había puesto el control de velocidad a ciento veinte kilómetros por hora, a pesar de que Pendergast había murmurado que a ciento veintisiete por hora llegarían cinco minutos antes.

Ya llevaban más de trescientos kilómetros en un solo día, y Hayward se había fijado en que Pendergast se estaba volviendo inusualmente irritable. No solo no disimulaba su poco aprecio por el Buick, sino que había propuesto en más de una ocasión que lo sustituyesen por el Rolls-Royce, del que ya habían arreglado el parabrisas. Sin embargo, Hayward se había negado. Le parecía inimaginable investigar con eficacia paseándose arriba y abajo con un Rolls; de hecho, le sorprendía que Pendergast estuviera dispuesto a usar un coche tan ostentoso para trabajar. Bastante incómodo había sido conducir el deportivo de época de su mujer. Después de veinticuatro horas, Hayward lo había metido en el garage y había insistido en alquilar un vehículo mucho menos emocionante, pero infinitamente más discreto.

Pendergast parecía molesto por no haber obtenido ningún resultado con los dos primeros nombres de la lista de Mary Ann Roblet; el primero llevaba mucho tiempo muerto, y el otro, aparte de no estar en su sano juicio, estaba entubado en el hospital. Ahora iban a por el tercero y último. Se trataba de Denison Phillips IV, el antiguo abogado de Longitude, que pasaba tranquilamente su jubilación en Bonvie Drive, en el club de campo Bayou Glades de Sulphur. Por su nombre y dirección, Hayward se lo imaginaba como un miembro de determinada aristocracia menor del Sur: pomposo, pagado de sí mismo, alcohólico, astuto y, sobre todo, poco dispuesto a ayudar. Era una tipología que conocía demasiado bien desde sus tiempos en la Universidad de Luisiana.

Al ver el anuncio de la salida de Sulphur, redujo la velocidad y se metió en el carril indicado.

—Me alegro de haber consultado los antecedentes del señor Phillips —dijo Pendergast.

—Pero si no tenía.

—Cierto —fue la escueta respuesta—. Me refería a los de Denison Phillips V.

—¿Su hijo? ¿Lo dice por lo de la posesión de drogas?

—Es bastante grave: más de cinco gramos de cocaína, con la intención de vender. Al consultar la ficha, también he reparado en que es alumno de la Universidad de Luisiana; quiere estudiar derecho.

—Sí. Veremos si entra en la facultad de derecho con un historial así... No te dejan ingresar en el colegio de abogados si has cometido algún delito grave.

—Es de suponer —dijo Pendergast, arrastrando las palabras— que la familia tiene relaciones y confía en haber borrado los antecedentes para cuando Denison V cumpla los veintiún años. Yo, al menos, confío en que lo pretendan.

Hayward apartó la vista de la carretera el tiempo justo para mirar a Pendergast. Había pronunciado las últimas palabras con un brillo duro en los ojos. Imaginó sus intenciones: apretar las tuercas, amenazar con obstaculizar cualquier tentativa de borrar los antecedentes, y hasta amenazar con llamar a la prensa e imposibilitar por todos los medios que Denison Phillips V ingresase en el bufete de su padre... a menos que este último hablara, y lo hiciera con efusividad. Tuvo más ganas que nunca de que Vinnie estuviera con ella, en vez de recuperándose en el hospital de Caltrop. Soportar a Pendergast era agotador. Se preguntó por enésima vez cuál era la razón exacta de que Vinnie, un policía de la vieja escuela, como ella, tuviera en tan alta estima a Pendergast y su absoluta falta de ortodoxia.

Respiró profundamente.

—Pendergast, me preguntaba si me haría un favor.

—Por supuesto, capitana.

—Deje que sea yo quien empiece esta entrevista.

Se sintió observada por el agente del FBI.

—Conozco bien a este tipo de gente —añadió—, y creo que sé cuál es la mejor manera de tratarla.

La respuesta de Pendergast fue precedida por un breve silencio, que a Hayward le pareció bastante gélido.

—Observaré con interés.

Denison Phillips IV salió a recibirles a la puerta de su espaciosa casa de la urbanización del club de golf; era lo bastante vieja para que los árboles plantados a su alrededor hubiesen alcanzado dimensiones casi majestuosas. Respondía tan exactamente a la imagen previa de Hayward, daba el tipo con tanta precisión, que le repelió al instante. Completaban la imagen una chaqueta de sirsaca con un pañuelo de cachemira metido en el bolsillo de delante, una camisa amarillo claro con un monograma bordado y el primer botón desabrochado, unos pantalones verdes de golf y un martini vespertino en la mano.

—¿Puedo preguntarles de qué se trata? —dijo, con un acento gangoso de falsa aristocracia en el que ya hacía varias generaciones que se había eliminado cualquier rastro de procedencia servil.

—Soy la capitana Hayward, de la policía de Nueva York, y antes estuve en la de Nueva Orleans —contestó ella, adoptando el tono insulso y neutro que usaba al tratar con posibles delatores—. Le presento a mi colaborador, el agente Pendergast, del FBI.

Mientras hablaba, sacó la placa y se la pasó a Phillips por delante. Pendergast no se molestó en hacer lo mismo.

La mirada de Phillips saltó del uno al otro.

—¿Se dan cuenta de que es domingo?

—Sí. ¿Podemos entrar?

—Antes, quizá tenga que hablar con mi abogado —dijo Phillips.

—Está usted en su derecho, naturalmente —contestó Hayward—. Esperaremos el tiempo que tarde en llegar. De todos modos, es una visita informal; solo queremos hacerle algunas preguntas rápidas. No es usted en absoluto uno de los objetivos de nuestra investigación. Solo necesitamos que nos dedique diez minutos.

Phillips vaciló, y al final se apartó.

—Entonces pasen.

Hayward le siguió al interior de la casa, decorada con moqueta blanca, ladrillo blanco, cuero blanco, oro y vidrio. El último era Pendergast, silencioso. Entraron en una sala de estar con unos ventanales que daban a una calle del campo de golf.

—Siéntense, por favor.

Phillips tomó asiento y dejó su martini en una mesita, sobre un posavasos de cuero. No les ofreció uno.

Hayward carraspeó.

—Usted era socio del bufete Marston, Phillips y Lowe, ¿verdad?

—Si se trata de mi bufete, la verdad es que no puedo contestar a nada.

—¿Y fue abogado de la compañía Longitude hasta el momento en el que quebró, hace unos once años?

Un largo silencio. Phillips sonrió, puso las manos sobre sus rodillas y se levantó.

—Lo siento, pero ya hemos pasado del punto en el que me siento cómodo sin representación legal. Les propongo que vuelvan con una citación; estaré encantado de responder a sus preguntas en presencia de un abogado.

Hayward se levantó.

—Como prefiera. Siento haberle molestado, señor Phillips. —Hizo una pausa—. Recuerdos a su hijo.

—¿Conoce a mi hijo?

Había sido una reacción natural, sin rastro de nerviosismo.

—No —dijo Hayward.

Fueron hacia el vestíbulo.

Hayward ya tenía la mano en el pomo de la puerta. Solo entonces, Phillips, con mucha calma, preguntó:

—¿Entonces por qué acaba de mencionarle?

Hayward se volvió.

—Veo que es usted un caballero del viejo Sur, señor Phillips; una persona directa, con valores a la antigua, que agradece la franqueza.

La reacción de Phillips fue de cierta cautela.

Hayward moduló sutilmente su voz, incorporando las inflexiones sureñas que solía eliminar.

—Por eso seré directa con usted. Vengo en misión especial. Necesitamos información. Y podemos ayudar a su hijo. Me refiero al asunto de la tenencia de drogas.

Sus palabras fueron acogidas con un silencio sepulcral.

—Eso ya está resuelto —dijo finalmente Phillips.

—Bueno... depende.

—¿De qué depende?

—De lo franco que sea usted.

Phillips frunció el ceño.

—No entiendo.

—Usted posee información de gran importancia para nosotros. Mi compañero, el agente Pendergast... digamos que no estamos de acuerdo en cuál es la mejor manera de conseguir esa información. Él, y el FBI, están en posición de asegurarse de que los antecedentes penales de su hijo no queden borrados. También le parece la manera más fácil de que usted nos ayude. Considera que mantener los antecedentes de su hijo y no dejarle ingresar en la facultad de derecho, o como mínimo amenazar con que no ingrese, es la mejor manera de obligarle a hablar.

Hayward hizo una pausa. Phillips les miró. Le palpitaba una vena en la sien.

—En cambio yo preferiría cooperar. Tengo buenas relaciones con la policía local; he formado parte de ella, y podría ayudar a borrar los antecedentes de su hijo. Así, seguro que conseguirá ingresar en la facultad de derecho, formar parte del colegio de abogados y entrar en su bufete. Considero que saldríamos todos ganando. ¿A usted qué le parece?

—Ya veo. La clásica estrategia del poli bueno y el poli malo —dijo Phillips.

—Una estrategia de eficacia probada.

—¿Qué quieren saber? —preguntó Phillips con voz débil.

—Estamos investigando un viejo caso, y tenemos motivos para creer que usted puede ayudarnos. Como ya le he dicho, está relacionado con Longitude Pharmaceuticals.

La expresión de Phillips se volvió más hermética.

—No puedo hablar sobre la compañía.

—Es una lástima. Voy a decirle por qué: porque esta actitud obstruccionista, oírla de sus labios, no hará más que reforzar la idea de mi compañero de que la mejor estrategia es la suya. Yo quedaré mal, y su hijo no logrará jamás licenciarse en derecho.

Phillips no contestó.

—También es una lástima porque el agente Pendergast no solo puede perjudicarle, sino que puede ayudarle. —Hayward se quedó callada, dejando que Phillips asimilase sus palabras—. Piense que, si quiere borrar los antecedentes de su hijo, necesitará la ayuda del FBI, ¿sabe? Con una sentencia así... bien, como puede imaginar, además del papeleo local habrá que encargarse de una ficha federal.

Phillips tragó saliva.

—Estamos hablando de una sentencia leve por drogas. Eso al FBI no le interesa.

—La posesión con intención de venta genera automáticamente una ficha federal. —Hayward asintió despacio—. Como abogado mercantil, quizá usted no lo sabía, pero le aseguro que en algún armario está esa ficha, como una bomba de relojería que tarde o temprano hará explotar el porvenir de su hijo.

Pendergast seguía al lado de ella, sin moverse. No había dicho nada en toda la conversación.

Phillips se pasó la lengua por los labios, mojándolos de martini, y vació los pulmones.

—¿Qué quieren saber, exactamente?

—Háblenos de los experimentos de Longitude con la gripe aviar.

Los cubitos de hielo del martini tintinearon en la temblorosa mano de Phillips.

—Señor Phillips... —le incitó Hayward.

—Capitana, si les hablara de eso, y se supiera, el resultado sería mi muerte.

—Nadie sabrá nada. El pasado no volverá para perseguirle. Tiene mi palabra.

Phillips asintió con la cabeza.

—Pero tiene que decirnos toda la verdad. Es el trato.

Un silencio.

—¿Y le ayudarán? —preguntó Phillips—. ¿Borrarán los antecedentes a nivel local y federal?

Hayward asintió con la cabeza.

—Me ocuparé personalmente.

—Está bien. Voy a decirles todo lo que sé, aunque la verdad es que no es mucho. Yo no formaba parte del grupo aviar. Parece que les...

—¿Les?

—Era una célula secreta dentro de Longitude. Se formó hace trece o catorce años. Los nombres se guardaban en secreto. El único que yo conocía era el del doctor Slade; Charles J. Slade, el director general. Era el que lo llevaba. Estaban intentando elaborar un nuevo fármaco.

—¿Qué tipo de fármaco?

—Una especie de fármaco o tratamiento para potenciar las facultades mentales, a partir de una cepa de gripe aviar. Trabajaban en secreto. Invirtieron una barbaridad de dinero y de tiem-

344

po. Después se fue todo al traste. La compañía tuvo problemas económicos y empezó a recortar gastos y a no cumplir los protocolos. Hubo accidentes. Se abandonó el proyecto. Luego, justo cuando parecía que había pasado lo peor, se declaró un incendio que destruyó el Complejo 6 y mató a Slade, y...

—Un momento —interrumpió Pendergast, hablando por primera vez—. ¿Quiere decir que el doctor Slade está muerto?

Phillips le miró y asintió con la cabeza.

—Y eso solo fue el principio. Poco después, su secretaria se suicidó, y la empresa se fue a pique. Quiebra con reestructuración. Fue un desastre.

Un breve silencio. Cuando miró a Pendergast, Hayward vio que su cara, normalmente inexpresiva, reflejaba sorpresa, y... ¿Qué más? ¿Decepción? Era evidente que no esperaba aquel giro.

—¿Slade era médico? —preguntó Pendergast.

—Tenía un doctorado.

—¿Conserva alguna foto de él?

Phillips titubeó.

—Estará en mi archivo de informes anuales.

—Vaya a buscarla, por favor.

Phillips fue hacia una puerta que daba a una biblioteca. Regresó poco después con un informe anual, que abrió y dio a Pendergast. El agente echó un vistazo a la foto impresa en la portada, sobre el mensaje del director general, y le pasó el informe a Hayward, que vio ante sí a un hombre excepcionalmente guapo: facciones escultóricas, abundante pelo blanco sobre unos ojos de un marrón intenso y una barbilla partida y prominente. Más que el director general de una empresa, parecía una estrella de cine.

Después de un rato, Hayward dejó el informe y siguió con sus preguntas.

—¿Por qué le contrataron si era un proyecto secreto?

Una vacilación.

—Ya le he dicho que hubo algunos accidentes. En el laboratorio utilizaban loros para cultivar el virus y hacer pruebas. Uno de ellos escapó.

—Y, tras sobrevolar el pantano de Black Brake, infectó a una familia de Sunflower. Los Doane.

La mirada de Phillips se volvió penetrante.

—Parece que sabe mucho.

—Siga, por favor.

Phillips, cuyas manos aún temblaban, bebió un buen trago.

—Slade y su grupo decidieron... dejar que el experimento espontáneo... siguiera su rumbo... De todos modos, cuando encontraron el loro ya era demasiado tarde; la familia ya estaba infectada. Así que no hicieron nada, para ver si la nueva cepa de virus que habían creado funcionaba.

—Pero no lo hizo.

Asintió con la cabeza.

—Toda la familia murió. No enseguida, claro. Entonces me contrataron, cuando ya eran hechos consumados, para asesorarles sobre las consecuencias jurídicas. Me quedé horrorizado. Habían cometido infracciones flagrantes, varios delitos graves que incluían homicidio por negligencia. Las consecuencias jurídicas y penales serían catastróficas. Yo les dije que no había ningún camino jurídicamente viable que pudiera conseguirles lo que querían, así que ellos echaron tierra por encima.

—¿No llegó a denunciarlo?

—Me lo impedía el secreto profesional.

Pendergast volvió a intervenir.

—¿Cómo empezó el incendio en el que murió Slade?

Phillips se giró para mirarle.

—La compañía de seguros lo investigó a fondo. Fue un accidente, por almacenamiento indebido de productos químicos. Ya le digo que entonces la compañía estaba recortando gastos para ahorrar dinero a toda costa.

—¿Y los demás miembros del grupo aviar?

—No sé los nombres, pero he oído que también acabaron muertos.

—Aun así, a usted le han amenazado de muerte.

Phillips asintió.

—Recibí una llamada telefónica, hace unos días. La persona

que llamaba no se identificó. Parece que su investigación ha destapado el pastel. —Respiró hondo—. No sé más. Les he contado todo. Yo nunca formé parte del experimento, ni tuve nada que ver con la muerte de la familia Doane. Me contrataron después, para arreglar las cosas, pero nada más.

—¿Qué puede decirnos de June Brodie? —preguntó Hayward.

—Era la secretaria ejecutiva de Slade.

—¿Cómo la definiría?

—Bastante joven. Atractiva. Motivada.

—¿Hacía bien su trabajo?

—Era la mano derecha de Slade. Parecía que estuviera metida en todo.

—¿En qué sentido?

—Participaba mucho en la gestión diaria de la compañía.

—¿Eso quiere decir que estaba al corriente del proyecto secreto?

—Como le he dicho, era muy confidencial.

—Pero ella era la secretaria ejecutiva de Slade —intervino Pendergast—. Enormemente motivada. Debía de ver todo lo que pasaba por la mesa de él.

Phillips no contestó.

—¿Qué tipo de relación tenía con su jefe?

Vaciló.

—Slade nunca me habló de ello.

—Pero usted oyó rumores —añadió Pendergast—. ¿Era una relación que fuera más allá de lo profesional?

—No sabría decírselo.

—¿Cómo era Slade como persona?

Al principio, parecía que Phillips no fuera a responder. Después suavizó su mirada desafiante y suspiró con resignación.

—Charles Slade era una combinación impresionante de dotes visionarias y una preocupación fuera de lo común por los demás, a lo que se añadía una codicia increíble, e incluso crueldad. Era como si encarnase a la vez lo mejor y lo peor que puede haber en un hombre, como muchos directores de empresa. De un momento a otro podía pasar de estar llorando al pie de la cama de un niño moribundo a... reducir diez millones del presupuesto y abandonar la elaboración de un fármaco que habría salvado miles de vidas en el Tercer Mundo.

Hubo un breve silencio.

Pendergast miraba fijamente al abogado.

—¿Le suena de algo el nombre de Helen Pendergast, o Helen Esterhazy?

El abogado sostuvo su mirada, sin la menor chispa de reconocimiento en sus ojos.

—No, es la primera vez que los oigo; al menos hasta que se ha presentado usted en mi puerta, agente Pendergast.

Pendergast abrió la puerta del Buick a Hayward, que se detuvo antes de entrar.

—Lo ha visto, ¿verdad? Como una seda.

—Ciertamente. —El agente cerró la puerta, rodeó el coche y también subió. No parecía quedar rastro de la irritación que Hayward había observado un rato antes—. Aunque siento cierta curiosidad.

—¿Por qué?

—Por cómo me ha presentado ante nuestro amigo Phillips, diciéndole que yo le habría amenazado y habría usado contra él los antecedentes penales de su hijo. ¿Cómo sabe que no le habría tratado como usted?

Hayward arrancó.

—Le conozco. Le habría machacado hasta dejar medio muerto a ese pobre hombre. Ya se lo he visto hacer otras veces. Yo, en vez de martillo, he usado una zanahoria.

—¿Por qué?

—Porque funciona, sobre todo con personas así; y porque me ayudará a dormir mejor.

—Espero que no se encuentre a disgusto en las camas de Penumbra, capitana.

—En absoluto.

—Me alegro. Personalmente, las encuentro de lo más satisfactorio.

Cuando Pendergast miró hacia delante, Hayward creyó vislumbrar una sonrisa fugaz. De pronto se dio cuenta de que podía haberse equivocado al presuponer cómo habría tratado a Denison Phillips IV; pero eso, se dijo, era algo que ya no sabría nunca.

56

Itta Bena, Mississippi

La carretera cruzaba sin altibajos las ciénagas de los alrededores del pueblo, entre cipreses por cuyas ramas se filtraba el débil sol de la mañana. Un cartel descolorido, que casi pasaba inadvertido en el paisaje, anunciaba:

LONGITUDE PHARMACEUTICALS
Fundada en 1966
«Recibiendo el futuro con mejores fármacos»

El Buick traqueteaba por el mal estado de la carretera y golpeaba el asfalto con los neumáticos. Por el retrovisor, Hayward vio que se acercaba un bulto, que no tardó en perfilarse como el Rolls-Royce de Pendergast. El agente había insistido en que fueran en dos coches, aduciendo que debía investigar algunas cosas por su cuenta, aunque ella estaba casi segura de que solo quería una excusa para apearse del Buick de alquiler y volver a su Rolls, más cómodo.

El Rolls se acercó rápidamente, superando de lejos el límite de velocidad. Después cambió al carril izquierdo e hizo vibrar el Buick al adelantarlo como un rayo. Hayward solo vio la mancha borrosa de una mano con puños negros que la saludaba al pasar.

La carretera dibujaba una curva muy larga. Hayward no tardó en volver a alcanzar al Rolls, que estaba al lado de la puerta de la fábrica, en punto muerto, mientras Pendergast hablaba con el vigilante de la garita de entrada. Tras una larga conversación, durante la que fue varias veces al teléfono, el vigilante hizo señas a ambos coches de que siguieran.

Hayward pasó al lado de un letrero que anunciaba: LONGITUDE PHARMACEUTICALS, PLANTA DE ITTA BENA, y se metió en el aparcamiento justo a tiempo para ver que Pendergast verificaba su Les Baer 45.

—No esperará problemas, ¿verdad? —dijo.

—Nunca se sabe —contestó Pendergast mientras enfundaba otra vez la pistola y se daba unas palmadas en el traje.

Al fondo de un prado había un complejo de edificios amarillos y bajos de ladrillo, rodeados en tres de sus lados por los dedos de un lago pantanoso lleno de flores y plantas acuáticas. A través de una pantalla de árboles, Hayward vio más edificios, algunos de aspecto ruinoso, invadidos por las zarzas. Al fondo se extendía la ciénaga de Black Brake, envuelta en una bruma misteriosa. Al mirar el pantano, que incluso a pleno día estaba oscuro, Hayward sintió un escalofrío. En su infancia había oído muchas leyendas al respecto: historias de piratas, fantasmas y cosas aún más raras. Ahuyentó un mosquito.

Siguió a Pendergast hasta el edificio principal. El recepcionista ya había sacado dos identificaciones, una a nombre de Pendergast y la otra a nombre de Hayward. La capitana cogió la suya y se la prendió de la solapa.

—Suban por el ascensor al segundo piso. La última puerta a la derecha —dijo el canoso recepcionista, con una amplia sonrisa.

Al entrar en el ascensor, Hayward dijo:

—No ha dicho que somos policías. Otra vez.

—A veces es útil ver la reacción antes de que se conozca este dato.

La capitana se encogió de hombros.

—De todos modos, ¿no le ha parecido demasiado fácil?

—Lo cierto es que sí.

—¿Quién se encarga de hablar esta vez?

—¿Le importaría hacer usted los honores, ya que se le dio tan bien la última vez?

—Estaré encantada, aunque es posible que hoy sea menos amable.

También ella sentía bajo el brazo el peso reconfortante de su pistola.

El ascensor subió un solo piso, chirriando; luego, salieron a un largo pasillo de linóleo. Cuando llegaron al final, encontraron una puerta abierta, y al otro lado un despacho muy grande en el que una secretaria estaba trabajando. Al fondo se veía una puerta de roble cerrada, que había perdido algo de color, pero no elegancia.

Hayward entró primero. La secretaria, bastante joven y guapa, con coleta y los labios pintados de rojo, levantó la vista.

—Siéntense, por favor.

Tomaron asiento en un sofá marrón grisáceo, al lado de una mesa llena de revistas de negocios muy manoseadas. La secretaria se dirigió a ellos desde el escritorio, en tono enérgico.

—Soy Joan Farmer, la secretaria personal del señor Dalquist. Como hoy está muy ocupado, me ha pedido que averigüe yo misma en qué podemos ayudarles.

Hayward se inclinó hacia ella.

—Lo siento, señorita Farmer, pero no puede ayudarnos. Solo puede hacerlo el señor Dalquist.

—Ya le he dicho que está muy ocupado. Tal vez si me explican qué necesitan...

El tono de la secretaria se había enfriado varios grados.

—¿Está él dentro?

Hayward señaló con la cabeza la puerta cerrada.

—Señorita Hayward, me parece que he dejado bien claro que no se le puede molestar. Se lo preguntaré otra vez: ¿en qué podemos ayudarles?

—Hemos venido por el proyecto de la gripe aviar.

—No conozco ese proyecto.

Finalmente, Hayward metió la mano en el bolsillo, sacó la

cartera con la placa, la dejó sobre la mesa y la abrió. La secretaria se sobresaltó momentáneamente, se inclinó y la miró. Después examinó la de Pendergast, que también la había sacado, siguiendo el ejemplo de la capitana.

—¿Policía... y FBI? ¿Por qué no lo han dicho antes? —La mirada de sorpresa dejó paso a una evidente irritación—. Esperen aquí, por favor.

La secretaria se levantó y dio unos golpecitos en la puerta cerrada, antes de abrirla y desaparecer al otro lado, dejándola ajustada.

Hayward miró a Pendergast. Ambos se levantaron al mismo tiempo, se acercaron a la puerta y la empujaron.

Era un despacho agradable, aunque un poco espartano. Frente a una mesa grande, hablando con la secretaria, había un hombre con más aspecto de profesor que de director de empresa, con gafas, chaqueta de tweed y pantalones de color caqui. Tenía el pelo blanco, muy bien peinado, y un bigote de cepillo también canoso, sobre unos labios que apretó disgustado al verlos entrar.

—¡Esto es un despacho privado! —dijo la secretaria.

—Tengo entendido que son policías —intervino Dalquist—. Si traen una orden, me gustaría verla.

—No traemos ninguna orden —dijo Hayward—. Teníamos la esperanza de hablar con usted de manera informal, pero si necesita una orden, iremos a buscarla.

Un titubeo.

—Si me explican de qué se trata, quizá no haga falta.

Hayward se volvió hacia Pendergast.

—Agente especial Pendergast, tal vez tenga razón el señor Dalquist y sea mejor ir a buscar una orden. Todo según el reglamento, como digo yo siempre.

—Tal vez sea lo más aconsejable, capitana Hayward. Aunque, naturalmente, podría divulgarse la noticia.

Dalquist suspiró.

—Siéntense, por favor. Señorita Farmer, ya me encargo yo de todo, gracias. Por favor, cierre la puerta al salir.

La secretaria se fue, pero ni Hayward ni Pendergast se sentaron.

—Bien, ¿qué es todo esto de la gripe aviar? —preguntó Dalquist, sonrojándose.

Pese a mirarle fijamente, Hayward no vio ningún brillo de reconocimiento en sus ojos, azules y hostiles.

—Aquí no trabajamos con la gripe aviar —añadió él, poniéndose detrás de la mesa—. Somos una compañía farmacéutica pequeña, de investigación, con una gama corta de productos para determinadas enfermedades del colágeno. Nada más.

—Hace unos trece años —dijo Hayward—, Longitude llevó a cabo un proyecto de investigación ilegal sobre la gripe aviar.

—¿Ilegal? ¿En qué sentido?

—No se cumplieron los protocolos de seguridad. Un pájaro de las instalaciones escapó e infectó a una familia de la zona. Murieron todos. Longitude lo encubrió, y sigue encubriéndolo, como parecen indicar algunos asesinatos recientes.

Un largo silencio.

—Es una acusación monstruosa. Yo no sé nada. Hace una década, Longitude quebró y fue sometida a una reorganización completa. No queda nadie de esa época. La directiva de entonces ya no está. La empresa se redujo, y ahora únicamente nos centramos en algunos productos de base.

—¿Productos de base? ¿Como cuáles?

—Principalmente, tratamientos para la dermitomiositis y la poliomiositis. Somos una compañía pequeña y especializada. Nunca he oído hablar de un trabajo sobre la gripe aviar.

—¿No queda nadie de hace una década?

—Que yo sepa, no. Hubo un incendio terrible, en el que murió el antiguo director, así que se cerró toda la planta durante meses. Cuando volvimos a empezar, éramos otra compañía.

Hayward sacó un sobre de la chaqueta.

—Tenemos entendido que en la época de la quiebra Longitude abandonó de golpe varios proyectos de investigación sobre medicamentos y vacunas. Era la única planta que los investigaba, así que millones de enfermos del Tercer Mundo se quedaron sin esperanza.

—Habíamos quebrado.

—Y los abandonaron, así, por las buenas.

—Los abandonó la nueva directiva. Yo, personalmente, no entré en la compañía hasta dos años después de esa etapa. ¿Acaso es un delito?

Hayward se sorprendió respirando deprisa. No iban bien encaminados. No estaban llegando a ningún sitio.

—Señor Dalquist, según el registro de empresas, ustedes ganan casi ocho millones de dólares al año. Los pocos fármacos que fabrican son muy rentables. ¿En qué gastan tanto dinero?

—Pues en lo mismo que cualquier empresa: sueldos, impuestos, dividendos, costes indirectos e I+D.

—Perdone que se lo diga, pero teniendo en cuenta los beneficios, su centro de investigación parece bastante abandonado.

—No se deje llevar por las apariencias. Aquí tenemos tecnología punta. Pero como estamos aislados, no nos hace falta participar en ningún concurso de belleza. —Dalquist enseñó las palmas de las manos—. Parece que no les gusta cómo funcionamos. Quizá yo les caiga mal. Puede que nos recriminen que consigamos ocho millones al año, y que ahora seamos una compañía bastante rentable. Por mí perfecto, pero somos inocentes de lo que nos están acusando. Totalmente inocentes. ¿Acaso tengo aspecto de asesino?

—Demuéstrelo.

Dalquist rodeó la mesa.

—Mi primer impulso sería pararles los pies, obligarles a ir a buscar una orden, pelearme con uñas y dientes en los tribunales y recurrir a nuestros abogados, que cobran muy bien, para entorpecerles las cosas durante semanas o meses. Aunque salieran ustedes ganando, acabarían con una orden de registro limitada y una montaña de papeleo. Pero ¿saben? No voy a hacerlo. Les doy vía libre desde ahora mismo. Pueden ir a donde quieran, mirar lo que quieran y consultar cualquier documento. No tenemos nada que esconder. ¿Les parece bien?

Hayward miró a Pendergast. Su rostro era inescrutable, con los párpados algo caídos sobre sus ojos plateados.

—Está claro que sería un buen punto de partida —dijo ella.

Dalquist se inclinó hacia la mesa y pulsó un botón.

—Señorita Farmer, por favor, redacte una carta a mi nombre que autorice a estas dos personas a moverse con absoluta libertad por todas las instalaciones de Longitude Pharmaceuticals, con instrucciones de que los empleados respondan de manera exhaustiva y veraz a todas sus preguntas, y les den acceso a todos los ámbitos y documentos, incluso a los más delicados.

Soltó el botón y levantó la vista.

—Lo único que deseo es que se vayan cuanto antes.

Pendergast rompió un largo silencio.

—Ya veremos.

57

Cuando llegaron al final del complejo de Longitude Pharmaceuticals, Hayward estaba agotada. Dalquist había cumplido su palabra. Les habían dejado entrar en todas partes: laboratorios, despachos, archivos... Hasta habían podido echar un vistazo a varios edificios que llevaban mucho tiempo cerrados —los había por todo el gran recinto—. Nadie les acompañaba, y ningún miembro de seguridad les había importunado. Gozaban de plena libertad.

Sin embargo, no habían encontrado absolutamente nada. Aparte de unos cuantos empleados con escasa responsabilidad, no quedaba nadie de la época anterior a la quiebra. El archivo de la empresa, que cubría varias décadas, no hacía referencia a ningún proyecto sobre la gripe aviar. Todo parecía en regla.

Lo cual hacía sospechar a Hayward. A juzgar por su experiencia, todo el mundo tenía algo que esconder, hasta la gente honrada.

Mientras recorrían el pasillo del último edificio cerrado, miró a Pendergast. Su rostro sereno de alabastro no dejaba adivinar sus pensamientos.

Salieron por la puerta del fondo, una salida de incendios que rechinó al abrirse. Daba a un porche de cemento resquebrajado y a un césped descuidado. A la derecha había un lago estrecho y embarrado, un brazo de río muerto, rodeado de cipreses calvos cubiertos con barba de viejo. Justo delante, al otro lado de una maraña de vegetación, Hayward vio los restos de un muro de ladrillo, invadido por las zarzas, tras el que se distinguían unas ruinas chamuscadas, justo en la esquina del fondo del recinto, rodeadas en tres lados por el oscuro reducto de la ciénaga de Black Brake. Más allá de las ruinas, un viejo embarcadero del que tan solo quedaban algunos pilotes quemados, se perdía en las aguas oscuras del pantano.

Había empezado a lloviznar; las gotas empapaban la hierba y nubes bajas y de mal agüero se acumulaban en el cielo.

—He olvidado el paraguas —dijo Hayward, mirando los árboles mojados y lúgubres.

Pendergast, que había estado observando el embarcadero y el pantano, metió la mano en el traje. «Por Dios —pensó ella—, no me digas que lleva un paraguas.» Pero lo que sacó fue un paquete con impermeables de plástico transparente, uno para ella y otro para él.

En pocos minutos cruzaban el césped mojado hacia los restos retorcidos de una vieja tela metálica coronada por una alambrada. Había una verja rota, tirada por el suelo. Entraron por un estrecho hueco. Al otro lado estaban los restos del edificio chamuscado. Era de ladrillo amarillo, como los demás, pero el techo se había desmoronado, dejando grandes vigas requemadas que apuntaban hacia el cielo, sobre ventanas y marcos de puertas que eran como agujeros negros, con marcas de fuego encima. Las paredes estaban alfombradas de kudzu, que lo cubría todo en matas espesas.

Hayward siguió a Pendergast por una puerta destrozada. El detective se paró a inspeccionar el batiente, tirado por el suelo, y también el marco. Se arrodilló y empezó a manipular la cerradura con un juego de ganzúas.

—Qué curioso —dijo al levantarse.

La entrada estaba llena de trozos de madera requemada. El techo, que se había venido parcialmente abajo, dejaba que penetrara algo de luz. Una bandada de golondrinas salió de la oscuridad y se fue dando vueltas, quejándose de aquella intrusión con sus gritos. El olor a humedad era omnipresente. Caían gotas de agua de las vigas negras, formando charcos en el suelo, que en otro tiempo había sido de baldosas.

Pendergast sacó del bolsillo una linterna y la enfocó hacia todas partes. Pasando sobre los escombros, entraron en el edificio, que recorrieron siguiendo el fino haz de la linterna de Pendergast. Al otro lado de un arco roto había un viejo pasillo, con habitaciones quemadas a ambos lados. En algunas partes del suelo se habían acumulado trozos de cristal y aluminio derretidos, así como plástico chamuscado y esqueletos metálicos de muebles.

Hayward vio que Pendergast recorría en silencio las habitaciones oscuras, clavando en ellas la linterna y la mirada. En determinado momento se detuvo junto a los restos de un archivador y hurgó en el fondo de un cajón, entre una masa mojada de papeles chamuscados que apartó. Sin embargo, el centro no estaba quemado. Sacó unos trozos y los inspeccionó.

—«Entregado a Nova G.» —leyó en voz alta en uno de los papeles—. Solo es un montón de albaranes viejos.

—¿Algo interesante?

Siguió hurgando.

—Lo dudo.

Sacó varios trozos renegridos y los metió en una bolsa hermética, que desapareció en su americana.

Llegaron a una gran sala central, que parecía la zona más afectada por el incendio. Del techo no quedaba nada. Habían crecido alfombras de kudzu sobre los despojos, dejando montículos y excrecencias. Tras echar un vistazo general, Pendergast se acercó a una de ellas, metió la mano y empezó a arrancar las zarzas hasta dejar a la vista el esqueleto de una máquina vieja, lleno de cables y engranajes cuya función Hayward jamás habría podido adivinar. Recorrió la sala arrancando más zarzas y dejando a la vista más aparatos derretidos y esqueléticos.

—¿Tiene alguna idea de qué era esto? —preguntó Hayward.

—Un autoclave... incubadoras... y yo diría que eso era un centrifugador. —Pendergast dirigió la luz de la linterna hacia una masa grande y medio derretida—. Y aquí tenemos los restos de una cabina de flujo laminar. Todo esto fue un laboratorio de microbiología de primerísimo nivel.

Apartó unos escombros con el pie. Después se agachó y recogió algo que brilló tenuemente a la luz de la linterna. Se lo metió en el bolsillo.

—Según el informe de la muerte de Slade —dijo Hayward—, encontraron su cadáver en un laboratorio. Debe de ser esta sala.

—Sí. —Pendergast deslizó la luz de la linterna por una hilera de armarios derretidos, muy macizos, con una campana encima—. El incendio empezó aquí, en el almacén de productos químicos.

—¿Usted cree que fue provocado?

—Sin duda. Necesitaban el fuego para destruir las pruebas.

—¿Cómo lo sabe?

Metió la mano en el bolsillo, para mostrarle a Hayward lo que había recogido. Era una tira de aluminio, de unos dos centímetros, que evidentemente se había salvado del incendio. Llevaba impreso un número.

—¿Qué es?

—Una anilla de pájaros sin usar. —La examinó con atención antes de dársela a Hayward—. Y no es una anilla cualquiera. —Señaló el borde interno, donde se veía claramente una franja de silicona—. Fíjese: lleva un chip, seguro que de un transmisor. Ahora ya sabemos cómo encontró Helen el loro. Me preguntaba cómo había podido localizar a los Doane antes de que presentasen síntomas de gripe aviar.

Hayward se la devolvió.

—Si no le importa que se lo pregunte, ¿por qué está convencido de que fue un incendio provocado? En los informes no consta que encontraran restos de aceleradores, ni de nada sospechoso.

—La persona que provocó el incendio era un químico de élite, que sabía muy bien lo que se hacía. Serían necesarias demasiadas coincidencias para que el edificio se hubiera incendiado por accidente precisamente después de que se cancelara el proyecto de la gripe aviar.

—Entonces, ¿quién lo quemó?

—Yo le aconsejaría que se fijase en las fuertes medidas de seguridad: la valla era imponente, las cerraduras de las puertas eran casi imposibles de forzar, y en las ventanas había barrotes y estaban cubiertas de cristal esmerilado. Por otro lado, el edificio estaba apartado de todos los demás, casi dentro del pantano, protegido por todas partes. No cabe duda de que alguien provocó el incendio desde dentro. Alguien con total acceso, sin restricciones.

—¿Slade?

—No sería inusual que el incendiario se hubiese quemado en su propio fuego.

—Por otra parte —añadió Hayward—, el incendio también pudo ser un asesinato. Como jefe del proyecto, Slade sabía demasiado.

Los ojos de Pendergast se posaron en ella.

—Es exactamente lo que yo pienso, capitana.

Se quedaron en silencio, mientras la lluvia se filtraba por las ruinas.

Pendergast sacó la bolsa hermética con el papel chamuscado y se la dio a Hayward sin decir nada. Ella lo examinó. Era una solicitud de envío de placas de Petri, con una nota manuscrita al pie que aumentaba la cantidad «a petición de CJS». Estaba firmada con una sola inicial, «J».

—¿CJS? Debe de ser Charles J. Slade.

—Exacto. Esto sí que tiene un indudable interés.

Hayward se la devolvió.

—No veo su importancia.

—Es evidente que la caligrafía es la de June Brodie, la secretaria de Slade; la que se suicidó en el puente Archer una semana después de la muerte de Slade. Sin embargo, la nota escrita a mano en la solicitud parece indicar que a fin de cuentas no hubo tal suicidio.

—¿Se puede saber dónde lo ve?

—Resulta que tengo una fotocopia de la nota de suicidio, de su expediente del registro civil. La que dejó en el coche antes de tirarse del puente. —Pendergast sacó un papelito del bolsillo de la americana. Hayward lo desdobló—. Compare la letra con la del fragmento que acabo de descubrir: una anotación rutinaria hecha en su despacho. Muy curioso.

Hayward miró alternativamente los dos papeles.

—La letra es idéntica.

—He ahí lo que es tan curioso, mi querida capitana.

Pendergast volvió a guardar los papeles en su americana.

58

El sol ya se había puesto detrás de un telón de nubes turbias cuando Laura Hayward llegó a la pequeña carretera que salía de Itta Bena y fue hacia el este, en dirección a la interestatal. Según el GPS, tardaría cuatro horas y media en volver a Penumbra. Llegaría antes de medianoche. Pendergast le había dicho que volvería tarde. Quería ir a ver qué más averiguaba sobre June Brodie.

Era una carretera larga, solitaria y vacía. Empezó a sentirse amodorrada, abrió la ventanilla y dejó entrar un chorro de aire húmedo. El coche se llenó de olor a noche y a tierra mojada. Pensaba tomar un café y un bocadillo en el primer pueblo. A menos que encontrase un lugar donde sirvieran costillas... No había comido nada desde el desayuno.

El teléfono móvil sonó. Con una sola mano lo sacó del bolsillo.

—¿Diga?

—¿La capitana Hayward? Soy el doctor Foerman, del hospital de Caltrop.

La seriedad del tono la dejó helada al instante.

—Perdone que la moleste de noche, pero no tenía más remedio. El señor D'Agosta ha empeorado repentinamente.

Tragó saliva.

—¿Qué quiere decir?

—Estamos haciendo algunas pruebas, pero parece que podría estar sufriendo un tipo poco frecuente de shock anafiláctico relacionado con la válvula de cerdo de su corazón. —Foerman hizo una pausa—. Francamente, parece muy grave. Nos ha... parecido que había que avisarla.

Hayward se quedó un momento sin habla. Frenó y se detuvo a un lado de la carretera, derrapando en el arcén.

—¿Capitana Hayward?

—Estoy aquí. —Sus dedos temblorosos teclearon «Caltrop, MI» en el GPS—. Un momento. —El GPS hizo un cálculo y mostró el tiempo entre donde se encontraba ella y Caltrop—. En dos horas estaré ahí. Tal vez menos.

—La esperamos.

Cerró el teléfono y lo tiró al asiento de al lado. Después respiró hondo, entrecortadamente, y pisó a fondo el acelerador. Mediante un brusco giro de volante, hizo un cambio de sentido y volvió a la carretera, haciendo saltar grava y con los neumáticos chirriando.

Judson Esterhazy cruzó con toda tranquilidad la doble puerta de cristal, con las manos en los bolsillos de su bata de médico, y se llenó los pulmones con el aire cálido de la noche. Desde su privilegiado observatorio en el acceso principal del hospital, debajo de la marquesina, miró el aparcamiento. Fuertemente iluminado con lámparas de sodio, dibujaba una ele por la entrada principal y uno de los lados del pequeño hospital, y estaba a un cuarto de su capacidad. Una noche de marzo plácida y sin sobresaltos en el hospital de Caltrop.

Se fijó en la distribución del complejo. Detrás del aparcamiento había un césped bien cuidado, que acababa en un pequeño lago. En la otra punta del hospital había varios tupelos, plantados y cuidados con esmero, entre los que discurría un caminito con bancos de granito distribuidos estratégicamente.

Cruzó sin prisas el aparcamiento y, al llegar al borde del pequeño parque, se sentó en un banco; nada le distinguía de un simple residente o de un interno que había salido a respirar aire fresco. Por hacer algo, se entretuvo leyendo los nombres grabados en el banco.

De momento todo marchaba según el plan. No podía negar que le había resultado difícil encontrar a D'Agosta; Pendergast le había creado una nueva identidad, con un historial médico falso, un certificado de nacimiento y todo lo demás. De no ser porque Judson tenía acceso a los historiales farmacéuticos privados, quizá no le hubiera encontrado nunca. Finalmente, la válvula cardíaca de cerdo le había dado la pista que necesitaba. Sabía que habían trasladado a D'Agosta a una unidad de atención cardíaca a causa de su herida en el corazón. El examen preliminar indicaba graves daños en una válvula aórtica. Debería haber muerto, el muy cabrón, pero en vista de que, contra todo pronóstico, aguantaba, Judson sabía que necesitaría una válvula de cerdo.

No había muchas peticiones de válvulas de cerdo en el sistema. Siguiendo el rastro de la válvula, encontraría al hombre. Era lo que había hecho.

Fue entonces cuando se dio cuenta de que había una manera de matar dos pájaros de un tiro. A fin de cuentas, D'Agosta no era el objetivo principal, pero ya que estaba en coma y moribundo podía ser un magnífico señuelo.

Echó un vistazo a su reloj. Sabía que Pendergast y Hayward aún tenían su base de operaciones en Penumbra. No podían estar a mucho más de un par de horas de camino. Naturalmente, para entonces ya les habrían informado del estado de D'Agosta y estarían conduciendo a toda velocidad hacia el hospital. La sincronización era perfecta. D'Agosta estaba agonizando debido a la dosis de Pavulon que él le había administrado; la había dosificado con cuidado, para que tuviera efectos mortales, pero no inmediatos. Era lo bueno del Pavulon, que se podía ajustar la dosis para prolongar el drama de la muerte. Reproducía muchos de los síntomas del shock anafiláctico, y su semivida en el cuerpo era inferior a tres horas. Pendergast y Hayward se presentarían justo a tiempo para los últimos estertores; claro que no conseguirían llegar hasta el lecho de muerte.

Se levantó y paseó por el camino de ladrillo que cruzaba el parque. La iluminación del aparcamiento no alcanzaba muy lejos, por lo que casi todo el parque estaba a oscuras. Era un buen sitio desde el que disparar, si utilizara un fusil de francotirador, pero no podía ser. Cuando llegasen los dos agentes, aparcarían lo más cerca posible de la entrada principal, bajarían corriendo y entrarían enseguida, con lo que ofrecerían un blanco en constante movimiento. Después de su fallo con Pendergast, delante de Penumbra, a Esterhazy no le apetecía repetir el mismo error. Esta vez no correría riesgos.

Por eso usaría la recortada.

Volvió hacia la entrada del hospital, que parecía la opción más fácil, sin complicaciones. Se colocaría a la derecha del camino, entre las farolas. Daba lo mismo dónde aparcasen Pendergast y Hayward. Tendrían que pasar irremediablemente por su lado. Él saldría a su encuentro vestido de médico, con un sujetapapeles en la mano y la cabeza inclinada. Estarían preocupados, tendrían prisa, y él sería un médico. No sospecharían. ¿Podía haber algo más natural? Dejaría que se acercaran; él se situaría donde no pudiera verle nadie desde detrás de la doble puerta de cristal. Entonces levantaría la recortada por debajo de la bata de laboratorio y dispararía desde la cadera, a bocajarro. Los cartuchos doble cero les arrancarían literalmente por la espalda las vísceras y la columna vertebral. Después, solo tendría que recorrer los seis metros que le separaban de su coche, subir e irse.

Repasó la secuencia con los ojos cerrados, cronometrándola. Más o menos quince segundos, desde el principio hasta el final. Para cuando el vigilante del mostrador de recepción pidiera refuerzos y, haciendo acopio de valor, levantara su culo gordo de la silla y saliese por la puerta, Judson se habría ido.

Era un buen plan. Sencillo. Infalible. Los blancos llegarían desprevenidos y vulnerables. Hasta Pendergast, con su flema legendaria, estaría nervioso. Seguro que se echaba la culpa del estado de D'Agosta, y ahora su amigo se estaba muriendo.

El único peligro, pero muy pequeño, era que le abordase o interpelase alguien en el hospital antes de poder actuar, pero no parecía muy probable. Era un hospital privado caro, lo bastante grande para que nadie se hubiera fijado en él cuando había entrado y mostrado al vuelo su identificación. Había ido directamente a la habitación de D'Agosta; lo había encontrado sedado y profundamente dormido después de la operación. No había vigilancia. Era evidente que les parecía que habían ocultado bastante bien su identidad. De hecho, había que reconocer que lo habían hecho muy bien, con todos los papeles en regla, y en el hospital casi todos creían que se llamaba Tony Spada, de Flushing, Queens...

Pero era el único paciente de toda la región que necesitaba una válvula aórtica de cerdo Xenograft por valor de cuarenta mil dólares.

Esterhazy había inyectado el Pavulon en el gotero del suero. Cuando se disparó el código de emergencia, él ya estaba en otra parte del hospital. Nadie le había preguntado nada. Ni siquiera le habían mirado de reojo. Al ser médico, sabía perfectamente qué aspecto debía tener, qué actitud adoptar y qué decir.

Miró su reloj de pulsera. Después se acercó con paso tranquilo a su coche y subió. La escopeta brilló tenuemente en el suelo del asiento del copiloto. Pensaba quedarse un rato allí, en la oscuridad. Después escondería la escopeta debajo de la bata, bajaría del coche, se situaría entre las luces... y esperaría a que llegaran los pájaros.

Hayward vio el hospital al final de la vía de acceso, larga y recta: un edificio de tres plantas que brillaba en la noche, en medio de una gran pendiente de césped, con muchas ventanas que se reflejaban en las aguas de un estanque. Aceleró; la carretera bajaba para cruzar un riachuelo y luego volvía a subir. Al acercarse a la entrada, frenó bruscamente, intentando controlar la excesiva velocidad, y llegó a la última curva, antes del aparcamiento, con un suave chirrido de neumáticos en el asfalto mojado por el rocío.

Aparcó con un frenazo en el primer hueco que encontró, abrió la puerta de golpe y saltó al suelo. Tras cruzar el aparcamiento a toda prisa llegó a la marquesina que llevaba a la puerta principal. Vio enseguida a un médico, a un lado del camino, entre las manchas de luz, con un sujetapapeles en las manos. Aún llevaba la mascarilla en la cara. Debía de acabar de salir del quirófano.

—¿La capitana Hayward? —preguntó el médico.

Ella se acercó, alarmada de que estuviera esperándola.

—Sí. ¿Cómo está?

—Se recuperará —fue la respuesta, un poco ahogada.

Entonces, como si tal cosa, el médico cogió el sujetapapeles con una sola mano, a la vez que metía la otra por debajo de la bata blanca.

—Menos mal... —empezó a decir ella, antes de ver la escopeta.

59

Nueva York

El doctor John Felder subió por los anchos escalones de piedra de la sede principal de la biblioteca pública de Nueva York. A sus espaldas, el tráfico de la Quinta Avenida era un coro en *staccato* de bocinas y traqueteo de motores diésel. Se paró un momento entre los grandes leones de piedra, Paciencia y Fortaleza, para consultar la hora y colocarse bien la carpeta debajo del brazo. Después subió hacia la puerta dorada del final de la escalera.

—Lo siento —dijo el vigilante, detrás de él—. La biblioteca no abre hasta mañana.

John Felder extrajo su acreditación del ayuntamiento y se la mostró.

—Muy bien, señor —dijo el vigilante, apartándose con deferencia de la doble puerta.

—Pedí unos materiales de investigación —dijo Felder—. Me han dicho que están preparados.

—Puede preguntar en la sección de Investigación General —contestó el vigilante—. Sala 315.

—Gracias.

Cruzó el amplio vestíbulo; el suelo reverberó bajo sus zapatos. Casi eran las ocho de la tarde, y en el enorme espacio no había nadie aparte de otro vigilante en un mostrador, que también examinó su acreditación y señaló hacia arriba, por la escalinata. Felder subió despacio los escalones de mármol, pensativo.

Al llegar al tercer piso, recorrió el pasillo hasta la entrada de la sala 315.

«Sala 315» no hacía justicia a aquel espacio. La Sala de Lectura Principal, de casi dos manzanas de largo, tenía una altura superior a quince metros, y un techo de encofrado rococó, decorado con murales. Bajo elegantes lámparas de araña se sucedían incontables hileras de mesas de lectura, largas y de roble, que conservaban las lámparas originales de bronce. Algunos asientos estaban ocupados por otros investigadores con acceso fuera del horario habitual, que consultaban libros o tecleaban silenciosamente en sus portátiles. Había muchos libros en las paredes, pero no eran más que un grano de arena dentro de la biblioteca; en las plantas subterráneas situadas bajo los pies de Felder, y en las otras, las de debajo de la verde superficie del parque contiguo, Bryant Park, se almacenaban seis millones de volúmenes más.

Sin embargo, él no había ido allí a mirar libros. Le interesaba el fondo de materiales genealógicos de la biblioteca, igual de vasto.

Se acercó al puesto de información que separaba la sala en dos partes; también era de madera, muy decorada, y tenía las dimensiones de una pequeña casa de las afueras de la ciudad. Tras un breve intercambio de susurros, le hicieron entrega de un carrito lleno de legajos y carpetas. Después de empujarlo hasta la mesa más cercana, Felder se sentó y empezó a disponer los materiales sobre la superficie de madera pulida. Estaban oscurecidos y amarillentos por el paso del tiempo, pero por lo demás estaban impecablemente pulcros. Los documentos y archivos tenían algo en común: estaban fechados entre 1870 y 1880, y documentaban la zona de Manhattan donde Constance Greene decía haber pasado su infancia.

Desde la vista del ingreso, Felder no había hecho más que pensar en la versión de la joven. Era absurdo, por supuesto, los desvaríos de alguien que había perdido todo el contacto con la realidad; un caso clásico de delirio circunscrito: trastorno psicótico sin especificar.

A pesar de todo, Constance Greene no se comportaba como la típica persona sin el menor contacto con la realidad. Había algo en ella que le desconcertaba; no, que le intrigaba.

«Es cierto que nací en la calle Water en los años setenta: pero del siglo xix. Todo lo que necesite saber lo encontrará en el registro civil de Center Street, y aún encontrará más cosas en la biblioteca central de Nueva York. Lo sé porque lo he consultado yo misma.»

¿Les estaría proporcionando alguna pista, alguna información que pudiera resolver el misterio? ¿Sería un grito de auxilio? La respuesta solo podría dársela un examen atento del archivo. Felder se preguntó un instante por qué lo hacía; él ya no tenía nada que ver con el caso, y era un profesional muy ocupado, con su consulta privada abarrotada de clientes. Aun así... sentía una curiosidad malsana.

Una hora después, se apoyó en el respaldo de la silla y respiró hondo. Entre las montañas de papeles amarillentos había un listado del subcenso de Manhattan donde, efectivamente, constaba que la familia en cuestión estaba domiciliada en el número 16 de la calle Water.

Se levantó, dejando los papeles encima de la mesa, y bajó por la escalera al primer piso, a la sección de genealogía. Su consulta del catastro y del registro del servicio militar fue infructuosa. Tampoco encontró nada en el censo nacional de 1880, pero en el de 1870 figuraba un Horace Greene en el condado de Putnam, Nueva York. El examen de los datos fiscales de los años anteriores le proporcionó algunas migajas más.

Subió otra vez por la escalera, despacio, y se sentó a la mesa. Lo siguiente que hizo fue abrir la carpeta de cartulina que había llevado consigo y repartir por el tablero su escaso contenido, que había sacado del registro civil.

Hasta ese momento, ¿qué había averiguado exactamente?

En 1870, Horace Greene era granjero en Carmel, Nueva York. Casado con Chastity Greene, y con una hija, Mary, de ocho años.

En 1874, Horace Greene vivía en el número 16 de la calle

Water, en Lower Manhattan, y trabajaba de estibador. Tenía tres hijos: Mary, de doce; Joseph, de tres, y Constance, de uno.

En 1878 el Departamento de Salud de Nueva York ya había extendido los certificados de defunción de Horace y Chastity Greene. En ambos casos, figuraba como causa de la muerte la tuberculosis. Así pues, quedaban huérfanos los tres niños, cuyas edades ya eran de dieciséis, siete y cinco.

Un legajo policial de 1878 atribuía a Mary Greene el delito de «callejear» (prostitución). Según los registros judiciales, ella había declarado que había intentado encontrar trabajo de lavandera y costurera, pero que la paga no alcanzaba para mantenerla a ella y a sus hermanos. Según los registros de asistencia social del mismo año, Mary Greene estaba recluida por un período indefinido en la misión de Five Points. No había más registros. Parecía que hubiera desaparecido.

Otro legajo policial, de 1880, recogía la paliza mortal de un tal Castor McGillicutty a Joseph Greene, de diez años, por haberle pillado con la mano en su bolsillo. Sentencia: diez dólares y sesenta días de trabajos forzados, que más tarde le fueron conmutados.

Nada más. La última, en realidad la única, mención a Constance Greene era el censo de 1874.

Felder volvió a guardar los documentos en la carpeta y la cerró suspirando. Era una historia de lo más deprimente. Parecía claro que la mujer que se hacía llamar Constance Greene se había adueñado de aquella familia, con esa escasa información, para dar forma a sus fantasías delirantes. Pero ¿por qué? ¿Por qué elegir esa familia entre los millares, o millones, de familias de Nueva York, muchas de ellas con historias más largas y pintorescas? ¿Serían antepasados suyos? Sin embargo, todo indicaba que la constancia documental de esa familia terminaba con aquella generación. Felder no había encontrado nada que respaldara la posibilidad de que hubiera sobrevivido un solo miembro de los Greene después de 1880.

Se levantó de la silla con otro suspiro, fue al mostrador y pidió unas decenas de periódicos locales de Manhattan de finales de la década de 1870. Los hojeó al azar, paseando una mirada de desánimo por los artículos, avisos y anuncios publicitarios. Era inútil, por supuesto. No sabía qué buscaba exactamente; de hecho, no sabía ni por qué lo buscaba. ¿Por qué Constance Greene y su enfermedad le desconcertaban tanto? Tampoco...

De repente se detuvo en un número de 1879 del periódico sensacionalista de Five Points *New York Daily Inquirer*. En una página interior había un grabado con el título «Pilluelos jugando». La ilustración representaba una hilera de casas, sórdidas y medio derruidas. Unos golfillos con la cara sucia jugaban a pelota en la calle. A un lado, sin embargo, una niña delgada les miraba con una escoba en la mano. Su delgadez le daba un aspecto demacrado, y en contraste con los otros niños, su expresión era triste, casi asustada. Era la viva imagen de Constance Greene, hasta el último detalle.

Felder contempló un buen rato el grabado, hasta que cerró muy despacio el periódico con expresión pensativa y grave.

60

Caltrop, Luisiana

Se oyó una serie rápida de detonaciones, mientras Hayward se arrojaba a un lado, seguidas al instante por el estampido de los cartuchos. Hayward chocó duramente contra el suelo, a la vez que notaba el silbido de las balas que pasaban a su lado. Rodó por el suelo al tiempo que sacaba la pistola, pero el falso médico ya había dado media vuelta y huía corriendo hacia el aparcamiento, con el faldón blanco revoloteando tras él. Oyó más tiros, y un chirrido de neumáticos en el momento en que irrumpía en el aparcamiento un Rolls-Royce de época echando humo por las ruedas. Vio a Pendergast, que, asomado por la ventanilla izquierda, disparaba su pistola como un vaquero a pleno galope.

El Rolls frenó de lado, derrapando. Aún no estaba parado, pero Pendergast ya había abierto la puerta, y salía corriendo hacia Hayward.

—¡Estoy bien! —dijo ella, intentando levantarse—. ¡Estoy bien, le digo! ¡Mire, se nos escapa!

Mientras hablaba, oyó que un motor invisible se ponía en marcha en el aparcamiento. Un coche pasó chirriando y desapareció por la vía de acceso con un parpadeo de luces traseras.

Pendergast la ayudó a levantarse.

—No tenemos tiempo. Sígame.

Cruzó la doble puerta. Pasaron corriendo junto a escenas de creciente pánico y alarma; un vigilante de seguridad estaba agazapado debajo de la mesa y gritaba por el teléfono, y el recepcionista y varios empleados se habían echado al suelo. Pendergast cruzó otra doble puerta sin hacerles caso y paró al primer médico que encontró.

—El código de emergencia de la 323 —dijo, enseñando la placa—. Es un intento de asesinato. Al paciente le han inyectado algún fármaco.

El médico dijo, casi sin pestañear:

—Entiendo, vamos.

Subieron los tres por una escalera hasta la habitación de Vincent D'Agosta. Hayward se encontró con una gran actividad: un grupo de enfermeras y médicos se afanaban en silencio junto a varios aparatos. Había luces que parpadeaban y alarmas que pitaban suavemente. D'Agosta se hallaba inmóvil en la cama.

El médico entró sin alterarse.

—Escuchadme todos. A este paciente le han inyectado algún fármaco para matarle.

Una enfermera levantó la cabeza.

—¿Y cómo narices...?

El médico la interrumpió con un gesto.

—La pregunta es qué fármaco produce estos síntomas.

Todos empezaron a hablar al mismo tiempo; hubo discusiones encendidas y consulta de gráficos y hojas de datos. El médico se volvió hacia Pendergast y Hayward.

—Ustedes ya no pueden hacer nada. Esperen fuera, por favor.

—Yo quiero esperar aquí —dijo Hayward.

—Imposible. Lo siento.

Mientras se volvía, otra alarma se disparó, y vio que la señal del monitor del electrocardiograma se quedaba plana.

—¡Dios mío! —exclamó—. Déjeme esperar aquí, por favor... por favor...

La puerta se cerró firmemente. Pendergast se la llevó con suavidad.

La sala de espera era pequeña y estaba esterilizada; solo había sillas de plástico y una ventana que daba a la noche. Hayward estaba de pie junto a ella, mirando fijamente el rectángulo negro, pero sin verlo. Le daba vueltas a la cabeza sin parar, pero sin llegar a ningún sitio, como un motor estropeado. Tenía la boca seca y le temblaban las manos. Por su mejilla cayó una solitaria lágrima, de frustración y rabia.

Al sentir en el hombro la mano de Pendergast, la apartó y se alejó un paso.

—¿Capitana? —dijo una voz grave—. Me permito recordarle que se ha producido un intento de homicidio, contra el teniente D'Agosta... y contra usted.

La voz serena penetró en la niebla de su rabia. Hayward sacudió la cabeza.

—Déjeme en paz, joder.

—Tiene que empezar a plantearse el problema como policía. Necesito su ayuda. La necesito ahora mismo.

—Ya no me interesa en absoluto su problema.

—Por desgracia ya no es mi problema.

Hayward tragó saliva, con la mirada perdida en la oscuridad y los puños apretados.

—Como él muera...

Otra vez la voz serena, casi hipnótica.

—Eso no está en nuestras manos. Escúcheme con atención. Quiero que por un momento sea la capitana Hayward, no Laura Hayward. Tenemos que hablar de algo importante. Ahora.

Hayward cerró los ojos; se sentía completamente insensible. Ni siquiera tuvo fuerzas para replicar.

—Al parecer —dijo Pendergast— nos enfrentamos con un asesino que también es médico.

Ella cerró los ojos. Estaba cansada, de eso, de todo, de la vida. Si Vinnie moría... Apartó esa idea de su cabeza.

—Se tomaron medidas extraordinarias para mantener en secreto el paradero de Vincent. Está claro que quien pretendía asesinarle goza de acceso especial a los historiales médicos, los proveedores y los archivos farmacéuticos. Solo hay dos posibilidades. La primera es que sea un miembro del equipo que está atendiendo a Vincent; sin embargo, sería una enorme coincidencia, además de algo muy inverosímil. El proceso de selección ha sido muy escrupuloso. La otra posibilidad, que es en la que creo yo, es que localizaron a Vincent siguiendo el rastro de la válvula de cerdo que usaron para operarle. Es incluso posible que su agresor sea un cirujano cardíaco.

Como Hayward no decía nada, continuó:

—¿Se da cuenta de lo que eso significa? Significa que han utilizado a Vincent como cebo. El culpable le ha inducido un coma mortal, a sabiendas de que acudiríamos al lecho del enfermo. Naturalmente, previó que llegaríamos juntos. No hacerlo ha sido lo único que nos ha salvado.

Hayward siguió de espaldas, escondiendo la cara. Cebo. Vinnie usado de cebo. Tras un breve silencio, Pendergast continuó:

—De momento, no podemos hacer nada. Por mi parte, creo que he descubierto algo fundamental. Después de separarnos he investigado el suicidio de June Brodie y he encontrado algunas coincidencias interesantes. Como ya sabemos, el suicidio se produjo solo una semana después de que Slade muriese en el incendio. Aproximadamente un mes más tarde, el marido de June dijo a sus vecinos que se iba de viaje al extranjero, y ya no volvieron a verle. La casa se quedó cerrada y al final se vendió. He intentado seguirle la pista, pero ya está muy fría. Ahora bien, no he encontrado ninguna prueba de que saliera del país.

Hayward se volvió despacio, a su pesar.

—June era una mujer atractiva, y parece ser que mantenía relaciones con Slade desde hacía mucho tiempo.

Finalmente, Hayward habló.

—Pues ya lo tiene —dijo con brusquedad—. No fue un suicidio. La mató el marido y luego se fue.

—Esa suposición contradice dos datos. El primero es la nota de suicidio.

—La obligó a escribirla.

—En la caligrafía, como usted ya sabe, no se apreciaba ningún indicio de tensión. Y también hay otra cosa. Poco antes del suicidio, a June Brodie le diagnosticaron una modalidad de esclerosis lateral amiotrófica: la enfermedad de Lou Gehrig. De todos modos, habría muerto por esa causa en relativamente poco tiempo.

Hayward reflexionó.

—La enfermedad apoyaría la hipótesis del suicidio.

—Asesinato —murmuró Pendergast—. Suicidio. Quizá no fuera ni lo uno ni lo otro.

Hayward pasó por alto ese comentario, muy propio de él.

—A su detective privado, Hudson, le mataron mientras investigaba a Brodie. Lo más probable es que la persona que está detrás de todo esto no quiere que le sigamos el rastro, lo cual convierte a June Brodie en una persona cuya importancia es clave para nosotros.

Pendergast asintió con la cabeza.

—En efecto.

—¿Qué más sabe de ella?

—Su historial familiar es muy normal. Los Brodie habían sido muy ricos; tenían petróleo, pero en los años sesenta se agotó, así que empezaron a pasar estrecheces. June tuvo una infancia con pocos medios. Cursó formación profesional cerca de su casa y obtuvo el título de enfermera, aunque solo ejerció unos años. Quizá no le gustase la profesión, o sencillamente quería cobrar más como secretaria personal de un alto ejecutivo. El caso es que entró a trabajar en Longitude y se quedó el resto de su vida. Se casó con su novio del instituto, aunque parece que no tardó en encontrar más emoción en Charles Slade.

—¿Y el marido?

—O no lo sabía, o se resignó. —Pendergast sacó de la americana una carpeta de cartulina y se la tendió—. Ahora fíjese en esto, por favor.

Al abrirla, Hayward encontró varios recortes de periódico amarillentos en fundas de plástico, y también un mapa.

—¿Qué es todo esto?

—Acaba de decir que para nosotros June Brodie tiene una

importancia crucial. Estoy de acuerdo, pero me inclino a pensar que en este caso también hay otro aspecto que tiene una importancia clave: la geografía.

—¿La geografía?

—El pantano de Black Brake, para ser exactos.

Pendergast señaló los recortes con la cabeza.

Hayward les echó una rápida ojeada. Casi todo eran artículos de la prensa local sobre leyendas y supersticiones en torno al pantano de Black Brake: luces misteriosas por la noche, un buscador de ranas desaparecido, relatos de tesoros enterrados, y fantasmas... Ella, durante su infancia, había oído muchos rumores de ese tipo. El pantano, uno de los mayores del Sur, era muy famoso.

—Piense un poco —dijo Pendergast, pasando un dedo por el mapa—. A un lado de Black Brake está Longitude Pharmaceuticals. En el otro, Sunflower y la casa de la familia Doane. También tenemos a la familia Brodie, que vivía en las afueras de Malfourche, un pueblo a orillas del lago del extremo oriental del pantano.

—¿Y qué?

Pendergast dio unos golpecitos en el mapa.

—Pues que aquí, justo en medio de Black Brake, está Spanish Island.

—¿Qué es eso?

—La familia Brodie tenía un campamento de caza en medio del pantano, que se llamaba Spanish Island. Seguro que se trata de una isla en el sentido que se le da en el delta: una zona de barro más elevada y firme. El campamento debía de estar construido sobre plataformas y pilotes con creosota. Quebró en los años setenta. Lo cerraron y ya no volvió a abrir.

Hayward miró a Pendergast.

—¿Y qué?

—Fíjese en los artículos: todos pertenecen a periódicos locales de los pueblos que bordean el pantano: Sunflower, Itta Bena, y sobre todo Malfourche. Me fijé en estas historias por primera vez cuando consultaba el archivo de prensa de Sunflower, pero en ese momento no les di importancia. Sin embargo, si localiza las historias en el mapa, verá que están todas vagamente orientadas hacia el mismo sitio: Spanish Island, en lo más profundo del pantano.

—Pero... pero todo esto solo son leyendas, leyendas pintorescas.

—Por el humo se sabe dónde está el fuego.

Hayward cerró la carpeta y se la devolvió.

—Esto no es un trabajo policial. Solo son puras suposiciones. No tiene ningún dato objetivo que señale Spanish Island como lugar de interés para la investigación.

Los ojos de Pendergast se iluminaron fugazmente.

—Hace cinco años, un grupo ecologista limpió un vertedero ilegal que había en el pantano, más allá de Malfourche. Ese tipo de vertederos están por todo el Sur; en ellos se tiran coches viejos, neveras... todo lo que se hunda. Entre lo que sacaron del cieno había un coche. Naturalmente, buscaron al titular de la matrícula para multarle, pero no le encontraron.

—¿De quién era?

—El coche estaba a nombre de Carlton Brodie, el marido de June. Era el último que tuvo. Supongo que fue el que se llevó cuando dijo a todos los vecinos que se iba... al extranjero.

Hayward frunció el ceño y abrió la boca para decir algo, pero volvió a cerrarla.

—También hay otra cosa que me tiene intrigado desde que la he visto esta mañana. ¿Se acuerda del embarcadero quemado que vimos en Longitude? ¿El que estaba detrás del Complejo 6?

—¿Qué le pasa?

—¿Para qué diantres necesitaría Longitude Pharmaceuticals un embarcadero en el pantano de Black Brake?

Hayward pensó un poco.

—Podría ser anterior a Longitude.

—Es posible, pero a mí me pareció de la misma época que la compañía. No, capitana; todo apunta a que Spanish Island será nuestra próxima etapa, sobre todo el embarcadero.

La puerta de la sala de espera se abrió y el médico entró con paso enérgico. Empezó a hablar antes de que pudiera hacerlo Hayward.

—Se va a salvar —dijo, casi sin poder controlar la euforia—. Lo hemos descubierto justo a tiempo. Pavulon, un relajante muscular muy potente. Es el fármaco que le han inyectado. Faltaba un poco en la farmacia del hospital.

Hayward tuvo un momento de mareo. Se aferró al borde de una silla y se sentó.

—Menos mal.

El médico se volvió hacia Pendergast.

—No sé cómo ha sabido que se trataba de una inyección, pero gracias a ello le ha salvado la vida.

Hayward miró al agente del FBI. No se le había ocurrido pensarlo.

—Hemos avisado a las autoridades, por supuesto —añadió el médico—. Llegarán en cualquier momento.

Pendergast deslizó la carpeta debajo del traje.

—Magnífico. Lo siento, doctor, pero nosotros tenemos que irnos. Es extremadamente urgente. Aquí tiene mi tarjeta. Dígale a la policía que se ponga en contacto conmigo. Y pídales que organicen de inmediato un servicio de protección para el paciente, las veinticuatro horas. Dudo que el asesino vuelva a intentarlo, pero nunca se sabe.

—Sí, señor Pendergast —asintió el médico mientras cogía la tarjeta con el sello del FBI en relieve.

—No hay tiempo que perder —dijo Pendergast, volviéndose y caminando deprisa hacia la puerta.

—Pero... ¿qué vamos a hacer? —preguntó Hayward.

—Ir a Spanish Island, naturalmente.

61

Plantación Penumbra

La vieja mansión neogriega estaba sumida en la oscuridad. Gruesas nubes se interponían ante una luna hinchada, y sobre el paisaje de finales de invierno pesaba un manto de calor poco habitual. Hasta los insectos de las ciénagas parecían somnolientos, perezosos incluso para cantar.

Maurice recorría en silencio la planta baja de la casa, asomándose a las habitaciones para comprobar que las ventanas estuvieran bien cerradas, las luces apagadas y todo en orden. Tras echar el cerrojo de la puerta principal y girar la llave, echó otro vistazo, gruñó de satisfacción y se encaminó hacia la escalera.

El silencio se hizo trizas cuando sonó el teléfono de la mesa del vestíbulo.

Maurice lo miró, sobresaltado. En vista de que seguía sonando, se acercó y levantó el auricular con una mano nudosa y recubierta de venas.

—¿Diga?

—¿Maurice?

Era la voz de Pendergast. Había un ruido de fondo tenue pero constante, como ráfagas de viento.

—¿Diga? —repitió Maurice.

—Quería decirte que, al final, esta noche no iremos a casa. Puedes echar el cerrojo de la puerta de la cocina.

—Muy bien, señor.

—Calcula que llegaremos a finales de la tarde de mañana. Si nos retrasamos más, te avisaré.

—Comprendido. —Maurice hizo una pausa—. ¿Adónde van, señor?

—A Malfourche, un pueblecito al borde del pantano de Black Brake.

—Muy bien, señor. Que tengan buen viaje.

—Gracias, Maurice. Nos veremos mañana.

La llamada se cortó. Maurice colgó el teléfono y lo miró un momento, pensando. Después volvió a cogerlo y marcó un número.

Sonó varias veces antes de que contestase una voz masculina.

—¿Hola? —dijo Maurice—. ¿El señor Judson?

La voz del otro lado contestó afirmativamente.

—Soy Maurice, de la plantación Penumbra. Muy bien, gracias. Sí. Sí, acabo de tener noticias suyas. Se dirigen al pantano de Black Brake. A un pueblo que se llama Malfourche. He pensado que debía decírselo, ya que se preocupa tanto por él... No, no ha dicho por qué. Sí. De acuerdo. De nada. Buenas noches.

Volvió a colgar el teléfono y fue al fondo de la casa, para cerrar la puerta de la cocina tal como le habían ordenado. Tras una última mirada, regresó al pasillo principal y subió al primer piso por la escalera. Ya no hubo más interrupciones.

62

Malfourche, Mississippi

Mike Ventura se acercó al embarcadero podrido de delante del Tiny's Bait 'n' Bar. Era un edificio de madera torcido y a punto de derrumbarse, apoyado en pilotes. Por encima del agua oyó un rumor de música country, gritos de entusiasmo y risas bulliciosas.

Tras deslizar su lancha baja de pesca hasta uno de los pocos amarres vacíos, apagó el motor, saltó a tierra y ató el cabo. Era medianoche. El bar de Tiny estaba abarrotado, y los embarcaderos a reventar, desde BassCats con todos los accesorios a simples botes de contrachapado. Pensó que aunque Malfourche fuera un pueblo de mala muerte, sabían correrse buenas juergas. Se humedeció los labios al pensar que, antes de dedicarse a lo que le había llevado allí, se tomaría una cerveza bien helada y un chupito de Jack Daniel's.

Los sonidos y olores del bar de Tiny le asaltaron nada más abrir la puerta: música a tope, cerveza, fluorescentes, serrín, humedad, y el olor del pantano que lamía los pilotes de debajo. La tienda de cebos, a la izquierda, y el bar, a la derecha, compartían el mismo espacio, una especie de granero. A aquella hora, la zona de venta de cebos tenía las luces apagadas. Era donde estaban las grandes neveras y cubas con los cebos vivos que tanta fama daban a Tiny's: lombrices, cangrejos de río, sanguijuelas, larvas de polilla y de mosca y huevas.

Ventura encontró un hueco en la barra. El mismísimo Tiny, una montaña humana, enorme y adiposa, que temblaba como un flan, plantó al instante en sus narices una lata de Coors con trocitos de hielo pegados, seguida de inmediato de un Jack Daniel's doble.

Ventura le dio las gracias con la cabeza, levantó el Jack Daniel's, se lo bebió de golpe y lo acompañó con un trago de Coors.

Le supo a gloria; ni que se lo hubiera recetado un médico. Llevaba demasiado tiempo en el pantano. Mientras se tomaba la cerveza, sintió un enorme cariño por aquel tugurio. Era de los últimos sitios donde no había negros, maricones ni yanquis; solo blancos, y no hacía falta decir nada; lo sabía todo el mundo. Era así desde siempre, y así seguiría siendo. Amén.

La pared de detrás de la barra estaba llena de postales, fotos de leñadores con hachas, otras más recientes de barcas con piezas de campeonato, peces disecados, billetes firmados y una vista aérea de Malfourche, de la época de la prosperidad, cuando allí se realizaba todo tipo de actividades, desde la tala de cipreses a la caza de aligátores. Era cuando todo el mundo tenía una barca decente, una camioneta y una casa que valía algo. Antes de que convirtieran medio pantano en reserva natural.

La jodida reserva natural.

Apuró la cerveza y le pusieron otra delante sin darle tiempo de pedirla, junto con un Jack Daniel's, que esta vez no era doble. Tiny le conocía bien. Sin embargo, en vez de tomárselo enseguida, pensó en que tenía un trabajo urgente que hacer. Aparte de disfrutar con ello, ganaría una buena pasta, y sin mancharse las manos. Su mirada se detuvo en las muchas consignas antiecologistas pegadas en la pared: PRÓXIMA EXCURSIÓN DEL SIERRA CLUB, A LA MIERDA; PROTEGE LA FAUNA: DA DE COMER UN ECOLOGISTA A LOS ALIGÁTORES, y otros en la misma línea. Estaba claro que era un buen plan.

Se inclinó sobre la barra e hizo señas al dueño.

—Tiny, tengo que decir algo importante. ¿Te importaría parar la música?

—Pues claro, Mike.

Tiny se acercó al equipo de música y lo apagó. El local quedó casi enseguida en silencio; todos atentos a la barra.

Ventura bajó del taburete y se plantó tranquilamente en medio del bar, haciendo resonar las tablas gastadas con sus botas de vaquero.

—¡Eh, Mike! —gritó alguien, provocando algunos aplausos y silbidos de borrachos en los que Ventura no se fijó.

Era un personaje conocido, ex sheriff del condado; un hombre con dinero, pero sin pretensiones. Por otra parte, siempre había procurado no mezclarse demasiado con la chusma, y mantener cierta formalidad. Eso ellos lo respetaban.

Metió los pulgares en el cinturón y recorrió lentamente el local con la mirada. Todos estaban a la espera. Mike Ventura no hablaba muy a menudo en público. Se le hizo extraño que estuvieran tan callados. Le procuró cierta satisfacción, el sentimiento de haberse ganado el respeto de todos.

—Tenemos un problema —dijo. Dejó pasar unos segundos, para que lo asimilaran, y siguió—: Un problema formado por dos personas. Ecologistas. Van a venir de tapadillo para darse un garbeo por esta parte de Black Brake. Quieren ampliar la reserva natural al resto de Black Brake y a Lake End.

Les echó una mirada desafiante. Se oyeron murmullos, siseos y gritos inarticulados de reprobación.

—¿Lake End? —vociferó alguien—. ¡Y una mierda!

—Exacto: se acabaron las percas y la caza. Nada de nada. Solo una reserva natural, para que esos hijos de puta de la Wilderness Society puedan venir con sus kayaks a contemplar los pájaros.

Parecía que escupiera las palabras.

Un coro de silbidos y abucheos. Ventura levantó una mano para que se callasen.

—Primero prohibieron talar. Luego se quedaron la mitad de Black Brake, y ahora hablan de quedarse el resto, y además el lago. No quedará nada. ¿Os acordáis de la última vez, cuando les seguimos la corriente? ¿Cuando fuimos a reuniones, nos manifestamos y escribimos cartas? ¿Os acordáis? ¿Qué pasó?

Otro clamor de desaprobación.

—Exacto. ¡Tuvimos que agacharnos... ya sabéis el resto!

Un rugido. Todos se habían bajado de los taburetes. Ventura volvió a levantar las manos.

—Un momento, escuchadme. Llegarán mañana. No sé cuándo, pero probablemente temprano. Uno es alto y flaco, con traje negro; el otro es una mujer. Querrán hacer un reconocimiento del pantano.

—¿Un reconoqué? —dijo alguien.

—Echarle un vistazo. Como científicos. Solo son dos, pero vendrán de incógnito, los muy hijos de puta. Son tan cobardes que no se atreven a presentarse aquí como lo que son.

Esta vez reinó un silencio muy tenso.

—Ya os he avisado. No sé vosotros, pero yo no pienso escribir más cartas. Nada de reuniones, ni de escuchar a esos yanquis de mierda diciéndome qué tengo que hacer con mis peces, mi leña y mi tierra.

Un nuevo y repentino estallido de gritos. Ya veían por dónde iba. Ventura metió la mano en el bolsillo trasero, sacó un fajo de billetes y lo sacudió.

—Yo nunca espero que la gente trabaje gratis. —Tiró el dinero encima de una mesa grasienta—. Esto es un adelanto. Luego habrá más. Ya sabéis lo que se dice: lo que se hunde en el pantano nunca sale a flote. Quiero que resolváis este problema. Hacedlo por vuestra cuenta; de lo contrario ya podéis despediros de lo que queda de Malfourche, vender las escopetas y la casa, llenar el maletero del Chevy e iros a vivir a Boston o a San Francisco, con los maricones. ¿Es lo que queréis?

Un rugido de desaprobación, y más gente perdiendo el equilibrio al levantarse. Una mesa cayó al suelo.

—Atentos a cuando lleguen los ecologistas, ¿de acuerdo? Dadles su merecido, ni más ni menos. Lo que se hunde en el pantano nunca sale a flote. —Después de pasear una mirada asesina por la multitud, levantó una mano y bajó la cabeza—. Gracias, amigos. Buenas noches.

Tal como tenía previsto, se pusieron como locos. Él se dirigió hacia la puerta sin hacerles caso, la cruzó y salió a la noche húmeda del embarcadero. Desde fuera oía el barullo: voces iracundas, palabrotas y la música que volvía a sonar. Sabía que cuando llegaran aquellos dos, al menos alguno de los chicos estaría suficientemente sobrio para hacer lo necesario. Ya se encargaría Tiny de eso.

Abrió el móvil y marcó un número.

—¿Judson? Acabo de solucionar el problemilla.

63

Hayward se asomó al balcón del motel, a pleno sol, para mirar a Pendergast, que estaba abajo, en el patio, cargando la maleta en el Rolls. Hacía un calor absolutamente impropio de principios de marzo; el sol ardía como una lámpara de infrarrojos en la nuca. Hayward se preguntó si tantos años en el Norte la habrían ablandado. Bajó los escalones de cemento con la bolsa para una noche y la dejó en el maletero, al lado del equipaje de Pendergast.

Dentro, el Rolls estaba fresco, y el cuero color crema, frío. Malfourche quedaba a quince kilómetros de allí, pero era un pueblo moribundo, donde ya no había moteles. El más cercano era ese.

—He estado investigando sobre el pantano de Black Brake —dijo Pendergast mientras salían a la estrecha carretera—. Es uno de los más grandes y silvestres de todo el Sur. Tiene una superficie de unas treinta mil hectáreas. Al este limita con un lago, que se conoce como Lake End, y al oeste con brazos de río y canales.

A Hayward le costaba prestar atención. Ya sabía más de lo que quería sobre el pantano, y los horrores de la noche anterior le nublaban el entendimiento.

—Nuestro destino, Malfourche, queda en el lado este de una pequeña península. «Malfourche», en francés, quiere decir «mala bifurcación», por el brazo de río sobre el que está: un lago subsidiario de aguas estancadas, sin salida, que a los primeros colonos franceses les pareció la boca de un río. Antiguamente, en el pantano, había uno de los bosques de cipreses más extensos del país. Se taló el sesenta por ciento hasta 1975, que fue cuando la mitad oeste del pantano fue declarada reserva de fauna, y más tarde reserva natural; está prohibido circular con embarcaciones a motor.

—¿De dónde ha sacado todo eso? —preguntó Hayward.

—Me parece increíble que hoy en día haya wi-fi incluso en los peores moteles.

—Ah.

¿Nunca dormía?

—Malfourche es un pueblo medio muerto —siguió explicando Pendergast—. Se resintió mucho cuando se quedó sin industria maderera, y la creación de la reserva natural afectó profundamente a la actividad de caza y pesca. Aguantan de puro milagro.

—Entonces quizá no sea una buena idea llegar en Rolls-Royce. Si queremos que la gente hable...

—Al contrario —murmuró Pendergast.

Dejaron atrás algunas casas de madera en pésimo estado, con los tejados caídos y los patios ocupados por coches viejos y chatarra. Una iglesia encalada pasó como una exhalación, seguida de más chozas, hasta que la carretera se ensanchó y dejó paso a una calle mayor de mala muerte, bañada por el sol, que terminaba en unos embarcaderos, al borde de un lago cubierto de vegetación. Prácticamente todos los establecimientos estaban cerrados, y los escaparates estaban tapados con papel o una con mano de pintura blanca sobre cristales llenos de moscas; en muchos de ellos había rótulos descoloridos de «Se alquila».

—Pendergast —dijo de pronto Hayward—, hay una cosa que no entiendo.

—¿Cuál?

—Todo esto es una locura. Me refiero a pegarle un tiro a Vinnie e intentar pegármelo a mí. Matar a Blackletter, a Blast, y vaya usted a saber a quién más... Hace mucho tiempo que soy policía, y sé positivamente que hay maneras más fáciles de hacerlo. Es demasiado radical. Han pasado unos doce años. Intentando matar policías, lo único que consiguen es llamar más la atención.

—Tiene razón —dijo Pendergast—. Es radical. Vincent hizo el mismo comentario acerca del león. Implica muchas cosas. Y yo lo encuentro bastante sugestivo. ¿Usted no?

Detuvo el coche en un pequeño aparcamiento, poco antes del embarcadero. Bajaron y echaron un vistazo, bajo un sol inclemente. Al lado de los amarres había un grupo de hombres mal vestidos que mataban el rato. Todos se habían girado, y les miraban fijamente. Hayward, muy consciente del Rolls-Royce, volvió a cuestionar la insistencia de Pendergast en usar aquel coche para sus investigaciones. De todos modos, como no tenía sentido ir en dos coches, había dejado el suyo de alquiler en el hospital.

Pendergast se abrochó el traje negro y miró a su alrededor con su habitual flema.

—¿Damos un paseo hasta los amarres y charlamos un poco con aquellos caballeros?

Hayward se encogió de hombros.

—No se les ve muy habladores, precisamente.

—Habladores, no; comunicativos, es posible que sí.

Pendergast bajó por la calle, moviendo con desenvoltura su alto cuerpo. Ellos miraron cómo se acercaban con los ojos entornados.

—Muy buenos días —dijo con su acento más meloso de clase alta de Nueva Orleans, haciendo una pequeña reverencia.

Silencio. El temor de Hayward aumentó. Parecía la peor manera posible de buscar información. La hostilidad era tal que podía cortarse con un cuchillo.

—Hemos venido a hacer un poco de turismo. Somos aficionados a los pájaros.

—Los pájaros —dijo un hombre. Se volvió y se lo repitió al grupo—. Los pájaros.

Todos se rieron.

Hayward se estremeció. Iba a ser un fracaso total. Se giró al ver un movimiento con el rabillo del ojo. Otro grupo estaba saliendo en silencio de una especie de granero, construido al lado del embarcadero sobre pilotes con creosota. Un letrero lo identificaba como «Tiny's Bait 'n' Bar».

El último en salir fue un hombre descomunalmente gordo. Tenía la cabeza de pepino, rapada al cero, y una camiseta imperio forzada al límite por un enorme barrigón, de la que colgaban dos brazos como dos jamones en dulce —semejanza que, debido al sol, se extendía al color—. Se abrió camino entre los demás hombres y dio unas zancadas por el embarcadero hasta plantarse frente a Pendergast. Estaba claro que era el cabecilla del grupo.

—¿Con quién tengo el placer? —preguntó Pendergast.

—Me llamo Tiny —dijo el hombre, mirando a los dos de arriba abajo con sus ojillos.

No les tendió la mano. «Tiny —pensó Laura—. Muy adecuado.»*

—Encantado. Yo me llamo Pendergast, y mi compañera, Hayward. Estamos buscando una especie muy rara, el pescador de barriga roja de Botolph, para completar nuestra lista. Tenemos entendido que se puede encontrar en las profundidades del pantano.

—¿Ah, sí?

—Sí, y esperábamos poder hablar con alguien que conociera bien el pantano y pudiera aconsejarnos.

Tiny se acercó, se inclinó y dejó caer un hilo de saliva cargada de tabaco justo a los pies de Pendergast, tan cerca que le salpicó los zapatos de cordones.

—¡Vaya por Dios! Me parece que me ha manchado los zapatos.

Hayward quiso que se la tragara la tierra. Hasta el más tonto se habría dado cuenta de que tenían a aquella gente en contra, y que de ahí no sacarían nada útil. Encima ahora podía haber una pelea.

* La palabra *tiny* significa «diminuto». *(N. del T.)*

—Eso parece —dijo Tiny, arrastrando las palabras.

—¿Podría ayudarnos usted, señor Tiny?

—No —fue la respuesta.

Tiny se inclinó, frunció los labios carnosos y escupió otro chorro de tabaco, esta vez directamente en los zapatos de Pendergast.

—Creo que lo ha hecho a propósito —dijo Pendergast con voz aguda, protestando inútilmente.

—Cree bien.

—Vaya —dijo, volviéndose hacia Hayward—, tengo la sensación de que aquí no nos quieren. Tal vez haríamos bien yéndonos a otro sitio.

Ante la sorpresa de Hayward, se fue por la calle hacia el Rolls, tan deprisa que ella tuvo que correr para alcanzarle. Le siguió un eco de estentóreas carcajadas.

—¿Y va a irse así? —preguntó Hayward.

Pendergast se paró junto al coche. Habían rascado el capó con una llave, dejando un mensaje: «Jodidos ecologistas». Subió al coche con una sonrisa enigmática.

Hayward abrió la puerta del otro lado, pero no subió.

—¿Se puede saber qué hace? ¡Si ni siquiera hemos conseguido la información que necesitamos!

—Al contrario. Han estado de lo más elocuentes.

—¡Pero si le han destrozado el coche y le han escupido en los zapatos!

—Suba —dijo él con firmeza.

Hayward se deslizó en el asiento. Pendergast giró el coche y se dirigió a la salida del pueblo entre chirridos, levantando una nube de polvo.

—¿Ya está? ¿Vamos a irnos corriendo?

—Querida capitana, ¿le consta que yo haya corrido alguna vez?

Se calló. Poco después, el Rolls aminoró la velocidad y Hayward se sorprendió al ver que se metían por el camino de entrada de la iglesia junto a la que habían pasado antes. Pendergast aparcó delante de la casa que estaba al lado de la iglesia y bajó.

Tras limpiarse el zapato en la hierba, subió ágilmente al porche y llamó al timbre. No tardó en abrir la puerta un hombre. Era alto, flaco como un clavo, con facciones pronunciadas y barba blanca, sin bigote. A Hayward le recordó un poco a Abraham Lincoln.

—¿El pastor Gregg? —preguntó Pendergast, cogiéndole la mano—. Soy Al Pendergast, pastor de la Iglesia Baptista del Sur de la parroquia de Hemhoibshun. ¡Encantado de conocerlo! —Sacudió con entusiasmo la mano del perplejo sacerdote—. Le presento a mi hermana, Laura. ¿Podemos hablar con usted?

—Pues... claro, claro —dijo Gregg, recuperándose lentamente de su sorpresa—. Pasen.

Accedieron al interior fresco y pulcro de la casa.

—Siéntense, por favor.

Gregg aún parecía bastante desconcertado, mientras que Pendergast, por el contrario, se arrellanó en el sillón más cómodo y cruzó una pierna encima de la otra, como si estuviera en su casa.

—Laura y yo no hemos venido por asuntos de la iglesia —dijo, sacando del traje una libreta de taquígrafo y una pluma—. Pero había oído hablar tanto de su iglesia y de su fama de hospitalario, que aquí nos tiene.

—Entiendo —dijo Gregg, que obviamente no entendía nada.

—Pastor Gregg, tengo un hobby al que dedico el tiempo que me dejan mis deberes pastorales: soy historiador aficionado, coleccionista de mitos y leyendas, curioseador de los rincones polvorientos de la historia olvidada del Sur. De hecho, estoy escribiendo un libro: *Mitos y leyendas de los pantanos del Sur*. Por eso estoy aquí.

Pendergast acabó su intervención en tono triunfal, y se apoyó en el respaldo.

—Qué interesante —repuso Gregg.

—Siempre que viajo, lo primero que hago es pasar a ver al pastor de cada lugar. Nunca me fallan, nunca.

—Me alegro.

—Porque los pastores conocen a su gente; conocen las leyendas, pero como hombres de Dios no son supersticiosos. No les afectan esas cosas. ¿Me equivoco?

—Bueno, es verdad que se oyen historias, pero solo son eso, pastor Pendergast: historias. Yo no les hago mucho caso.

—Exacto. Este pantano, Black Brake, es uno de los más grandes y legendarios del estado. ¿Lo conoce un poco?

—Por supuesto.

—¿Ha oído hablar de un lugar en el pantano llamado Spanish Island?

—¡Desde luego! Aunque, en realidad, no es una isla; más bien una zona de barrizales y aguas poco profundas donde nunca se han cortado los cipreses. Está en medio del pantano, en pleno bosque virgen. Yo nunca lo he visto.

Pendergast empezó a tomar notas.

—Dicen que antes había un campamento de pesca y caza.

—Es verdad. Los dueños eran la familia Brodie, pero cerró hace treinta años. Creo que está todo podrido, y que ya no queda ni rastro. Es lo que suele pasarles a los edificios abandonados, ¿sabe?

—¿Hay historias sobre Spanish Island?

El pastor sonrió.

—Por supuesto. Las habituales historias de fantasmas, rumores de que hay okupas, de que lo usan para el tráfico de drogas... Ese tipo de cosas.

—¿Historias de fantasmas?

—Por aquí se cuentan mil cosas sobre el corazón del pantano, donde está Spanish Island: luces extrañas de noche, ruidos raros... Hace unos años desapareció en el pantano un buscador de ranas. Encontraron su hidrodeslizador de alquiler a la deriva en un brazo de río, no muy lejos de Spanish Island. Yo creo que se emborrachó y que se cayó al agua, pero aquí todos dicen que le asesinaron, o que sucumbió a la locura del pantano.

—¿La locura del pantano?

—Si pasas demasiado tiempo en el pantano, acabas enloqueciendo. Es lo que dicen. Aunque yo no me lo creo, debo decir que es... un sitio que impone. Es fácil perderse.

Pendergast lo apuntó todo, con manifiesto interés.

—¿Y qué me dice de las luces?

—Los buscadores de ranas salen de noche, y a veces cuentan que han visto luces extrañas moviéndose por el pantano. Pero, en mi opinión, simplemente se ven los unos a los otros, porque para buscar ranas hace falta llevar linterna. También podría ser un fenómeno natural, algún tipo de gas del pantano que brilla o algo así.

—Estupendo —dijo Pendergast, parándose un momento a escribir—. Justo el tipo de cosas que busco. ¿Algo más?

Gregg, animado, prosiguió.

—Siempre hablan de un aligátor gigante en el pantano. Hay historias parecidas en la mayoría de los pantanos del Sur. Seguro que ya lo sabe. Y a veces resulta cierto. Hace unos años, en el lago Conroe de Texas, cazaron un aligátor de más de siete metros de largo. Cuando lo mataron, se estaba comiendo un ciervo adulto.

—Increíble —se maravilló Pendergast—. Y si alguien quisiera ir a ver Spanish Island, ¿qué habría que hacer?

—Está indicado en los mapas más antiguos. El problema es llegar. Con tantos laberintos de canales, y de barreras de fango... Además, ahí dentro los cipreses están casi pegados. Cuando baja el agua, sale una maraña de helechos y zarzas casi impenetrable. No se puede llegar a Spanish Island en línea recta. Francamente, dudo que haya ido alguien en años. Está muy adentrado en la reserva; no se puede pescar ni cazar, y cuesta horrores entrar o salir. Yo no se lo aconsejaría en absoluto.

Pendergast cerró la libreta y se levantó.

—Muchas gracias, pastor. Me ha ayudado mucho. ¿Podría volver a ponerme en contacto con usted, si hiciera falta?

—Claro que sí.

—Muy bien. Le daría una tarjeta, pero se me han acabado hace poco. Tenga, mi teléfono, por si tiene que llamarme. Cuente con que le enviaré un ejemplar del libro cuando se publique.

Mientras subían otra vez al Rolls, Hayward preguntó:

—¿Y ahora qué?

—Ahora, a ver otra vez a nuestros amigos de Malfourche. Hemos dejado asuntos pendientes.

64

Regresaron al aparcamiento y dejaron el coche en el mismo hueco lleno de polvo. En el embarcadero se veía el mismo grupo de hombres, que se volvieron otra vez y les miraron fijamente. Al bajar del coche, Pendergast murmuró:

—Siga dejándolo en mis manos, capitana, si no le importa.

Hayward asintió con la cabeza, algo decepcionada. Había alimentado ciertas esperanzas de que alguno de aquellos muchachotes se pasara de la raya, para poder meterle un buen puro.

—¡Caballeros! —dijo Pendergast, dando zancadas hacia el grupo—. Hemos vuelto.

Hayward volvió a estremecerse.

El gordo, Tiny, se adelantó y se cruzó de brazos, esperando.

—Señor Tiny, a mi compañera y a mí nos gustaría alquilar un deslizador para explorar el pantano. ¿Hay alguno disponible?

Ante la sorpresa de Hayward, Tiny sonrió. Los hombres intercambiaron miradas.

—Pues claro que puedo alquilarles un deslizador —dijo Tiny.

—¡Estupendo! ¿Y un guía?

Más miradas.

—Guías no tengo —dijo Tiny despacio—, pero les mostraré con mucho gusto la ruta en un mapa. Los vendo dentro.

—Concretamente, teníamos la idea de ir a conocer Spanish Island.

Un largo silencio.

—Perfecto —dijo Tiny—. Vengan al embarcadero privado del otro lado, que es donde tenemos las barcas, y se lo prepararemos todo.

Siguieron a la mole detrás del edificio, al embarcadero comercial del otro lado. Había media docena de deslizadores y lanchas de pesca deportiva, esperando tristemente en sus amarres. Pendergast los miró un momento con los labios apretados y eligió el deslizador que parecía más nuevo.

Media hora más tarde estaban en un deslizador de cuatro metros, adentrándose en Lake End con Pendergast al timón. Al salir a aguas abiertas, Pendergast aceleró, haciendo zumbar con fuerza la hélice; la embarcación se deslizó sobre el agua. El pueblo de Malfourche, con sus embarcaderos destartalados y sus tristes edificios inclinados, desapareció lentamente en una leve bruma pegada a la superficie del lago. Con su traje negro y su camisa blanca reluciente, el agente del FBI ofrecía una estampa hilarante en la cabina del deslizador.

—Ha sido fácil —dijo Hayward.

—Cierto —contestó él, observando la superficie del lago. Después la miró a ella—. ¿Se da cuenta, capitana, de que estaban informados de nuestra llegada?

—¿Por qué lo dice?

—Es previsible cierta hostilidad hacia clientes ricos que llegan en Rolls-Royce, pero ha sido tan concreta e inmediata que la única conclusión posible es que nos esperaban. A juzgar por el mensaje grabado en mi coche, nos han tomado por ecologistas.

—Usted ha dicho que éramos aficionados a los pájaros.

—Aquí vienen constantemente aficionados a los pájaros. No, capitana; estoy convencido de que creían que éramos funcionarios de medio ambiente, o científicos del gobierno, haciéndose pasar por ornitólogos aficionados.

—¿Nos habrán confundido con otros?

—Es posible.

La embarcación se deslizaba sobre las aguas marrones del lago. En cuanto el pueblo desapareció completamente, Pendergast dio un giro de noventa grados.

—Spanish Island queda al oeste —dijo Hayward—. ¿Por qué vamos al norte?

Pendergast sacó el mapa que le había vendido el gordo de Tiny. Estaba lleno de garabatos y de huellas de sus dedos sucios.

—Le he pedido a Tiny que marcase todos los caminos para ir a Spanish Island. Está claro que conocen mejor que nadie el pantano. Este mapa debería resultar de gran utilidad.

—No me diga que va a fiarse de él, por favor.

Pendergast sonrió amargamente.

—Me fío implícitamente... de que mienta. Todas las rutas que ha marcado podemos descartarlas; lo cual nos deja la llegada desde el norte. Así podremos evitar esta emboscada, en los brazos de río al oeste de Spanish Island.

—¿Emboscada?

Las cejas de Pendergast se arquearon.

—Vamos, capitana, seguro que sabe que la única razón de que hayamos podido alquilar esta lancha es que tienen planeado sorprendernos dentro del pantano. Aparte de ponerles sobre aviso de nuestra llegada, parece que también les han contado algo concebido para despertar su ira, con instrucciones de intimidarnos, o quizá incluso matarnos, si intentamos entrar en el pantano.

—Podría ser una coincidencia —dijo Hayward—. Quizá ahora mismo esté llegando a Malfourche el verdadero funcionario de medio ambiente.

—Me lo plantearía si hubiéramos llegado en su Buick, pero es indudable que estaban esperando a dos personas que se ajustaban a nuestro perfil, ya que su expresión, en cuanto hemos bajado del coche, ha sido de certeza absoluta.

—¿Cómo puede haberse enterado alguien de adónde nos dirigíamos?

—Excelente pregunta, para la que carezco de respuesta. Por el momento.

Hayward reflexionó un minuto.

—Entonces, ¿por qué se los ha puesto en contra de esa manera? ¿Por qué ha hecho de pijo quejica de ciudad?

—Porque tenía que estar seguro de su enemistad. Necesitaba cerciorarme de que marcarían mal el mapa. Así puedo confiar en el rumbo que tomemos. Desde un punto de vista general, una multitud agitada, airada y recelosa es mucho más reveladora en sus actos que otra que solo lo esté a medias o sea parcialmente amistosa. Si piensa en nuestro encuentro, creo que estará de acuerdo en que nos han dado mucha más información estando enfadados que si no lo hubieran estado. En ese aspecto, el Rolls me resulta de gran utilidad.

Hayward no estaba convencida, pero como no tenía ganas de discutir, no dijo nada.

Soltando una mano del timón, Pendergast sacó una carpeta de la americana y se la dio.

—Aquí tengo unas imágenes del pantano sacadas de Google Earth. No son demasiado útiles, ya que los árboles y otras plantas lo tapan casi todo, pero sí parecen confirmar que la vía de acceso más prometedora a Spanish Island es por el norte.

El lago hacía un recodo. Hayward vio a lo lejos, saliendo de la bruma, la línea baja y oscura de cipreses que señalaba el borde del pantano. Pocos minutos después los tuvieron delante, cubiertos de musgo, como túnicas de vigilantes de un horrible submundo; el hidrodeslizador fue engullido por el aire caliente, enrarecido y envolvente del pantano.

65

Pantano de Black Brake

Parker Wooten había anclado su barca a unos veinte metros de la boca de un brazo de río sin salida del extremo norte de Lake End, por encima de un profundo canal en el que confluían el brazo y el cuerpo del lago. Estaba pescando en un sitio lleno de maderas hundidas, con una lombriz artificial de cola roja montada al estilo de Texas, que echaba al agua entre tragos de bourbon Woodford Reserve en botella de litro. Era el momento perfecto para pescar en los brazos apartados, mientras los demás se dedicaban a perseguir a los ecologistas. El año anterior, en el mismo lugar, había pescado una lubina negra de cinco kilos con cien, el récord en Lake End. Desde entonces había sido casi imposible echar la caña en Lemonhead Bayou sin estar rodeado de competidores. Pero, a pesar de esa actividad frenética, estaba casi seguro de que aún quedaban algunas buenas piezas al acecho, las más viejas y listas. La cuestión era pescarlas en un momento de tranquilidad. Todos los demás usaban cebos vivos de la tienda de Tiny, porque, supuestamente, las lubinas viejas y listas reconocían los gusanos de plástico, pero Wooden siempre había tenido su teoría personal. A él le parecía que una lubina vieja y lista, agresiva e irritable, tenía más posibilidades de lanzarse sobre algo que tuviera un aspecto diferente. Al cuerno con las larvas y lombrices que usaban los demás.

Su walkie-talkie, que era obligatorio llevar en el pantano, estaba sintonizado en el canal 5. Cada pocos segundos oía los mensajes que intercambiaban los miembros de la pandilla de Tiny, que se estaban apostando en los brazos del oeste en espera de que apareciesen los ecologistas. Pero Parker Wooten no quería saber nada de eso. Él había pasado cinco años en la cárcel de Rumbaugh, y no volvería allí ni muerto. Que pagasen el pato los otros paletos. Él se quedaría con las lubinas.

Volvió a echar la caña, dejó que se hundiera el cebo y le dio un pequeño tirón, para que rebotase en un tronco hundido. Después empezó a recoger el sedal, sacudiendo la punta. No picaban. Hacía demasiado calor, y quizá hubieran ido a aguas más profundas; a menos que lo que hiciera falta fuera un firecracker de cola azul. Mientras seguía recogiendo, oyó el tenue zumbido de un deslizador. Después de colocar la caña en un soporte, cogió los prismáticos y escudriñó el lago. Pronto apareció la embarcación, resbalando por la superficie, con la parte inferior entre las nieblas bajas que flotaban sobre el agua, provocando un veloz chapoteo con la quilla plana. Luego desapareció.

Se sentó en la barca y bebió un sorbo de Woodford, para pensar mejor. Eran los dos ecologistas, eso estaba claro, pero muy lejos de donde se les esperaba. Todos estaban en los brazos del oeste, mientras que ellos se movían muy al norte.

Después de otro trago, cogió el walkie-talkie.

—Oye, Tiny, soy Parker.

—¿Parker? —dijo al cabo de un rato la voz de Tiny—. Creía que no te habías apuntado.

—No, no me apunto. Estoy en la punta norte, pescando en Lemonhead Bayou. ¿Y sabes qué? Acabo de ver pasar uno de tus deslizadores, con esos dos a bordo.

—Imposible. Vendrán por los brazos del oeste.

—Y una mierda. Les he visto pasar ahora mismo.

—¿Con tus propios ojos o con los del Woodford Reserve?

—Oye —dijo Wooten—, si no quieres hacerme caso me da igual. Vosotros quedaos esperando en los brazos del oeste, hasta que lleguen al lago Pontchartrain. Yo solo te digo que están yendo por el norte. Luego, lo que hagáis ya es cosa vuestra.

Wooten apagó el walkie-talkie, molesto, y lo metió en la caja de cambios. Tiny empezaba a ir de sobrado, figurativa y literalmente. Bebió un poco más de Woodford y guardó la preciada botella en su caja. Después arrancó del anzuelo la lombriz de plástico, enganchó otra y la tiró al agua. Mientras recogía el sedal, sintió de repente cierto peso. Al principio dejó el sedal casi flojo, con mucho cuidado, permitiendo que se lo llevara el pez; luego, con un tirón brusco pero no muy fuerte, clavó el anzuelo. El sedal se tensó, la punta se dobló y Parker Wooten dejó de sentirse molesto en ese instante, al darse cuenta de que había pescado uno de los gordos.

66

El canal se estrechaba, así que Pendergast apagó el motor del hidrodeslizador. El silencio parecía aún más estrepitoso que el ruido de la embarcación.

Hayward le miró.

—¿Ahora qué?

Pendergast se quitó la americana, la dejó encima del asiento y sacó una pértiga de su soporte.

—Es demasiado estrecho para navegar a motor. Nos arriesgaríamos a enganchar una rama a tres mil revoluciones por minuto. Lo lamento, pero tendremos que empujar.

Se colocó en la popa, y empezó a impulsar la embarcación por un canal de leñadores abandonado, que discurría bajo ramas de ciprés y tupelos enredados. Aunque aún no hubiera anochecido, en el pantano ya reinaba una profunda oscuridad; no había ni rastro del sol, solo capas y capas de un manto verde y marrón que lo envolvía todo. El ruido de insectos y de pájaros llenó el vacío dejado por el motor: extraños reclamos, gritos, gorjeos, zumbidos y silbidos.

—Cuando necesite descansar, le relevaré —dijo Hayward.

—Gracias, capitana.

La embarcación siguió deslizándose.

Hayward consultó los dos mapas, colocados el uno al lado del otro: el de Tiny y el sacado de Google Earth. Llevaban dos horas, así que debían de estar a medio camino de Spanish Island, pero les faltaba la parte más densa y laberíntica del pantano, al final de una breve extensión de aguas abiertas que en el mapa figuraba como Little Bayou.

—¿Qué piensa hacer cuando lleguemos al final del brazo de río? —Señaló el mapa impreso—. Aquí parece muy estrecho. Y ya no hay más canales de leñadores.

—Entonces remará usted, y yo me orientaré.

—¿Y cómo piensa orientarse, si puede saberse?

—Las corrientes van de este a oeste, en dirección al Mississippi. Mientras nos mantengamos en la corriente hacia el oeste, siempre habrá alguna salida.

—Yo no he visto ni rastro de corriente desde que hemos salido.

—Pero está ahí.

Hayward intentó matar un mosquito que zumbaba. Irritada, se echó un poco más de repelente de insectos en las manos y se embadurnó el cuello y la cara. Ahora veía luz de sol a través de los troncos estriados.

—El brazo de río —dijo.

Pendergast hizo avanzar la embarcación con la pértiga. Los árboles empezaron a espaciarse. De repente salieron a aguas abiertas; una familia de fochas levantaron el vuelo, asustadas, batiendo sus alas a poca distancia del agua. Pendergast dejó la pértiga en su sitio y encendió el motor, para que el hidrodeslizador volviera a resbalar por la superficie de espejo del brazo de río, hacia la densa maraña de verdes y marrones del extremo oeste. Hayward se echó hacia atrás, refrescándose con la corriente de aire y disfrutando de un espacio relativamente abierto comparado con el del pantano, irrespirable y claustrofóbico.

Cuando el brazo de río volvió a estrecharse —demasiado pronto—, Pendergast redujo la velocidad. Unos minutos después se detuvieron en una serie complicada de ensenadas, que parecían partir en todas las direcciones, cubiertas de artemisa y jacintos de agua.

Hayward echó un vistazo al mapa, y luego al de internet. Se encogió de hombros.

—¿Por dónde? —preguntó.

Pendergast no contestó. El motor seguía en punto muerto. Bruscamente dio un giro de ciento ochenta grados a la embarcación, y aceleró. Al mismo tiempo, Hayward oyó un zumbido que se acercaba por todas partes.

—¿Qué coño pasa? —dijo.

El hidrodeslizador rugió y dio un salto en dirección a las aguas abiertas del brazo de río, pero era demasiado tarde: una docena de lanchas de pesca deportiva con potentes motores fuera borda salieron estruendosamente del oscuro pantano, a ambos lados del estrecho canal, cerrándoles la retirada.

Pendergast sacó su pistola y disparó contra la embarcación más próxima; le dio en la tapa del motor. Hayward también sacó su arma, pero otra bala les agujereó la hélice del deslizador, que se desprendió ruidosamente, destrozando la enorme jaula. La embarcación perdió velocidad y quedó flotando de lado.

Hayward se puso a cubierto detrás de un asiento, pero un análisis rápido le hizo darse cuenta de que la situación era desesperada. Se habían metido en una emboscada. Les rodeaban lanchas y barcas que transportaban a más de treinta personas, todas ellas armadas, y apuntándoles a ellos; en la primera embarcación estaba Tiny, sujetando una TEC-9 en sus obesas zarpas.

—¡Levantaos! —dijo—. ¡Las manos sobre la cabeza! ¡Despacio y sin trucos!

Acompañó sus palabras con una ráfaga de advertencia que pasó sobre sus cabezas.

Hayward miró a Pendergast, que también estaba en cuclillas, detrás del asiento. Sangraba por la frente, donde tenía un corte con bastante mal aspecto. El agente asintió escuetamente y se levantó con las manos sobre la cabeza y la pistola colgando del pulgar. Hayward hizo lo mismo.

Gruñendo, Tiny aproximó su barca, en cuya popa iba un hombre flaco con una gran pistola. Saltó al deslizador, que se escoró bajo su peso, y les quitó las armas. Al examinar la Les Baer de Pendergast, gruñó de admiración y se la metió en el cinto. Después cogió la Glock de Hayward y la tiró al suelo de su barca.

—Vaya, vaya. —Sonrió, burlón, y dejó caer al agua un hilo

de jugo de tabaco—. No sabía que los ecologistas creyerais en las armas.

Hayward le miró fijamente.

—Está cometiendo un grave error —dijo con serenidad—. Soy capitana de homicidios de la policía de Nueva York, así que voy a pedirle que deje el arma en el suelo o se atenga a las consecuencias.

En la cara de Tiny apareció una sonrisa oleaginosa.

—¿De verdad?

—Voy a bajar una mano para enseñarle mi identificación —dijo ella.

Él dio un paso al frente.

—No, ya la buscaré yo.

Apuntando a la cabeza de Hayward con su TEC-9, le toqueteó los bolsillos de la blusa, primero el uno y luego el otro, sin escatimar un generoso manoseo.

—Las tetas son de verdad —dijo, provocando estruendosas carcajadas—. Y vaya par de peras.

Bajando hacia el bolsillo del pantalón de Hayward, metió la mano y finalmente sacó la cartera con la placa. La abrió.

—¡Anda, mira!

Se la mostró a todos. Después la examinó él, apretando sus labios húmedos.

—Aquí dice capitana L. Hayward. División de homicidios. ¡Hasta hay una foto! ¿Cómo la conseguiste? ¿La regalaban con el tebeo?

Hayward le aguantó la mirada. ¿Realmente podía ser tan estúpido? Le dio miedo pensarlo.

Tiny cerró la cartera, se pasó la mano por detrás, hizo el gesto de limpiarse su enorme culo y tiró al agua la cartera.

—Esto es lo que opino de tu placa —dijo—. Larry, sube y registra a este otro.

El hombre flaco subió al hidrodeslizador y se acercó a Pendergast.

—Como intentes algo, te arrearé con esto —dijo, moviendo la pistola—. Así de fácil.

Empezó a cachear a Pendergast. Sacó otra pistola, algunas herramientas, papeles y su placa.

—Déjame verla —dijo Tiny.

El tal Larry se la dio. Tiny la examinó, le escupió jugo de tabaco, la cerró y la tiró al agua.

—Más hojalata de tebeo. ¿Sabéis que sois la leche, tíos?

Hayward sintió que se le clavaba en las costillas el cañón de la pistola.

—En serio —prosiguió Tiny, levantando la voz—. Venís aquí, nos metéis un rollo sobre pájaros y luego creéis que os salvarán el culo unas placas falsificadas. ¿Es lo que os han dicho que hagáis en caso de emergencia? Pues voy a deciros una cosa: sabemos quiénes sois y por qué estáis aquí. No vais a quitarnos ni un centímetro más de pantano. Es nuestra tierra, lo que nos da de comer. Así es como mi abuelo alimentó a mi padre, y como alimento yo a mis críos. No es una Disneylandia para yanquis pajilleros que van en kayak. El pantano es nuestro.

Se elevaron sonidos de aprobación entre los barcos que les rodeaban.

—Perdone que interrumpa su discurso —dijo Hayward—, pero resulta que soy policía de verdad, y él es agente del FBI. Quedan todos detenidos, para que lo sepan. Todos.

—¡Oooooh! —dijo Tiny, poniéndole la cara en las narices—. ¡Qué miedo tengooo!

Hayward recibió una vaharada de olor a whisky y a cebolla podrida.

Tiny miró a su alrededor.

—¡Eh! ¿Y si nos divertimos con un striptease? ¿Qué os parece?

Metió el pulgar debajo de uno de sus enormes pechos masculinos y lo hizo temblar.

Se oyó un rugido de asentimiento, con silbidos y aullidos.

—¡Vamos a ver tetas de verdad!

Hayward miró a Pendergast, cuyo rostro era totalmente inescrutable. El flaco, Larry, le encañonaba la cabeza con una pistola. También les apuntaban otras dos docenas de armas.

Tiny levantó una mano, cogió el cuello de la blusa de Hayward y tiró de él intentando arrancar los botones; algunos saltaron cuando ella se apartó.

—¡Menuda fiera! —exclamó él.

Se echó un poco hacia atrás y le dio una bofetada que la tiró en el fondo de la embarcación.

—Levántate —dijo, mientras se oían risas. Tiny no se reía. Hayward se levantó, con la cara ardiendo. Él le clavó la pistola en la oreja—. Y ahora, puta, quítate tú misma la camisa. Para los chavales.

—Vete a la mierda —dijo Hayward.

—Vamos —murmuró Tiny, apretando la pistola en la oreja.

Hayward sintió brotar la sangre. La blusa ya estaba medio desgarrada.

—¡Vamos!

La mano de la capitana temblaba mientras cogía un botón y empezaba a desabrocharlo.

Se oyeron gritos de «¡Sí! ¡Muy bien!».

Otra mirada de reojo a Pendergast. Seguía inmóvil e inexpresivo. ¿Qué le estaría pasando por la cabeza?

—¡Desabróchate la camisa! —chilló Tiny, clavándole la pistola.

Hayward provocó otra ovación al desabrocharse el botón. Pasó al siguiente.

67

De repente Pendergast habló.

—Esa no es forma de tratar a las mujeres.

Tiny se volvió hacia él.

—¿Que no es forma de tratar a las mujeres? ¡Joder, pues a mí me parece una manera genial!

Un coro de asentimiento. Hayward miró todas aquellas caras rojas, sudorosas e impacientes.

—¿Le interesaría saber qué opino? —dijo Pendergast—. Opino que es usted un gorrino orondo.

Tiny parpadeó.

—¿Eh?

—Un cerdo seboso —le aclaró Pendergast.

Tiny echó hacia atrás un puño carnoso y lo estampó en el plexo solar de Pendergast. El agente se dobló sobre sí mismo, reprimiendo un grito. Tiny le dio otro puñetazo en el mismo sitio, haciéndole caer de rodillas, sin resuello.

Tiny le miró desde arriba y le escupió con desprecio.

—Esto está tardando demasiado —dijo.

Agarró la blusa de Hayward y de un fuerte tirón arrancó el resto de los botones.

En los barcos que les rodeaban brotó un rugido de aprobación. Tiny sacó de un bolsillo del mono un enorme cuchillo para desollar, lo abrió y lo usó para apartar la blusa destrozada de Hayward, dejando el sujetador a la vista.

—¡Me cago en la puta! —exclamó alguien.

Tiny miró con avidez los generosos senos de Hayward, que tragó saliva y quiso taparse con la blusa sin botones, pero Tiny sacudió la cabeza, le apartó las manos y se recreó deslizando la punta del cuchillo por el borde del sostén. Después, muy despacio, introdujo la hoja debajo de la tela, entre las copas. Al tirar bruscamente, el cuchillo cortó en dos el sujetador. Los pechos de la capitana quedaron sueltos, despertando gritos de enorme entusiasmo.

Hayward vio que Pendergast se levantaba, tambaleándose. Tiny estaba demasiado absorto para darse cuenta.

Pendergast se afianzó en el suelo, muy inclinado hacia un lado. Después, con un movimiento repentino y casi imperceptible, hizo bascular su peso al otro lado. La embarcación se balanceó, haciendo perder el equilibrio a Tiny y Larry.

—Eh, cuidado...

Hayward vio algo borroso, y luego un destello metálico; Larry se dobló con un gemido, disparando a ciegas hacia abajo con la mano aferrada a la pistola. De repente, la sangre salpicó la cubierta de la embarcación.

Tiny se volvió para protegerse y disparó una ráfaga con la TEC-9, pero el agente se movía tan rápido que no le alcanzó ninguna bala. Un brazo se enroscó sinuosamente alrededor del grueso cuello de Tiny; luego le echó la cabeza hacia atrás y le puso un puñal en la garganta. Al mismo tiempo, Hayward le dio un golpe en el antebrazo y le hizo soltar la TEC-9.

—No se mueva —dijo Pendergast, clavando un poco la hoja en su cuello, mientras le sacaba del cinto su Les Baer con un movimiento preciso.

Tiny rugió y retorció su enorme masa, buscando a Pendergast con las zarpas. El cuchillo se hundió un poco más, y brilló al retorcerse. Un hilo de sangre cayó por su cuello. Después ya no se movió.

—Como se mueva, le mato —dijo Pendergast.

Hayward lo miraba fijamente, horrorizada, olvidando por unos momentos su desnudez. Pendergast se las había arreglado para introducir el estilete en el cuello de Tiny, dejando la yugular a la vista. La hoja ya se había deslizado por debajo, apartándola de la herida.

—Si me dispara alguien, se cortará —dijo Pendergast—. Si me caigo, se cortará. Si él se mueve, se cortará. Si alguien vuelve a tocarla... se cortará.

—¡Me cago en la leche! —gritó Tiny, aterrado, con los ojos en blanco—. ¿Qué me ha hecho? ¿Me estoy desangrando?

Un silencio sepulcral. Todas las armas seguían apuntándoles.

—¡Pegadle un tiro! —exclamó Tiny—. ¡Disparad a la tía! ¿Qué hacéis?

Nadie se movió. Hayward, hipnotizada de espanto, contempló la abultada y palpitante vena, resbaladiza sobre el brillo de la hoja ensangrentada.

Pendergast señaló con la cabeza uno de los grandes espejos laterales colocados en la borda de la embarcación.

—Capitana, por favor, tráigame eso.

Hayward tuvo que hacer un esfuerzo para moverse, taparse lo mejor que pudo y desmontar el espejo.

—Levántelo para Tiny.

Obedeció. Al mirar fijamente el espejo, y verse en él, Tiny abrió mucho los ojos de miedo.

—Qué está haciendo... No, por favor, Dios mío...

Su voz, balbuciente, se apagó. Tenía los ojos inyectados en sangre, desorbitados, y su enorme cuerpo paralizado por el miedo.

—Todas las armas aquí, en la barca del señor Tiny —dijo Pendergast sin alterarse, señalando con la cabeza la embarcación vacía que tenían al lado—. Todo. Ahora mismo.

Nadie se movió.

Pendergast apartó la vena de la herida ensangrentada con la parte plana de la hoja.

—O hacen lo que les digo, o corto.

—¡Ya le habéis oído! —dijo Tiny, con una especie de susurro aterrorizado y estridente—. ¡Las armas en la barca! ¡Haced lo que os dice!

Hayward siguió aguantando el espejo. Los hombres, mur-

murando, empezaron a pasarse las armas para arrojarlas a la barca, cuyo fondo plano tardó poco en llenarse de todo un arsenal.

—Cuchillos, sprays... todo.

Más cosas arrojadas.

Pendergast se volvió hacia el flaco, Larry, que estaba tirado en el suelo de la embarcación. Sangraba, a causa de una herida de arma blanca en el brazo y un disparo que se había hecho él mismo en el pie.

—Quítese la camisa, por favor.

Tras un breve titubeo, Larry obedeció.

—Désela a la capitana Hayward.

Hayward recogió la prenda, húmeda y maloliente, y dando la espalda a los barcos que les rodeaban, se quitó la blusa hecha jirones y el sujetador roto y se puso la camisa manchada de sangre.

Pendergast se volvió hacia ella.

—Capitana, ¿desea usted alguna arma?

—Esta TEC-9 parece adecuada —dijo Hayward cogiendo la pistola del montón de armas. La miró por todos los lados. Sacó el cargador, lo examinó y lo metió otra vez—. Reconvertida en automática. Y con cargador de cincuenta balas. Suficientes para cargarse a todos aquí mismo.

—Una elección poco elegante, pero eficaz —dijo Pendergast.

Hayward apuntó al grupo con la TEC-9.

—¿Alguien quiere seguir viendo el espectáculo?

Silencio. Solo se oían los sollozos ahogados de Tiny, quieto como una estatua, aunque las lágrimas caían por sus mejillas.

—Me temo —dijo Pendergast— que han cometido ustedes un grave error. Esta señora es efectivamente capitana de homicidios de la policía de Nueva York, y yo, a todos los efectos, agente especial del FBI. Hemos venido a investigar un asesinato que no tiene nada que ver con ustedes, ni con su localidad. La persona que les dijo que éramos ecologistas, les mintió. Ahora, voy a hacerles una pregunta; la haré una sola vez, y si recibo una respuesta que no me satisface, cortaré la yugular de Tiny, y mi colega, la capitana Hayward, les disparará como a perros. Defensa propia, por supuesto. ¿Quién lo pondría en duda, si somos agentes del orden?

Silencio.

—La pregunta es la siguiente: señor Tiny, ¿quién le llamó para avisarle de que veníamos?

Tiny contestó inmediatamente.

—Fue Ventura, Mike Ventura, Mike Ventura —dijo con un farfulleo y entre sollozos ahogados.

—¿Y quién es Mike Ventura?

—Un tipo que vive en Itta Bena, pero que viene mucho por aquí; muy deportista, con mucho dinero. Pasa mucho tiempo en el pantano. Fue él. Vino a mi bar y nos dijo que ustedes eran ecologistas, que querían convertir en reserva el resto de Black Brake y dejar sin trabajo a la gente del pantano...

—Gracias —dijo Pendergast—, ya es suficiente. Ahora les explicaré qué va a pasar. Mi colega y yo reanudaremos nuestro viaje en la lancha de pesca del señor Tiny, magníficamente equipada. Con todas las armas. Y ustedes se irán a sus casas. ¿Entendido?

Nada.

Tensó el cuchillo debajo de la vena.

—¿Tendrían la amabilidad de contestar?

Murmullos y gestos de aquiescencia.

—Perfecto. Como pueden ver, ahora estamos bien armados. Y les aseguro que ambos sabemos usar estas armas. ¿Le importaría hacer una demostración, capitana?

Hayward apuntó con la TEC-9 a un grupo de arbolillos, y abrió fuego. Tres cortas ráfagas. Los árboles se cayeron lentamente al agua.

Pendergast retiró el cuchillo de debajo de la vena.

—Necesitará usted unos puntos, señor Tiny.

El obeso individuo se limitó a gimotear.

—Yo les aconsejaría que lo hablasen entre ustedes, hasta que se les ocurra una manera creíble de explicar que el señor Tiny se haya cortado el cuello y que el bueno de Larry se haya disparado en el pie. La capitana y yo tenemos cosas más importantes que hacer y no queremos más estorbos. Mientras no vuelvan a molestarnos, y siempre que no le hagan nada a mi coche, que vale bastante dinero, no consideramos necesario presentar denuncia ni arrestar a nadie, ¿verdad, capitana?

Hayward sacudió la cabeza. Curiosamente, el estilo de Pendergast empezaba a tener sentido; al menos en aquel lugar dejado de la mano de Dios, sin refuerzos, ante aquellos animales que lo único que querían era violarla, asesinarles a los dos y hundir sus cadáveres en el pantano.

Pendergast subió a la lancha de pesca, seguido por Hayward. Tras abrirse camino entre aquel arsenal, Pendergast puso el motor en marcha e hizo avanzar la embarcación, mientras las otras, a su alrededor, se apartaban a regañadientes para dejarle paso.

Después aceleró y la lancha de pesca se metió por la ensenada más ancha del fondo del brazo de río, rumbo sur por la tupida malla vegetal bajo las últimas luces del día.

68

Malfourche, Mississippi

Desde el interior de su Escalade, con el aire acondicionado al máximo, Mike Ventura vio que las barcas se iban repartiendo por los amarres de detrás del bar de Tiny. Acababa de ponerse el sol detrás del agua y el color del cielo era de un naranja sucio. Empezó a inquietarse. No parecía un grupo de guerreros volviendo de una incursión victoriosa. Presentaba más bien la imagen taciturna, abatida y astrosa de una desbandada. Cuando vio que en una de las últimas embarcaciones iba Tiny, que bajó al embarcadero tambaleándose, con un pañuelo ensangrentado al cuello y una mancha de sangre seca en un lado de la camiseta, tuvo la seguridad de que algo había fallado.

Con un hombre a cada lado, sujetando sus brazos carnosos, Tiny entró en su establecimiento arrastrando los pies, y desapareció. Mientras, otros del grupo, que habían visto a Ventura, hablaban y gesticulaban. Empezaron a acercarse. No parecían contentos.

Ventura acercó la mano al botón del seguro de las puertas. Lo apretó, haciendo que se cerrasen con un clic. Ellos rodearon el coche en silencio, con las caras congestionadas, estriadas de sudor.

Ventura abrió la ventanilla un par de centímetros.

—¿Qué ha pasado?

Nadie contestó. Tras un momento tenso, uno de ellos levantó el puño y lo estampó ruidosamente en el capó.

—Pero ¿qué pasa? —exclamó Ventura.

—¿Que qué pasa? —gritó el hombre—. ¿Que qué pasa?

Otro puño en el coche. De repente, todos empezaron a aporrearlo y a darle puntapiés en los lados, diciendo palabrotas y escupiendo. Perplejo y horrorizado, Ventura cerró la ventanilla y dio marcha atrás, tan deprisa que los que estaban detrás tuvieron que echarse a un lado para que no les atropellase.

—¡Hijo de perra! —chilló el grupo, con una sola voz—. ¡Mentiroso!

—¡Eran del FBI, gilipollas!

—¡Mentiroso de mierda!

Girando frenéticamente el volante, Ventura pisó el acelerador, levantando una nube de polvo y grava en un arco de ciento ochenta grados. Cuando ya se iba, el impacto de una piedra hizo un ruido sordo en la luna trasera, que se resquebrajó como una telaraña.

Mientras aceleraba por la estrecha carretera, empezó a sonar su móvil. Lo cogió: Judson. Mierda.

—Estoy a punto de llegar —dijo la voz de Judson—. ¿Cómo ha ido?

—Algo se ha jodido, y además de verdad.

Cuando Ventura llegó a su pulcra finca del borde del pantano, la camioneta de Esterhazy ya estaba allí. Él se encontraba al lado de la plataforma, alto, vestido de caqui, descargando armas. Ventura aparcó al lado y bajó. Esterhazy se volvió para mirarle, muy serio.

—¿Qué le ha pasado a tu coche? —preguntó.

—Lo han atacado los tipos del pantano, en Malfourche.

—¿No lo han resuelto?

—No. Tiny ha vuelto con una herida en el cuello, y estaban todos desarmados. Han querido lincharme. Estoy metido en un buen lío.

Esterhazy le miró fijamente.

—¿Así que esos dos están yendo a Spanish Island?

—Parece que sí.

Mirando al otro lado de la gran casa encalada de Ventura y del extenso césped, digno de una mesa de billar, contempló el embarcadero privado, donde estaban amarradas las tres embarcaciones de Ventura: una barca Lafitte, una lancha de pesca deportiva recién estrenada, con soportes hidráulicos para el motor y una consola Hummingbird, y un hidrodeslizador de gran potencia. Apretó la mandíbula. Después subió a la plataforma de la camioneta y bajó la última funda de escopeta.

—Parece —dijo lentamente— que tendremos que ocuparnos nosotros mismos del problema.

—Y cuanto antes, porque como lleguen a Spanish Island, se acabó.

—No les dejaremos ir tan lejos. —Esterhazy entornó los ojos para mirar el crepúsculo—. En función de lo rápido que vayan, tal vez ya estén acercándose.

—Se mueven despacio. No conocen el pantano.

Esterhazy miró la lancha de pesca.

—Con aquella Yamaha 250 es posible que aún tengamos tiempo de interceptarles cuando crucen el antiguo canal de leñadores que hay cerca de Ronquille Island. ¿Sabes a cuál me refiero?

—Sí, claro —dijo Ventura, molesto porque Esterhazy pudiera poner en duda su conocimiento del pantano.

—Entonces, mete estas armas en la lancha y vámonos —ordenó Judson—. Tengo una idea.

69

Pantano de Black Brake

Una luna de color mantequilla se elevó entre los gruesos troncos de los cipreses calvos, derramando una luz tenue en el pantano oscurecido por la noche. El faro de la lancha deslizaba su haz por la maraña de árboles y plantas que tenían delante, iluminando de vez en cuando pares de ojos brillantes. Hayward sabía que casi todos eran de ranas y sapos, pero empezaba a acobardarse. Aunque las extrañas historias que le habían contado de niña sobre Black Brake fueran simples leyendas, era consciente de que aquel lugar estaba infestado de aligátores y serpientes venenosas, unos y otras totalmente reales. Impulsó la lancha, empapada de sudor, manejando la pértiga desde el centro hacia atrás. Sobre su piel desnuda, la camisa de Larry le picaba y le escocía. Pendergast estaba echado en la proa, frente a los dos mapas abiertos, examinándolos al milímetro con su linterna. Había sido un viaje largo y lento, con constantes recovecos sin salida, falsas pistas y una minuciosa labor de navegación.

Pendergast enfocó la linterna en el agua y echó por la borda una pizca de polvo, con un vaso, para comprobar la corriente.

—Una milla, o tal vez menos —murmuró, reanudando el examen de los mapas.

Hayward empujó la pértiga. Regresó a la popa, la levantó, caminó hacia delante y la clavó otra vez en el fondo cenagoso.

Tenía la sensación de estar hundiéndose en aquella selva verde y marrón que les rodeaba.

—¿Y si el campamento ya no existe?

No hubo respuesta. La luna estaba más alta. Respiró el aire denso, húmedo y fragante. Un mosquito zumbó mientras intentaba meterse en su oreja. Lo ahuyentó de un bofetón.

—Tenemos delante el último canal de leñadores —dijo Pendergast—. Al otro lado está el tramo final de pantano antes de Spanish Island.

La lancha metió el morro en unos jacintos de agua medio podridos, que desprendieron un agrio olor vegetal.

—Apague el faro y las luces, por favor —dijo Pendergast—. No vayamos a alertarles de nuestra presencia.

Hayward desconectó las luces.

—¿De verdad cree que hay alguien más allí?

—Algo hay, de eso estoy seguro. Si no, ¿por qué se habrían esforzado tanto en detenernos?

Cuando sus ojos se acostumbraron, Hayward se quedó sorprendida por lo iluminado que estaba el pantano con la luna llena. Delante, entre los troncos, vio una cinta de agua que brillaba. Poco después, la lancha entró en el canal de leñadores, infestado de lentejas de agua y jacintos. Las ramas de los cipreses se entrelazaban por encima, formando un túnel.

La lancha se detuvo de golpe. Hayward tropezó y usó la pértiga para mantener el equilibrio.

—Nos hemos enganchado con algo que hay debajo de la superficie —dijo Pendergast—. Puede ser una raíz o una rama de árbol caída. A ver si puede rodearla con la pértiga.

Hayward aplicó todo su peso a la pértiga. La popa de la lancha giró hasta que chocó fuertemente contra un tronco de ciprés. La embarcación tembló, cabeceó y se desprendió del obstáculo. Justo cuando Hayward se apoyaba en la pértiga, lista para impulsar de nuevo la lancha por el canal de leñadores, vio que se desprendía de las ramas de encima algo largo, reluciente y negro, que aterrizó en sus hombros. La cosa, fría y seca, resbaló por la piel de su cuello. Hayward tuvo que recurrir a toda su voluntad para no gritar de sorpresa y de asco.

—No se mueva —dijo Pendergast—. Ni un músculo.

La capitana esperó, haciendo un gran esfuerzo para quedarse quieta, mientras Pendergast daba un paso lentamente hacia ella, se paraba y, con mucho cuidado, se ponía en equilibrio sobre el arsenal del fondo de la lancha. Levantó una mano, le quitó de los hombros la gruesa y anillada visitante y la arrojó mediante un brutal latigazo. Al girarse, Hayward vio que la serpiente —que medía más de un metro— se retorcía en el aire hasta caer al agua, a popa de la lancha.

—*Agkistrodon piscivorus* —dijo Pendergast, muy serio—. Mocasín de agua.

Hayward sentía un hormigueo en la piel. Aún notaba la asquerosa sensación de tener algo resbalando por su cuerpo. Siguieron adentrándose por el canal y por la densa maleza. Tras echar un vistazo a su alrededor, Pendergast estudió otra vez los mapas y las cartas. Hayward manejaba la pértiga con precaución, sin apartar la vista de los troncos que se trenzaban sobre su cabeza. Mosquitos, ranas, serpientes... Lo único con lo que aún no se había encontrado era con un aligátor.

—Es posible que pronto tengamos que bajar e ir a pie —murmuró Pendergast—. Parece que delante hay obstáculos.

Levantó la vista del mapa y volvió a mirar a su alrededor.

Hayward pensó en los aligátores. «A pie. Genial.»

Plantó la pértiga y dio otro empujón a la lancha. De repente, en un destello negro y silencioso, Pendergast se le echó encima, la cogió por la cintura y ambos cayeron por la borda, a las aguas negras. Hayward se irguió debajo del agua, demasiado sorprendida para resistirse, mientras se le hundían los pies en el cieno del fondo. Al impulsarse y sacar la cabeza por la superficie, oyó una salva de disparos.

Una bala hizo clang al dar en el motor. Se encendió una pequeña llama. ¡Clang! ¡Clang! Los disparos procedían de la derecha, entre la oscuridad.

—Coja un arma —le susurró al oído Pendergast.

Asida a la borda, Hayward esperó un paréntesis en los disparos para levantarse, coger el arma que tuviera más cerca —un pesado fusil— y deslizarse otra vez hacia abajo. Otra ráfaga impactó en la lancha. Varias balas agujerearon el motor. Apareció una línea de fuego en el fondo de la embarcación. Le habían dado al tubo de la gasolina.

—¡No dispare! —susurró Pendergast, empujándola—. Vaya al otro lado del barco, diríjase a la otra orilla del canal y póngase a cubierto.

Medio a nado y medio vadeando, sin levantar la cabeza más de lo estrictamente necesario, Hayward se movió por el agua. La embarcación en llamas explotó tras ellos, proyectando un resplandor amarillo en el canal. Después de oír un estallido sordo, Hayward recibió la onda expansiva, a la vez que se elevaba en el aire nocturno una bola de fuego anaranjada y negra. Del montón de armas incendiadas surgió un petardeo de detonaciones de menor intensidad.

De pronto, llegaban disparos desde todas partes, agujereando al agua.

—Nos han visto —dijo con urgencia Pendergast—. ¡Sumérjase y nade!

Hayward respiró hondo, se zambulló y empezó a avanzar, con una mano torpemente cerrada en el fusil, impulsándose por las oscuras aguas. Cuando hundía los pies en el cieno, notaba objetos duros, y a veces no tan duros, y de vez en cuando la viscosa agitación de un pez. Trató de no pensar en los mocasines de agua, ni en las nutrias, ni en las sanguijuelas de veinte centímetros ni en todo lo que infestaba el pantano. Oía el ruido de las balas que penetraban en el agua. Con los pulmones a punto de explotar, salió, tomó una bocanada de aire y volvió a sumergirse.

El agua parecía viva, a causa del zumbido de las balas. Hayward no tenía ni idea de dónde estaba Pendergast. Aun así, siguió adelante; salía aproximadamente cada minuto para coger aire. Bajo sus pies, el fango empezaba a subir de nivel. Al poco tiempo empezó a arrastrarse por aguas cada vez menos profundas, mientras aparecían sobre ella los árboles del fondo del canal. A su derecha, el tirador seguía disparando. Las balas se clavaban en los troncos de encima. Aunque ahora los disparos eran más intermitentes. Evidentemente, o le había perdido el rastro o disparaba por aproximación.

Se arrastró por la resbaladiza orilla y se puso de espaldas entre los jacintos, recuperando el aliento con dificultad. Estaba totalmente cubierta de barro. Había sido todo tan rápido, que no había tenido tiempo de pensar. Finalmente lo hizo, y con denuedo. Esta vez no era la gente del pantano. Estaba segura. Parecía un solo tirador, alguien que sabía que irían allí, y que había tenido tiempo para prepararse.

Se atrevió a mirar a su alrededor, pero no vio ni rastro de Pendergast. Con el fusil apoyado en una mano, cruzó un riachuelo poco profundo, medio a rastras, medio a nado, al amparo de los árboles. Después se cogió a un viejo tocón podrido de ciprés y se escondió detrás. En ese momento oyó un suave chapoteo. Estuvo a punto de llamar en voz alta, pensando que era Pendergast, pero de repente se encendió un foco en el canal e iluminó el pantano a su izquierda.

Se agachó, procurando ocupar el mínimo espacio detrás del tocón. Con movimientos lentos y precisos, se puso el fusil por delante. Estaba cubierto de barro. Lo sumergió en el agua del riachuelo, agitándolo un poco para limpiarlo. Después lo sacó y lo fue palpando en toda su longitud, intentando averiguar qué era. De palanca, pesado, cañón octógonal y gran calibre. Parecía una 45-70, una copia moderna de un fusil del Oeste; tal vez una reproducción Winchester de una Browning antigua, lo cual significaba que probablemente aún pudiera disparar, pese a haberse mojado. En el cargador debía de haber entre cuatro y nueve balas.

El foco penetraba entre los árboles, barriendo el pantano. Ya no se oían disparos, pero la luz se acercaba.

Debería disparar a la luz. De hecho, era su único blanco, puesto que impedía ver lo demás. En silencio y muy despacio levantó el fusil, sacudiéndole los restos de agua. Después lo amartilló con precaución e introdujo a tientas una bala en la recámara. De momento todo iba bien. La luz, ya muy visible, se movía lentamente por el canal. Levantó el fusil para apuntar... y de repente notó el peso de una mano en el hombro.

Volvió a agacharse, reprimiendo un grito de sorpresa.

—No dispare —dijo la voz casi inaudible de Pendergast—. Podría ser una trampa.

Hayward se recuperó de la sorpresa y asintió.

—Sígame.

Pendergast dio media vuelta y se arrastró por el riachuelo. Hayward hizo lo mismo. La luna se había escondido detrás de las nubes, pero los últimos rescoldos del incendio de la lancha les proporcionaban la luz justa para orientarse. El pequeño cañal se estrechaba. No tardaron en atravesar un barrizal cubierto aproximadamente por treinta centímetros de agua. El foco lo cruzó, en dirección hacia ellos. Pendergast se paró, respiró hondo y se hundió lo más posible en el agua. Parecía tan cubierto de barro como ella. Hayward siguió su ejemplo, con la cara casi en el cieno. El foco les pasó justo encima. Se puso tensa, esperando un disparo que no llegó.

Cuando la luz se alejó, se levantó. Vio al fondo del barrizal un grupo enorme de tocones de ciprés y troncos podridos. Pendergast iba derecho hacia allá. Hayward le siguió. Un minuto después estaban en posición.

Hayward pasó rápidamente por agua su fusil y volvió a limpiarlo. Pendergast sacó la Les Baer de la funda e hizo lo mismo que ella. Trabajaban deprisa, en silencio. Volvió a pasar la luz, más cerca que antes, directamente hacia ellos.

—¿Cómo sabe que es una trampa? —susurró Hayward.

—Demasiado evidente. Aquí hay más de un tirador, y están esperando a que disparemos al foco.

—Entonces, ¿qué hacemos?

—Esperar. En silencio. Sin movernos.

La luz se apagó. Reinó la oscuridad. Pendergast se puso en cuclillas, inmóvil, inescrutable, tras el gran amasijo de tocones.

Hayward escuchó atentamente. Parecía que se oyera ruido de agua y correteos en todas direcciones. Animales moviéndose, ranas saltando... ¿O era gente?

Al fin, la lancha incendiada se hundió. La capa de gasolina se consumió enseguida, dejando el pantano en una fresca penumbra. Aun así, siguieron esperando. La luz volvió a encenderse, y se acercó.

70

Judson Esterhazy, con botas altas de goma y llevando un Winchester 30-30 en las manos, cruzaba la maleza con la máxima precaución. El Winchester era mucho más ligero que el fusil de precisión, bastante más manejable, y lo usaba desde la adolescencia para cazar ciervos. Potente, pero elegante, era casi una extensión de su persona.

A través de los árboles veía la luz de Ventura, que oscilaba cada vez más cerca de la zona donde debían de haberse escondido Pendergast y la mujer. Esterhazy estaba apostado unos cien metros por detrás de donde les habían obligado a ir. ¡Qué poco sospechaban que les estaban encerrando en una pinza, a medida que Esterhazy se situaba por detrás de su posición entre los árboles caídos, y que Ventura se acercaba por delante! Eran un blanco fácil. Ahora solo necesitaba que disparasen, una sola vez. Entonces podría establecer su posición, y matarles a ambos. Tarde o temprano se verían obligados a disparar al foco.

El plan estaba saliendo de fábula. Ventura había hecho bien su parte. La luz, colocada en la punta de una pértiga, se movía despacio, dando saltos, cada vez más cerca de ellos dos. Esterhazy veía saltar el haz entre una maraña de raíces de ciprés y un tronco enorme y podrido tras un antiguo vendaval. Ahí era donde estaban ellos. No había ningún otro escondrijo en las inmediaciones.

Hizo una lenta maniobra para tener bien a la vista los árboles derribados por el viento. La luna, que estaba muy alta, salió de entre las nubes, bañando de luz blanca los más oscuros recovecos del pantano. Esterhazy les entrevió, en cuclillas detrás del tronco, concentrados en la luz que tenían delante... y plenamente expuestos a su maniobra lateral. Al final, ni siquiera haría falta que disparasen al foco.

Levantó despacio el fusil hasta la mejilla y miró por el visor nocturno Trident Pro 2,5x. Todo el lugar adquirió un relieve muy marcado. No podía apuntar a ambos a la vez, pero si abatía primero a Pendergast, ella no le pondría muchas dificultades.

Tras acomodar bien el cuerpo, ajustó la mira para situar la espalda de Pendergast en el centro de la cruz y se dispuso a disparar.

Hayward estaba en cuclillas detrás del tronco podrido, mientras la luz oscilaba erráticamente en las tinieblas.

Pendergast le susurró al oído.

—Creo que la luz está en la punta de una pértiga.

—¿Una pértiga?

—Sí. Mire qué manera tan extraña tiene de mecerse. Es un truco. Lo cual significa que hay otro tirador.

De repente la agarró y la sumergió en el agua poco profunda, con la cara en el barro. Medio segundo después, Hayward oyó un disparo justo encima, y el impacto sordo de una bala que se clavaba en la madera.

Siguió a Pendergast con movimientos desesperados, mientras el agente reptaba por el lodo hasta encajarse detrás de unas raíces enredadas; luego tiró de ella. Hubo más disparos; esta vez venían de delante y de detrás, atravesando las raíces en dos direcciones.

—Aquí no estamos protegidos —dijo Hayward, sin aliento.

—Tiene razón. No podemos quedarnos. Tarde o temprano alguna de las balas dará en el blanco.

—Pero ¿qué podemos hacer?

—Yo me encargo del tirador que tenemos detrás. Cuando me vaya, cuente noventa segundos, dispare, cuente otros noventa y vuelva a disparar. No se moleste en apuntar, lo único que necesito es el ruido. Tenga cuidado de que no se vea el fogonazo. Luego péguele un tiro a la luz, pero solo tras los primeros dos disparos, los de mentira. No antes. Después, láncese al ataque... y vaya a matar.

—De acuerdo.

Pendergast desapareció raudo en el pantano. En respuesta, se oyó otra ráfaga de tiros.

Hayward contó hasta noventa, y disparó sin levantar el cañón de la escopeta. La 45-70 hizo un ruido enorme y dio un culatazo, sorprendiéndola con su estampido, cuyo eco se dispersó por el pantano. La réplica, una salva de balazos, penetró entre las raíces justo sobre su cabeza. Se tumbó en el fango. Después oyó a su izquierda el contraataque de Pendergast, que disparó en la noche su 45. Los disparos se alejaron. La luz osciló, pero sin avanzar.

Contó otra vez y apretó el gatillo. La segunda detonación del fusil de gran calibre desgarró el aire.

Las balas volvieron a pasar cerca, pero Pendergast replicó con un redoble de disparos, esta vez desde otro punto. La luz seguía sin moverse.

Hayward se giró, agazapada en el barro, y apuntó a la luz con absoluta precisión. Apretó lentamente el gatillo, hasta que hizo rugir la escopeta y la luz se deshizo en una lluvia de chispazos.

Se levantó de inmediato y, yendo a la máxima velocidad posible por un barro denso, que la succionaba, se dirigió hacia donde antes había estado la luz. Oyó cómo Pendergast disparaba con furia a sus espaldas, para mantener en su sitio al tirador de detrás.

Dos disparos perforaron los helechos, a su lado. Se arrojó hacia delante con el fusil preparado, y al irrumpir detrás de los helechos se encontró con el tirador, que estaba en cuclillas en una barca de fondo plano. Él, sorprendido, se volvió hacia ella, que se lanzó al agua al mismo tiempo que apuntaba y disparaba. El hombre también disparó. Hayward sintió un dolor agudo en la pierna, seguido de un brusco aturdimiento. Reprimió un grito e intentó levantarse, pero la pierna no le obedecía.

Frenéticamente, abrió el cerrojo, esperando recibir en cualquier momento otro disparo, esta vez mortal, pero no llegó. Comprendió que debía de haber alcanzado al tirador. Sacando fuerzas de flaqueza, se tambaleó hasta conseguir arrastrarse por el agua poco profunda, y se cogió a la borda, apuntándole con la escopeta.

Estaba tirado en la barca, con una herida en el hombro, de la que manaba sangre. El fusil estaba partido en dos, evidentemente a causa de un balazo. Estaba intentando sacar una pistola con una sola mano. No era ninguno de los hombres del pantano. De hecho, Hayward nunca le había visto.

—¡No se mueva! —gritó, apuntándole con la escopeta, a la vez que intentaba no jadear de dolor. Se acercó, le quitó la pistola y le apuntó con ella—. Levántese despacio, sin trucos. Con las manos a la vista.

Él gruñó y levantó una sola mano. La otra la tenía colgando, sin poder moverla.

Pensando en el otro tirador, Hayward procuró llamar lo menos posible la atención. Al examinar la pistola, vio que tenía el cargador lleno. Se la quedó y tiró al agua la escopeta.

El hombre gimió; tenía una mancha de luna en el torso, y otra oscura, de sangre, que se extendía poco a poco hacia abajo, desde el hombro.

—Estoy herido —se quejó—. Necesito ayuda.

—No es mortal —dijo Hayward.

Ella también sentía cómo palpitaba su herida, y su pierna parecía de plomo. Esperó no estar desangrándose. Como estaba medio hundida en el agua, el tirador no podía ver que había acertado. Sentía cómo resbalaban y chocaban cosas en su pierna herida; probablemente peces, atraídos por la sangre.

Sonaron más disparos por detrás: la rotunda detonación de la 45 de Pendergast, alternando con las del fusil del segundo tirador, más secas. Los tiros se volvieron esporádicos. Después, silencio. Un silencio largo.

—¿Cómo se llama? —preguntó Hayward.

—Ventura —dijo el hombre—. Mike...

Un único disparo. El hombre llamado Ventura salió despedido hacia atrás y cayó pesadamente en el fondo de la barca con un gruñido. Tembló un poco y se quedó quieto.

Presa del pánico, Hayward se hundió en el agua, agarrándose a la borda con una mano. Aquellos animales repulsivos de las aguas se estaban cebando en su herida. Sintió cómo se retorcían innumerables sanguijuelas.

Al oír un chapoteo, se volvió con la pistola, pero quien se acercaba por el agua era Pendergast, agachado, despacio. El agente le indicó que no hiciera ruido. Después se cogió a la borda, miró atentamente a todas partes y al cabo de un momento se levantó a pulso, con un hábil movimiento. Hayward le oyó moverse. Después, Pendergast volvió a saltar la borda y se sumergió al lado de Hayward.

—¿Está bien? —susurró.

—No, me han dado.

—¿Dónde?

—En la pierna.

—Hay que sacarla del agua.

La asió por el brazo y empezó a arrastrarla hacia la orilla. El silencio era profundo. El tiroteo había asustado a todas las formas de vida del pantano; habían quedado en suspenso. No se oían chapoteos, ni croar, ni zumbar, ni deslizarse.

Hayward percibió un movimiento en el agua. Después algo duro, con escamas, la rozó. Reprimió un grito. La superficie se volvió irregular a la luz de la luna. Asomaron dos ojos de reptil, y dos orificios nasales. El animal se echó encima de ella con una explosión aterradora de agua. Pendergast disparó al mismo tiempo. Hayward notó que algo afilado, enorme, inexorable, le apresaba la pierna. Después se vio arrastrada bajo la superficie, y el dolor se convirtió en una agonía.

Se retorció y forcejeó, sin que Pendergast le soltara el brazo, pero el gigantesco aligátor la estaba arrastrando hacia el barro del lecho del canal. Al intentar gritar, se le llenó la boca de agua estancada. Oyó el ruido sordo de los disparos del agente al otro lado de la superficie. Volvió a retorcerse y, clavando la pistola en la cosa que le aferraba la pierna, disparó.

Una detonación tremenda. La conmoción del disparo y la reacción del aligátor, espasmódica y brutal, se combinaron en un solo y enorme estallido. La horrible presión del mordisco desapareció. Hayward salió a rastras del fango, sin aliento.

Con un movimiento brusco, Pendergast tiró de ella hacia la orilla, la arrastró por el bajío y la dejó sobre unos helechos. Hayward sintió que le desgarraba la pernera del pantalón, limpiaba lo mejor posible la herida y se la vendaba con las tiras de tela.

—El otro tirador —dijo, sintiéndose mareada—. ¿Le ha dado?

—No, aunque puede que le haya rozado. He conseguido que saliera de su escondrijo y he visto que su sombra se metía otra vez en el pantano.

—¿Por qué no ha vuelto a disparar?

—Quizá esté buscando otro emplazamiento desde donde mejorar su tiro. Al hombre de la barca le ha matado una bala de 30-30, no una de las nuestras.

—¿Un accidente? —dijo Hayward, jadeando, mientras intentaba no pensar en el dolor.

—Probablemente no.

Pendergast le pasó un brazo por los hombros y la hizo levantarse.

—Ahora solo podemos hacer una cosa: llevarla a Spanish Island. Enseguida.

—Pero ¿y el otro tirador? Sigue en alguna parte.

—Ya lo sé. —Pendergast le señaló la pierna con la cabeza—. Pero la herida no puede esperar.

71

Hayward se tambaleaba por el barro pegajoso, con el brazo en el cuello de Pendergast. Resbalaba constantemente, y más de una vez estuvo a punto de arrastrar a Pendergast por el fango. Cada paso provocaba una punzada de dolor en la pierna, como si le incrustaran una vara de hierro al rojo vivo desde la espinilla hasta el muslo; tenía que esforzarse para no gritar. No olvidaba ni por un momento que el otro tirador aún andaba por ahí, en la oscuridad. El silencio del pantano la ponía nerviosa, por miedo a que estuviera acechándoles. A pesar del calor asfixiante de la noche y del agua tibia del pantano, se sentía destemplada, atontada, como si todo aquello estuviera pasándole a otra persona.

—Tiene que levantarse, capitana —dijo la voz tranquilizadora de Pendergast.

Hayward se dio cuenta de que había vuelto a caerse.

El énfasis en el rango hizo que volviera un poco en sí. Tras levantarse con dificultad, logró dar un par de pasos, pero sintió otra vez que se desmadejaba. Pendergast siguió llevándola medio a rastras, agarrándola con unos brazos que eran como cables de acero y hablándole con una voz suave, tranquilizadora. El barro, sin embargo, se volvió más profundo; le absorbía las piernas casi como arenas movedizas, y, en su esfuerzo por ir dando tumbos, Hayward tenía la sensación de que lo único que conseguía era hundirse más y más en el cieno.

Pendergast la estabilizó. Con gran esfuerzo, Hayward consiguió desprender una pierna, pero la otra, la herida, estaba muy metida en el barro, y cualquier esfuerzo por sacarla provocaba un pinchazo insoportable. Se derrumbó en el pantano, hundiéndose casi hasta los muslos.

—No puedo.

La noche daba vueltas a su alrededor. Su cabeza zumbaba de dolor. Notó que el agente la mantenía erguida.

Pendergast miró a su alrededor sin decir nada.

—Está bien —susurró.

Hubo un silencio. Después, Hayward oyó que rasgaba algo suavemente: su americana. Todo giraba, dando vueltas y vueltas: el pantano oscuro, los árboles, la luna... Estaba inmersa en una nube de mosquitos, que se le metían en la nariz y las orejas, rugiendo como leones. Se dejó caer otra vez en el barro aguado, deseando con todas sus fuerzas que aquel fango pegajoso fuera la cama de su casa, y se encontrara sana y salva en Manhattan, con Vinnie al lado, respirando plácidamente...

Cuando volvió en sí, Pendergast le estaba atando una especie de arnés rudimentario en los antebrazos. Al principio se resistió, pero el agente le tocó la mano para tranquilizarla.

—Voy a arrastrarla. Usted relájese.

Cuando por fin le entendió, Hayward asintió con la cabeza.

Pendergast colocó sobre sus hombros las dos tiras del arnés, y empezó a tirar. Al principio Hayward no se movía. Después el pantano aflojó su absorción y sintió que empezaba a deslizarse por el limo cubierto de agua, cabeceando y resbalando a partes iguales. Sobre ella, los árboles, negros y plateados a la luz de la luna, formaban una trama de luz y oscuridad con sus ramas y hojas enlazadas. Hayward se preguntó, sin fuerzas, dónde se habría escondido el tirador y por qué no habían oído más disparos. Podían haber pasado cinco o treinta minutos. Había perdido la noción del tiempo.

De repente, Pendergast se paró.

—¿Qué pasa? —gimió ella.

—Veo una luz a través de los árboles.

72

Pendergast se inclinó hacia Hayward para examinarla atentamente. Estaba conmocionada. Con el cuerpo pegajoso y lleno de barro era difícil saber cuánta sangre había perdido. La luna le iluminaba un lado de la cara, de un blanco espectral en las zonas que no estaban enfangadas. Con cuidado, la sentó, le aflojó el arnés y le apoyó la espalda en un tronco de árbol; luego la camufló con algunas hojas de helecho. Después limpió un trapo en el agua cenagosa e intentó quitar un poco de barro de la herida, proceso durante el que arrancó muchas sanguijuelas.

—¿Cómo se encuentra, capitana?

Hayward tragó saliva y movió la boca. Sus ojos parpadearon sin lograr enfocar. Pendergast le buscó el pulso: rápido y superficial. Se inclinó hacia su oído y susurró:

—Tengo que irme. Solo será un momento.

Al principio, Hayward abrió los ojos, con miedo. Después asintió con la cabeza y consiguió decir algo con voz ronca.

—Lo entiendo.

—Los habitantes de Spanish Island, sean quienes sean, saben que estamos aquí. No cabe duda de que han oído los disparos. De hecho, es muy posible que el tirador que queda haya venido de Spanish Island y nos esté esperando allí. De ahí el silencio. Debo acercarme con precaución. Déjeme ver su arma.

Cogió la pistola —una 32— y examinó el cargador. Después volvió a meterlo y puso el arma en las manos de la capitana.

—Le quedan cuatro balas. Si no vuelvo... es posible que las

necesite. —Le dejó la linterna en el regazo—. Úsela solo si no hay más remedio. Esté atenta al brillo de ojos a la luz de la luna. Fíjese en lo separados que estén. Si son más de cinco centímetros, se tratará de un aligátor o del tirador. ¿Me ha entendido?

Hayward volvió a asentir, sujetando con fuerza la pistola.

—Aquí está bien protegida. Si no quiere ser vista, no la verá nadie, pero escúcheme con atención: tiene que quedarse despierta. Si pierde la conciencia morirá.

—Más vale que se vaya —murmuró ella.

Pendergast escudriñó la oscuridad. A través de las hileras de troncos se vislumbraba con dificultad un vago resplandor amarillo. Sacó un cuchillo y lo levantó para marcar una equis grande a cada lado del mayor de los troncos. Después fue hacia el sur, dejando a Hayward; se encaminó hacia las luces lejanas, siguiendo una trayectoria en espiral cada vez más cerrada.

Iba despacio, sacando los pies del barro con cuidado para no hacer más ruido de lo necesario. No había ningún indicio de actividad, ni ruidos procedentes de la luz lejana, que parpadeaba y desaparecía entre los troncos oscuros. Al cerrarse la espiral, los troncos se fueron espaciando y apareció un vago rectángulo amarillo: una ventana con cortina. La luz flotaba en medio de la oscuridad, dentro de un grupo de edificios borrosos con tejados a dos aguas.

Diez minutos después se había acercado lo suficiente para ver con claridad el antiguo campamento de caza de Spanish Island.

Era un complejo grande y laberíntico, construido sobre pilotes con creosota justo encima del nivel del agua: como mínimo una docena de edificios amplios, con paredes de tablas, encajados en un enorme bosque de cipreses calvos profusamente cubiertos por cortinas de barba de viejo. Quedaba justo al borde de un pequeño brazo de río de aguas estancadas. El campamento, situado algo más en alto, estaba rodeado por una pantalla de helechos, arbustos y hierbas altas. La tupida frontera vegetal, sumada a los velos casi impenetrables del musgo, daban la sensación de algo oculto, encerrado en sí mismo.

Pendergast se acercó de lado, rodeando el campamento en busca de posibles vigilantes, a la vez que se familiarizaba con su distribución. En un extremo había una gran plataforma de madera, por la que se accedía a un embarcadero con un pantalán sobre el brazo de río. En el pantalán había una curiosa embarcación amarrada; Pendergast reconoció la pequeña lancha militar de la época de Vietnam, que se utilizaba para patrullar en aguas dulces. Era un modelo híbrido con solo ocho centímetros de calado, y un motor a chorro silencioso, bajo el agua, ideal para ir por un pantano sin hacer ruido. A pesar de que algunos de los anejos estuvieran en ruinas, con el tejado caído, el campamento central se hallaba en buenas condiciones; se notaba que alguien vivía allí. También había una construcción más grande en un estado impecable. Sus ventanas tenían cortinas muy tupidas, por las que apenas se filtraba una luz amarilla.

Al completar el círculo, se llevó una sorpresa: al parecer no había nadie de guardia. Reinaba un silencio sepulcral. Si el tirador estaba allí, se había escondido excepcionalmente bien. Esperó, a la escucha. De pronto oyó algo: un grito a lo lejos, desolado, como de quien ya no tiene esperanzas. El grito subió y bajó de intensidad múltiples veces, hasta apagarse en vocalizaciones incoherentes. Cuando cesó, el pantano quedó inmerso en una honda quietud.

Pendergast sacó la Les Baer y dio un rodeo hacia la parte trasera del campamento, metiéndose por unos helechos muy tupidos, al borde de los pilotes. Volvió a prestar atención, pero ya no oyó ni vio nada más: ni pasos en las planchas de madera de encima, ni destellos de linterna, ni voces.

En uno de los pilotes había una escalera tosca de madera, con los peldaños viscosos y podridos. Al cabo de otro par de minutos, se acercó medio a nado, se cogió al peldaño más bajo y subió de uno en uno, poniendo a prueba su solidez antes de apoyarse. No tardó en tener la cabeza al nivel de la plataforma. Al asomarse, siguió sin ver nada a la luz de la luna. Ni rastro de que hubiera alguien vigilando.

Cuando estuvo encima de la plataforma, rodó hacia las planchas de madera rugosa y se quedó tendido, con la pistola a punto. Al prestar atención, le pareció oír que alguien, con voz excepcionalmente tenue, incluso para su finísimo oído, murmuraba despacio y monótonamente, como si rezara el rosario. La luna ya estaba en lo más alto. El campamento, encerrado por los árboles, se había llenado de manchas de luz. Esperó un poco más. Después se levantó y corrió hacia la sombra del anejo que tenía más cerca, y se pegó a la pared. Una sola ventana con la cortina echada proyectaba algo de luz sobre la plataforma.

Se deslizó muy lentamente y, a la vuelta de una esquina, se agachó para pasar debajo de otra ventana. Tras la siguiente esquina, encontró una puerta. Era vieja, deteriorada, con las bisagras oxidadas y la pintura desconchada. Movió el picaporte con mucha precaución y vio que estaba cerrada. Tardó poco en forzarla. Esperó, agazapado.

No se oía nada.

Giró despacio el pomo, abrió un poco la puerta y entró en silencio, apuntando la pistola hacia el interior de la habitación.

Ante su vista apareció un salón espacioso y elegante, algo deteriorado. Presidía una de las paredes una descomunal chimenea de piedra, dominada por un aligátor disecado y enmohecido, sobre una placa, y dotada de una enorme repisa de madera, con una hilera de pipas de brezo y un sifón de gas bulboso. Había toda una pared llena de vitrinas de armas vacías. También había otras vitrinas, con cañas de pescar —de mosca y de lanzado, todas en mal estado—, o de moscas y cebos. Alrededor de la chimenea, que estaba apagada, se agrupaban muebles de cuero rojo oscuro, muy remendados y agrietados por el paso del tiempo. La sala se veía polvorienta y poco usada. Y parecía muy vacía.

El agente oyó sobre su cabeza una pisada casi imperceptible, y un murmullo.

El salón estaba iluminado por varias lámparas colgantes de queroseno, reguladas a la menor intensidad posible. Pendergast descolgó una, subió la mecha para que diera más luz y fue hacia el fondo, donde había una escalera estrecha, entre paredes, con moqueta muy mullida. Subió despacio.

438

La diferencia entre la planta baja y la de arriba era considerable. En el primer piso no había la profusión de cachivaches que en el de abajo, ni esa mezcla de colores, formas y dibujos. Al llegar al final de la escalera, descubrió un pasillo largo, con dormitorios a ambos lados, seguro que de la época en la que el campamento recibía huéspedes de pago. Sin embargo, faltaban, adornos, sillas, cuadros y estanterías. Todas las puertas estaban abiertas, dejando a la vista habitaciones desnudas. Todas las ventanas estaban cubiertas de gasa, tal vez para que se filtrase la luz exterior. Dominaban los colores pastel muy apagados, casi en blanco y negro. Hasta los nudos de la madera habían sido cuidadosamente tapados.

Al fondo del pasillo había una puerta mayor que las demás, entreabierta, con una luz tenue en los bordes. Pendergast recorrió el pasillo como un gato. Se notaba que los últimos dormitorios junto a los que estaba pasando seguían en uso: en uno de ellos, muy grande y elegante, aunque bastante espartano, había una cama recién hecha, un baño en suite y un tocador, así como un espejo unidireccional que daba a otro dormitorio contiguo, más pequeño y espartano, sin muebles, aparte de una cama grande de matrimonio.

Pendergast se acercó lentamente a la puerta del fondo del pasillo y se paró a escuchar. Distinguió el vago zumbido de un generador, pero dentro de la habitación no se oía nada. Todo estaba en silencio.

Se puso a un lado. Después, con un movimiento rápido, giró sobre sí mismo y empujó la puerta de un fuerte puntapié. Se abrió de golpe, al mismo tiempo que él se echaba al suelo.

Un terrible escopetazo destrozó el marco de la puerta por encima de él, arrancando un trozo del tamaño de una pelota de baloncesto y provocando una lluvia de astillas sobre Pendergast; pero antes de que el tirador pudiese descargar otro cartucho, el agente aprovechó su impulso para rodar por el suelo y levantarse. El segundo disparo hizo añicos la mesita que estaba al lado de la puerta. Sin embargo, para entonces Pendergast ya se había echado sobre el tirador y le había pasado un brazo por

el cuello. Le arrancó el arma de las manos y le obligó a girarse...
y descubrió entre sus brazos a una mujer alta y extraordinaria-
mente guapa.

—Ya puede soltarme —dijo ella con tranquilidad.

Pendergast le quitó las manos de encima y dio un paso hacia
atrás, apuntándola con su 45.

—No se mueva —dijo—. Mantenga las manos a la vista.

Un rápido registro de la sala le dejó asombrado. Era una
unidad de cuidados intensivos de última tecnología, dotada con
instrumentos médicos nuevos y relucientes: un sistema de mo-
nitoreo fisiológico, un oxímetro de pulso, un monitor de apnea,
un respirador artificial, una bomba de infusión, un carro de
paro, una unidad móvil de rayos X y media docena de aparatos
digitales de diagnóstico. Todo con alimentación eléctrica.

—¿Quién es usted? —preguntó la mujer con voz gélida, recuperando su compostura.

Iba sencilla y elegante —con un vestido de color crema
liso—, y sin joyas, pero muy arreglada y bien peinada. Lo que
más impresionó a Pendergast fue la aguda inteligencia que tras-
lucían sus ojos, de un azul acerado. La reconoció casi enseguida,
por las fotos del registro civil de Baton Rouge.

—June Brodie —dijo.

Ella palideció, pero solo un poco. Se hizo un silencio tenso;
por la puerta del fondo de la sala les llegó un leve grito, de dolor
o desesperación. Pendergast se volvió y miró fijamente.

Cuando June Brodie volvió a hablar, lo hizo con frialdad.

—Siento decirle que su inesperada llegada ha alterado a mi
paciente. Lo cual es muy lamentable.

73

—¿Paciente? —preguntó Pendergast.

Brodie no dijo nada.

—Ya hablaremos de eso luego —dijo Pendergast—. De momento tengo a una colega herida en el pantano. Necesito su barco. Y estas instalaciones.

En vista de que June Brodie no mostró ninguna reacción, movió la pistola.

—Cualquier cosa que no sea la máxima diligencia y colaboración será gravemente perjudicial para su salud.

—No es necesario que me amenace.

—Lo siento, pero me temo que sí. ¿Me permite recordarle quién ha disparado primero?

—Ha irrumpido como el Séptimo de Caballería. ¿Qué esperaba?

—¿Dejamos para más tarde el intercambio de cumplidos? —contestó fríamente Pendergast—. Mi colega está malherida.

June Brodie, que a pesar de todo seguía manteniendo una notable compostura, pulsó la tecla de un intercomunicador de pared y habló en tono autoritario.

—Tenemos visita. Prepárate para recibir a un paciente de urgencias y espéranos en el muelle, con una camilla.

Cruzó la sala y salió por la puerta, sin mirar por encima del hombro. Pendergast la siguió por el pasillo, con la pistola a punto. Ella bajó por la escalera, atravesó el salón principal de la cabaña, salió del edificio y recorrió la plataforma, hacia el embarcadero y el pantalán flotante. Subió elegantemente a la parte trasera y puso el motor en marcha.

—Desamarre el barco —dijo—. Y aparte la pistola, por favor.

Pendergast se la metió en el cinturón y soltó la amarra. Brodie aceleró, pilotando la embarcación en marcha atrás.

—Debe de estar a unos mil metros al este-sudeste —dijo Pendergast, señalando la oscuridad—. Por ahí —añadió—. Hay un tirador en el pantano. Aunque supongo que usted ya lo sabe. Puede que esté herido, y puede que no.

Brodie le miró.

—Quiere ir a buscar a su colega, ¿o no?

Pendergast señaló el tablero de control del barco.

Ella aceleró sin decir nada más. Navegaron deprisa por la cenagosa orilla del brazo de río. Al cabo de pocos minutos, Brodie redujo la velocidad para meterse por un canal muy pequeño, que se bifurcaba varias veces formando un laberinto de vías de agua. Logró meterse en el pantano maniobrando de un modo que Pendergast creía imposible, sin salirse ni un momento de un canal sinuoso que ni siquiera la intensa luz de la luna permitía ver con claridad.

—Más a la derecha —dijo él, escrutando los árboles.

No llevaban luces; con la luna se podía ver más lejos. Y también era más seguro.

El barco hilvanaba su camino entre canales; de vez en cuando parecía a punto de encallar en el lodo, pero siempre acababa superándolo con un acelerón del motor a chorro.

—Allá —dijo Pendergast, señalando la marca del tronco.

El barco se paró lentamente en una barrera de fango.

—No podemos ir más lejos —murmuró Brodie.

Pendergast se volvió hacia ella, la sometió con mano experta a un rápido cacheo en busca de armas escondidas y habló en voz baja.

—Usted quédese aquí. Yo voy a recoger a mi colega. Si sigue colaborando, sobrevivirá a esta noche.

—Repito: no hace falta que me amenace —dijo ella.

—No es una amenaza, sino una aclaración.

Pendergast bajó por la borda y caminó por el cieno.

—Capitana Hayward —llamó en voz alta.

No hubo respuesta.

—¿Laura?

Nada, solo silencio.

Llegó en pocos instantes a donde estaba Hayward. Seguía conmocionada, medio inconsciente, con la cabeza meciéndose contra el tronco podrido. Pendergast miró un momento a su alrededor, por si oía algún susurro, alguna rama rota o veía un destello metálico que indicase la presencia del tirador. Al no ver nada, cogió a Hayward por debajo de los brazos y la arrastró hacia el barco por el fango. La subió por la borda. Brodie cogió el cuerpo flácido y le ayudó a depositarlo sobre la cubierta.

Se volvió sin decir nada y puso el motor en marcha. Salieron del canal marcha atrás y volvieron a gran velocidad al campamento. Cuando se acercaron, apareció un hombre bajo con ropa blanca de hospital, que estaba en el embarcadero, sin decir nada, junto a una camilla. Pendergast y Brodie sacaron a Hayward de la embarcación y la depositaron sobre la camilla. El hombre se la llevó por la plataforma y la metió en el salón principal de la cabaña. Entre él y Pendergast llevaron la camilla escaleras arriba, por el pasillo, hasta la sala de urgencias, con su extraña dotación de última tecnología, y la colocaron junto a un grupo de aparatos de cuidados intensivos.

Mientras trasladaban a Hayward de la camilla a una cama, June Brodie se volvió hacia el hombre bajo vestido de blanco.

—Intúbala —dijo con brusquedad—. Orotraqueal. Y oxígeno.

El hombre puso rápidamente manos a la obra; introdujo un tubo por la boca de Hayward y le administró oxígeno. Los dos trabajaban con una rapidez y economía de movimientos que respondía a años de experiencia.

—¿Qué ha pasado? —preguntó Brodie a Pendergast mientras cortaba una manga llena de barro con tijeras médicas.

—Una herida de bala y el ataque de un aligátor.

Asintió con la cabeza. Después le tomó el pulso de Hayward, le midió la presión y examinó sus pupilas con una linterna. Sus movimientos eran diestros y muy profesionales.

—Cuelga una bolsa de Dextran —ordenó al hombre de blanco—, y ponle una vía de 14 g.

Mientras él trabajaba, Brodie preparó una aguja y tomó una muestra de sangre, llenando una jeringuilla y transfiriéndola a tubos de vacío. Después cogió un escalpelo de la bandeja estéril que tenía al lado e hizo una serie de cortes con destreza, para quitar el resto de la pernera.

—Irrigación.

El hombre le dio una jeringa grande, llena de solución salina. Ella limpió la herida de barro y suciedad, a la vez que arrancaba muchas sanguijuelas, y lo tiró todo a un triturador de residuos médicos. Tras inyectar anestesia local en torno a los cortes, muy profundos, y a la herida de bala, trabajó con diligencia no exenta de calma, limpiándolo todo con solución salina y antiséptico. Por último, administró un antibiótico y vendó la herida.

Levantó la vista hacia Pendergast.

—Se pondrá bien.

Como si la hubiera escuchado, Hayward abrió los ojos y emitió un sonido por el tubo endotraqueal. Cambió de postura en la cama de hospital y señaló el tubo, levantando una mano.

Tras un breve examen, June mandó quitar el tubo.

—Me ha parecido mejor prevenir —dijo.

Hayward tragó saliva dolorosamente y miró a su alrededor, enfocando los ojos.

—¿Qué pasa?

—Acaba de salvarla un fantasma —dijo Pendergast—. El fantasma de June Brodie.

74

Hayward miró una tras otra las figuras borrosas e intentó incorporarse. Aún le daba vueltas la cabeza.

—Con permiso. —Brodie se acercó y enderezó el respaldo de la cama de hospital—. Ha sufrido una ligera conmoción —dijo—, pero volverá pronto a la normalidad. O lo más parecido a la normalidad, dadas las circunstancias.

—Mi pierna...

—Nada que no se cure. Tiene usted una herida superficial y un terrible mordisco de aligátor. He insensibilizado la zona con anestesia local, pero cuando se le pase el efecto, le dolerá. También necesitará más inyecciones de antibiótico. En la boca de los aligátores viven muchas bacterias indeseables. ¿Cómo se encuentra?

—Atontada —dijo Hayward, al tiempo que trataba de incorporarse—. ¿Qué es este sitio? —Se fijó en Brodie—. June... ¿June Brodie?

Miró a su alrededor. ¿En qué tipo de campamento podía haber unas instalaciones como aquellas, una sala de urgencias con los últimos avances en tecnología médica? Sin embargo, no se parecía a ninguna sala de urgencias que hubiera visto.

La luz era demasiado tenue. Excepto por los aparatos y el instrumental médico, era un espacio totalmente desnudo, sin libros, cuadros ni pósters; ni siquiera sillas.

Tragó saliva y sacudió la cabeza para despejársela.

—¿Por qué fingió su suicidio?

Brodie retrocedió y la miró.

—Ahora lo comprendo. Supongo que ustedes son los policías que están investigando Longitude Pharmaceuticals: la capitana Hayward, de la policía de Nueva York, y el agente especial Pendergast, del FBI.

—En efecto —dijo Pendergast—. Le mostraría mi placa, pero se la ha tragado el pantano.

—No será necesario —dijo ella fríamente—. Quizá sea mejor que no conteste a nada hasta que haya llamado a un abogado.

Pendergast la miró un rato con firmeza.

—No estoy de humor para saltar obstáculos —dijo en voz baja y amenazadora—. Responderá a todo lo que le pregunte, y al cuerno con el abogado y con sus derechos. —Se volvió hacia el hombre bajo, de blanco—. Póngase al lado de ella.

El hombre se apresuró a obedecer.

—¿Es el paciente? —preguntó Pendergast a Brodie—. ¿Al que se ha referido antes?

Brodie sacudió la cabeza.

—¿Le parece que esta es forma de tratarnos, después de haber ayudado a su colega?

—No haga que me enfade.

Se calló.

Pendergast la miró con expresión amenazadora. Seguía con la Les Baer en la mano.

—Responderá exhaustivamente a mis preguntas, desde ahora mismo. ¿Me explico?

Ella asintió.

—Veamos, ¿a qué vienen estas instalaciones médicas? ¿Quién es su «paciente»?

—El paciente soy yo —dijo una voz rota y sibilante, mientras se abría una puerta en la pared del fondo—. Toda esta parafernalia es para mí.

Había alguien en la oscuridad, frente a la puerta; alguien alto, inmóvil, demacrado, cuya silueta de espantapájaros apenas se discernía en la penumbra que reinaba detrás de la sala de urgencias. Se rió; una risa frágil, apenas un resuello. Al cabo de un momento, la sombra pasó muy lentamente de la oscuridad a la media luz y levantó la voz, pero muy poco.

—¡Aquí está Charles J. Slade!

75

Judson Esterhazy había acelerado a fondo el 250 Merc, poniendo rumbo sur con la lancha de pesca, a una velocidad peligrosa por el viejo canal de leñadores. Mediante un esfuerzo supremo de voluntad, bajó un poco la palanca y apaciguó su torbellino mental. No cabía duda de que las circunstancias habían exigido huir, para no perder todavía más. Había dejado en el pantano a Pendergast y a la mujer herida, sin embarcación, a casi dos kilómetros de Spanish Island. Que llegasen allí no era lo que más le preocupaba; él estaba sano y salvo, y era el momento de emprender una retirada estratégica. Tendría que actuar con decisión, más temprano que tarde, pero de momento lo prudente era esfumarse, lamerse las heridas... y reaparecer con más vigor y fuerza.

A pesar de todo, por alguna razón, tenía la incómoda certeza de que Pendergast llegaría a Spanish Island; y, a pesar de todo lo ocurrido entre él y Slade, le costaba dejarle atrás, sin protección; le costaba mucho más de lo que había esperado.

Lo curioso era que, en el fondo, desde el momento en el que Pendergast se había presentado en Savannah, con su maldita revelación, había sabido que acabaría todo así. Aquel hombre no era normal. Doce años de meticuloso engaño habían saltado por los aires en cuestión de dos semanas, y todo por no haber limpiado el cañón de una maldita escopeta. Era increíble que un descuido tan pequeño pudiera tener repercusiones tan descomunales.

Al menos, pensó, no había cometido el error de subestimarle... como habían hecho tantos otros, para su desgracia. Pendergast no tenía ni idea de su participación en aquel asunto. Y tampoco sabía nada del as que se guardaba en la manga. Los secretos que Judson conocía, sin la menor duda, Slade se los llevaría a la tumba, o donde fuese.

Sobre la lancha soplaba una suave brisa nocturna. Arriba, en el cielo, titilaban las estrellas y los árboles se recortaban negros contra el cielo iluminado por la luna. El canal se hacía más estrecho y menos profundo. Esterhazy empezó a tranquilizarse. Siempre existía la posibilidad —en absoluto remota— de que Pendergast y la mujer murieran en el pantano antes de llegar al campamento. A fin de cuentas, ella había recibido una de sus balas. Era perfectamente posible que se desangrase; y, aunque la herida no fuera mortal, sería un infierno arrastrarla por el último trecho del pantano, infestado de aligátores y mocasines, por aquellas aguas que eran un hervidero de sanguijuelas y aquel aire atestado de mosquitos.

Cuando la lancha se acercó al fondo limoso del canal redujo la velocidad. Apagó el motor, lo giró para sacarlo del agua y empezó a empujar con la pértiga. Los mismos mosquitos en los que acababa de pensar llegaron en grandes enjambres, acumulándose alrededor de su cabeza y posándose en su cuello y sus orejas. Dio unos manotazos, maldiciéndolos.

El limoso canal se dividía. Se impulsó con la pértiga por el brazo izquierdo. Conocía bien el pantano. Siguió adelante, consultando la sonda de pesca para vigilar la profundidad del agua. Ya había subido mucho la luna, así que en el pantano casi parecía de día. Medianoche. Seis horas para que amaneciese.

Trató de imaginarse la escena en Spanish Island, cuando llegasen ellos dos, pero era deprimente y frustrante. Escupió en el agua y apartó esa imagen de su cabeza. Ventura se había dejado capturar por Hayward, el muy estúpido, pero no había dicho nada antes de que Judson le saltase la tapa de los sesos. Blackletter estaba muerto; lo estaban todos aquellos a los que podían relacionar con el Proyecto Aves. Era imposible volver a meter en la botella el genio del Proyecto Aves. Si Pendergast sobrevivía, se sabría todo. Eso no tenía remedio. De momento, sin embargo, lo esencial era borrar su implicación.

Lo ocurrido durante la última semana había demostrado algo con meridiana claridad: que Pendergast llegaría al meollo de la cuestión. Solo necesitaba tiempo. En consecuencia, hasta el papel de Judson, tan cuidadosamente oculto, saldría a relucir. Y por eso Pendergast debía morir.

Sin embargo, esta vez moriría en las condiciones que impusiera Esterhazy, cuando él lo decidiera, y sería cuando menos se lo esperase el agente del FBI. Porque Esterhazy conservaba una ventaja fundamental: el factor sorpresa. Pendergast no era invulnerable. Ahora Esterhazy conocía con exactitud cuáles eran sus puntos débiles y cómo aprovecharlos. Qué tontería no haberse dado cuenta antes. Empezó a formar un plan en su cabeza. Sencillo, limpio y eficaz.

El canal volvió a ser lo bastante profundo para bajar el motor. Lo metió de nuevo en el agua, arrancó y circuló lentamente por los canales, siempre hacia el oeste, sin perder de vista ni un momento la profundidad bajo la quilla. Llegaría al Mississippi mucho antes del amanecer. Podía hundir la lancha en algún brazo perdido y salir del pantano como un hombre nuevo. Sin querer, le vino a la memoria un pasaje del *Arte de la guerra*: «Anticípate a tu adversario apoderándote de aquello por lo que sienta afecto, e ingéniatelas para atacarle en el momento y lugar que tú elijas».

Qué perfectamente se ajustaba aquello a su situación...

76

El espectro que hizo acto de presencia en la puerta dejó petrificada a Hayward. Medía al menos un metro noventa y cinco y estaba demacrado, con la cara huesuda, las mejillas chupadas y, bajo las pobladas cejas, unos ojos oscuros, grandes, acuosos. Placas de pelos a medio afeitar erizaban la barbilla y el cuello. Su pelo, largo y blanco, estaba peinado hacia atrás, hasta los hombros, recogido detrás de las orejas. Llevaba una americana gris marengo de Brooks Brothers, por encima de una bata de hospital, y un látigo corto en una mano. Con la otra empujaba el carrito del gotero, que también le servía de apoyo.

Se había acercado tan silenciosamente, con tanto sigilo, que Hayward tuvo la impresión de que había aparecido de la nada. Sus ojos, tan inyectados en sangre que casi parecían morados, no saltaban inquietos, como habría sido de esperar en un loco, sino que se posaban muy despacio en cada uno de ellos, mirándolos fijamente, casi como si los atravesara. Al enfocarlos en Hayward, se estremeció y cerró los ojos.

—No, no, no —murmuró Slade, con un susurro tenue como el viento.

June Brodie se volvió, cogió una bata de laboratorio y se la echó por encima de la camisa embarrada de Larry.

—Nada de colores intensos —susurró a Hayward—. Muévase despacio.

Slade volvió a abrir los ojos, muy lentamente, y la mueca de dolor se suavizó un poco. Después, soltó el carrito y levantó despacio una mano grande y cubierta de venas, con un gesto de solemnidad casi bíblica. La mano se abrió, con sus dedos largos, algo temblorosos, y el índice señaló a Pendergast. Los enormes ojos negros se posaron en el agente del FBI.

—Usted es el hombre que quiere averiguar quién mató a su mujer.

Aun siendo endeble como el papel de arroz, su voz lograba transmitir seguridad y arrogancia.

Pendergast no dijo nada. Parecía atónito, con el traje roto, del que aún caían gotas de fango, y el pelo blanquecino sucio y enredado.

Slade bajó despacio el brazo.

—A su mujer la maté yo.

Pendergast levantó su 45.

—Explíquese.

—No, un momento... —empezó a decir June.

—Silencio —dijo Pendergast, con velada amenaza.

—Exacto —musitó Slade—. Silencio. Yo mandé que la matasen. Helen Esterhazy Pendergast.

—Charles, tiene una pistola —dijo June, en voz baja pero suplicante—. Te matará.

—Tonterías. —Slade levantó un dedo, y lo movió de un lado a otro—. A todos se nos ha muerto alguien. A él su mujer, y a mí un hijo. La vida es así. —Lo repitió con el mismo hilo de voz, que adquirió una intensidad repentina—. A mí se me murió un hijo.

June Brodie se volvió hacia Pendergast para susurrarle.

—No haga que hable de su hijo. Sería un paso atrás, ¡y hemos adelantado tanto!

Se le escapó un sollozo, que ahogó inmediatamente.

—No tuve más remedio que mandar que la matasen. Pretendía denunciarnos. Era muy peligroso... para todos... —De pronto, Slade dejó la vista perdida en el vacío y, con los ojos muy abiertos, aterrorizados, contempló una pared en blanco—. ¿Para qué ha venido? —murmuró, sin dirigirse a nadie—. ¡Todavía no es la hora!

Levantó despacio el látigo sobre su cabeza e hizo un ruido espantoso al azotarse la espalda tres veces seguidas, tambaleándose con cada latigazo, mientras caían al suelo algunos jirones de su americana.

Fue como si el golpe le devolviese a la realidad. Se irguió y enfocó otra vez la vista. Se hizo un gran silencio.

—¿Lo ve? —dijo la mujer a Pendergast—. No le provoque, por el amor de Dios, o se hará daño.

—¿Provocarle? Mi intención es hacer mucho más.

El tono amenazador de Pendergast causó escalofríos a Hayward, que, tendida en la cama, con el suero, se sentía prisionera, impotente y vulnerable. Cogió los tubos, bajó el brazo y se los arrancó. Después se incorporó y bajó de la cama, con un ligero mareo.

—Ya me encargo yo de todo —le dijo Pendergast.

—Acuérdese de que prometió no matarle —contestó ella.

Él siguió mirando al hombre, sin hacerle caso.

De repente los ojos de Slade volvieron a desenfocarse, como si vieran algo inexistente. Movió la boca de manera extraña, tensando los labios temblorosos, como si articulase sin hablar. Hayward reconoció una sucesión atropellada de susurros.

—Vete, vete, vete, vete...

Slade descargó en su espalda un nuevo latigazo, que al igual que antes pareció devolverle la lucidez. Tembloroso, moviéndose como si bucease, pero trasluciendo una gran ansia, cogió el gotero, encontró la perilla al final del tubo y la apretó con decisión.

«Droga —pensó Hayward—. Es drogadicto.»

Slade puso un momento los ojos en blanco, antes de rehacerse y abrirlos de nuevo.

—Es fácil contar la historia —añadió con su voz débil y ronca—. Helen... Muy inteligente. Y no estaba nada mal... Supongo que se darían unos buenos revolcones, ¿eh?

Hayward vio que la pistola temblaba un poco en la mano de Pendergast, que apretaba con gran fuerza.

—Hizo un descubrimiento...

Otro grito ahogado. Los ojos de Slade se desenfocaron. Con la vista perdida en un rincón vacío y los labios temblorosos, profirió una serie de palabras ininteligibles, agitando inútilmente la mano del látigo.

Sin dudarlo, Pendergast dio un paso y le abofeteó con una fuerza estremecedora.

—Siga.

Slade volvió en sí.

—¿Qué dicen en las películas? «¡Gracias, lo necesitaba!» —Una risa muda sacudió fugazmente su cuerpo—. Sí, Helen... Hizo un descubrimiento muy notable. Aunque supongo que usted ya casi podría contarme toda la historia, ¿verdad, señor Pendergast?

Pendergast asintió con la cabeza.

Una tos brotó de su pecho ajado. Su cuerpo se sacudió con unos espasmos silenciosos. Slade resolló, perdió el equilibrio y volvió a apretar la perilla. Al cabo de un momento siguió hablando.

—Nos trajo el descubrimiento, el de la gripe aviar, por un intermediario. Así nació el Proyecto Aves. Ella tenía la esperanza de que se pudiera conseguir un medicamento milagroso, un tratamiento para la creatividad. A fin de cuentas, con Audubon funcionó... durante una época. Mejorar las capacidades mentales. El fármaco definitivo...

—¿Por qué no siguieron? —preguntó Pendergast.

Su tono neutro no engañó a Hayward. Aún le temblaba la pistola en la mano. Nunca le había visto tan cerca de perder el control.

—Era una investigación muy cara, espantosamente cara. Empezamos a quedarnos sin dinero, a pesar de que ya habíamos recortado costes.

Slade levantó la mano y la movió muy, muy lentamente, indicando la sala en general.

—Así que trabajaban aquí —dijo Pendergast—. Spanish Island era su laboratorio.

—Bingo. ¿Qué sentido tenía construir unas instalaciones

con nivel 4 de seguridad biológica, presión negativa, biosuits y todo lo demás, si haciéndolo aquí, en el pantano, podíamos ahorrarnos un montón de dinero? Podíamos tener los cultivos vivos aquí y hacer lo realmente peligroso donde no nos viera nadie, donde ningún funcionario pesado metiera las narices.

«Por eso en Longitude había un muelle hacia el pantano», se dijo Hayward.

—¿Y las cotorras? —preguntó Pendergast.

—Se guardaban en Longitude, en el Complejo 6; pero ya le digo que se cometieron errores. Uno de nuestros pájaros escapó e infectó a una familia. ¿Un desastre? No. Como les dije a todos: «Es la manera de ahorrarnos varios millones en protocolos de experimentación. ¡Esperaremos, a ver qué pasa!».

Volvió a sacudirle otro ataque de risa muda, mientras su nuez sin afeitar subía y bajaba de modo grotesco. Por la nariz le salieron burbujas de mocos que mancharon su traje. Después acumuló un enorme esputo, se inclinó y lo dejó caer al suelo. Finalmente siguió hablando.

—Helen no aprobaba nuestra manera de hacer negocios. Era una idealista. Desde que se enteró de lo ocurrido a la familia Doane, que fue justo antes del safari, dicho sea de paso, pensaba denunciarnos y acudir a las autoridades, cayera quien cayese. Lo haría en cuanto volviera. —Abrió las manos—. ¿Qué podíamos hacer, sino matarla?

Pendergast habló en voz baja.

—¿«Podíamos»? ¿Usted y quién más?

—Algunos miembros del Grupo Aves. La buena de June, aquí presente, no tenía ni idea, al menos entonces. Se lo escondí hasta justo antes del incendio. Carlton tampoco, el pobre.

Dio una palmada al otro hombre, que no decía nada.

—Los nombres, por favor.

—Ya los tiene todos. Blackletter. Ventura. A propósito, ¿dónde está Mike?

Pendergast no contestó.

—Pudriéndose en el pantano, probablemente, gracias a usted. Váyase al infierno, Pendergast. Aparte de ser el mejor jefe de seguridad que pudiera pedir un director general, era nuestro único enlace con la civilización. De todos modos, aunque haya matado a Ventura, a él no habrá podido matarle. —El murmullo de Slade se volvió casi orgulloso—. Y ese nombre no lo tendrá. Me lo guardaré, para reservarle alguna sorpresa en el futuro; quién sabe si para vengar a Mike Ventura. —Soltó una risita—. Seguro que aparece cuando menos se lo espere.

Pendergast volvió a levantar la pistola.

—El nombre.

—¡No! —exclamó June.

Slade hizo otra mueca.

—Querida, tu voz... por favor...

Brodie se volvió hacia Pendergast con las manos unidas, en un gesto de súplica.

—No le haga daño —susurró con ardor—. Es una buena persona. ¡Muy buena! Piense que él también es una víctima, señor Pendergast.

Los ojos de Pendergast se fijaron en ella.

—Hubo otro accidente en el Proyecto Aves —se explicó Brodie—. Charles también contrajo la enfermedad.

Pendergast no dio señas de que le sorprendiera.

—La decisión de matar a mi mujer la tomó antes de enfermar —replicó, con la misma inexpresividad que hasta entonces.

—Eso es agua pasada —dijo ella—. Ya no hay manera de resucitarla. ¿No puede resignarse?

Pendergast se la quedó mirando, con un brillo en los ojos.

—Charles estuvo a punto de morir —siguió ella—. Luego... luego tuvo la idea de que viniéramos aquí. Mi marido... —Señaló con la cabeza al otro hombre, que seguía en silencio—. Vino después.

—Usted y Slade eran amantes —dijo Pendergast.

—Sí. —No hubo ni el menor asomo de rubor. Brodie se irguió—. Somos amantes.

—Y vinieron aquí... ¿para esconderse? —preguntó Pendergast—. ¿Por qué?

Ella no dijo nada.

Pendergast miró otra vez a Slade.

—No tiene sentido. Antes de retirarse al pantano, usted ya estaba recuperado de la enfermedad. El deterioro mental aún no había empezado. Era demasiado pronto. ¿Por qué se retiró al pantano?

—Carlton y yo le estamos cuidando —se apresuró a añadir Brodie—. Para que no muera. Es muy difícil limitar los estragos de la enfermedad... No le haga más preguntas, le está poniendo nervioso...

—La enfermedad —dijo Pendergast, interrumpiéndola con un giro de muñeca—. Explíquemela.

—Afecta a los circuitos inhibidor y excitador del cerebro —susurró ansiosamente Brodie, como si quisiera distraerle—. Sobrecarga de sensaciones físicas al cerebro: visión, olor y tacto. Es una forma mutante de flavivirus. Empieza manifestándose casi como una encefalitis aguda. El paciente, si sobrevive, parece que mejora.

—Como los Doane. —Slade soltó una risita—. ¡Oh, Dios, sí! Igualito que los Doane. Les vigilamos de cerca.

—Pero el virus tiene predilección por el tálamo —continuó Brodie—. Particularmente por el CGL.

—Cuerpo geniculado lateral —dijo Slade, con otro feroz latigazo.

—En eso se parece al herpes zóster —añadió rápidamente Brodie—, que se acantona en el ganglio dorsal de la raíz y después de varios años, o décadas, reaparece en forma de culebrilla. Pero tarde o temprano destruye las neuronas en las que se aloja.

—Resultado final, la locura —susurró Slade.

Sus ojos empezaban a desenfocar, y los labios se movían cada vez más deprisa, sin hacer ruido.

—Y todo esto... —Pendergast señaló con la pistola—. El gotero con morfina, la fusta... ¿son distracciones contra el alud de sensaciones constantes?

Brodie asintió con entusiasmo.

—Come ve, no es responsable de lo que dice. Aún queda alguna posibilidad de que podamos devolverle a su estado anterior. Nosotros lo intentamos. Desde hace años. Aún hay esperanza. Es una buena persona, un curador que ha hecho buenas obras.

Pendergast levantó aún más la pistola. Tenía una palidez marmórea, y los jirones de su traje roto le colgaban del cuerpo como harapos.

—A mí no me interesan las buenas obras de este hombre. Yo solo quiero una cosa: el nombre de la última persona del Proyecto Aves.

Slade volvía a estar en su mundo, farfullando con la vista en la pared y contrayendo los dedos. Cogió con fuerza el gotero y lo sacudió con el temblor que empezó a apoderarse de todo su cuerpo. Se controló otra vez mediante dos presiones de perilla.

—¡Le está torturando! —susurró Brodie.

Pendergast no le hizo caso y siguió mirando a Slade.

—La decisión de matarla... ¿Fue usted quien la tomó?

—Sí. Al principio los demás estaban en contra, pero al final se dieron cuenta de que no teníamos elección. Era imposible aplacarla, o sobornarla. Así que la matamos, ¡y de qué manera más ingeniosa! Se la comió un león amaestrado.

Sucumbió a otro espasmo de risa silenciosa, cuidadosamente contenida.

El temblor de la pistola se hizo más visible en las manos de Pendergast.

—¡Ñam, ñam! —susurró Slade, abriendo mucho los ojos con alegría—. Ah, Pendergast, no puede imaginar la caja de Pandora que ha abierto con su investigación. Ha levantado la liebre dándole una patada en el culo.

Pendergast apuntó.

—Me lo había prometido —dijo Hayward con voz grave, insistente.

—Debe morir —susurró Pendergast, como si hablara solo—. Este hombre debe morir.

—Debe morir —se burló Slade, levantando la voz, que no tardó en reducirse otra vez a un susurro—. Máteme, por favor. ¡Ahórreme esta agonía!

—Me lo había prometido —repitió Hayward.

Bruscamente, como si redujese a un adversario invisible en una lucha cuerpo a cuerpo, Pendergast bajó la pistola con una sacudida de la mano. Después dio un paso hacia Slade, giró el arma y le ofreció la culata.

Slade la cogió y se la arrancó de las manos.

—¡Dios mío! —exclamó Brodie—. ¿Qué está haciendo? ¡Le matará!

Con un movimiento experto, Slade echó hacia atrás la corredera, la soltó y levantó lentamente la pistola hacia Pendergast. Una sonrisa torcida desfiguró su rostro macilento.

—Voy a enviarle al mismo sitio que a la perra de su mujer.

Dobló el dedo alrededor del gatillo y empezó a tensarlo.

77

—Un momento —dijo Pendergast—. Antes de que dispare, quiero hablar un minuto con usted. En privado.

Slade le miró. A pesar de su tamaño, la pistola casi parecía un juguete en su puño nudoso. Se apoyó en la percha del gotero para no caerse.

—¿Por qué?

—Porque hay algo que tiene usted que saber.

Slade le miró un momento.

—¡Qué mal anfitrión he sido! Venga a mi despacho.

June Brodie hizo ademán de protestar, pero Slade hizo señas a Pendergast con la pistola de que cruzara la puerta.

—Los invitados primero —dijo.

Tras una mirada de advertencia a Hayward, Pendergast desapareció por el rectángulo oscuro.

El pasillo estaba revestido con paneles de cedro pintados de gris. En el techo había ojos de buey que proyectaban círculos regulares de luz sobre una moqueta neutra, tupida y blanda. Slade iba despacio detrás de Pendergast, sin hacer ruido con las ruedas del gotero.

—La última puerta a la izquierda —dijo.

La habitación que utilizaba de despacho era la antigua sala de juegos de la cabaña. En la pared había una diana de dardos. También había un par de sillas arrimadas a los muros y dos mesas, con un tablero de backgammon y otro de ajedrez incrustados. La mesa de snooker del fondo parecía servir de escritorio. En toda la superficie de fieltro solo había algunos pañuelos de papel muy bien doblados, una revista de crucigramas, un libro sobre cálculo avanzado y varios látigos, con las puntas gastadas por el uso. Una de las troneras conservaba el triste residuo de unas cuantas bolas de snooker antiguas, cubiertas de fisuras. No había más muebles. Llamaba la atención la desnudez de aquella sala tan grande. Las ventanas tenían visillos, completamente corridos. Reinaba una quietud sepulcral.

Slade cerró la puerta con el máximo cuidado.

—Siéntese.

Pendergast cogió una silla de mimbre y la colocó sobre la gruesa alfombra, delante de la mesa. Slade empujó el gotero al otro lado, antes de tomar asiento con gran lentitud y precaución en el único sillón de la sala. Apretó la perilla del gotero y pestañeó al recibir la morfina en el flujo sanguíneo. Después de un suspiro, volvió a apuntar a Pendergast con la pistola.

—Aquí estamos —dijo, con el mismo y lento susurro que hasta entonces—. Diga lo que tenga que decir y luego le pegaré un tiro. —Sonrió sin fuerzas—. Quedará todo hecho una mierda, claro, pero ya lo limpiará June. Se le da muy bien limpiar mi mierda.

—En realidad —dijo Pendergast— no va a pegarme ningún tiro.

Slade tosió un poco, con cautela.

—¿No?

—De eso quería hablarle. Se lo va a pegar usted.

—¿Y por qué iba a hacer eso?

En vez de contestar, Pendergast se levantó y se acercó al reloj de cuco que había en una pared. Tiró de los contrapesos, puso las agujas en las doce menos diez y dio un empujoncito al péndulo con una uña, para que se pusiera en marcha.

—¿Las once cincuenta? —se sorprendió Slade—. No es la hora correcta.

Pendergast volvió a sentarse. Slade esperó. Ahora que el reloj estaba en marcha, su tictac rompía el silencio. Pareció que Slade se tensara un poco. Empezó a mover los labios.

—Se suicidará porque lo exige la justicia —dijo Pendergast.

—Y le daría a usted una satisfacción, supongo.

—No, me decepcionaría.

—No pienso suicidarme —dijo Slade en voz alta.

Era lo primero que no decía con voz frágil.

—Eso espero —dijo Pendergast, sacando dos bolas de snooker de la tronera de la esquina—. Porque yo quiero que viva.

—No tiene sentido —dijo Slade—. Ni siquiera para un loco.

Pendergast empezó a girar las bolas con una sola mano, como el capitán Queeg, haciéndolas chocar.

—Pare —siseó Slade, con una mueca—. No me gusta.

Pendergast las hizo chocar un poco más fuerte.

—La verdad es que tenía pensado matarle, pero ahora que veo el estado en el que se encuentra, me doy cuenta de que lo más cruel sería dejarle vivir. No tiene cura. Su sufrimiento se agravará con la vejez y la postración, y su cerebro se hundirá cada vez más en la angustia y el deterioro. La muerte sería una liberación.

Slade meneó despacio la cabeza. De sus labios, que temblaban, brotó un vago tartamudeo. Tras un gruñido, provocado por algo que parecía un sufrimiento físico, apretó de nuevo el gotero de morfina.

Pendergast metió la mano en el bolsillo y sacó un pequeño tubo de ensayo, lleno a medias de gránulos negros, con los que formó una línea corta al borde de la mesa de billar.

Su acción pareció sacar a Slade de su ensimismamiento.

—¿Qué hace?

—Siempre llevo encima un poco de carbón activado. Es tan útil para hacer pruebas... Siendo científico, ya debe de saberlo. Pero también tiene propiedades estéticas. —Pendergast sacó un mechero de otro bolsillo y encendió por una punta la línea de gránulos—. Por ejemplo el humo que desprende, que al subir suele formar unos dibujos preciosos. Y el olor dista mucho de ser desagradable.

Slade se echó bruscamente hacia atrás y volvió a apuntar a Pendergast con la pistola, que había dejado caer hacia el suelo.

—Apáguelo.

Pendergast no le hizo caso. El humo subía por el aire inmóvil, formando volutas y espirales. Pendergast se apoyó en el respaldo de su silla, meciéndose suavemente con un crujido de mimbre viejo, mientras seguía jugando con las bolas de billar.

—Yo ya sabía en qué consistía su dolencia, o al menos lo imaginaba, pero nunca me había parado a pensar en lo horrible que debía de ser para quien la sufriese. Que a uno se le meta todo en el cerebro, hasta el último crujido, golpecito, susurro... Los trinos de los pájaros, la luz del sol, el olor del humo... Ser torturado hasta por lo más insignificante que aportan al cerebro los cinco sentidos, y vivir al borde de la sobrecarga cada minuto de cada hora de cada día... Saber que no se puede hacer nada, nada en absoluto. Ni siquiera su relación tan... especial con June Brodie puede procurarle algo más que una distracción pasajera.

—Su marido perdió su «aparato» en la primera guerra de Irak —dijo Slade—. Se lo voló un IED. Podría decirse que me he limitado a llenar el hueco.

—Qué amable —dijo Pendergast.

—Métase su moralidad convencional donde le quepa, a mí no me hace falta. Además, ya ha oído a June. —El brillo de locura de los ojos de Slade pareció apagarse un poco. Se puso casi serio—. Estamos buscando la manera de curarlo.

—Ya vio qué les pasó a los Doane. Usted es biólogo. Sabe tan bien como yo que no hay cura posible. Las células cerebrales no se pueden sustituir ni regenerar. El daño es permanente. Y usted lo sabe.

Slade volvía a parecer ido. Sus labios se movían cada vez más deprisa. El silbido de aire que salía de sus pulmones, como el de un neumático pinchado, repetía la misma palabra sin cesar:

—¡No! ¡No, no, no, no, no!

Pendergast se mecía y le observaba, acelerando el giro de las bolas, cuyos choques resonaban en el aire. El reloj hacía tictac. El humo formaba volutas.

—No he podido evitar fijarme —dijo— en que aquí está todo preparado para que no haya ningún estímulo sensorial externo. Moqueta en el suelo, paredes insonorizadas, colores neutros, mobiliario sencillo y aire tibio, seco y sin olores, probablemente con filtros HEPA.

Slade gimoteó, articulando tan deprisa con los labios que casi se veían borrosos, aunque no se oyera prácticamente nada. Levantó la fusta y se azotó.

—Y a pesar de todo ello, a pesar del contraestímulo de la fusta, de los fármacos y de las dosis constantes de morfina, no es suficiente. Sigue en constante agonía. Percibe el contacto de sus pies en el suelo y de su espalda en la silla, y lo ve todo en esta sala. Oye mi voz. Le agreden mil otras cosas que no podría ni empezar a enumerar, porque inconscientemente las filtra mi cerebro. En cambio usted es incapaz de desconectar de ellas. De ninguna de ellas. ¡Escuche las bolas de snooker! ¡Observe las volutas de humo! Escuche el paso incesante del tiempo.

Slade empezó a temblar en el sillón.

—¡Nonononononoooo! —fue la palabra, una sola, interminable, que se derramaba entre sus labios.

Un hilo de baba escapó de una de las comisuras de su boca. Se lo sacudió con un movimiento brusco de la cabeza.

—Me preguntaba... ¿cómo será comer? —insistió Pendergast—. Supongo que horrible: el sabor fuerte de la comida, la textura pegajosa, su olor y forma dentro de la boca, cómo resbala por la garganta... ¿No es esta la razón de que esté tan delgado? Seguro que hace una década que no disfruta realmente comiendo o bebiendo. El gusto no es más que otro sentido indeseable del que no se puede librar. Me apuesto a que el gotero no es solo para la morfina. También es para alimentación intravenosa, ¿verdad?

«Nonononononononono...» Slade buscó a tientas, espasmódicamente, la fusta y la dejó caer de nuevo encima de la mesa. Le tembló la pistola en la mano.

—El sabor de la comida debe de ser insoportable: un camembert muy hecho y blando, caviar de beluga, esturión ahumado... hasta unos humildes huevos con tostadas y mermelada.

Tal vez lo único soportable, y a duras penas, sea la comida para bebés, la más sencilla, sin azúcar, especias ni ningún tipo de textura, servida exactamente a la temperatura corporal. En ocasiones especiales, claro está. —Pendergast sacudió la cabeza, compasivo—. Y tampoco puede dormir, ¿verdad? Con tantas sensaciones acumuladas, a cual más intensa... Ya me lo imagino: estar acostado en la cama, oyendo hasta el más ínfimo ruido. Las carcomas royendo los listones por debajo del yeso, el latido del corazón en los tímpanos, los crujidos de la casa, el correteo de los ratones... Incluso con los ojos cerrados la vista le traiciona, porque la oscuridad tiene color propio. Cuanto más negra está la habitación, más cosas ve deslizándose por el fluido de su visión. Y todo, todo se le echa encima al mismo tiempo, en todo momento y para siempre.

Slade chilló, tapándose las orejas con unas manos como garras, mientras todo su cuerpo temblaba con fuerza, haciendo que el tubo del gotero se balanceara. El grito, de una fuerza estremecedora, desgarró el silencio. Fue como si sufriera una convulsión general.

—Por eso se suicidará, señor Slade —dijo Pendergast—. Porque puede. Le he suministrado los medios necesarios. Los tiene en su mano.

—¡Aaahhhhhhhhh! —gritó Slade, con unos movimientos torturados que parecían alimentarse de sus propios alaridos.

Pendergast se meció más deprisa, haciendo crujir la silla a la vez que giraba incesantemente las bolas en la mano, más y más deprisa.

—¡Podría haberlo hecho en cualquier momento! —exclamó Slade—. ¿Por qué iba a hacerlo ahora? ¿Ahora, ahora, ahora, ahora, ahora?

—Antes no podría haberlo hecho —dijo Pendergast.

—June tiene una pistola —dijo Slade—. Una pistola preciosa, preciosa, preciosa.

—Seguro que es bastante precavida y la guarda bajo llave.

—¡Podría haberme administrado una sobredosis de morfina! ¡Y dormir, dormir!

Su voz se diluyó en un veloz galimatías, parecido al zumbido de una máquina.

Pendergast sacudió la cabeza.

—Estoy seguro de que June también es lo suficientemente precavida para regular la cantidad de morfina a la que tiene usted acceso. Lo peor, supongo, serán las noches, como le sucederá dentro de un rato, vista la rapidez con la que está gastando toda la dosis asignada sin dejar reservas para la noche que se le avecina, interminable, interminable.

—¡Aaayyyyyyyyyyyy! —volvió a chillar Slade, con un salvaje aullido.

—Es más. Seguro que ella y su marido se esmeran en limitar su vida de un sinfín de maneras. No es usted su paciente, sino su prisionero.

Slade sacudió la cabeza, mientras movía la boca como un loco sin emitir ningún sonido.

—Y a pesar de todas las atenciones de June —prosiguió Pendergast—, a pesar de la medicación y de las otras formas de mantener su atención, acaso más extravagantes, no puede evitar que irrumpan todas esas sensaciones. ¿Verdad que no?

Slade no contestó. Apretó una, dos y tres veces el botón de la morfina, pero al parecer no salía más. Entonces se derrumbó hacia delante. Su cabeza chocó con un sonoro golpe contra el fieltro de la mesa. La levantó otra vez, contrayendo espasmódicamente los labios.

—Por lo general, considero el suicidio una huida cobarde —dijo Pendergast—, pero en su caso es la única solución sensata, dado que, para usted, la vida es en realidad infinitamente peor que la muerte.

Tampoco esta vez contestó Slade. No dejaba de golpear el fieltro con la cabeza.

—Hasta la menor cantidad de estímulo sensorial es extremadamente dolorosa —siguió Pendergast—. Por eso su entorno está tan controlado y es tan minimalista. Yo, sin embargo, he introducido nuevos elementos. Mi voz, el olor del carbón, las volutas y colores de su humo, los chirridos de la silla, el ruido de las bolas de billar y el tictac del reloj. Según mis cálculos, en este momento es usted un recipiente a punto de rebosar, por decirlo de alguna manera.

Siguió hablando en voz baja, hipnótica.

—Dentro de menos de medio minuto, sonará el cucú del reloj. Doce veces. El recipiente estallará. Ignoro el número exacto de cucús que podrá soportar antes de usar la pistola; tal vez cuatro, cinco, incluso seis. Pero estoy seguro de que la usará, porque el sonido con la pistola al dispararse, ese último sonido, es la única respuesta. La única liberación. Considérelo como el regalo que le hago.

Slade levantó la vista. Tenía la frente roja, por los impactos en la mesa, y los ojos tan desorbitados que parecían moverse cada uno por su cuenta. Levantó hacia Pendergast la mano con la pistola. La dejó caer, y volvió a levantarla.

—Adiós, señor Slade —dijo Pendergast—. Faltan pocos segundos. Déjeme que le ayude a contarlos. Cinco, cuatro, tres, dos, uno...

78

Hayward esperaba, sentada en la camilla de la sala llena de instrumental médico. Los otros ocupantes del reluciente y vasto espacio —June Brodie y su marido, siempre callado— escuchaban y esperaban como estatuas, en la pared del fondo. De vez en cuando se oía una voz —un grito de rabia o desesperación, o una risa extraña, atropellada—, pero casi no se filtraba por las gruesas paredes, a todas luces insonorizadas.

Desde su privilegiado observatorio, Hayward veía ambas salidas: la que llevaba al despacho de Slade, y la otra, la de la escalera por donde se salía a la noche. No olvidaba ni por un momento que en algún lugar seguía habiendo otro tirador y que podía irrumpir por la escalera en cualquier instante. Levantó la pistola y comprobó que estuviera cargada.

Una vez más, desvió la vista hacia la puerta por donde habían desaparecido Pendergast y Slade. ¿Qué pasaba? Casi nunca se había encontrado tan mal: completamente exhausta, cubierta de barro reseco y con un dolor terrible en la pierna, que aumentaba a medida que se le pasaban los efectos del analgésico. Al menos habían pasado diez minutos desde que se habían ido; tal vez un cuarto de hora, pero un sexto sentido le aconsejaba obedecer la perentoria orden de Pendergast de quedarse donde estaba. Él le había prometido no matar a Slade. Al margen de otras consideraciones, quería convencerse de que Pendergast era un caballero, fiel a su palabra.

En ese momento detonó una pistola: un solo disparo cuya

sorda vibración hizo temblar la sala. Hayward levantó su arma. June Brodie corrió gritando hacia la puerta.

—¡Espere! —ordenó Hayward—. Quédese donde está.

No hubo más ruidos. Pasó un minuto. Dos. Después se oyó el sonido, suave pero nítido, de una puerta que se cerraba. Al cabo de un momento, sonaron pasos casi imperceptibles en la moqueta del pasillo. Hayward se irguió en la camilla, con el corazón desbocado.

El agente Pendergast cruzó la puerta.

Hayward le miró fijamente. Bajo la gruesa costra de fango, estaba más pálido de lo habitual, pero por lo demás no parecía herido. El agente les miró a los tres, uno tras otro.

—¿Slade...? —preguntó Hayward.

—Muerto —fue la respuesta.

—¡Le ha matado! —chilló June Brodie.

Corrió al pasillo, pasando al lado del agente, que no hizo nada para detenerla.

Hayward bajó de la camilla, haciendo caso omiso de la punzada de dolor en la pierna.

—Hijo de puta, me había prometido...

—Ha muerto por su propia mano —dijo Pendergast.

Hayward se calló.

—¿Suicidio? —preguntó el señor Brodie, hablando por primera vez—. No puede ser.

Hayward miró a Pendergast fijamente.

—No me lo creo. Le dijo a Vinnie que le mataría... y le ha matado.

—Correcto —respondió Pendergast—. Es verdad que lo juré. Aun así, lo único que he hecho ha sido hablar con él. La acción ha corrido de su cargo.

Hayward abrió la boca para decir algo, pero acabó cerrándola. De pronto ya no quería saber nada más. ¿Qué significaba «hablar con él»? Se estremeció.

Pendergast la observaba atentamente.

—Capitana, recuerde que Slade ordenó el asesinato. No lo ejecutó. Aún tenemos trabajo.

Al cabo de un momento reapareció June Brodie. Lloraba en silencio. Su marido se acercó y le pasó un brazo por el hombro para consolarla, pero ella se apartó.

—Ya no hay ninguna razón para quedarnos aquí —dijo Pendergast a Hayward. Se volvió hacia June—. Lo siento, pero tendremos que tomar prestada su lancha. Nos ocuparemos de que se la devuelvan mañana.

—Una docena de policías armados hasta los dientes, supongo —replicó amargamente ella.

Pendergast sacudió la cabeza.

—Nadie más tiene por qué saber esto. Usted ha cuidado a un loco durante sus últimas penalidades, y, por lo que a mí respecta, ahí empieza y acaba la cosa. No hay necesidad de informar del suicidio de un hombre que ya estaba oficialmente muerto. Usted y su marido tendrán que inventarse alguna historia coherente para evitar que se interesen de forma oficial por ustedes, o por Spanish Island.

—Loco —le interrumpió June Brodie, casi escupiendo esa palabra—. Usted le llama así, pero era más que eso, mucho más. Era una buena persona. Hizo buenas obras, obras maravillosas; y si yo hubiera conseguido curarle, habría vuelto a hacerlas. He intentado explicárselo, pero usted no me ha escuchado. No me ha escuchado...

Se le quebró la voz. Hizo un esfuerzo por recuperar la compostura.

—Su dolencia era incurable —dijo Pendergast, con cierta amabilidad—. Y me temo que sus devaneos experimentales no podrían hacer olvidar de ningún modo el asesinato a sangre fría.

—¡Devaneos! ¿Devaneos? ¡Hizo esto!

Brodie se clavó un dedo en el pecho.

—¿Esto? —preguntó Pendergast.

En su cara embadurnada de fango apareció una sorpresa que se disipó de golpe.

—Si tanto sabe de mí, seguro que estaba al corriente de mi estado —dijo ella.

Pendergast asintió con la cabeza.

—Esclerosis lateral amiotrófica. Ahora lo entiendo. Es la respuesta a la última pregunta que me quedaba: por qué se fue al pantano antes de que enloqueciera Slade.

—No entiendo —dijo Hayward.

—La enfermedad de Lou Gehrig. —Pendergast se volvió hacia la señora Brodie—. En este momento, por lo que parece, no sufre usted ninguno de sus síntomas.

—No tengo síntomas porque ya no estoy enferma. Después de recuperarse, Charles tuvo una época de... genialidad. De una genialidad increíble. Es el efecto de la gripe aviar. Tuvo ideas, ideas maravillosas. Ideas para ayudarme a mí... y a otros. Creó un tratamiento para la ELA, usando proteínas complejas criadas en cubas de células vivas. El primero de lo que ahora llaman fármacos «biotecnológicos». Charles fue el primero en elaborarlos, él solo, con diez años de adelanto. Tuvo que retirarse del mundo para hacer su obra. Lo hizo aquí, todo aquí.

—Ahora entiendo que esta sala parezca mucho más que una clínica —dijo Pendergast—. Es un laboratorio experimental.

—Sí. Al menos lo era, antes... antes de que Charles cambiara.

Hayward se volvió hacia ella.

—Es increíble. ¿Por qué no se lo ha contado a nadie?

—Imposible —dijo la señora Brodie, casi susurrando—. Él lo tenía todo en la cabeza. Por mucho que se lo suplicamos, nunca lo puso por escrito. Luego empeoró, y ya fue demasiado tarde. Por eso yo quería conseguir que volviera a ser como antes. Él me quería. Me curó. Y ahora se ha llevado el secreto a la tumba.

Cuando zarparon de Spanish Island, unas espesas nubes cubrían la luna. Había poca luz, tanto para un francotirador cuanto para un piloto. Pendergast mantuvo la velocidad del barco al mínimo; el ruido del motor era casi inaudible mientras atravesaban la frondosa vegetación. Hayward iba sentada a proa, junto a unas muletas que habían cogido en la cabaña. Pensaba en silencio.

Pasó cerca de media hora sin que pronunciaran ni una sola palabra. Finalmente, Hayward salió de sus cavilaciones y se volvió hacia Pendergast, que pilotaba en la consola trasera.

—¿Por qué lo hizo Slade? —preguntó.

Los ojos de Pendergast relucieron un poco al mirarla.

—Me refiero a desaparecer —añadió Hayward—. A esconderse en este pantano.

—Debía de saber que estaba infectado —repuso Pendergast al cabo de un momento—. Ya había visto qué les había ocurrido a los demás. Se dio cuenta de que se volvería loco... o algo peor, y quiso asegurarse de poder controlar de algún modo los cuidados a los que le sometiesen. Spanish Island era una elección perfecta. Si aún no la habían descubierto, ya no la descubrirían. Y al haberla usado anteriormente de laboratorio, ya contaba con gran parte del instrumental que necesitaría él. No cabe duda de que albergaba esperanzas de curarse. Es posible que curase a June Brodie mientras intentaba descubrir el remedio de su enfermedad.

—Entiendo, pero ¿qué falta hacía todo ese montaje? Escenificar su muerte y la de la señora Brodie... Me refiero a que no era un fugitivo de la ley, ni nada por el estilo.

—No, de la ley no. Es cierto que parece una reacción muy drástica, pero en esas circunstancias no se suele pensar con claridad.

—Bueno, el caso es que ahora está muerto —añadió Hayward—. ¿Ha encontrado usted algo de paz?

Al principio el agente no contestó. Cuando lo hizo, su voz era monótona, inexpresiva.

—No.

—¿Por qué no? Ha resuelto el misterio y ha vengado el asesinato de su mujer.

—Acuérdese de lo que ha dicho Slade: en el futuro me espera una sorpresa. Solo podía referirse al segundo tirador, el que sigue ahí, en alguna parte. Mientras ande suelto, será un peligro para usted, para Vincent y para mí. Además... —Hizo una pausa—. Hay otra cosa.

—Siga.

—Mientras quede una persona, una sola, con responsabilidad en la muerte de Helen, no podré descansar.

Hayward le miró, pero de pronto Pendergast fijaba la vista en otro sitio. Parecía extrañamente cautivado por la luna llena, que había salido de detrás de las nubes, y se ponía al fin en el pantano. Unas listas de luz iluminaron un instante su rostro en el momento en el que la esfera se hundía en la densa vegetación. Después, cuando la luna acabó desapareciendo bajo el horizonte, la luz se extinguió y el pantano volvió a sumirse en la oscuridad.

79

Malfourche, Mississippi

La lancha militar, con Pendergast al timón, se metió en un amarre desocupado del otro lado de la ensenada, frente al embarcadero del bar de Tiny. Casi era mediodía. El sol derramaba un calor y una humedad inusitados en todos los rincones del fangoso muelle.

Tras saltar a tierra, Pendergast amarró el barco, ayudó a Hayward a bajar al atracadero y le tendió sus muletas.

Aunque aún fuera por la mañana, ya se oían acordes de música country and western que salían del destartalado Bait'n'Bar del otro lado del muelle. Pendergast sacó la escopeta corredera de calibre 12 de June Brodie y la levantó por encima de su cabeza.

—¿Qué hace? —preguntó Hayward, en equilibrio sobre sus muletas.

—Llamar la atención de todo el mundo. Como le he dicho antes, tenemos cuestiones pendientes.

Un enorme estallido acompañó el disparo hecho al aire. Unos instantes después empezó a aparecer gente por la puerta del Bait'n'Bar, como avispones saliendo de su nido, muchos de ellos con una cerveza en la mano. A Tiny y Larry no se les veía por ninguna parte. En cambio, el resto de la panda estaba en pleno, observó Hayward. Sintió leves náuseas al acordarse de sus caras sudorosas y lascivas. El nutrido grupo les miró en silencio.

Se habían lavado antes de salir de Spanish Island. June Brodie le había dado a Hayward una blusa limpia. A pesar de todo, la capitana tuvo la seguridad de que todavía tenían un aspecto sucio.

—¡Vamos, chicos, venid todos a ver esto! —dijo en voz alta Pendergast, yendo hacia el bar de Tiny y hacia los otros amarres por el embarcadero.

Titubeantes, desconfiados, los hombres se fueron acercando, hasta que uno de ellos, el más valiente del grupo, se separó del resto. Era un hombre corpulento, de aspecto peligroso, con una cara pequeña de hurón sobre un cuerpo grande y amorfo. Sus ojos, azules y suspicaces, les miraron fijamente.

—¿Ahora qué coño queréis? —preguntó, tirando su lata de cerveza al agua sin dejar de caminar.

Hayward reconoció a uno de los que más había gritado cuando Tiny le cortó el sujetador por la mitad.

—Nos había dicho que nos dejaría en paz —exclamó otro hombre.

—Lo que dije fue que no les detendría. No dije que no volviese para molestarles.

El primer hombre se subió los pantalones.

—A mí ya me está molestando.

—¡Estupendo! —Pendergast subió al embarcadero situado detrás del bar de Tiny, repleto de barcos de todo tipo. Hayward reconoció la mayoría de ellos, por la emboscada del día anterior—. Veamos, ¿cuál de estas magníficas embarcaciones pertenece a Larry?

—Eso a ti no te importa.

Pendergast bajó tranquilamente el cañón de la escopeta, apuntando hacia uno de los barcos que tenía más cerca, y apretó el gatillo. Un tremendo disparo resonó por el lago, mientras la descarga hacía temblar el barco y del casco de aluminio soldado brotaba un chorro de agua, por un orificio de treinta centímetros. Un remolino de agua cenagosa hizo que se inclinara hacia abajo el morro de la embarcación.

—Eh, ¿qué coño hace? —vociferó alguien entre la multitud—. ¡Ese es mi barco!

—Lo siento. Creía que era el de Larry. Entonces, ¿cuál es el de Larry? ¿Este?

Pendergast apuntó al siguiente barco y disparó. Brotó otro géiser de agua, que salpicó a la multitud. El barco saltó y empezó a hundirse de inmediato.

—¡Hijo de puta! —gritó otro hombre—. ¡El de Larry es el 2000 Legend! ¡Aquel de allá!

Señaló una lancha de pesca, al fondo del embarcadero.

Pendergast se acercó tranquilamente y la inspeccionó.

—Muy bonita. Díganle a Larry que esto es por tirar mi placa al pantano. —Otra descarga de escopeta, que perforó el motor fuera borda, haciendo saltar la tapa—. Y esto por ser tan ruin.

El segundo disparo agujereó el barco en el yugo, haciendo brotar otro géiser. La popa se inundó. El barco se levantó por el morro, hundiendo el motor en el agua.

—¡Joder! ¡Está loco, ese cabrón!

—En efecto. —Pendergast recorrió sin prisas el embarcadero, cargó otro cartucho en la escopeta y apuntó al siguiente barco, sin inmutarse—. Esto es por habernos orientado mal.

Bum.

Un paso más, sin alterarse.

—Esto, por el doble puñetazo en el plexo solar.

Bum.

—Y esto por expectorarme encima.

Bum. Bum. Otros dos barcos hundidos.

Sacó su 45 y se la dio a Hayward.

—Vigíleles mientras recargo.

Sacó del bolsillo un puñado de cartuchos y los cargó.

—Y esto por humillar y desnudar a mi estimada colega ante la mirada vulgar y lasciva de todos ustedes. Ya les dije que esa no era forma de tratar a las mujeres.

Se paseó por los amarres, disparando en el casco de todos los barcos que quedaban. Solo se paraba para recargar la escopeta. Todos le miraban sin moverse, completamente mudos de sorpresa.

Se detuvo ante el grupo de hombres sudorosos, que temblaban y apestaban a cerveza.

—¿Hay alguien más dentro del bar?

Nadie dijo nada.

—No puede hacer eso —dijo un hombre, con la voz quebrada—. No es legal.

—Tal vez alguien quiera avisar al FBI —dijo Pendergast. Se acercó sin prisas a la puerta del bar y la abrió un poco para echar un vistazo—. ¿Señora? —dijo—. Salga, por favor.

Una rubia de bote, con enormes uñas rojas, se afanó en salir, muy agitada, y echó a correr hacia el aparcamiento.

—¡Ha perdido un tacón! —gritó Pendergast, pero ella siguió, balanceándose como un caballo cojo.

Pendergast se metió en el bar. Hayward, con la pistola en la mano, oyó cómo abría y cerraba puertas, y llamaba. El agente salió.

—No hay nadie en casa. —Dio la vuelta, hacia la parte delantera, y se colocó frente a la multitud—. Por favor, retírense todos al aparcamiento y pónganse a cubierto detrás de los coches aparcados.

Nadie se movió.

¡Bum! Pendergast soltó una descarga de escopeta sobre sus cabezas. Se apresuraron a meterse en el sucio aparcamiento. Pendergast se apartó del edificio, metió un nuevo cartucho en la escopeta y apuntó al gran depósito de propano pegado a un lado de la tienda de cebos. Se volvió hacia Hayward.

—Capitana, quizá necesitemos el poder de penetración del ACP 45. Disparemos los dos al mismo tiempo, a la de tres.

Hayward se puso en posición de disparo y apuntó con la 45. «Podría acostumbrarme al "método" de Pendergast», pensó mientras apuntaba al gran depósito de color blanco.

—Uno...

—¡Mierda! ¡No! —se lamentó una voz.

—Dos...

—¡Tres!

Dispararon simultáneamente, con un fuerte retroceso del 45. Se produjo una explosión gigantesca, que les echó encima una terrible onda de calor y de sobrepresión. El edificio desapareció de golpe, envuelto en una tempestuosa bola de fuego, de la que salían disparados, dejando un rastro de humo, miles de escombros que llovieron a su alrededor: lombrices que se retorcían, bichos, gusanos quemados, trozos de madera, carretes, serpentinas de sedal, cañas de pescar partidas, botellas de alcohol rotas, pies de cerdo, encurtidos, rodajas de lima, posavasos y latas de cerveza reventadas.

La bola de fuego se elevó, formando una seta en miniatura, mientras seguían cayendo los escombros. Poco a poco, a medida que se despejaba el humo, aparecieron los restos chamuscados del edificio. No quedaba prácticamente nada.

Pendergast se echó al hombro la escopeta, se acercó con toda tranquilidad por el muelle y ofreció su brazo a Hayward.

—¿Vamos, capitana? Creo que es hora de hacer una visita a Vincent. Por mucha protección policial que tenga, estaré más tranquilo cuando le hayamos trasladado a otro sitio; tal vez a algún lugar más íntimo, no muy lejos de Nueva York, donde podamos vigilarle nosotros mismos.

—Sabias palabras.

Mientras se cogía de su brazo, Hayward pensó con cierto alivio que se alegraba de no colaborar mucho más tiempo con Pendergast. Estaba empezando a disfrutar demasiado.

80

Nueva York

El doctor John Felder estaba en su despacho del Departamento de Salud del ayuntamiento de Nueva York, en Lower Manhattan. Quedaba en el séptimo piso, en la División de Higiene Mental. Miró la ordenada salita, diciéndose que todo estaba en su sitio: los textos de consulta médica en las estanterías, bien alineados y sin polvo, los cuadros impersonales de la pared perfectamente nivelados, las sillas de delante de la mesa en el ángulo justo y el tablero sin nada innecesario.

Por lo general, el doctor Felder no recibía a nadie en su despacho. Casi todo su trabajo era de campo, por así decirlo: en áreas de confinamiento, calabozos y urgencias hospitalarias. Su pequeña consulta privada se encontraba en la parte baja de Park Avenue, pero aquella cita era una excepción. Para empezar, era Felder quien le había pedido que fuera a verle, no al revés. El psiquiatra había investigado sus antecedentes y la conclusión era más bien desconcertante. Quizá la invitación resultase un error. Aun así, aquel hombre parecía la clave, la única clave, del misterio de Constance Greene.

Llamaron a la puerta con dos golpes suaves. Echó un vistazo a su reloj de pulsera: las diez y media. Puntual. Se levantó y abrió la puerta.

La persona que esperaba que apareciese al otro lado no era como para resolver sus dudas. Se trataba de un hombre alto, delgado, vestido de forma impecable, con una palidez que impresionaba por el contraste con su traje negro. Sus ojos, tan pálidos como la piel, parecían observar a Felder con una mezcla de penetración, leve curiosidad y acaso cierta diversión.

Felder se sorprendió mirándole fijamente.

—Pase, por favor —dijo enseguida—. ¿Es usted el señor Pendergast?

—El mismo.

Le invitó a sentarse en una de las sillas, antes de hacer lo propio al otro lado de la mesa.

—Perdone, pero en realidad es «doctor Pendergast», ¿verdad? Me he tomado la libertad de hacer unas consultas.

Pendergast inclinó la cabeza.

—Tengo dos doctorados, pero la verdad es que prefiero mi denominación de las fuerzas del orden, la de agente especial.

—Ajá.

Felder había entrevistado a muchos policías, pero nunca a un agente del FBI. No sabía muy bien por dónde empezar. Le pareció que no perdería nada si evitaba dar rodeos.

—¿Constance Greene es su pupila?

—En efecto.

Felder se apoyó en el respaldo, cruzando las piernas con naturalidad. Quería estar seguro de dar una impresión relajada, informal.

—Me gustaría que me hablase un poco sobre ella: dónde nació, qué infancia tuvo... Ese tipo de cosas.

Pendergast siguió observándole con la misma expresión neutra, que por alguna razón empezó a irritar a Felder.

—Es usted el psiquiatra que ha certificado su ingreso, ¿verdad? —preguntó Pendergast.

—Mi evaluación se presentó como prueba durante la vista de ingreso involuntario.

—Y aconsejó ingresarla.

Felder sonrió, compungido.

—Sí. Usted estaba invitado al juicio, pero tengo entendido que rehusó...

—¿Cuál fue exactamente su diagnóstico?

—Es bastante técnico...

—Hágame el favor.

Felder vaciló un segundo.

—De acuerdo. Eje I: esquizofrenia de tipo paranoide, continuada, con posible estado mórbido del Eje II por trastorno de personalidad esquizotipal, psiforia e indicios de fuga disociativa.

Pendergast asintió lentamente.

—¿Y en qué pruebas basa usted sus conclusiones?

—Dicho con sencillez, en el delirio de que es Constance Greene, una joven nacida hace casi un siglo y medio.

—Permítame hacerle una pregunta, doctor: ¿ha observado usted alguna discontinuidad o no conformidad en el contexto de su... esto... delirio?

Felder frunció el ceño.

—No estoy seguro de entenderle bien.

—¿Sus delirios guardan coherencia interna?

—Aparte, claro está, de la idea de que su hijo era malvado, sus delirios llaman la atención por su coherencia.

—¿Ella qué le ha contado, exactamente?

—Que su familia llegó de una granja del norte del estado y se instaló en la calle Water, donde ella nació a principios de la década de 1870. Que sus padres murieron de tuberculosis, y a su hermana la mató un asesino en serie. Que a ella, de huérfana, la acogió en su casa un antiguo residente del número 891 de Riverside Drive, sobre el que no tenemos constancia documental. Que a la larga fue usted quien heredó la casa, y pasó a ser responsable de su bienestar, por extensión.

Felder vaciló. Pendergast pareció tomar nota de su titubeo.

—¿Qué más le dijo sobre mí?

—Que la adoptó como pupila por sentimiento de culpa.

Hubo un momento de silencio.

—Dígame una cosa, doctor Felder —acabó preguntando Pendergast—: ¿le contó algo Constance sobre su vida entre la primera época y el viaje en barco que acaba de realizar?

—No.

—¿Ningún dato? ¿Ni uno solo?

—Ni uno.

—En tal caso, le hago notar que no puede aceptarse un diagnóstico de trastorno de personalidad esquizotipal 295.30. A lo sumo, debería haber especificado usted trastorno esquizofreniforme en el diagnóstico del Eje II. Lo cierto es que no dispone usted de historial para su enfermedad, doctor; los delirios, como sabe, podrían tener un origen reciente, por ejemplo durante el crucero por el Atlántico.

Felder se inclinó hacia delante. Pendergast había dado el código exacto de diagnóstico DSM-IV de la esquizofrenia paranoide.

—¿Ha estudiado usted psiquiatría, agente especial Pendergast?

Pendergast se encogió de hombros.

—Es solo uno de tantos intereses.

A pesar de todo, Felder se sintió irritado. ¿A qué venía ese súbito interés en alguien que hasta entonces se había mostrado casi indiferente?

—Debo decirle —contestó— que califico sus conclusiones de superficiales, propias de un aficionado.

Los ojos de Pendergast brillaron.

—Siendo así, ¿puedo preguntarle sus motivos para importunarme con preguntas sobre Constance cuando ya la ha diagnosticado e ingresado?

—Pues...

Felder acusó la mirada penetrante de los ojos plateados.

—¿Simple curiosidad, tal vez? O bien... —Pendergast sonrió—. ¿En vistas a alguna publicación?

Felder se puso tenso.

—Si el caso presenta algo novedoso, naturalmente que me gustaría compartir mis experiencias con mis colegas a través de una publicación.

—Lo cual le aportaría prestigio... y quizá... —Fue como si los ojos de Pendergast titilaran de malicia—. Un puesto sustancioso en algún centro de investigación. Me consta que hace cierto tiempo que ambiciona usted un puesto de profesor adjunto en la Rockefeller University.

Felder se quedó de piedra. ¿Cómo podía haberse enterado, si era un secreto que no sabía ni siquiera su mujer?

En respuesta a su pregunta, aunque no la había formulado, Pendergast hizo un gesto displicente con la mano y dijo:

—También yo me he tomado la libertad de hacer algunas consultas.

Felder se ruborizó al oír que utilizaba su frase en su contra. Intentó recuperar la compostura.

—Mis objetivos profesionales no vienen al caso. La verdad es que nunca había visto un cuadro delirante con tal dosis de autenticidad. La enferma parece del siglo XIX: en su manera de hablar, de vestir, de caminar, en su actitud, y hasta en su forma de pensar. Por eso le he pedido que viniera. Quiero saber más sobre ella. ¿Qué traumas puede haber sufrido para desencadenarlo? ¿Cómo era antes? ¿Cuáles son las principales experiencias de su vida? ¿Quién es en realidad?

Pendergast siguió escrutándole sin decir nada.

—Y hay otra cosa. Mire lo que encontré en el archivo.

Felder abrió encima de la mesa una carpeta de cartulina, sacó una fotocopia del grabado del *New-York Daily Inquirer,* «Pilluelos jugando», y se la dio a Pendergast.

El agente del FBI la estudió atentamente y se la devolvió.

—Un parecido muy notable. ¿Fruto de la imaginación artística, tal vez?

—Fíjese en las caras —insistió Felder—. Son tan reales que tienen que estar dibujadas del natural.

Pendergast sonrió enigmáticamente, aunque a Felder le pareció detectar cierto respeto en sus ojos claros.

—Todo esto es muy interesante, doctor. —El agente hizo una pausa—. Quizá esté en situación de ayudarle... si me ayuda usted a mí.

Felder se dio cuenta de que se había aferrado a los brazos de la silla, sin saber muy bien por qué.

—¿Cómo?

—Constance es una persona muy frágil, emocional y psicológicamente. En las condiciones adecuadas, puede prosperar. En las equivocadas... —Pendergast le miró—. ¿Dónde está retenida en este momento?

—En una habitación individual del psiquiátrico de Bellevue. Están haciendo los trámites para trasladarla a la División de Salud Mental del correccional de Bedford Hills.

Pendergast sacudió la cabeza.

—Eso es un centro de máxima seguridad. En un lugar así, una persona como Constance se apagaría, y no haría sino empeorar.

—No tema que le hagan daño las demás reclusas, porque el personal...

—No lo digo por eso. Constance tiene propensión a brotes psicóticos repentinos, que pueden llegar a ser violentos. Un sitio como Bedford Hills no haría más que alimentarlos.

—Pues, entonces, ¿qué propone?

—Necesita un lugar cuyo ambiente se parezca al entorno al que está acostumbrada: cómodo, chapado a la antigua y sin tensiones. Pero al mismo tiempo, seguro. Necesita estar rodeada de cosas que conozca, siempre, claro está, dentro de un orden. En concreto, los libros son primordiales.

Felder sacudió la cabeza.

—Solo hay un sitio así: Mount Mercy, y está completo. Con una lista de espera muy larga.

Pendergast sonrió.

—Casualmente, me consta que hace menos de dos semanas que quedó una vacante.

Felder le miró.

—¿Ah, sí?

Pendergast asintió con la cabeza.

—Como psiquiatra encargado de su caso, podría saltarse la lista, valga la expresión, e ingresarla. Siempre que insistiera en que es el único lugar adecuado.

—Pues... me informaré.

—Hará algo más que informarse. Yo, a cambio, le haré partícipe de cuanto sé acerca de Constance, que es mucho, y de un interés psiquiátrico que ni en sus más desaforados sueños ha podido imaginar. Que sea o no información publicable dependerá de usted... y de su discreción.

Felder sintió que se le aceleraba el pulso.

—Gracias.

—Soy yo quien se las da. Que tenga usted un buen día, doctor Felder. Volveremos a vernos... una vez que Constance esté instalada y a salvo en Mount Mercy.

Felder miró cómo el agente salía del despacho, cerrando la puerta silenciosamente. Qué raro. También él parecía salido del siglo XIX. Se preguntó por primera vez quién, en realidad, había dirigido la reunión, esa que él se había esforzado tanto en concertar... y de quién eran los objetivos cumplidos.

Epílogo

Savannah, Georgia

Judson Esterhazy estaba recostado en la biblioteca de su casa de Whitfield Square. Sorprendía tanto frío en un atardecer de abril. Las últimas llamas de la chimenea perfumaban la sala con aromas de abedul.

Bebió un sorbo del excelente malta de las Highlands que había subido de la bodega. Antes de degustar el líquido con sabor a turba, lo paseó un poco por la boca. Sin embargo, le supo amargo, tanto como sus emociones.

Pendergast había matado a Slade; un suicidio, decían, pero él sabía que era mentira. Al final, Pendergast se las había arreglado de alguna manera. Por muy malos que hubieran sido los últimos diez años, los momentos finales del anciano debían de haber supuesto una agonía mental atroz e inimaginable. Judson, que había visto cómo Pendergast manipulaba a los demás, no tenía la menor duda de que se había aprovechado de la demencia de Slade. Era un asesinato. No, peor que un asesinato.

El vaso tembló en su mano, salpicando la mesa de gotas. Lo dejó con fuerza sobre ella. Al menos tenía la absoluta certeza de que Slade no le había traicionado. El viejo le quería como a un hijo, e incluso loco, incluso en su agonía, seguro que había guardado el secreto hasta el final. Había cosas que trascendían hasta la enajenación.

Él también le había querido, hasta hacía doce años; hasta haber sorprendido otra faceta de Slade que le tocaba demasiado de cerca para no incomodarle; una faceta que le recordaba demasiado a otro hombre brutal, su padre. Quizá fuera el sino de todos los padres y figuras paternas: decepcionar, traicionar, perder estatura cuando uno se hacía mayor y sabía más de la vida.

Sacudió la cabeza. Qué gran error, desde el principio; qué horrible y trágico error. Y qué irónico, en retrospectiva: al principio, al conocer la idea por boca de Helen, una idea con la que ella literalmente se había topado, gracias a su interés por Audubon, ambos la habían encontrado casi milagrosa. «Podría ser un medicamento milagro —había dicho ella—. Consulta con algunas compañías farmacéuticas, Judson; seguro que sabes adónde acudir.» Y lo sabía, sí; sabía la compañía perfecta: Longitude, cuyo director, en esos momentos, era su antiguo director de tesina, Charles Slade, que se había pasado al sector privado. El carisma fascinante de su ex profesor había hecho que él y Judson siguieran en contacto. Slade era la persona ideal para desarrollar un fármaco así: un científico creativo e independiente, sin miedo al riesgo, de una consumada discreción...

Y ahora estaba muerto, gracias a Pendergast; Pendergast, que había removido el pasado, reabierto viejas heridas, y —directa o indirectamente— ocasionado varias muertes.

Cogió con fuerza el vaso y lo apuró de un trago, sin apenas saborear el whisky. En la misma mesita donde estaban la botella y el vaso había un folleto. Lo cogió y lo hojeó. Su rabia dejó paso a una lóbrega satisfacción. El folleto, con un bonito diseño, publicitaba los placeres refinados de un establecimiento de las Highlands escocesas, llamado Kilchurn Shooting Lodge. Era una gran casa señorial de piedra, sobre un risco azotado por el viento desde el que se dominaba el Loch Duin y los montes Grampian. El hotel de cazadores, uno de los más pintorescos y aislados de Escocia, brindaba excelentes condiciones para la caza del urogallo y la perdiz, la pesca del salmón y el acecho del venado. Aceptaba pocos y selectos huéspedes, y se jactaba de su intimidad y discreción; la caza podía ser con o sin guía, según las preferencias de cada uno.

Él, naturalmente, preferiría la modalidad sin guía.

Esterhazy ya había pasado una semana en Kilchurn, muchos años atrás. El hotel estaba en medio de una finca enorme y sin cultivar de quince mil hectáreas, que había sido el coto de caza privado de los señores de Atholl. Se había quedado muy impresionado por aquellos parajes solitarios y abruptos, por los profundos lagos ocultos en los pliegues del terreno, los rápidos arroyos rebosantes de truchas y salmones, los páramos ventosos, los campos de brezo y los frondosos valles. En una tierra así un hombre podía desaparecer, y sus huesos se pudrirían sin que los viera nadie, bajo el viento y la lluvia, hasta que no quedase nada.

Con el siguiente y perezoso trago de malta, que su palma ya había calentado, se sintió más tranquilo. No estaba todo perdido, en absoluto. En realidad, las cosas habían dado un vuelco positivo por primera vez en mucho tiempo. Dejó el folleto y cogió una nota corta, escrita con letra anticuada en papel verjurado de alto gramaje y color crema.

Edificio Dakota
Nueva York, 24 de abril

Querido Judson:

Agradezco muy sinceramente tu amable invitación. Lo he estado pensando y creo que aceptaré tu propuesta con muchísimo gusto. Quizá tengas razón en que lo sucedido durante este último mes me ha afectado un poco. Sería delicioso volver a ver después de tantos años Kilchurn Lodge. Dos semanas de vacaciones serían un grato respiro. Por otra parte, tu compañía siempre es un placer.

En respuesta a tu pregunta, tengo pensado llevarme mi Purdey calibre 16, una H&H Royal superpuesta calibre 410 y una H&H 300 de cerrojo para cazar ciervos.

Saludos afectuosos,

A. PENDERGAST

Nota de los autores

A pesar de que la mayoría de las ciudades y localizaciones de *Pantano de sangre* son completamente imaginarias, a veces hemos utilizado nuestra propia versión de algunos lugares, como Nueva Orleans o Baton Rouge. En estos casos, no hemos dudado en alterar la geografía, la topología, la historia u otros detalles que eran necesarios para nuestra historia.

Todos los personajes, lugares, departamentos de policía, corporaciones, instituciones, museos y agencias del gobierno mencionadas en esta novela pertenecen a la ficción o han sido utilizadas con esta finalidad.

Querido lector:

Tenemos que hacer un importante anuncio: pronto lanzaremos una apasionante nueva serie de *thrillers* protagonizados por un poco común «investigador» llamado Gideon Crew. Estamos pasándolo de fábula escribiendo la primera novela de esta serie, que se publicará en el invierno de 2011. Lamentamos no poder darte ninguna información acerca de este libro, ni siquiera el título. Deseamos que sea una sorpresa. Si consultas nuestra web: www.prestonchild.com, te mantendremos informado.

Queremos asegurarte que nuestra devoción por el agente Pendergast se mantiene intacta y que seguiremos escribiendo novelas protagonizadas por el agente del FBI más enigmático del mundo con la misma frecuencia que hasta ahora.

Gracias de nuevo por tu constante apoyo e interés.

Con los mejores deseos,
Douglas & Lincoln